岩 波 文 庫
37-704-1

クオーレ

デ・アミーチス作
和田忠彦訳

Edmondo De Amicis

CUORE

1886

目次

クオーレ

この本は、とくに九歳から十三歳の小学校の子どもたちにささげられています。ですからタイトルを、『ある三年生の男子生徒の書いたイタリアの公立小学校の一年間の物語』としたっていいかもしれません。

三年生の男の子が書いたからといって、その子が書いたものを、そのままこうして活字にしたわけではありません。男の子が学校の中や外で見聞きしたり考えたりしたことを、できる範囲で少しずつ一冊のノートに書きとめておいて、それを男の子の父親が、学年末に、息子のことばをできるだけそのままにして、その考えを変えないように注意しながら、手を入れたものなのです。

それから四年して、中学生になっていた男の子がノートを読みなおしてみて、ひとやできごとについて、まだよくおぼえている思い出を生かしながら、そこにすこし自分で手を加えたというわけです。

ではみなさん、この本を読んでみてください。気に入ってもらえて、おまけにためになるようだといいのですけれど。

十月

始業式の日

十七日、月曜日

きょうは始業式の日。いなかで過ごしたあの三ヶ月のヴァカンスが夢みたいだ。けさはかあさんがバレッティ校まで連れてきてくれた。ぼくを三年生のクラスに登録する必要があったからだ。ぼくはいなかのことで頭がいっぱいで、学校にいくのは気乗りがしなかった。

通りはどこも子どもたちであふれかえっていた。町に二軒ある本屋さんは、ランドセルや紙ばさみやノートを買いにきたおとうさんやおかあさんでいっぱいで、それが学校の前までくると、もっと大勢になって、用務員さんとおまわりさんが校門の通り道をあけるのにずいぶん苦労するくらいだった。

門の近くで、だれかに肩をたたかれた。二年生のときの先生だった。赤い巻き毛の、いつも陽気なその先生が声をかけてきた。「さてと、エンリーコ、これでおわかれだな」

それはぼくだってよくわかっていたけれど、いざことばに出されてみるとつらいものだ。

ぼくらはやっとのことで校内にはいった。いかにも上品そうな男のひとや女のひと、庶民のおばさんたちに工員さんたち、お役人におばあさんや女中さん、みんなが子どもたちの手を引いて、進級通知簿を片手に、入り口の部屋から階段のところまで埋めつくしていた。そのにぎやかな話し声のせいで、まるで劇場のなかにはいっていくみたいな気分だった。

また一階のあの広い部屋をこの目で見るのがうれしかった。両側に七つ、教室のドアが並んでいて、ぼくは三年間、毎日ここで過ごしたのだ。そこもいっぱいのひとで、女の先生がたがいそがしそうに動きまわっていた。二年生のときの担任の先生が、教室の入り口から、ぼくをみつけて声をかけてきた。

「エンリーコ、ことしからあなたも二階ね。もう、ここを通るのも見られないわね」

そうして、ちょっとさびしそうに、ぼくをみつめた。

校長先生のまわりには、おばさんたちが群がって、自分の子どもの席がないとまくしたてている。校長先生のひげが去年より、ちょっと白くなった気がする。子どもたちのなかにも、背が伸びたり、ふとったりしたのがいた。

一階では、もうクラス分けがすんでいるのに、一年生の子たちときたら、教室にはいるのをいやがって、ロバみたいに足をつっぱって動こうとしない。力ずくで中にいれるほかないのだけれど、そうすると席から逃げだしたり、親がいないと気づいて泣きだしたりするものだから、親がまた引き返してきて、なだめたり、席につれもどしたりしなければならなくて、女の先生がたも困り果てていた。

ぼくの弟は、デルカーティという女の先生のクラスにいれられた。ぼくは二階の、ペルボーニ先生のクラス。十時になって、みんな教室にはいった。五十四人のうち、二年生のときの同級生は、十五、六人だけだったけれど、いつも優等賞をもらうデロッシもいっしょだ。

学校がやけにちいさくてさびしく思えるのは、きっと、夏を過ごした山や森のことを考えてしまうせいだ。それに、二年生の担任だった、あの先生のことを、くりかえし思い出してしまうせいだ。やさしくて、ぼくらといつもいっしょに笑ってくれて、背も低くて、ぼくらの仲間みたいだった、あの先生に、あの赤い巻き毛に、もう会えないかと思うと、さびしくてしかたがない。

こんどの先生は、背が高くて、ひげのない、長い灰色の髪をしている。ひたいにふかい縦じわがあって、声がふとい。じっとみつめられると、心のなかまで読まれてしまうみたいだ。それにちっとも笑わない。

ぼくは心のなかで言った。「さあ、きょうからだ。これからまだ九ヶ月。勉強も、テストも、山のようにあるんだから、たいへんだ！」

外にでたとき、とにかくかあさんの顔が見たかったぼくは、かけていって、手にキスをした。かあさんがぼくに言った。

「がんばって、エンリーコ！　いっしょに勉強しましょう」

それでうれしくなって、ぼくは家に帰った。

でも、もうぼくには、あのやさしく明るくほほえんでくれる先生はいない。だから学校も前みたいにたのしく思えない。

担任の先生

十八日、火曜日

けさの授業が終わったときには、あたらしい担任の先生のことも好きになっていた。

みんなが教室にはいってくるあいだ、先生は先に自分の席についていて、戸口に時どき、去年の受け持ちの生徒たちが顔をのぞかせては、あいさつをおくってよこす。通りすがりに顔をだしては、口ぐちに、「おはよう、先生」「おはよう、ペルボーニ先生」と声をかけてゆく。なかには教室の中まではいってきて、先生の手にさわってから、逃げるように駆けていく子たちもいた。みんな先生のことが好きで、また先生のクラスに帰ってきたいんだ。先生も「おはよう」とこたえて、さしだされてくる手をにぎりかえすのだけれど、どの生徒の顔も見ようとはしない。あいさつされるたびに先生はすましたまま、ひたいに縦じわをよせた顔を、窓のほうにむけて、むかいの家の屋根をみつめていた。そんなふうにあいさつされることが、うれしいどころか、つらいみたいだ。

しばらくして先生は、ぼくらの顔を一人ひとり、たしかめるようにしてみつめていた。書き取りをさせていたとき、教壇《きょうだん》からおりて先生が、ぼくらの席のあいだを歩きだした。そして吹き出もので顔じゅう真っ赤になっている生徒をみつけると、書き取りを中止して、その男の子の顔を両手ではさむようにして、じっとみつめた。それから、どうしたんだいとたずねて、ひたいに手をあてて、熱がないかとたしかめた。先生がそうしているあいだに、その子のうしろの席の男の子が、いすの上に立ちあがって、あやつり人形のまねをしはじめた。とっさに先生がふりかえった。男の子はすとんと腰をおろして、じっとうなだれたまま、しかられるのをまっていた。先生は男の子の頭に手をおくと、「もう二度とするんじゃないぞ」と言った。それだけだった。

それから教卓のところにもどって、書き取りを最後までつづけた。終わってから、先生はしばらくだまったまま、ぼくらをみつめていたけれど、やがてゆっくりゆっくり、ふといけれどやさしい声で話しかけてきた。

「いいかい。これから一年、わたしたちはいっしょに過ごさなければならない。じょうずに過ごすことを考えよう。きみたちにには、よく勉強するいい子でいてほしい。わたしには家族がいない。きみたちがわたしの家族なんだ。わたしにも去年までは母がいたけれど、亡《な》くなってしまった。いまはひとりぼっちだ。この世に家族はきみたちしかいないし、愛するものもきみたちのほかにない。考えるのはきみたちのことだけだ。きみたちがわが子なんだ。わたしがきみたちを好きなように、きみたちにもわたしを好きになってほしい。きみたちのだれにも罰をあたえたくなんてない。どうか、心のまっすぐな子どもたちだという証《あかし》を、わたしに見せてほしい。そうして、このクラスがひとつの家族になれば、きみたちは、わたしのなぐさめとなり、誇りとなるはずだ。ことばに出して約束してくれなくてもいい。きみたちが心のなかで、もう『はい』と返事をしてくれたのがわかるからね。だから、ありがとうと言っておくことにするよ」

そのとき終業の合図を知らせに用務員さんがはいってきた。ぼくらはそろって、だまったまま教室をでた。さっきいすの上にのった男の子が先生のそばにいって、声をふるわせながら、「先生、ごめんなさい」と言った。先生はその子のひたいにキスして、言った。

「さあ、いきなさい、わが子よ」

不幸なできごと

二十一日、金曜日

あたらしい学年は、ある不幸なできごとからはじまった。けさ登校の道みち、とうさんに、きのう先生がおっしゃったことを話しながらやってくると、校門の前をふさぐようにして、道いっぱいにひとだかりができていた。

とうさんはすぐに言った。「なにか悪いことがあったんだ！　学年のはじまりに縁起でもない！」

どうにか校内にはいってみると、ひろい控え室が父兄と生徒でごったがえしていて、先生がたはみんなを教室に誘導できずに困っていた。みんな顔を校長室のほうにむけて、口ぐちに「かわいそうな子！　かわいそうなロベッティ！」とくりかえしていた。

ひとで埋めつくされた部屋の奥、みんなの頭ごしに、おまわりさんのヘルメットと、校長先生のはげた頭がのぞいていた。しばらくしてシルクハットをかぶった紳士がひとり、はいってきた。

「お医者さんだ」みんなが声をあげた。

近くにいた先生にとうさんがたずねた。「なにがあったんです？」

「車輪に足をひかれたんです」と答えが返ってきた。

「骨が折れたんです」と、別の先生が言った。

二年生の男の子が、ドーラ・グロッサ通りをぬけて登校してくるとちゅう、おかあさんの手をすりぬけた一年生の男の子が、道のまんなかで転んで、そこに乗り合い馬車がやってきて、もうちょっとでひかれそうになっているのを見て、勇敢にもとびこんで、すんでのところで男の子をつかまえて助けだしたのだそうだ。でも自分の足をひっこめるのが間に合わなくて、馬車の車輪に足をひかれてしまったというわけだ。なんでも砲兵隊の大尉《たいい》さんの息子だそうだ。

こんな事情をぼくらがきかされているところに、おばさんがひとり、ひどく取り乱した様子で、人垣をかき分けるようにして控え室にとびこんできた。ロベッティのおかあさんだ。みんながよびにやったのだ。だれかのおかあさんがかけよっていって、ロベッティのおかあさんの首にしがみつくと、おいおい泣きはじめた。助けてもらった子のおかあさんだ。ふたりが転がりこむようにして校長室にはいったと思ったとたん、すさまじいさけび声がきこえた。

「ああ、わたしのジュリオ！　わたしのぼうや！」

そのときだ、校門の前に一台の馬車がとまって、しばらくして校長先生が、男の子を胸に抱いておりてきた。男の子は、頭を校長先生の肩にもたれかけたまま、血の気のない顔をして、じっと眼をつむっていた。だれひとり口を開くものはいなかった。おかあさんのすすり泣く声だけがひびいていた。青ざめた顔の校長先生はちょっと立ち止まると、男の子のからだを両腕ですこし持ちあげて、みんなに見えるようにしてくれた。すると先生たちも、父兄も子どもたちも、みんながいっせいにつぶやいた。

「えらいぞ、ロベッティ！」

「よくやったわ、かわいそうにね」

そう言って、みんなはキスをおくった。すぐそばにいた女の先生たちと子どもたちは、手や腕にじかにキスをした。

ロベッティが眼をあけて、「ぼくの紙ばさみ！」と言った。

助けてもらった子のおかあさんが、泣きながら、紙ばさみを見せて、こう話しかけた。

「それならわたしが持っていくわ、かわいい天使さん、わたしが持っていきますからね」

そう言いながら、両手で顔をおおったままでいるロベッティのおかあさんをささえていた。

ふたりが外に出て、男の子をそっと馬車の中にねかせると、馬車はゆっくり走りだした。

それからぼくらはみんな、押しだまったまま、教室にもどった。

カラブリアの男の子

二十二日、土曜日

きのうの夕方、先生が、かわいそうなロベッティはとうぶん松葉杖《まつばづえ》をついて歩くことになるだろうと、ぼくらに知らせていたとき、校長先生が、新入生をひとりつれてはいってきた。

顔の浅黒い男の子で、髪の毛も大きな眼も黒くて、濃い眉毛《まゆげ》がひたいで一本につながっているみたいだ。洋服まで黒ずくめで、腰には黒いモロッコ革のベルトをしている。

校長先生は、ぼくらの先生の耳もとでなにかささやくとでていった。あとに残された男の子は、先生のとなりで、その大きな黒いひとみで、おびえたみたいにぼくらをみつめていた。

すると先生が男の子の手をとって、クラスのみんなにこう言った。

「うれしい知らせだ。きょう、このクラスに、八百キロメートル以上も南にあるレッジョ・カラブリアから、ちいさなイタリア人をむかえることになった。遠くからやってきたきみたちの兄弟と、なかよくしてほしい。この子の故郷はとてもりっぱな土地で、たくさん有名人をイタリアの国に送りだしてきたし、いまでも頑丈な労働者や勇敢な軍人を送りつづけているところだ。わたしたちの祖国のなかでも、最高にすばらしい土地のひとつだ。生い茂る大きな森と高くつらなる山やまに、知恵と勇気にあふれたひとたちが暮らしている。なかよくして、故郷の町から遠くはなれていることを忘れてしまえるようにしてあげてほしい。イタリアの子は、イタリアの中なら、どこの学校にいっても兄弟に会えるのだということを、わからせてあげてください」

こう言うと、先生は立ちあがって、壁にかけた地図の上でレッジョ・カラブリアの位置を指してみせた。

それから声を高めて、「エルネスト・デロッシ！」と、あのいつも優等賞をもらう子の名前をよんだ。

デロッシが起立した。

「こっちへきなさい」と先生が言った。

デロッシは席をはなれると、教卓の横でカラブリアの子とむきあった。

「最優等生のきみから」と先生が言った。「クラスを代表して、あたらしい同級生に、歓迎のしるしをおくってほしい。さあ、ピエモンテの子どもたちみんなのかわりに、きみがカラブリアの子を、しっかり抱きしめてみせてくれ」

デロッシはカラブリアの少年を抱きしめると、すんだ声で言った。「ようこそ！」するとカラブリアの子がデロッシの両方のほおに、つよくキスを返した。

みんなから拍手が巻き起こった。

「静かに！」

先生が大声でとめた。「教室では拍手をするものじゃない！」

けれど見るからに先生はよろこんでいた。カラブリアの子もうれしそうだった。

先生はその子に席をあてがって、机のところまでつれていった。

それからまた話をつづけた。

「これからきみたちに話すことを、よくおぼえておいてほしい。レッジョ・カラブリアの子がトリノにきても、わが家にいるのと変わらず過ごせたり、トリノの子がレッジョ・カラブリアにいっても、わが家と同じに暮らせる——そんなことができるのも、わたしたちの国が五十年間の戦いで、三万人のイタリア人を亡くしたおかげなんだ。だからきみたちには、たがいにうやまい、なかよくしていく義務がある。けれどもしも、きみたちのなかに、わたしたちの同級生がこの地方の生まれでないからといって、いじめるようなまがいるとしたら、そのひとは、三色旗が通るときに、二度と目を上げてみつめる資格などありません」

カラブリアの子が席につくと、すぐに近くのなかまたちがペンや版画をあげた。そしていちばんうしろの席の子は、スウェーデンの切手をわたしてよこした。

ぼくの同級生

二十五日、火曜日

カラブリアからきた子に切手をあげた男の子が、ぼくのいちばん好きな子で、名前をガッローネという。クラス一背が高くて、年ももうじき十四歳だ。頭も大きくて、肩幅もひろい。ほほえむと、やさしいのがよくわかる。でもいつもなにか考えごとをしているみたいで、おとなっぽく見える。

もう、ほかにもたくさん同級生のことがわかった。もうひとり好きなのは、コレッティといって、チョコレート色のシャツに、猫の皮のハンチング帽をかぶった子だ。いつでも明るい、炭屋の息子だ。おとうさんは一八六六年の戦争に兵隊にでて、ウンベルト殿下の部隊にいて、勲章を三つもらったそうだ。

それからちいさなネッリ。かわいそうに背中がまがっていて、からだが弱くて、ほおの肉もおちている。ひとり、とびきり身だしなみのいい子がいて、いつ見ても洋服のけばだったところをいじっている。それがヴォティーニだ。ぼくのすぐ前の席にいるのは、「左官屋くん」のあだ名でよばれている子だけれど、それはおとうさんが左官屋さんだからだ。リンゴみたいにまるい顔に、ビー玉みたいなまんまるい鼻がのっている。左官屋くんには特技がある。ウサギ鼻をしてひょうきんな顔ができるんだ。みんながせがんで、やってもらうたびに、笑いころげている。くたびれたちいさな帽子を、ハンカチみたいにまるめて、ポケットにつっこんでいる。左官屋くんのとなりにいるのがガロッフィという、のっぽのやせっぽちで、鼻はフクロウのくちばしみたいで、眼はとてもちいさい。ひっきりなしに、ペンだの、絵だの、マッチ箱だの、やったりとったりしながら、授業の中身は自分のつめに書いておいて、こっそり読めるようにしている。

あとカルロ・ノービスというおぼっちゃんがいる。そうとうなうぬぼれ屋らしい。ぼくの好きな子ふたりのあいだの席だ。ひとりは、ひざまでくる長い上着にくるまっているみたいな、鍛冶屋《かじや》の息子で、どこか病気でもしているのだろう、顔色が悪いし、いつもおどおどしていて、ちっとも笑わない。もうひとりは赤毛の子で、腕が片ほうきかなくて、首からつるしている。なんでも、おとうさんはアメリカに出かけていて、おかあさんが野菜の行商をしているらしい。

ぼくの左どなりは、ちょっと変わったやつで、スタルディといって、ずんぐりむっくりの無愛想な子で、だれとも口をきかない。それに、ひとの話もほとんどわかっていないみたいだ。でも先生が話しているあいだは、まばたきひとつせず、眉間《みけん》にしわをよせ、歯をくいしばって、一生懸命だ。だから授業の最中になにかたずねようものなら、一回目までは無視しているけれど、三回目にはキックがとんでくる。

そのとなりには、あつかましくて意地の悪そうな顔をしたのがいる。フランティという子で、前に一度よその学校を退学になったことがある。

それから、服装はもちろん、なにからなにまでそっくりの兄弟がいる。ふたりそろって、キジの羽かざりのついたカラブリア風の帽子をかぶっている。

でもクラスのみんなのなかで、いちばんしっかりしていて、頭もよくて、ことしも成績一番まちがいなしなのがデロッシだ。それが先生にも最初からわかっているから、質問の相手はいつだってデロッシにきまっている。

けれどぼくが好きなのは、鍛冶屋の息子のプレコッシ。だぶだぶの上着の、病人みたいなあの子だ。おとうさんにしょっちゅうぶたれるらしい。とても気がちいさいものだから、なにかたずねたり、だれかにさわったりするときには、そのたびに「ごめんね」と言っては、やさしい、かなしそうな目で、じっとみつめるんだ。

でもなんといったって、ガッローネが最高だし、いちばんやさしい。

やさしいふるまい

二十六日、水曜日

そしてけさ、ガッローネは、自分がどんな人間か、行動でしめしてくれた。

教室にはいってみると——ちょっと遅刻してしまったのは、去年の担任だった女の先生によびとめられて、なんじごろおうちにうかがったらいいかしら、とたずねられたりしたせいだ——まだ先生のすがたはなくて、かわいそうにクロッシが、三、四人がかりでいじめられていた。片腕のきかない、あの赤毛の子で、おかあさんが野菜の行商をしている、かわいそうな子だ。それを、定規でつっついたり、栗《くり》のイガを顔にぶつけたりして、からだが不自由で首から片腕をつっているのを、おばけみたいだとはやしたてていたのだ。

クロッシはと言えば、机の隅にひとりぼっちで、青い顔をして、目で、たのむからほっといてくれと訴えるように、相手を一人ひとりみつめながら、じっと、されるままになっていた。ところがその連中ときたら、ますますいい気になってからかったものだから、さすがのクロッシも、からだをふるわせて、真っ赤になっておこりだした。

そのときだ、あのいやな顔つきのフランティが、急に机の上にとびのったかと思うと、両腕にかごを二個、かけて運ぶようなかっこうをして、クロッシのおかあさんが校門までむかえにきたときのまねをした。おかあさんがいま病気だって知っているくせにだ。

それを見て、大声でみんなが笑った。とたんにクロッシはかっとなって、いきなりインクつぼをつかむと、フランティの顔をめがけて力いっぱい投げつけた。けれどフランティがすばやく頭をひっこめたので、インクつぼは、ちょうど教室にはいってきた先生の胸に命中してしまった。

みんなあわてて席にもどって、びくびくしながら、じっとだまっていた。

「やったのはだれだ?」

だれも答えなかった。

先生がもう一度、声をはりあげてたずねた。

「だれだ?」

するとガッローネが、クロッシをかわいそうに思って、だしぬけに立ちあがると、きっぱりと言った。「ぼくです」

先生はガッローネをじっとみつめ、びっくりしている生徒たちの顔を見わたしてから、おだやかな声で言った。「きみじゃない」

そしてちょっと間をおいて、「罰したりはしないから、やったひとは立ちなさい」

クロッシが立ちあがって、泣きながら言った。

「みんなにぶたれたり、ばかにされたりして、かっとなって、ぼく、投げちゃったんです……」

「すわりなさい」と先生は言った。「クロッシをからかったひとは立ちなさい」

うなだれて、四人が立ちあがった。

「きみたちは」と先生が言った。「なにも手出しをしていないなかまをからかった。気の毒な人間をばかにして笑った。手出しのできない弱いひとをなぐった。きみたちがしたことは、人間として最低の、人間の名誉をけがすはずかしい行ないだ。そういうのを、ひきょうもの、って言うんだ！」

そう言って先生は、みんなの席のあいだにおりてくると、うつむいていたガッローネのあごに手をあてて、顔をあげさせると、じっとその目をみつめた。

「きみは、心の気高い子だ」

するとガッローネは、すかさず先生の耳元でなにかつぶやいた。先生は四人のほうをふりむいて、そっけなく言った。

「かんべんしてやろう」

二年のときの先生

二十七日、木曜日

きょう、あの先生が約束どおり、ぼくの家にきた。ぼくはかあさんと、新聞で見た貧しい女のひとのところへ、下着やなんかを洗濯に出しに出かけるところだった。先生が家にくるのは一年ぶりだったものだから、家じゅう大喜びだった。先生はちっとも変わっていない。ちいさなからだに、緑のヴェールをかけた帽子をかぶって、身なりはきちんとしているけれど、手入れをするひまもないせいで、髪はきれいにとかしてない。けれど去年にくらべると、ちょっと顔色が悪いし、しらがもすこしふえたし、それにせきが止まらないみたいだ。

それでかあさんが、「おからだのほうはいかがです、先生？　もうすこし、ご自分でだいじになさらなくてはだめよ！」と言ったのだ。

「ええ、でもかまわないの」と先生は、ほほえみながら、明るさとさびしさの入りまじった声でこたえた。

「それにそんな大きな声で話されなくても」とかあさんが話をつづけた。「生徒たちのことばかり考えてらして」

それはほんとうだ。先生の声はいつでもどこでもきこえた。先生に教わっていたときは、いまでもよくおぼえているけれど、先生が口をつぐんだのを見たことがない。生徒の気が散らないように、話しづめで、ちょっとのあいだも腰をおろすことだってなかった。

ぼくは先生がきっとたずねてくると思っていた。だって先生が自分の生徒のことを忘れることなんてないからだ。何年たっても、生徒の名前をおぼえている。毎月テストの日になると、校長先生のところにとんでいって、みんなの成績をたしかめる。出口でみんなの帰りを待っていて、勉強の進みぐあいをたしかめたり、作文を見せてごらんなさいと話しかけてくる。だからいまだって、中学校にあがってからも、先生に会いにくる卒業生たちがたくさんいる。みんなもう時計を腕にはめ、長ズボンになったというのにだ。

きょう先生は、美術館に引率《いんそつ》があって、その帰り道、くたくたなのに寄ってくれた。もう何年もやっているように、生徒を全員連れて出かけていたんだ。木曜日にはきまって、みんなをどこか博物館に連れていってくれて、なにからなにまで説明してくれる。かわいそうな先生、前よりやせてしまって。

でも元気なのは変わらない。クラスのことを話すときには、いつだってとても熱心だ。二年前、ぼくが重い病気にかかったとき、お見舞いにきてくれたことがあって、きょうも、そのときのベッドが見たいと言った。いまは弟がつかっているそのベッドを、先生はしばらくみつめていた。けれどベッドのことはなにも言わないまま、これから急いで、受け持ちの子を見舞いにいかなければならないの、馬具職人の子が、はしかにかかっていて、と言った。それに、今夜のうちに直してしまわなければいけない答案もあるし、寝る前に、お店のおかみさんの算数もみてあげなければならないという。

「さてと、エンリーコ」と帰りぎわに先生は言った。「いまみたいに、むずかしい問題が解けて、作文も長いのが書けるようになっても、先生のこと、好きでいてくれるかしら？」

先生はぼくにキスをして、階段の下までいってから、また声をかけた。

「わたしのこと、忘れないでね、いいわね、エンリーコ！」

先生のことを忘れたりなんかするものか！　おとなになったって、先生のことをおぼえていて、生徒に囲まれた先生のところへ会いにいくんだ。きっとどこかの学校のそばを通っていて、女の先生の声がしたら、先生の声を思い出して、先生といっしょに過ごした二年間のことが浮かんでくるにちがいない。たくさんいろんなことを勉強したなって。何度もなんども、疲れた先生も病気になった先生も見てきたなって。でもいつも元気いっぱい、やさしくて、だれかが書き方に悪いくせがついたと言ってはがっかりしたり、学校に視察のお役人がきてぼくらに質問するときには、心配でふるえていたり、ぼくらがちゃんとできれば大喜びしたり、まるでかあさんみたいに、やさしくかわいがってくれた。だから先生、先生のこと、ぼくはけっして忘れたりしない。

屋根裏部屋で

二十八日、金曜日

きのうの午後、かあさんとシルヴィアねえさんといっしょに、新聞で助けをもとめていたかわいそうな女のひとのところに、下着やなにかを持っていった。包みをぼくが、シルヴィアは、そのひとの名前のイニシャルと住所の載《の》っている新聞を持った。

一軒の高い家の屋根の下までのぼって、長い廊下を進んでいくと、ドアがたくさんならんでいた。かあさんがいちばん奥のドアをノックすると、まだ若い、金髪のやせた女のひとが顔をのぞかせた。このひとなら、前にいくどもみかけたことがあると、とっさにぼくが思ったのは、頭に青いスカーフを巻いていたからだ。

「あなたが新聞に出ていたかたですか?」

かあさんがたずねた。

「ええ、奥さま、わたしです」

「すこしですけれど、下着のたぐいを持ってまいりました」

するとそのひとは、ありがとうございます、神さまの祝福がありますように、と何度もなんどもいつまでも言っていた。そのときだ、空っぽの部屋の片すみに、男の子がひとり、ぼくらに背をむけ、いすの前にひざまずいて、なにか書きものをしているらしいのが見えたのは。よく見るとほんとうに、その子は、紙をいすの上にのせ、インクつぼは床において、書きものをしていた。こんな暗がりで、どうやったら書けるんだろう？　そんなことを考えていたら、急に、あの赤毛とくたびれた上着は、野菜売りの子のクロッシ、あの片腕の不自由な子じゃないか、と気がついた。あげた品物を女のひとが片づけているすきに、小声でそのことをかあさんに言ってみた。「しっ！」とかあさんは言った。「母親にほどこしをしているのが自分の友だちだとわかったら、はずかしいと思うかもしれないでしょう。だから声をかけちゃだめ」

ところがちょうどそのとき、クロッシがふりむいて、どうしていいか困っているぼくに、ほほえみかけた。するとかあさんは、さあ、いって抱いておやりなさい、と言って、ぼくの背中を押した。ぼくがクロッシを抱くと、クロッシは立ちあがって、ぼくの手をとった。

「わたしはここで」と、そのときクロッシのおかあさんがかあさんに話しかけてきた。「この子とふたりきりで暮らしています。夫は六年前にアメリカにいったきり、おまけにわたしが病気にかかったものですから、野菜売りに出てわずかなお金をかせぐことさえできません。かわいそうに、このルイジーノが勉強するちいさな机すら残っていないありさまです。それでも戸口にベンチがあるうちは、その上で書きものをすることができましたのに、いまはそれさえ持っていかれてしまいました。勉強するためのわずかな明かりもなしでは、目も悪くなるはずです。ありがたいことに、本とノートは市がくださるおかげで、この子も学校には通えています。かわいそうなルイジーノ、勉強は大好きなのに！　不幸せなこの子の身があわれでなりません」

かあさんは、さいふにあったお金を、そのひとに全部あげると、男の子に口づけをした。おもてに出たとき、かあさんは泣いているみたいだった。そしてぼくにさとすように、こう言ってきかせた。「いいこと、あの子はかわいそうに、あんなにしてまで勉強しなければならないのよ。あなたはなにひとつ不自由ないのに、勉強がつらいみたいね。ああ、エンリーコ、あなたの宿題一年分よりも、あの子の一日分のほうが、ずっと値打ちがあるのよ。ああいう子たちにこそ、一等賞をあげるべきなのかもしれないわ！」

学　校

二十八日、金曜日

そうさ、かわいいエンリーコ。勉強はつらいものだ。かあさんが言うとおりね。とうさんはまだ、期待どおり、きみが笑顔でしゃんとして学校にいくのを見たことがない。きみがまだ、いやいや出かけているからだ。でも、いいかい。ちょっと考えてごらん、学校にいかない一日が、どんなにつまらなくてみじめなものか！　一週間もしないうちに、お願いだから、また学校にいかせてくださいと両手を合わせてたのむことになるさ。たいくつなのと、はずかしいのとで、どうしようもなくなって、遊ぶことも生きることもいやになっているはずだ。みんなが、いまはみんなが勉強しているんだ、エンリーコ。考えてもごらん、一日の仕事を終えて、疲れきったからだで学校に通っている職工さんたちのことを。町のおかみさんやむすめさんたちだって、一週間働いたあと、いつも日曜学校にいっている。兵隊さんたちだって、訓練に疲れてもどってきてから、本やノートを開くんだ。口がきけなかったり、目が見えなかったりしても、勉強している子どもたちもいる。刑務所にいるひとたちだって、読み書きを習っている。

朝、家を出るときには、同じ瞬間に、この町で、きみと同じ子どもたちが三万人、家を出て、三時間勉強しに教室にむかっているんだということを考えてみるといい。それどころか、すべての国じゅうの町で、数えきれない子どもたちが、ほぼいっせいに学校にむかっているんだよ。想像してごらん。しずかな村の小道をつたい、さわがしい都会の通りをぬけ、海や湖の岸にそって、子どもたちがいく。焼けつくような陽ざしの下、ふかい霧のなか、運河のはりめぐらされた町なら舟で、ひろい大平原なら馬で、雪道ならそりで、谷をわたり丘をこえ、森をぬけ、はやい流れをわたり、さびしい山道をたどってゆく。ひとりぼっちなのか、ふたりなのか、それともみんなでかたまったり、列をつくってなのか。着ているものもいろいろだし、ことばだっていろいろだろうけれど、みんな教科書をわきにかかえて、氷のなかに閉ざされて見えないロシアの果ての学校から、シュロの葉かげの、はるかアラブの学校まで、何百万、何千万の子どもたちが、やり方はちがっても、みんな同じことを習うために、学校にむかっているんだ。何百という民族の子どもたちが、こんなふうにいっぱいひろがって、おおきな群れをなして、どこまでもつづいている――そのなかにきみもいるんだということを想像してみるといい。そしてもし、この動きがとまったら、ひとはまた野蛮なころに逆もどりすることになるかもしれない。だから、これこそが世界の進歩であり、希望と栄光なのだ――そう考えてごらん。さあ、勇気をだして、どこまでも大きな軍隊のちいさな兵隊さん。きみの本がきみの武器、きみのクラスがきみの部隊、そして戦場はこの世界全体なのだから、人間の文明こそが勝利というわけだ。ひきょうな兵隊さんになってはだめだよ、エンリーコ。

とうさんより

パドヴァの愛国少年（今月のお話）

二十九日、土曜日

ひきょうな兵隊になんかなるものか、ぜったい。でも先生が毎日、けさみたいな話をしてくれたら、もっとわくわくして学校にいくんだけれど。

毎月ひとつずつだぞ、と先生は言った。お話を書いたのもあげる。どれもほんとうに男の子がやったすばらしい行ないの話だよ。

けさのは「パドヴァの愛国少年」という題だ。

話はこうだ。

フランスの汽船がスペインのバルセロナを出て、ジェノヴァにむかった。乗客は、フランス人、イタリア人、スペイン人にスイス人だった。そのなかに、みすぼらしい身なりをした十一歳の少年がいた。ひとりきり、いつもみんなと離れたところにいて、野生の動物みたいなおそろしい目つきで、みんなをじっとみつめていた。

この子がおそろしい目つきでみんなをみつめるのも、無理のないことだった。二年前、パドヴァの近くでお百姓をしていた両親に、曲芸団一座の団長のところに売られてしまったからだ。団長は、なぐるける、ごはんもろくに食べさせないで、この子に曲芸をしこんだあと、フランスやスペインを連れまわすようになったが、痛めつけるのと、ひもじい思いをさせることにかわりはなかった。

バルセロナに着いたときには、見るもあわれなくらい、いじめとひもじさにがまんできなくなって、とうとう団長のもとから逃げだして、イタリアの領事に、保護をもとめたのだ。かわいそうに思った領事が、この子を船にのせることにして、ジェノヴァの警察署長あてに手紙を書いてもたせたというわけだ。手紙には、この子を両親のところへ、この子を、けものみたいに売りとばした両親のもとへ、送りとどけてやってほしいと書いてあった。

かわいそうに少年が、服はぼろぼろ、からだも病気で弱っているのを見て、二等船室があてがわれた。みんなにじろじろながめまわされ、ときには質問まであびせられても、少年はなにも答えようとはせず、みんなを憎み、さげすんでいるみたいだった。それほど、これまで味わってきた苦しみやいじめは、少年の心をとげとげしく、いじけさせていたのだ。

それでも根気よく質問をつづけた旅人が三人いて、少年の口を開かせることができた。故郷のことばにスペイン語、フランス語のまじった、ぶっきらぼうなことばで、少年は、身の上を語った。三人の旅人は、イタリア人ではなかったが、少年の言うことはわかった。そしていくらかはかわいそうになって、それとすこしは酒のいきおいもてつだったのだろう、少年に銅貨をやると、からかったり、もっとちがう話をしろとけしかけたりした。ちょうどそのとき、ご婦人が連れだって、広間にはいってきた。すると三人は、さも見せつけるように、さっきよりたくさんお金を少年にやって、大声で、「これをとっておきなさい。こっちもとりなさい」と言いながら、テーブルに、お金の音をひびかせた。

少年は低い声で礼を言いながら、お金を残らずポケットにいれた。態度はぶっきらぼうでも、目には、はじめて、ほほえみと親しみがうかんでいた。

それから少年は自分の船室のベッドによじのぼって、カーテンをひき、静かに横になって、自分のことを考えてみた――この二年、パンもろくに食べられなかったけれど、このお金があれば、船の中でなにかうまいものにありつける。二年着つづけてぼろぼろになった服も、ジェノヴァに上陸したら、あたらしい上着に買いかえられる。それにこのお金をもって帰れば、おやじやおふくろに、一文無しで帰ったときより、いくらか人並みにあつかってもらえる。

このお金は少年にとって、ちょっとした財産だったのだ。

自分の船室のカーテンのうしろで、こんなことを考えて、少年がなごやかな気分になっているころ、あの三人の旅人は、二等船室の広間のまんなかにある食卓を囲んで、話をつづけていた。

ワインを飲みながら、これまでにした旅のことや、見てきた国のことを、いきあたりばったり、あれこれ話していたのだが、たまたまイタリアが話題にのぼった。ひとりがホテルの不満を言いだすと、ひとりは鉄道の悪口を、やがてみんな熱くなって、口をそろえて、なにからなにまで悪く言いだしはじめた。ひとりがラップランドに旅行したほうがましだと言えば、もうひとりは、イタリアには詐欺師《さぎし》と山賊しかいなかったと言い、三人目は、イタリアの役人ときたら、字も満足に読めやしないと言う。「ものを知らない国民なんだ」

と最初の男がくりかえした。「うすぎたないし」と二番目がつけたした。「どろ……」と三人目は言いかけたのだが、思いどおり「どろぼう」と、最後まで言いおえることはできなかった。

銅貨と銀貨の雨が、男たちの頭や肩にふってきて、テーブルや床の上で、すさまじい音をたててはねかえったからだ。三人はかっとなって、いっせいに立ちあがり、上を見あげた。とたんに、また銅貨がひとつかみ、顔をめがけてふってきた。

「あんたらの金だ、持ってけ」

少年が船室のカーテンから顔をのぞかせて、軽蔑《けいべつ》したように言い放った。「おれは、ひとの国を悪く言うやつらから、めぐんでもらったりなんかしないんだ」

えんとつ掃除の子

十一月一日

きのうの午後、ぼくらの校舎のとなりにある女子部にいった。シルヴィアねえさんの先生が、パドヴァの少年の話を読みたいというので、持っていったのだ。女の子が七百人もいるんだ！　ぼくが着いたとき、ちょうど下校がはじまったところだった。あすから、万聖節と万霊節がつづいて連休なので、みんなはしゃいでいた。そのときだ、とてもすてきなものを見たのは。

校門の前、道のむかい側に、壁にもたせかけた片ほうの腕にひたいをつけているひとがいた。えんとつ掃除のひとだった。とてもちいさな男の子が、顔じゅう真っ黒にして、ふくろとススかきを手に、すすりあげるようにして泣きじゃくっていた。

三年生の女の子が二、三人、そばにいって、話しかけた。「そんなに泣いて、どうしたの？」

でもそれにはこたえず、その子は泣きつづけていた。

「いったいどうしたの？　なんで泣いてるのかおしえて」と女の子たちが口ぐちに言った。

するとその子が腕から顔をあげた——赤ちゃんみたいな顔だった。そして泣きながら、「あちこち家をまわって、えんとつをきれいにして、三十ソルドかせいだのに、それをなくしちゃった。ポケットの穴から落ちちゃったんだ」と言って、ポケットにあいた穴を見せた。「お金がないのに、家になんか帰れないよ、もう」

「親方になぐられるもの」と、すすりあげながら言うと、もうどうしようもないというように、また頭をがっくり腕に落とした。

女の子たちは深刻な顔つきで、じっとその子をみつめていた。いつのまにか、ほかの学年の子たちも寄ってきていた。貧しい子も、お金持ちの子も、みんな紙ばさみをかかえて、やってきた。すると空色の羽かざりのついた帽子をかぶった子が、ポケットから銅貨を二ソルドだして、こう言った。「わたし、二ソルドしかないの。みんなで集めましょう」「わたしも、二ソルドもってる」と赤い服の子が言った。「みんなでだったら、三十ソルドは簡単よ」

それから名前のよびあいがはじまった。

「アマーリア！」「ルイージャ！」「アンニーナ！」

「一ソルドね」

「お金もってるひといない？」

「こっちにちょうだい！」

花やノートを買うお金をもっていた子がかなりいて、みんなそれをだした。下級生の子たちは、小銭をだした。それを、空色の羽かざりの子が全部集めて、大きな声で数えあげた。「八、十、十五！」

まだ足らなかった。

そのとき、いちばん背の高い、先生と見まちがえそうな子があらわれて、半リラ銀貨をだしたものだから、みんな大喜びだった。それでもまだ、五ソルド足らなかった。

「いま五年生がくるわ、あのひとたちなら、もってるはずよ」と、ひとりが言った。

五年の子たちがくると、ほんとうに銀貨や銅貨がふるように集まった。

みんながまわりに押し寄せてきた。そのまんなかに、えんとつ掃除の子が、色とりどりの洋服や羽かざりにリボン、それに巻き毛がつくる渦にのまれるようにしているすがたは、ほんとうにうつくしかった。

三十ソルドはとうに集まっているのに、まだまだ集まってくる。お金をもっていない一年生までが、上級生のあいだをかきわけてきて、とにかくなにかあげなくてはと、花たばをさしだしたりしている。

そこへ突然、門番のおばさんがとびだしてきて、「校長先生ですよ！」とさけんだ。女の子たちは、まるでスズメの子を散らすように、駆けだした。

あとには、えんとつ掃除の子がひとり、ぽつんと道のまんなかに、満ち足りた顔をして、涙をぬぐっていた。両手をお金でいっぱいにふくらませ、上着のボタンの穴も、ポケットも、それと帽子まで、花たばでいっぱいにして、そして足もとの地面にも、花がちらばっていた。

万霊節(死者の日)

十一月二日

きょうは、亡《な》くなったひとたちをしのぶ聖なる日です。いいこと、エンリーコ、亡くなったひとといっても、あなたたち子どもが、この日に、心から思いをささげなければならないのは、どんなひとたちなのかしら？　それは、あなたたち子どもや、赤ちゃんのために亡くなったひとたちなの。そのために、どれほどたくさん亡くなったか、そしていまも亡くなっているかしら！　考えてみたことがある？　仕事で命をすりへらした父親がどれほどいたか、わが子をやしなうために、なにもかもすてるほかなくて、からだをこわし、ひとよりはやくお墓にはいってしまった母親がどれほど多いか。みじめなわが子を見るにたえられなくて、ナイフを胸につきたてた男がどれだけいたか。赤ちゃんを亡くしたかなしみのあまり、身を投げ、命を絶ったり、正気を失った女がどれだけいたか。

　だから、きょうはね、エンリーコ、そうしたひとたち、みんなのことを考えるの。

　生徒たちのことが好きでたまらなくて、いつも頭からはなれずに、学校の仕事をしすぎて、胸の病気にかかって、まだ若いのに亡くなってしまった先生たちのこと。伝染病にかかった子どもたちを救おうと、勇気をふるって立ちむかっていって、自分がその病気で命を落としたお医者さんたちのこと。船が難破《なんぱ》したり、火事や飢饉《ききん》のとても危険なときに、パンの最後のひとかけらを、最後の救命板を、最後の避難《ひなん》ばしごを、子どもたちにゆずって、すすんでわが身を犠牲《ぎせい》にすることで、罪のないちいさな命をひとつ守れるのなら本望と、息をひきとっていったひとたちのこと。

　そんなふうに死んでいったひとがね、エンリーコ、数えきれないくらいいるの。墓地という墓地に、そうした気高いひとが何百って眠っているのだから、もしそのひとたちが、たとえ一瞬でも、お墓の中から脱けだせたとしたら、どうかしら。きっと大声で、だれか子どもの名をよぶことでしょう。だって、その子のために、若さのたのしみや、心静かな老後や、愛情や知恵や命を犠牲にしたのですもの。二十歳の花よめも、働きざかりの若者も――幼いものたちのために、勇敢に命をささげた名もないひとたち――みんなのお墓を、花でいっぱいにしたいと思っても、この世の花では足りないくらい、りっぱでやさしいのですもの。それくらい、あなたたち子どもは愛されているの！

だからきょうは、感謝をこめて、亡くなったひとたちのことを思いなさい。そうすればあなたは、自分を愛してくれて、自分のために力をつくしてくれるひとたちのことを、いまよりもっと、やさしく愛する気持ちになれるはずよ。エンリーコ、あなたは幸せよ。この死者の日に、あなたが涙を流さなければならないひとは、まだだれもいないんですもの。

かあさんより

十一月

ぼくの友だちガッローネ

四日、金曜日

たった二日の休みだったのに、長いことガッローネに会わなかったみたいだ。知れば知るほどガッローネのことが好きになる。ほかの仲間だって、みんなおなじだ。でも、いばっているやつらだけは、ガッローネと仲が悪い。いばっていると、ガッローネが放っておかないからだ。大きな子がちいさな子に手を上げたりすれば、きまって、「ガッローネ！」とちいさな子が大声でよぶ。すると大きな子は、ぴたっと、ぶつのをやめる。

ガッローネのおとうさんは鉄道の機関士だ。学校にはいるのがおくれたのは、二年病気をしていたからだ。クラスでいちばん背が高くて、いちばん強い。机なんか片手で持ちあげるし、いつでもなにか食べている、とにかくいいやつだ。たのまれれば、鉛筆でも消しゴムでも、紙でも小刀でも、なんだって貸したり、あげたりしちゃう。教室にいるときは、無口でにこりともしない。からだにちいさすぎる席で、いつも猫背《ねこぜ》のまま、大きな頭を肩のあいだですくめて、じっとしている。ぼくが顔を見ると、目を細めてほほえみかけてくれる。まるで、「なあ、エンリーコ、ぼくらは友だちだろ？」とでも言うみたいに。おかしいのは、ばかでかい図体《ずうたい》をして、上着からズボン、シャツのそでまで、みんなつんつるてんで、帽子だって、頭——それも丸刈りときてる——に、ちょこんとのってるだけだし、靴はぶかぶか、ネクタイは、いつだってひもみたいに、よれよれだってことだ。ガッローネ、一度きみの顔を見たら、だれだって、それだけできみが好きになる。一年生の子はみんな、きみのとなりにすわりたがっているよ。

得意なのは算数だ。教科書は重ねて、イノシシの赤い革ひもでくくって、持って歩く。それから柄のところが真珠でできた小刀をもっている。去年、練兵場でひろったんだ。それで、いつだったか、指を骨のところまで切ったことがあったけれど、学校ではだれにも気づかれなかったし、家でも、両親をびっくりさせないようにと、だまってすませてしまった。

ふざけているぶんには、なにを言われても放っておくし、ぜったい腹を立てたりしないけれど、「うそだ」なんて、きめつけられでもしようものなら、たちまち眼から火花をちらして、机もたたきわりそうないきおいで、げんこつでガツンとくる。かと思うと、土曜日の朝、二年の子が、もっていたお金をとられて、ノートが買えなくなったと、道のまんなかで泣いているのをみつけて、その子に一ソルドをあげたこともある。

ここ三日ほどは、おかあさんの誕生日祝いにと、ペンで、ふちにかざり模様つきの手紙を八枚も書くのにかかりっきりだ。おかあさんも、やっぱり大柄で体格のいい、とても感じのいいひとで、よく学校にむかえにくる。

先生もガッローネのことはよく見ていて、そばを通るときは、きまって首のあたりを、まるで気立てのいいオスの子牛をなでるときみたいに、ポンポンとやる。

ぼくはガッローネが大好きだ。ガッローネのおとなみたいな大きな手を、ぼくの手でつつむと、うれしくてたまらない。ガッローネなら、きっと、自分の命を投げだしてでも友だちを助けるし、自分が殺されたって友だちをまもるにちがいない。そうはっきり眼のなかに書いてある。それに、あの、いつだってボソボソ言ってるふとい声が、やさしい心のあらわれだってことは、みんなが感じている。

炭屋と紳士

七日、月曜日

ガッローネなら、きのうの朝カルロ・ノービスがベッティに言ったようなことは、ぜったい言わなかったはずだ。

カルロ・ノービスは、おとうさんが大金持ちだからといって、自分までえらいと思っている。ほとんど毎朝、ノービスを送ってくるおとうさんは、ひげが黒くて背の高い、とてもまじめそうな紳士だ。

きのうの朝、ノービスが、ベッティという一年生の子とけんかをした。ベッティが炭屋の子だからと、ノービスは、自分のほうが悪いせいで返事につまったくせに、「おまえのおやじなんて、きたない貧乏人じゃないか」と大声をあびせた。ベッティは首すじまで真っ赤にして、だまっていたけれど、目からは涙があふれていた。ベッティは家に帰って、おとうさんに、言われたことをそっくり話してきかせた。

それで、きょう、午後の授業のとき、背の低い、からだじゅう真っ黒にした炭屋のおとうさんが、子どもの手をひいて、先生に文句を言いにやってきたというわけだ。

おとうさんが先生にうったえているあいだ、みんなは静まり返っていた。そこへ、いつものように入り口で息子のマントをぬがしていたノービスのおとうさんが、自分の名前をききつけて、教室にはいってきて、わけをたずねた。

「こちらの職人さんが」と先生はこたえた。「あなたの息子さんのカルロが、自分の子に『おまえのおやじなんて、きたない貧乏人じゃないか』と言ったのがけしからんと、うったえにいらしたんです」

ノービスのおとうさんは、眉《まゆ》をひそめて、顔を赤らめた。

それから息子にむかってたずねた。

「そんなことを言ったのか?」

息子は、教室のまんなかで、うなだれて、ベッティの前に立っていたが、なにもこたえなかった。

するとおとうさんは息子の腕をつかんで、ベッティの正面につきだすようにして、ふたりのからだがくっつくくらいにむき合わせると、こう言った。

「あやまりなさい」

炭屋のおじさんが「いや、そんな」と言って、割ってはいろうとした。

けれど紳士のほうは、かまわず息子にくりかえした。

「あやまりなさい。わたしの言うとおりにくりかえすんだ。『ぼくはきみのおとうさんに、とても失礼で、ばかげた、はずかしいことを言ってしまいました。ごめんなさい。ぼくのおとうさんは、きみのおとうさんに握手をしてもらえたらありがたいと言っています』と」

炭屋のおじさんは、そんなにまでしてもらわなくても、とでもいうように、断るしぐさをした。それでも紳士は納得せずに、息子のほうがのそのそと、消えいりそうな声で、目を床に落としたまま言いはじめた。「ぼくはきみのおとうさんに……とても……失礼で……ばかげた……はずかしいことを……言ってしまいました……ごめんなさい。ぼくのおとうさんは……きみのおとうさんに……握手をしてもらえたら……ありがたいと言っています」

そこで紳士が炭屋のおじさんに手をさしだすと、炭屋のおじさんも、その手をぎゅっとにぎりしめた。そしてすぐさま息子の背中をひとつきして、カルロ・ノービスの胸のなかにとびこませた。

「恐縮《きょうしゅく》ですが、ふたりを並ばせてやっていただけませんか」と紳士が先生にたのんだ。先生はベッティをノービスの席にすわらせた。ふたりが席につくと、ノービスのおとうさんはおじぎをして出ていった。

炭屋のおじさんは、そのまましばらく、並んでいるふたりを見ながら、なにか考えこんでいるようすだったが、やがて席に近づいていくと、ノービスをじっとみつめた。やさしさとすまなさのまじった顔つきで、なにか言いたそうにしていた。でも、なにも言わなかった。手を伸ばして、やさしくふれようとしたけれど、それもせずに、そのふとい指で、さっとノービスのひたいをなでただけだった。そして出口のところまでいってから、ふりかえって、もう一度、ノービスをじっとみつめると、教室を出ていった。

「いまみたことを、よくおぼえていてほしい、きみたちには」と先生が言った。「ことしで、いちばんすてきな授業だったということを」

弟の担任の先生

十日、木曜日

炭屋の子はデルカーティという女の先生の生徒だった。その先生が、きょう、病気で休んでいる弟を見舞いに、ぼくの家にきて、おもしろい話でぼくらを笑わせてくれた。

二年前、あの子のおかあさんが、息子にメダルをもらったお礼にと、先生の家まで、炭をエプロンいっぱいふくらませてもってきて、どうしても家にもってかえるわけにはいかないとがんばったけれど、かわいそうに、泣くなく、エプロンをいっぱいにしたまま、ひきかえしていったとか。それから、これはまた別の気立てのいい女のひとの話だけれど、とても重そうな花たばをもってきたと思ったら、中に銀貨や銅貨がつまっていたとか。とにかく先生の話がとてもおもしろかったものだから、おかげで弟なんか、最初はいやがっていた薬をいっきにのんでしまったくらいだ。

一年生の子たちを相手にするには、たいそうがまんがいるにちがいない。みんな、ちっちゃなお年寄りみたいに歯がないから、R《エッレ》やS《エッセ》がちゃんと言えない。それにせきをする子がいるかと思えば、鼻血をだす子がいたり、木のサンダルを机の下でなくす子もいれば、ペンで指をついてべそをかいている子も、ノートをまちがって買ってきちゃった、と泣いている子もいる。ひとクラス五十人、なんにも知らない、ちいさなふわふわの手をした子たちみんなに、先生は読み書きを教えてあげなければならないんだ！　ポケットの中にはいっている、あめ玉やボタン、ビンのふたに、レンガのかけらまで、先生は、ポケットからだしてって言わなければならない。それでも靴の中にまでかくしている子もいる。それに先生の話だって、ちゃんときいてなんかいないから、窓から大きなハエが一ぴきはいってきただけで、教室じゅう大さわぎになるし、夏なんか、教室に持ちこんだ草だのカブトムシだのを、飛ばしたり放したりして、それがインクつぼの中に落ちたりして、ノートをインクでよごしたりする。先生はおかあさんのかわりに、服を着るてつだいをしたり、なにかが指にさされれば包帯をまいてあげたり、帽子が落ちたらひろってやり、マントをまちがえないよう注意したりする。そうでもしなければ、たちまちあちこちで泣いたりわめいたりがはじまってしまうからだ。かわいそうな先生たち！　おまけに文句を言いにやってくるおかあさんたちがいる。先生、うちの子がペンをなくしたんですけど、どういうことなのかしら？　うちのがいっこうに勉強しないのはどうして？　どういうわけで、うちの子は、あんなにできるのに優等賞がいただけないのかしら？　机にあんなくぎがあるのに抜かないなんて、おかげでうちのピエーロは、ズボンをひっかけて穴をあけたじゃありませんか。

弟の先生だって腹の立つこともある。これ以上がまんできないって思ったときは、指をかんで、手をだ-さないようにこらえるんだって言ってた。それでもこらえきれなかったときは、あとから反省して、どなりつけてしまった子をやさしくなでてあげる。いたずらっ子は教室から追いはらうけれど、やっぱり涙は見せない。かと思うと、罰だと言って、子どもの食事をぬく親がいたりすると、かんかんになる。

デルカーティ先生は、若いし、背も高いし、それにおしゃれで、ちょっと色黒で、せっかちで、なんでもてきぱき片づけてしまう。それでいて、ほんとにちょっとしたことで感動して、そんなときは話し方がとてもやさしくなる。

「ですけれど、子どもたちがなついていることだけはたしかね」と、かあさんが先生に言った。

「ええ、そういう子がおおぜい」と先生はこたえた。「でも、学年が終わると、わたくしたちのことなんて見向きもしなくなる子がほとんど。担任が男の先生にかわると、それまでわたくしたち女のクラスにいたことがはずかしくなるのかしら。二年間めんどうをみて、一人ひとり、かわいくてたまらない子と別れるのは、かなしいことですけれど、そんなときは自分に、『ああ、あの子はだいじょうぶ、あの子なら、これからも、わたくしのこと、大好きでいてくれる』、そう言いきかせるんです。それでも夏休みが終わって、また学校がはじまると、その子のところに走っていって、『ああ、ぼうや、わたくしの子!』、そう声をかけずにいられません。なのに子どものほうは、そっぽをむいて」

ここで先生はことばをとぎらせた。

すこしして先生は、「きみは、そんなこと、しないわよね？」と、うるんだ目をあげながら言って、弟にキスをした。「きみは、そっぽをむいたりなんかしないわね？　かわいそうなお友だちに知らんぷりなんてしないわ」

かあさん

十一月十日、木曜日

弟の先生がいらしたとき、きみは、かあさんをうやまう気持ちを忘れていた！　あんなこと、二度としてはいけないよ、エンリーコ、ぜったいに！　きみがあんなことばづかいをすると、つらくて胸がきりきり痛くなる。とうさんはね、かあさんが、何年か前、ひと晩じゅう、きみのちいさなベッドの上にかがんで、きみがちゃんと呼吸をしているか、心配でぽろぽろ泣きながら、そのままきみが死んじゃうんじゃないかと、ガタガタふるえていたときのことを思い出していた。あのときは、かあさんのほうが気がどうかしちゃうんじゃないかと思ったものだ。そんなことを思い出したものだから、きみの態度には、ほんとうにぞっとした。かあさんを傷つけたんだぞ、きみは！

かあさんは、それできみの苦しみが一時間でもちぢまるなら、自分のしあわせを一年分ひきかえにだってするし、きみの命を救うためなら、物乞《ものご》いだって、自分の命を投げだすことだってする！　いいかい、エンリーコ。ようくおぼえておきなさい。考えてみるといい、これからきみが生きていくなかで、おそろしいことはいくらでもあるけれど、最悪なのは、かあさんがこの世からいなくなる日だってことを。何百回もね、エンリーコ、いつかきみが、たくさん競争を経験して、強いおとなになっても、きっときみはかあさんのことを思い出す。ちょっとでもいいから声が聞きたい、ひろげた腕のなかに飛びこんでいきたい、ほかにだれも、まもってくれるひとも、なぐさめてくれるひともいない、ちいさな子どもみたいになって——たまらなくそんな気持ちになるはずだ。そのときになって、きみは、どれほどかあさんを苦しめたか思い出して、いくら後悔しても手遅れだということに気づいて、わが身の不幸せをなげくことになる！　これから先、かあさんを苦しめるようなことがあったら、きみには一生、心がやすらぐことなんてないと思いなさい。後悔して、かあさんにすまないと思いながら、かあさんのことをせつなく思い出すだろうけれど、それではなにもなりはしない。良心がきみを許すはずはない。かあさんのおだやかでやさしい顔が、かなしそうにとがめているみたいにしか見えなくて、きみの心を苦しめつづけることになるからだ。

　エンリーコ、わかるかい、これが人間の愛情でいちばんとうといものだってことが。それをふみつけにするなんて、どんな不幸せものすることか。人殺しだって、母親をうやまう心があるうちは、まだ心のどこかに、まっすぐでやさしいところが残っているものだ。最高の名誉を手に入れたとしても、母親をかなしませたり傷つけたりするようなひとは、卑《いや》しい動物でしかない。きみをこの世に産んでくれたひとに、もう二度と、あんな口をきいてはいけない。今度また、あんなことばが口をついてでるようなことがあったら、そのときは、とうさんがこわいからではなくて、自分で心からすすんで、かあさんの足元にひざまずいて、ごめんなさいのキスをして、ひたいから恩知らずのしるしを消してください、とお願いすることだ。

きみを思ってのことだ、エンリーコ。とうさんにとって、きみは、いちばんたいせつな生きがいだ。でも、かあさんに恩知らずなまねをするくらいなら、きみなんか、この世にいないほうがいい。

しばらくは、抱いてほしいなんて言って、とうさんのところにこないでくれ。いまのきみには、とてもそんな気持ちになれそうもないから。

とうさんより

同級生のコレッティ

十三日、日曜日

とうさんは許してくれたけれど、ぼくはまだ、すこしかなしかった。それでかあさんが、門番のいちばん上の子と大通りに散歩にでもいっておいで、と外にだしてくれた。

大通りを半分くらいまでいって、一軒の店の前にとまっていた荷馬車の横を歩いていたら、だれかよぶ声がして、ぼくはふりかえった。

おなじクラスのコレッティだった。チョコレート色のシャツに猫皮の帽子という、いつもどおりのかっこうで、元気いっぱい汗だくになって、大きなまきの束を両肩にかついでいる。男のひとがひとり、荷馬車の上に立って、ひとかかえずつ手わたすまきを、受けとっては、自分の家の店の中に運んで、それをものすごいいきおいで積みあげていく。

「なにしてるんだい、コレッティ?」と、ぼくがきいた。

「見てのとおり」と、両腕をのばして、まきを受けとりながら、コレッティはこたえた。

「授業の復習さ」

ぼくは笑った。でもコレッティのほうは本気で、まきをかかえると、走りながら言いはじめた。「『動詞の活用は……数によって……数と人称によって変化し……』」それからまきを放り投げ、それを積みあげながら、「『時制によって……その行為がなされる時制によって……』」そして荷馬車のほうにひき返して、また束をひとかかえすると、「『その行為があらわす法……法によって変化する』」

それはつぎの日やる分の文法の勉強だった。

「しょうがないさ」と、コレッティは言った。「うまく時間をつかわなくちゃ。とうさんは店員をつれて用事にでかけてる。かあさんは病気で寝てる。だから荷おろしは、おれの仕事。それで合間に勉強してるんだ。きょうやったところ、むずかしくてさ。うまく頭にはいらないもんだから。とうさんが、七時には帰るって、それでお支払いをしますって、言ってました」と、それから荷馬車の男のひとにむかって言った。

荷馬車は帰っていった。

「ちょっと店にはいらないか」と、コレッティがぼくに言った。

中にはいると、大きな部屋が、まきの山や束でいっぱいで、すみのほうに、天秤《てんびん》ざおが置いてあった。

「きょうは特別いそがしくて、ほんとうさ」

またコレッティが話しはじめた。「勉強も、きれぎれに、ちょっとずつしなけりゃならない。作文をしてたら、お客さんはかわりばんこにやってくるし、さてと思って、またはじめると、今度はあの馬車だ。けさはもう、ヴェネツィア広場のまき市場まで、走って二往復してる。足は棒みたいになっちゃうし、手だって、ぱんぱんだ。これで図工の宿題でもあったら、たいへんさ」

そんな話をしているあいだも、コレッティは、レンガの床にちらばった枯れ葉や小枝を、ほうきで掃いていた。

「でも勉強はどこでするの、コレッティ?」とぼくがたずねた。

「もちろん、ここでじゃないよ」と答えが返ってきた。「きてごらん」

そう言って、コレッティは、店の奥にある小部屋に案内してくれた。台所と食堂兼用の部屋らしく、すみにちいさなテーブルがあって、その上に教科書やノート、それにやりかけの宿題がのっていた。

「そうだ」とコレッティが言った。「二番の答えのとちゅうだった。『革製品には、靴・ベルト』……それからと……『カバン』だ」

そう言うと、ペンを手に、きれいな字で答えを書きはじめた。

そのとき、店のほうから大きな声でよぶひとがいた。

「だれもいないの?」

まきを買いにきた女のひとだった。

「はい、ただいま」とこたえたと思ったら、もうコレッティはむこうに飛びだしていって、目方をはかり、お金を受けとり、すみまで走って、台帳に売上げを書きつけて、それでまたテーブルにもどってくると、「さてと、この文が最後まで書けるかな」と言った。

そうして『旅行カバン、兵隊用リュック』と書いたとたん、「あっ、たいへん、コーヒーが煮立っている！」とさけんで、ストーヴのところに走っていって、ポットを火からおろした。「かあさんのためにわかしたんだ。これくらい、ちゃんとできるようにならなくっちゃ。ちょっと待って、これをいっしょに持っていこう。そうすれば、かあさんもきみに会えるし、よろこんでくれるから。もう七日も寝たきりなんだ……動詞の活用、ね！このポットのせいで、しょっちゅう、指をやけどしてさ。『旅行カバン、兵隊用リュック』のほかに、なにがあったっけ？　まだなにかあるんだけど、思いつかなくて。さあ、かあさんのところにいこう」

ドアをあけて、ぼくらは、もうひとつ別の小部屋にはいった。ひろいベッドに、コレッティのおかあさんが、頭に白い布をまいて、寝ていた。

「かあさん、コーヒーだよ」

コレッティがカップをさしだしながら言った。「これ、おれの同級生」

「おや、いいぼっちゃんね」と、そのひとは言った。「お見舞いにきてくれたんでしょ？」

そのあいだ、コレッティはといえば、おかあさんがもたれているまくらのぐあいをなおしたり、かけぶとんをそろえたり、火のおきぐあいを見たり、ネコをたんすから追いはらったりしていた。

「かあさん、ほかに用事は?」

そうきいてから、カップをさげて、「シロップ二さじ、ちゃんと飲んだ? なくなったら、薬屋までひとっぱしり、いってくるから。まきおろしは全部すんだからね。四時になったら、かあさんの言いつけどおり、肉を火にかけるよ。それから、バター売りの女のひとが寄ったら、八ソルドはらっておく。みんなちゃんとしとくから、心配しないで」

「ありがとうね」とおばさんは言った。「かわいそうに、さあ、いきなさい。なんでも気のつく子でね」

おばさんは、ぼくに角ざとうをひとかけつまんでと言った。それからコレッティが額にはいった写真を一枚、軍服に勲章をいっぱいつけたおとうさんの写真を見せてくれた。六六年の戦争のとき、ウンベルト殿下からもらった勲章だそうだ。くりくりした目も、にっこりわらったところも、息子にそっくりだ。

ぼくらは台所にもどった。

「わかった!」とコレッティが言って、ノートにつづきを書きたした。『革製品には、馬具もある』。「残りは夜だな、きっと遅くなるだろうけど。きみは幸せだぞ、勉強する時間はいくらでもあるし、散歩だってできるんだから!」

そう言うコレッティは、やっぱり明るく元気いっぱいに、店にとびだしていって、さっさとまきを台にのせて、のこぎりで半分にひきはじめた。それからこう言った。「体操さ、これは！『前へならえ！』とはちがうけどね。とうさんが帰ってくるまでに、全部ひいておきたいんだ。きっとよろこんでくれるから。困るのは、のこぎりをひいたあとだと、t《ティ》や1《エッル》を書くときに、先生がいつも言うみたいに、ヘビみたいなくねくねした字になっちゃうことなんだ。だからって、どうしようもないだろ？　先生には、仕事で腕をつかいすぎたんだって言っておくさ。だいじなのは、かあさんが早くよくなってくれることだ。それだけさ。でも、おかげで、きょうは、だいぶいいみたいだ。文法なら、あした朝、めん鳥がなくのといっしょに起きてやればいい。あっ、荷馬車が丸太を積んできたぞ！　さあ、仕事だ」

丸太をいっぱいに積んだ荷馬車が、店の前にとまった。コレッティはおもてにかけだしていって、男のひととなにか話してから、ひき返してきた。「きみの相手をしてられなくなっちゃった」と、ぼくに言った。「また、あしたね。きてくれて、うれしかったよ。散歩、たのしんでこいよな！　ほんと、きみは幸せものさ」

そしてぼくの手をぎゅっとにぎると、一本目の丸太をとりに走っていった。ふたたび荷馬車と店のあいだを往復しはじめたコレッティの顔は、あの猫皮の帽子の下で、バラ色に染まって、見ているだけで、ぼくにも元気がでてきそうだった。

きみは幸せものさ！　ときみは言ったけれど、ちがうよ。コレッティ、ちがうんだ。いちばんの幸せものはきみさ。だってきみは、ひと一倍、勉強も仕事もして、おとうさんやおかあさんの役にだって立っているし、だれよりやさしいし、ぼくなんかより、ずっと、何百倍もやさしくてえらいんだもの、ぼくのだいじな同級生くん。

校長先生

十八日、金曜日

けさのコレッティはうれしそうだった。三年生のときの担任、コアッティ先生が、今月の試験監督にきてくれたからだ。もじゃもじゃ頭で、大きな黒ひげの、くりくりの黒い眼をした、からだの大きな先生だ。大砲みたいな声で、バラバラにしちゃうぞとか、その首根っこつかんで警察につきだしてやるとか言って、いつだって生徒をおどしては、ありったけのこわい顔をしてみせる。でも一回だって、だれかを罰したことはない。それどころか、ひげの奥では、だれにも気づかれないように、いつもほほえんでいる。

コアッティ先生をいれて、先生は八人いて、そのなかには、まだ少年みたいな、ひげのない、背の低い助手の先生も、ひとりいる。五年の先生は、足が不自由だ。いつもどこかしら痛いと言って、ウールの大きなマフラーにくるまっているのは、いなかで先生をしていたとき、壁からしずくがしみでるようなじめじめした学校だったせいで、病気になってからのことだそうだ。五年の先生はもうひとりいて、真っ白な頭をしたお年寄りで、前は盲学校で教えていた。それから、めがねをかけて、金色の口ひげをはやした、おしゃれな先生もいる。〈弁護士さん〉ってあだ名がついているのは、先生をしながら、法律の勉強をして学位を取ったうえに、手紙の書き方教則本まで一冊書いたひとだからだ。体操の先生はと言うと、見るからに軍人といった感じで、ガリバルディ将軍の部下だったとかで、首に、ミラッツォの戦いでうけた刀傷がある。

それから、校長先生がいる。のっぽで、はげ頭、金縁めがね、それに胸までとどく長い灰色ひげ。服は上から下まで、真っ黒で、いつもあごの下までボタンがかけてある。生徒には、とてもやさしい。なにかしかられることがあって校長室によびだされて、みんながこわくてふるえているときでも、どなりつけたりなんかしないで、手をとって、そんなことしてはいけないよ、反省しなくてはね、と言って、ていねいにそのわけを話してくれるものだから、そのやさしい声を聞いているうちに、みんな、校長室を出てくるときには、目を真っ赤にして、罰をうけたのなら、こんなに困らなかったのにと、どうしていいかわからなくなっている。かわいそうな校長先生。朝はいつも、だれより先に席について、登校してくる生徒たちを待っているし、相談にくる父兄がいれば、その話に耳を貸す。放課後、先生たちが帰ったあとも、学校のまわりを見まわって、荷馬車にひかれた子はいないか、逆立ちあるきで道草しながら帰る子はいないか、ランドセルに砂や小石をつめこんでる子はいないか、とたしかめてあるく。曲がり角に、その背の高い黒い影がみえたとたん、群れていた子どもたちは、遊んでいたペン先やおはじきを放りだしたまま、パッと逃げだしていく。すると校長先生は、遠くのうしろから、いつもの、人なつこくてさびしそうな顔をして、コラッと人差し指をふりたててみせる。校長先生の笑顔は、だれも見たことがないの――そうかあさんが言っていた。志願兵で陸軍にいっていた息子さんをなくしてからは、ずっと。だから校長室の机に、いつも息子さんの写真が置いてあるんだ。

その不幸があったあと、学校をやめようと考えたらしい。市役所あての辞職願は、とうに書いてあって、いつも机の上に置いていたそうだ。でも、子どもたちとわかれるのがつらくて、出すのが一日のばしになっていた。

ところが、このあいだ、その決心がついた様子だった。そこでとうさんが校長室にでかけていって、校長先生にかけあうことにした。

「お辞めになるなんていけません、校長先生!」

そこへ、近所に越してきた男のひとが、息子をつれて、こちらに転校させてほしいと頼みにきた。その子をひと目みて、校長先生は、とてもおどろいた様子で、しばらくじっと、その子をみつめていた。そして机の上の写真をみつめてから、その子をひざのあいだに抱きよせて、顔をあげさせると、もう一度よく、その子をみつめていた。男の子が、なくなった息子さんにそっくりだったのだ。

「いいでしょう」

そう言って編入を許可すると、校長先生は、その親子を帰らせた。それからなにかを考えこんでいた。

「お辞めになるなんていけません!」

とうさんがまた言った。

すると校長先生は、辞職願をとりあげて、それをふたつに裂いてから、こう言った。

「ここに残ることにします」

兵隊さん

二十二日、火曜日

陸軍に志願兵でいった息子さんをなくしたせいで、校長先生は、下校時間になると、いつも大通りに出て、兵隊さんたちが行進するのを見ている。きのうも歩兵が一連隊通ったとき、子どもが五十人ほど、軍楽隊のまわりをとびまわりはじめたと思ったら、ランドセルや紙ばさみを定規でたたいてリズムをとりながら、いっしょにうたいだした。ぼくらは歩道にひとかたまりになって、ながめていた。ガッローネは、いつものつんつるてんの服を窮屈そうに着て、おおきなパンのかけらをかじっていた。おしゃれなヴォティーニは、あいかわらず洋服のけばをむしっていた。おとうさんの上着を着た、鍛冶屋の息子のプレコッシも、カラブリアからきた子も、「左官屋くん」も、赤毛のクロッシも、あのあつかましいフランティも、それにロベッティ――乗り合い馬車にひかれそうになった下級生を助けて、いまも松葉杖をついている、あの砲兵隊の大尉の子だ――も、みんないた。

フランティが、足をひきずって歩いている兵隊さんをみつけて、大声で笑った。けれど、そのとたん、だれかの手が肩にさわったのを感じてふりかえった。校長先生だった。「いいかい」と校長先生は言った。「行進中で、手だしも口ごたえもできない兵隊さんをからかうなんて、くくりつけられているひとを侮辱するのとおなじで、とてもひきょうなことだぞ」

フランティはどこかに消えてしまった。

兵隊さんたちは、汗とほこりにまみれながら、四列縦隊で行進をつづけていた。陽の光に銃がきらめいていた。

校長先生が言った。「きみたち、兵隊さんのことを好きにならなければね。あのひとたちが、わたしたちをまもってくれるんだから。もしあすにも、よその国の軍隊が攻めこんできたら、わたしたちのために命をすててくれるのは、あのひとたちなんだからね。あのひとたちだって、子どもだろ、きみたちより、ほんの少し年上なだけだ。あのひとたちだって、学校に通っていて、きみたちと同じように、貧しいひともいれば、お金持ちもいる。

イタリアじゅうからやってきているのは、ほら、顔を見れば、すぐわかる。いま通ったのは、シチリアから、今度はサルデーニャ、ナポリ、ロンバルディーアからのひとたちだなって。いまきたのは、むかしからある連隊で、あそこの兵隊さんたちが一八四八年のときに戦ったんだ。ひとは変わっているけれど、旗は同じだ。あの旗のもと、きみたちが生まれる二十年前のこと、わたしたちの祖国のために、いったいどれだけたくさんの兵隊さんたちが命を落としたことだろう！」

「きたぞ！」とガッローネが言った。

たしかに、ぼくらから少しはなれたところを、その旗が、兵隊さんたちの頭の上からつきでるようにして、進んでくるのが見えた。

「ひとつ提案があります」と校長先生が言った。「みなさん、三色旗が通るときに、片手をひたいにあてて敬礼をしてください」

将校のもった三色旗がぼくらの前にさしかかった。すっかりぼろぼろで色あせた旗のさおのところに、いくつも勲章がついていた。ぼくらは、片手をひたいにあて、いっせいに敬礼をした。将校がほほえみながら、ぼくらに敬礼を返してきた。「えらいぞ、みんな」と、うしろから声がかかった。

ふりかえってみると、お年寄りがひとり、上着のえりに、クリミア戦争にいった部隊の空色のリボンをつけて立っていた。いまは退役した軍人さんだ。「えらいぞ」と、そのおじいさんは言った。「りっぱなことをしたね」

いつのまにか連隊の軍楽隊は、大通りのつきあたりまでいって、角を曲がるところだった。まわりに群がる子どもたちが、口ぐちに歓声をあげ、それがラッパの甲高い音色に重なって、まるで軍歌みたいにこだましていた。「えらいぞ」ぼくらをみつめながら、おじいさんがくりかえした。「あの旗を、ちいさいときからうやまう子は、あの旗をまもるおとなになれるものじゃ」

ネッリをかばうもの

二十三日、水曜日

あのかわいそうなネッリも、きのう兵隊を見ていたけれど、なんだか、自分は兵隊になんかなれない、と考えこんでいるふうだった。ネッリはおとなしくて勉強家だ。でもやせっぽちで、顔色も青白い。息をするのも苦しそうだ。いつも、ぴかぴか光った黒い布のエプロンをかけている。

ネッリのおかあさんは、金髪の小柄なひとで、黒い服を着て、授業が終わるころになると、かならずネッリをむかえにくる。ほかの生徒たちでごったがえしているから、そのなかでネッリがもみくちゃにされはしないかと心配なのだ。そしておかあさんは、ネッリの頭をなでてやる。

　はじめのうちは、かわいそうに、ネッリの背中がまがっているといって、からかう子がおおぜいいて、ランドセルで背中をぶったりした。けれどネッリは、どんな目にあっても手むかいはしなかったし、おかあさんにもなにも言わなかった。自分の息子が友だちにばかにされていると知ったら、きっとおかあさんがかなしがると思ったからだ。

　それでみんなは、ますますいい気になって、ネッリをあざ笑った。ネッリは机にうつぶしたまま、だまって泣いていた。

　ところがある朝、ガッローネが机の上にとび上がると、こう言った。

「ネッリに手をだすやつは、横っつらを張りとばして、三回ぐるぐる回してやる！」

　フランティは、ガッローネの言うことなんか、かまいやしなかった。で、横っつらをぶんなぐられた。あいつは、ほんとうに、きりきりまいを三べんやらされた。それ以来、もうだれも、ネッリのことをかげで指さしたりしなくなった。

　先生が、ガッローネをネッリの席のとなりにならばせると、ふたりはなかよしになった。ネッリはガッローネが大好きになって、教室にはいってくると、まっさきに、ガッローネがどこにいるかたしかめる。帰るときには、「さようなら、ガッローネ」とネッリが言うと、ガッローネもかならずこたえる。

　ネッリが本やペンを机の下に落としたりすると、ガッローネはすぐに、ネッリが無理してかがまないでもすむように、自分がかがんで、本やペンをひろってやる。道具をランドセルにしまうときも、手伝ってやる。だから、ネッリはガッローネが大好きで、年じゅうガッローネのほうばかり見ている。そして先生がガッローネをほめると、まるで自分がほめられたみたいによろこんでいる。

ところでネッリは、とうとうおかあさんに、なにもかも話したにちがいない。つまり最初のうちはみんなからばかにされて、いじめられていたけれど、あとでは、友だちが自分をかばってくれて、そしてその友だちは、ずうっと自分をたいせつに思ってくれているということも話したらしい。

というのは、けさ、こんなできごとがあったからだ。

授業が終わる三十分前に、ぼくは先生の言いつけで、校長先生のところへ時間割をもっていった。校長室にいると、黒い服を着た金髪の女のひとがはいってきた。ネッリのおかあさんだった。

「校長先生、うちの子のクラスに、ガッローネという生徒はいますでしょうか？」と、おかあさんは言った。

「いますよ」と校長先生がこたえた。

「その子をここによんでいただけませんでしょうか。その子に話したいことがあるものですから」

校長先生は、用務員さんをよんで、教室にガッローネをむかえにやった。するとまもなく、ガッローネの、大きないがぐり頭が入り口にあらわれた。きょとんとしていた。そのすがたを見たとたん、その女のひとはかけよると、両手をガッローネの肩にかけ、その頭に何度もなんどもキスをしながら言った。「あなたなのね、ガッローネ。わたしのぼうやの友だちで、かわいそうなあの子をかばってくれるのは。あなたね、えらい子ね、えらい子だこと」

それから女のひとは、あわててポケットや手さげかばんのなかをさがしてみたが、なんにもみつからなかったので、自分の首から、ちいさな十字架のついたくさりをはずすと、それをガッローネの首に、ネクタイの下にかけてから、言った。

「これをもらってちょうだい。わたしの記念にね。あなたに心からお礼が言いたくて、幸せを祈っているネッリの母親からの記念に、これをかけていてほしいの」

クラスの一番

二十五日、金曜日

ガッローネはみんなから愛されているが、デロッシは、みんなから感心される。デロッシは一等のメダルをもらった。きっとことしもまた一番だろう。

だれもデロッシにはかなわない。どの科目だってデロッシが得意なことは、みんなが認めている。算数でも文法でも、作文でも、図工だって一番だ。デロッシには、なんだってすぐにわかってしまう。物おぼえのいいのには、びっくりする。なんでも楽らくこなしてしまう。デロッシにとっては、勉強が遊びみたいだ。

きのう、先生が言った。「きみは神さまから、すばらしい授かりものをしているんだ。それをむだにしないように」

おまけに体格もいいし、かっこうもいい。金色の巻き毛が、頭いっぱいにふさふさしているし、とても身軽で、ひょいと片手をついて、机をとび越すことだってできる。それに、もう、剣術だってできる。

年は十二で、おとうさんは商いをしている。年じゅう、金ボタンのついた青い服を着て、いつも元気でほがらかで、おまけに親切だ。試験のときは、できることならなんでも、みんなに教えてあげる。だからデロッシをからかったり、悪口を言ったりする子は、だれもいない。

でもノービスとフランティだけは、デロッシをいやな目で見ている。それからヴォティーニは、いつもうらめしそうにしている。けれどデロッシは、そんなこと、ちっとも気がつかない。デロッシが、いつものようにやさしく宿題を集めにまわると、みんなデロッシにほほえみかけたり、手をとったり、腕をひっぱったりする。デロッシは、さし絵入りの新聞や、絵や、家でもらうものなんかを、なんだってひとにあげてしまう。カラブリアからきた子には、カラブリアのちいさな地図をかいてやった。デロッシは、まるで大金持ちみたいに、にこにこしながら、なんにも気にかけず、だれにもえこひいきしないで、なんでもこなしてしまう。そんなデロッシがうらやましくてしかたがない。けれどデロッシには、どうやったって、かないっこない。

ああ、ぼくだって、ヴォティーニとおなじで、デロッシがうらやましい。家でいっしょうけんめい宿題をやっているときなんか、きっとデロッシは、いまごろ、もう楽らく片づけてしまっているだろうと思うと、情けなくなるときもある。そんなときは、デロッシがにくらしくなってくる。

けれど、学校にいって、デロッシがあのうつくしい顔で、にこにこ元気いっぱい、先生の質問に、自信たっぷりにこたえるのを見たり聞いたり、それに、デロッシがどんなに礼儀正しくて、どんなにみんなから好かれているかを知ったりすると、情けないと思った気持ちも、憎らしいという気持ちも、ぼくの心のなかから、すっかり消しとんで、そんな気持ちになったことが、はずかしくさえ思えてくる。

そういうとき、ぼくはいつも、デロッシのそばにいたい、デロッシといっしょに勉強できたらいいなあ、と思う。目の前にデロッシがいて、その声をきくだけで、勇気がわいてきて、勉強する気もわいてくるし、なにより気分がうきうきしてくる。

先生が、あした読んでくれるはずのお話を写してくれ、とデロッシにわたした。デロッシは、けさ、それを写したが、その話にすっかり感激して、顔は真っ赤にほてり、目はうるみ、くちびるはふるえていた。

ぼくは、じっとデロッシをみつめていた。とてもうつくしくて、気高く見えた。ぼくは、むしょうに、うれしくなって、できることならデロッシの前までいって、すなおにこう言いたかった。「デロッシ、きみは、なんだってぼくよりできる。きみは、ぼくなんかより、ずっとおとなだ。きみを尊敬するよ。きみのこと、心の底から、すごいと思っているからね」

ロンバルディーアの少年監視兵（今月のお話）

二十六日、土曜日

一八五九年、ロンバルディーア解放戦争のときのこと、ソルフェリーノとサン・マルティーノの戦いで、フランス・イタリア連合軍がオーストリア軍を破った数日後、六月のある晴れた朝のこと、サルッツォの騎兵小隊がゆっくりと、あたりを偵察しながら、ひと気ない小道を、敵軍にむかって進んでいた。小隊を指揮するのは、将校と軍曹ひとりずつ。そして全員おしだまって、じっと遠くをみつめながら、いつ木立ちのあいだから、敵の前《ぜん》哨兵《しょうへい》のすがたが白くきらめいてもいいようにと、ぬかりなく備えていた。

　そうして一行が、トネリコの林に囲まれた、いなかの一軒家にたどり着いてみると、家の前に、十二歳ぐらいの少年が、小刀で小枝をそいで、なにやら細い棒をつくっていた。その家の窓には、大きな三色旗がはためいていた。中に人影はなく、この家のお百姓はみな、オーストリア軍をおそれて、逃げてしまった様子だった。

　騎兵のすがたを見たとたん、少年はつくりかけの棒を放りだし、帽子をぬいだ。顔立ちのきれいな、肝のすわった顔つきの、青くすんだ大きな眼をした、長い金髪の少年だった。はだけたシャツから、むきだしの胸がのぞいていた。

「ここでなにしてる?」と、馬をとめて将校がたずねた。「おまえは、どうして家族といっしょに逃げなかったのだ?」

「家族なんていないよ」少年がこたえた。「おれはひろわれたんだ。みんなの仕事をなにかしら手伝ってるんだ。居残ったのは、戦争を見るためさ」

「オーストリア軍は通ったか?」

「いいや、ここ三日見てないね」

　将校はしばらく考えこんでいたが、やがて馬からおりると、敵軍のほうをむいている兵隊たちをその場に残して、家の中にはいり、屋根にのぼった……けれど家が低くて、屋根から見えるのは、ちっぽけな田園の風景だけだった。「木にでものぼらなけりゃいかん」と言って、将校は屋根からおりた。ちょうど庭先に、とても高くて細いトネリコの木が一本、晴れた空にてっぺんをゆらしていた。将校はしばらく、その木と兵隊たちを交互に見くらべて、なにやら考えにふけっていたが、ふいに少年にむかって、こうたずねた。

「ぼうず、目はいいか?」

「おれかい?」と少年がきいた。「一マイル先のスズメだって見えるさ」

「どうだ、あの木のてっぺんまでのぼれるか?」

「あの木のてっぺんだって? このおれが? 一分もかからないでのぼってみせるさ」

「それで下のほうになにが見えるか、むこうにオーストリア軍はいるか、ほこりが立っているか、銃が光るのが見えるか、馬はどうか、教えてくれないか?」

「もちろん、できるさ」

「お礼はなにがいいかな?」

「お礼だって?」と、ほほえみながら少年はきき返した。「なんにも。おもしろいから、いいんだ! それ以上、なんにも!……これが〈ドイツ野郎〉のためだっていうなら、ぜったいお断りだけど、おれたちのためだからな! おれだって、ロンバルディーアの人間だ」

「いいだろう。じゃあ、のぼってくれ」

「ちょっと待って、靴をぬぐから」

少年は靴をぬぎ、ズボンのベルトをしめなおすと、帽子を草むらに放り投げ、トネリコの木の幹にしがみついた。

「けど気をつけてな……」

急にこわくなったのか、一瞬ひきとめるようなしぐさをしながら、将校がさけんだ。ふりかえった少年のきれいな青い眼に、けげんそうな表情がうかんだ。

「なんでもない」と将校は言った。「のぼってくれ」

ネコみたいな身のこなしで、少年はのぼっていった。

「全員、前方に注意するように」と、将校が兵隊たちに大声で言った。

少年は、あっというまに、てっぺんにたどり着いて、幹につかまっていた。両脚は葉のかげになっていたが、上半身はのぞいていて、その金髪に陽の光があたって、金色にかがやいていた。将校の眼には、はるか遠くにちいさく少年のすがたが見えるだけだった。

「まっすぐ、遠くを見るんだ」と、将校はさけんだ。

少年は、もっとよく見えるようにと、右手を木からはなして、ひたいにかざした。

「なにが見える?」と将校がたずねた。

少年は、顔を将校のいる下のほうにむけると、よく聞こえるように、片手を口元にそえてから答えた。「白っぽくなった道に、馬にのったのがふたり」

「距離は?」

「半マイル」

「動いているか?」

「停まってます」

「ほかには、なにか見えるか?」そうきいてから、将校は、ちょっと間をおいて言った。

「右手を見るんだ」

少年が右手を見た。そして言った。「墓地のそばの、木のあいだに、なんか光ってる。銃剣みたい」

「ひとは、見えるか?」

「いいや、麦畑にかくれてるみたいだ」

そのとき、ヒュッと、銃弾がするどい音を残し、空中高くかすめて、家の裏手のむこうに消えていった。

「おりるんだ、ぼうず!」と将校がどなった。「みつかったぞ。もう、いい。おりてこい」

「こわくなんかないよ」と少年がこたえた。

「おりるんだ………」将校はくりかえした。「左手には、なにが見える?」

「左手?」

「そうだ、左手だ」

　少年が左のほうに顔をつきだした。とたんに、もう一発、さっきよりするどく低い弾の音が空中を切っていった。少年はふるえあがった。「ちくしょう！」少年がどなった。「おれをねらいやがった！」銃弾がすぐそばをかすめたのだ。

「おりろ！」いらいらと命令口調で、将校はさけんだ。

「すぐおりるよ」と少年がこたえた。「でも木があるから、むこうには見えない、だいじょうぶ。左手のことが知りたいんでしょ？」

「そう、左手だ」と将校。「それはいいから、おりてこい」

「左手にはね」と、そちらに上半身をのりだしながら、少年がさけんだ。「教会のあるところに、なんだか………」

　三発目がヒュッと、怒ったように、高いところをとんでいったかと思うと、少年がおりてくるのが見えた。ちょっと幹や枝につかまって、それから両腕をひろげたまま、すごいいきおいで、まっさかさまに落ちてきた。

「しまった！」とさけぶと、将校はかけよった。

　少年は地面に背中から落ちて、両腕をひろげたまま、あおむけにのびていた。血がどくどくと、左胸から、流れでていた。軍曹と兵隊がふたり、馬をとびおりた。将校はかがんで、少年のシャツをひろげた。銃弾が左の肺を貫通していた。「死んだ！」と将校はさけんだ。「いいえ、生きてます！」と軍曹がこたえた。

るんだ！」

「ああ！　かわいそうに！　ぼうず！」将校はさけんだ。「しっかりしろ！　しっかりす

そう言いながらも、ハンカチで傷口をおさえていると、少年が白目をむいて、がっくり頭を垂れた。死んだのだ。将校は、血の気が引いた顔で、一瞬、少年をみつめた。それから少年の頭を、そっと草の上におろした。そして立ちあがると、少年をじっとみつめていた。軍曹とふたりの兵隊も、身じろぎもせず、みつめていた。ほかの兵隊たちは、敵のほうをむいたままだった。

「ぼうず、かわいそうに！」と、かなしげに将校がくりかえした。「かわいそうに、勇敢なぼうずだったのに！」

そして家に歩みよると、窓から三色旗をとり、ちいさな亡きがらに、棺《ひつぎ》のおおいみたいにして、その顔が見えるように掛けてやった。軍曹は、遺体のわきに、靴と帽子と棒、それに小刀を集めてきて置いた。

黙とうがささげられた。やがて将校が軍曹にむきなおって言った。

「担架にのせてやろう。兵士として死んだのだから、兵士の手で葬《ほうむ》ってやろう」

そう言って、将校は片手で、亡きがらにキスをおくると、大声で命令した。「騎乗！」全員が馬にとびのると、小隊はひとかたまりになって、ふたたび行軍をはじめた。

そして数時間後、ちいさな亡きがらは、戦死者として名誉をうけることになった。

沈む夕陽のなか、前線にいたイタリア全軍が敵めがけて進軍をつづけていた。その朝、騎兵小隊が通った同じ道を、狙撃兵の巨大な部隊が、二列になって進んでいた。その大隊こそ、数日前、サン・マルティーノの丘をはなばなしく血で染めた部隊だった。少年戦死のしらせは、この兵士たちにも、出陣前にとどいていた。小川に沿った小道は、あの家のすぐそばを通っていた。大隊の先頭にいた将校たちは、トネリコの木の根元に横たえられて、三色旗にくるまれた、あのちいさな遺体を見ると、サーベルをかかげて敬礼をおくった。将校がひとり、小川の岸にかがむと、一面に咲いた花から二本つんで、それを少年に投げていった。すると狙撃兵がみんな、それぞれに通りかかるごとに、花をつんでは亡きがらに投げていった。数分のうちに、少年のからだは花にうもれ、将校も兵士も、みんな通りすがりに、別れのことばを投げかけていくのだった。「勇敢なロンバルディーアの少年！」「さよなら、ぼうず！」「じゃあな、金髪のぼうず！」「ばんざい！」「栄光あれ！」「さようなら！」

勲章をささげる将校もいれば、近づいて、ひたいにキスをする将校もいた。そして裸足《はだし》の上に、血に染まった胸に、金髪の頭に、花はやむことなくふりそそいでいた。

少年は、あの旗にくるまれて、白い顔に笑みをうかべるようにして、草の上で眠っていた。かわいそうに、まるでその別れのことばがきこえていて、おれのロンバルディーアのために命をささげることができてうれしいよ、とでも言っているみたいだった。

貧しいひとたち

二十九日、火曜日

祖国のために命をささげることは、ロンバルディーアの少年がそうだけれど、とてもすばらしいこと。でもあなたには、もっとささやかでも、すばらしい行ないがあることを忘れてほしくない。

昼前、いっしょに下校するとき、かあさんの前を歩いていたあなたが、貧しい女のひとのそばを通りかかったときのことよ。ひざのあいだに、やせこけて顔色の悪い男の子を抱いて、なにか恵んでほしいと言われたでしょ。あなたは、その女のひとをまじまじ見たあと、なにもあげなかったけれど、ポケットにお金はもっていたわ。いいこと、ぼうや。かわいそうな女のひとが、助けをもとめて手をさしだしているのに、その前を知らんぷりして通るようになってはだめ。それが、ちいさな赤ちゃんのために銅貨一枚恵んでほしいと言っている母親の前なら、なおさらよ。考えてごらんなさい、あの子はおなかをすかしていたかもしれないのよ。あのかわいそうな女のひとがどれだけ苦しんでいたか、よく考えてごらんなさい。いつか、かあさんが途方にくれて泣きながら、「エンリーコ、きょうはあなたにあげるパンもないの」、そう言わなければならないことがあるかもしれないって思ってごらん。

物乞いのひとに、銅貨一枚あげて、「神さま、このおかたとお子さんたちがおすこやかでいられますよう！」と声をかけられるとき、そのことばが、かあさんの心に、どれだけやさしくひびくか、そしてそのひとに、どれだけ感謝の気持ちがわいてくるか、あなたにはわからないでしょうね。その祝福のことばのおかげで、きっとわが家の健康はとうぶんのあいだまもられる気がして、満ち足りた気分で家にもどるの。そして思うの。「ああ、あの貧しいひとは、わたしがあげたより、ずっとたくさんお返しをしてくれた！」

ともかく、時どきでいいから、あなたのおかげで、そんな祝福のことばが聞けるようにしてちょうだい。ほんの時どき、ちいさなポケットから銅貨を一枚とりだして、身よりのないお年寄りの手に、パンにも不自由している母親や、母親のいない子どもの手に、落としてあげてごらんなさい。貧しいひとたちは、子どもたちが恵んでくれるのをよろこんでくれます。なぜって、子どもからはばかにされないし、それに、子どもは、みんなの力を必要としている点が自分たちに似ているから。だから、ほら、学校のまわりには、いつだって物乞いのひとたちがいるでしょ。なにかを恵むのは、おとながすれば施しだけれど、子どもがすれば、施しだけじゃなく、やさしさでもあるのよ、わかるかしら？　一枚の銅貨といっしょに、花が一輪、その手から落ちてきたみたいにね。いいこと、あなたにはなにひとつ不自由がないのに、あのひとたちは、ないものだらけなの。あなたには幸せがのぞみだけれど、あのひとたちは、死なずにいられるだけでじゅうぶんなの。考えてごらんなさい、お屋敷町のなかの、馬車やきれいな服を着た子どもが行き交う通りに、食べるものもない女のひとや子どもたちがいることが、どんなにおそろしいことか。食べるものがないんですよ。かわいそうに！　あなたと同じ子どもが、あなたと同じやさしい子たちが、あなたと同じ利発な子たちが、食べるものもなくて、大きな都会のなかを、まるで荒野をさまよう獣のようにさまよっているなんて！

ああ、もう二度と、エンリーコ、恵みを請《こ》うている母親の前を、その手に銅貨一枚あげることもしないで通りすぎることは、もう二度としないでちょうだい！

かあさんより

十二月

商売人

一日、木曜日

休みの日にはだれかクラスの子をつれておいで、でなければ自分から会いにでかけていくかだ、そうすればだんだんと、みんなと仲よくなれるからって、とうさんはいつも言ってる。だから今度の日曜日にはヴォティーニと、あのいつもおしゃれで、めかし屋の、とてもデロッシのことをやっかんでいる子と、散歩にいこう。

そういえば、きょうはガロッフィが家にきた。あのやせっぽちでのっぽの、フクロウのくちばしみたいな鼻をして、いつもきょろきょろそこらじゅう、ぬけめなく見まわしている、ちいさくてずるがしこそうな目をした子だ。雑貨屋の息子だけれど、そうとうな変わりものだ。しじゅうポケットのお金を数えているのだけれど、それがものすごくはやいし、かけ算だって、九九《くく》の表をつかわないでなんけたでもこなしてしまう。それでお金をためて、もう学校貯金の通帳までもっている。賭《か》けたっていい、あいつは一ソルドのお金だって使いやしない、それどころか机の下に、一ソルドの五分の一の小銭を落としただけで、みつけるまで一週間だってさがしている。カササギみたいなやつだ、とデロッシは言ってる。みつけたものはなんだって、つかいふるしのペンに切手、ピン、それにこぼれて固まったロウソクのかけらまで、ひろって集めておく。切手集めは、もう二年以上になるから、いろんな国のを何百枚も、大きなアルバムにはさんでもっていて、それがいっぱいになったら、本屋にでも売るつもりらしい。いまだって本屋からノートをただでもらっているのは、生徒をおおぜい店につれていってやるからだ。学校にいるときでも、商売にせいをだして、毎日なにやかや、くじびきをしたり、とりかえっこをしたりしている。とりかえっこをしたあとになって、しまったと思って、とりかえしたくなったときは、二ソルドで買ったものを四ソルドで売る。ペン先をかけるときも、負けたことがない。古新聞はタバコ屋に売りにいく。商売の記録をつけるちいさな手帳をもっていて、売上げやら出し入れやらの金額をいっぱい書きこんでいる。学校では算数しか勉強しないし、優等賞のメダルをほしがるのだって、それがあれば、人形劇がただで見られるからだ。

そんなガロッフィがぼくは好きだし、おもしろい。

ふたりで、天秤ばかりをつかって市場ごっこをした。あいつは、ものの値段ならなんでも正確に知っていて、目方だって量れるし、包装だって、さっさとできて、ほんものの店員さんみたいだ。自分でも、卒業したら、すぐに商売を、それも自分が考えだした新しい商売をはじめるんだ、と言ってる。

ぼくが外国切手をあげたら、ほんとうによろこんでくれて、一枚いちまい、切手集めをしているひとにいくらで売れるか、事細かに説明してくれた。とうさんは、新聞を読んでいるふりはしていたけれど、ガロッフィの話を聞いておもしろがっていた。

ガロッフィのポケットは、商売用のちいさな品物で、いつもふくれあがっていて、それを長い黒マントで隠している。頭のなかは、いっぱしの商売人みたいに、ずっと商売のことでいっぱいみたいだ。でもいちばんたいせつにしているのは、切手集めだ。それが宝物だって、口ぐせみたいに言っているのをみると、切手でひと財産こしらえるつもりにちがいない。

クラスのみんなは、ガロッフィのこと、ケチだとか、高利貸しだとか言ってるけれど、ぼくにはわからない。ぼくはガロッフィが好きだし、いろんなことを教えてもらっているから、おとなだなって思っている。炭屋の子のコレッティは、あいつは、母親の命を助けるためだと言われたって、切手だけは手放さないね、と言っている。でも、ぼくのとうさんは、そんなふうに思っていない。

「まだ、きめつけるのははやいな」と、とうさんはぼくに言った。「いまはあんなことに夢中だけれど、根はやさしいからね」

みえ

五日、月曜日

きのう、ヴォティーニとヴォティーニのおとうさんといっしょに、リヴォリの並木道に散歩にでかけた。ドーラ・グロッサ通りを歩いていたら、スタルディが、あの、気にくわない相手がいたらけとばすやつが、本屋のショーウィンドウの前につっ立って、じっと地図をにらんでいるのをみかけた。道を歩きながらだって勉強しているようなやつだから、きっとずいぶん長いこと、そこにそうしているにちがいなかった。あの礼儀しらずときたら、ぼくらに、ろくにあいさつも返しやしない。

ヴォティーニは、ちょっとやりすぎなくらい、おしゃれをしていて、赤い縫いとりのついたモロッコ革のブーツに、絹のししゅうとかざりボタンつきの上着、白ラッコの帽子、それから懐中時計といういでたちだった。それを見せびらかしているという感じだった。でも今度は、あいつのみえっぱりが裏目にでた。

ふたりで並木道をかなり先までかけていって、ゆっくり歩いてくるあいつのおとうさんを、ずっとうしろに置いてきぼりにしてしまったものだから、ぼくらは石のベンチのところでとまって待つことにした。そばに、質素な身なりをした男の子が、疲れた様子で、うなだれて、なにか考えごとをしていた。その子の父親らしい男のひとが、木立ちの下をいったりきたりしながら、新聞を読んでいた。ぼくらは腰をおろした。ヴォティーニが、ぼくとその子のあいだにすわった。そしてすぐに、自分がおしゃれをしていることを思い出して、となりの子に見せつけて、うらやましがらせてやろうと思ったらしい。片ほうの足をあげると、ぼくに言った。「ほら、このブーツ、将校用だぞ」

そう言ったのは、もちろんその子の目をひくためだ。ところがその子は、目もくれなかった。

そこでヴォティーニは足をおろし、今度は、絹のかざりボタンをぼくに見せると、横目でその子を見ながら、絹のは気に入らないから、銀ボタンに変えてもらうつもりなんだ、と言った。けれどその子は、かざりボタンも見ようともしなかった。

するとヴォティーニは、人差し指で、とびきり上等な白い毛皮の帽子を、くるくる回しはじめた。それでも男の子は、いかにもわざとらしく、帽子なんか見てやるもんかというふうに、そっぽをむいた。

ヴォティーニは、いらつきだして、今度は時計をとりだして、ふたをあけると、中の歯車をぼくに見せた。でもその子はふりかえらなかった。「銀に金メッキをしてあるのかい？」とぼくはきいた。「ちがうよ、金だよ」とヴォティーニがこたえた。「まさか、純金ってわけはないだろ」とぼくは言った。「銀だってまじっているんじゃないか」

「そんなことない！」

言いかえすと、ヴォティーニは、時計を男の子の鼻先につきつけて、無理やり見せつけてから、話しかけた。「どうだい、ほら、ほんとうに純金製だろう？」

男の子はそっけなく答えた。「さあね」

「おい、おい！」かんかんになって、ヴォティーニはさけんだ。「なんて鼻持ちならないやつなんだ！」

ちょうどヴォティーニがそう言っているところへ、おとうさんがやってきて、そのことばを聞きつけると、一瞬、その男の子をみつめてから、息子にむかって、きびしい口調で言った。「だまりなさい」

そして息子の耳元にかがみこむと、「目が見えないんだよ、この子！」とことばをつづけた。

はっとして、ヴォティーニはとびあがると、その子の顔をまじまじとみた。眼にはガラス玉がはいっていて、その眼には、表情も、瞳《ひとみ》もなかった。

ヴォティーニは、すっかりしょげこんで、視線を地面に落としたまま、ことばを失っていた。やがて、ぼそぼそと、「ごめんなさい……ぼく、知らなくて」

けれど目の見えない男の子は、すっかり事情をのみこんでいたらしく、やさしくてさみしそうなほほえみをうかべながら、こたえた。「ううん、いいんだよ」

ともかくヴォティーニは、みえっぱりなんだ。でも、意地悪なところは、ちっともない。だって、それから散歩のあいだじゅう、もうにこりともしなかったもの。

初雪

十日、土曜日

さようなら、リヴォリの散歩！　子どもたちの大のなかよしのおでましだ！　初雪が降ったんだ！

きのうの晩からずっと、ジャスミンの花びらみたいな、ふわふわの大きなつぶが空一面に舞っておりてくる。けさ、学校で、窓ガラスにあたって、さんに積もってゆく雪をながめていると楽しくなってきた。先生も、ながめながら、両手をこすりあわせていたし、みんなも、雪合戦のことや、これから張るはずの氷のこと、それに家の暖炉のことを思って、うれしそうだった。でもスタルディだけは、そんなことおかまいなしに、こめかみに、ギュッとこぶしをあてて、勉強に集中していた。

すてきだったのは、下校のときのお祭りさわぎ！　みんな、われ先にと大声をあげながら、おもてに飛びだしていくと、両手でなんども雪をすくいとったり、水におぼれた小犬みたいに、ピョンピョンはねまわったりしていた。外で待っていた父兄のかさは、真っ白、おまわりさんのヘルメットも、真っ白、それにぼくらのランドセルも、あっというまに、真っ白になった。みんな、自分でも気づかないうちに、陽気になっているみたいで、あの笑顔を見せたことのない青白い顔のプレコッシ、あの鍛冶屋の子も、それからロベッティ、あの乗り合い馬車から下級生を助けた子まで、松葉杖すがたではねまわっていた。カラブリアからきた子は、雪なんかさわるのもはじめてで、玉をこしらえると、モモでもかじるみたいに、かぶりついていた。野菜売りの子のクロッシは、ランドセルを雪でいっぱいにした。それから「左官屋くん」には、大笑いさせられた。とうさんが、あした家においでと誘ったとき、左官屋くんは、口の中が雪でいっぱいで、はきだすわけにも、のみこむわけにもいかなくて、のどをつまらせたまま、ぼくらをみつめたきり、返事もしなかったんだ。

女の先生たちも、笑い声をあげながら、校舎から走りだしてきた。あの二年のとき担任だった先生も、みぞれまじりのなかを、いつもの緑色のヴェールで顔をまもるようにして、かけてきて、かわいそうに、しきりにせきをしていた。そのうちに、となりの校舎の女の子たちが、何百人も通りかかったかと思うと、きゃあきゃあ言いながら、真っ白なじゅうたんの上を、小走りにかけていった。先生たちも用務員さんも、おまわりさんも、みんな声を張りあげて、「帰りなさい！　はやく帰りなさい！」と言っているあいだにも、雪が口にまいこんだり、あごひげや口ひげが白くなったりしてしまう。それでも、あのひとたちも、冬がきて、子どもたちが大喜びしてはしゃいでいるのを見て、笑っていた。

——きみたちは、冬がきたといって、はしゃいでいる……けれど着るものも、履くものも、火もない子どもたちだっているんだよ。あちこちの村から、山道を長いこと歩いて、しもやけで血のにじむ両手に、学校の暖房につかうまきの束をかかえておりてくる子どもたちが、何千人もいる。ほとんど雪のなかにうもれてしまう学校だって、何百もある。壁がむきだしの、陽の光もささない洞穴《ほらあな》みたいなところで、子どもたちは、煙にむせんだり、寒さに歯をがちがちいわせたりしながら、いつまでも降りつづく雪の白いかたまりをみつめては、遠く離れたあばら家に、このまま雪が積もっていけば、なだれに押しつぶされてしまうかもしれないと、おびえている。そう、冬がきたといって、はしゃぐのはいい。けれど、冬が苦しみや死を運んでいく、何千ものひとたちのことを思いなさい。

とうさんより

左官屋くん

十一日、日曜日

きょう、「左官屋くん」が家にきた。猟にでるときのかっこうをして、上から下までおとうさんのおふるで、石灰やしっくいがこびりついたままだった。とうさんは、左官屋くんがくるのを、ぼくよりずっとたのしみにしていた。だからきてくれて、ほんとうにうれしかった！

左官屋くんは、家にはいってくるなり、雪でびしょぬれの、くたびれた帽子をぬぐと、ポケットにねじこんだ。それから、疲れた職人さんみたいな、よたよたした足取りで、中に進みながら、だんごっ鼻ののった、ちいさなリンゴみたいな丸顔を、あちこちまわしてながめていた。そうして食堂にはいると、家具をぐるりと見わたしてから、背中の曲がったおどけたリゴレットを描いた、ちいさな絵に、じっと目をとめたあと、あの「ウサギ顔」をしてみせた。ウサギ顔をするのを見たら、笑わずになんていられない。

ぼくらは積み木で遊びはじめた。左官屋くんは、塔や橋をつくるのが、とびきりじょうずで、くずれないのが不思議なくらい、たくさん積みあげていくのだけれど、やっているときは真剣そのもので、おとなのひとみたいに、がまん強い。塔をひとつ積みおえて、次のにかかるあいだ、左官屋くんが家族のことを話してくれた。住んでるのは屋根裏部屋で、おとうさんは夜学に通って、読み書きを習っていること、おかあさんの故郷がビエッラの町だということ。たいそうかわいがられているにちがいない。なぜって、身なりは、見るからに、貧しい家の子だけれど、ちっとも寒くないようにちゃんとつくろってあるし、ネクタイだって、おかあさんの手できちんとむすんであるからだ。おとうさんは大柄な、それも、ドアをくぐるのに苦労するくらい大きなひとだそうだ。やさしいひとで、息子のことをよぶときは、いつも「ウサギ顔」って言うらしい。ところが息子のほうは、とても小柄だ。

四時になって、ぼくらは、ソファにならんで、パンとヤギのチーズでおやつにした。食べ終わって立ちあがったとき、左官屋くんの上着の白いよごれがソファの背についたのを、ぼくがはらおうとすると、どういうわけか、とうさんにとめられた。ぼくの手をおさえてから、とうさんが、自分の手で、こっそりとふいたのだ。

遊んでいるうちに、左官屋くんが上着のボタンをなくしたので、かあさんがつけてあげた。そうしたら真っ赤になって、かあさんが縫いつけているのを、とてもびっくりしたような、困ったような顔をして、息をこらしてみつめていた。

そのあとで、似顔絵のアルバムを見せてあげた。左官屋くんが、自分でも気づかないうちに、似顔絵にあった変な顔を、はしからまねしていると、それがあまりに似ていたものだから、とうさんまで笑いだした。左官屋くんも、とてもよろこんでくれて、帰るとき、あのくたびれた帽子をかぶるのを忘れてしまったくらいだ。それで、階段の踊り場までいってから、もう一回、ウサギ顔をして、ぼくに、ありがとうとつたえようとした。

左官屋くんのほんとの名前は、アントニオ・ラブッコといって、年は八歳と八ヶ月だ。

――わかるかい、とうさんがどうして、きみがソファのよごれをはらうのをとめたか。それはね、きみの友だちが見ている目の前ではらえば、よごした友だちを責めるのと同じことになるからだ。そういうことをしてはいけない。まずなにより、わざとしたわけではないからだ。それに、あの子のおとうさんの上着がつけたよごれだからだ。それもおとうさんが仕事をしていてついたしっくいだ。仕事の最中についたものは、きたなくなんかない。ほこりだろうと、石灰だろうと、ニスだろうと、どんなものでもだ。きたなくなんかない。仕事には、よごれなんてない。だから仕事からもどってきた職人さんにむかって、「きたない」なんて言ってはいけない。言うなら、「服にしるしが、仕事のあとがついている」と言うべきだ。よくおぼえておきなさい。そして左官屋くんをたいせつにすることだ。なにしろきみの同級生で、おまけに職人さんの子どもなんだから。

とうさんより

雪合戦

十六日、金曜日

あれからずっと、雪が降っている。その雪のせいで、きょう、下校のとき、いやなことが起きた。子どもたちがかたまりになって、大通りにかけだしてきたかと思うと、その水っぽい雪を、石みたいにかたくて重いボールにして、雪合戦をはじめた。歩道にはおおぜい人通りがあった。「こら、やめなさい、ぼうずたち！」

男のひとがどなった。ちょうどそのときだ。道のむこう側で、するどいさけび声がして、見ると、帽子がころがっていて、おじいさんがひとり、両手で顔をおおいながら、よろめいていて、そばにいた男の子が、「助けて！　だれか、助けて！」と大声でさけんでいた。すぐにあちこちから、人がかけつけてきた。雪の玉が片ほうの眼にあたったのだ。子どもたちは、目にもとまらぬはやさで、散りぢりに逃げていった。ぼくは、とうさんが中にいたので、本屋の前にいて、クラスの仲間がなんにんも、ぼくの近くにいたひとたちのなかにまぎれこむと、なにくわぬ顔でショーウィンドウをながめているのを、この目で見た。そのなかには、ポケットにいつもの大きな丸パンをつっこんだガッローネも、コレッティも、左官屋くんも、それから切手集めのガロッフィもいた。

いつのまにか、おじいさんのまわりに人垣ができていて、おまわりさんが、ほかのひとたちといっしょになって、あちこちかけずりまわりながら、こわい口調でたずねていた。「だれだ？　だれがやった？　おまえか？　だれがやったか教えてくれ！」そう言いながら、子どもたちの手が雪でぬれているかどうか、たしかめて歩いた。

ガロッフィは、ぼくのとなりにいた。気がついてみると、ぶるぶるふるえて、死人みたいに真っ青な顔をしていた。「だれだ？　だれがやった？」と、みんなはまだ大声で、口ぐちにどなっていた。

そのとき、ガッローネが小声でガロッフィに言った。「さあ、やったのは自分ですって言うんだ。だまっていて、ほかの子がつかまったら、それこそ、ひきょうものになるぞ」

「だって、わざとやったわけじゃないもの！」

木の葉がふるえるような声で、ガロッフィはこたえた。

「そんなこと、どっちだっていい、やるべきことをやるんだ」と、またガッローネが言った。

「そんな勇気なんてないよ！」

「勇気をだすんだ！　いっしょにいってあげるから」

そうして、おまわりさんや、ほかのひとたちの声がますます大きくなってきた。

「だれだ？　だれがやった？　めがねが割れて、眼にささったんだぞ！　目が片ほう見えなくなったんだ！　悪党ども！」

ぼくには、ガロッフィがいまにも倒れそうに思えた。

「おいで」と、ガッローネがきっぱり言った。「ぼくがまもってあげるから」

こう言って、ガロッフィの腕をとると、病人でもささえるようにしながら、前に押しやった。それを見て、みんなはすぐに事情をさとった。こぶしをふりあげて、かけよってくるひとたちもいた。けれどガッローネが、そのあいだに立ちはだかって、さけんだ。「子どもひとりに、大のおとなが十人もかかるつもりですか？」

それでさわぎがおさまると、おまわりさんは、ガロッフィの手をつかんで、けがをしたおじいさんをあずけておいたパスタ屋までつれていった。見たとたん、ぼくには、けがをしたのが、ぼくらと同じ建物の五階に、甥《おい》っ子といっしょに住んでいる勤め人のおじいさんだとわかった。そのひとが、ベンチにねかされて、目にハンカチをあてていた。

「わざとしたんじゃないんです！」

こわくて生きた心地もしないまま、ガロッフィはしくしく泣きながら、何度もなんども言った。「わざとしたんじゃないんです！」

ガロッフィは、二、三人がかりで乱暴に店の中に押しこまれて、「地面におでこをすりつけてでも、あやまるんだ！」とどなられながら、床に投げとばされた。

けれどすぐ、二本の腕が力強くガロッフィを抱きおこしたかと思うと、きっぱりとした声がひびいた。「いけません、みなさん！」

校長先生だった。なりゆきを全部見ていたのだ。「この子が勇気をふるって名のりでた以上」と、ことばをつづけた。「この子をはずかしめる権利は、どなたにもないのです」

だれも口を開かなかった。

「おわびをなさい」と、校長先生はガロッフィに言った。ガロッフィが、わっと泣きだして、おじいさんのひざにしがみつくと、おじいさんは、手さぐりで、ガロッフィの頭をかかえて、その髪の毛をなでた。

するとみんなが口ぐちに言った。「もういいから、家に帰りなさい」

そこでとうさんが、人垣のなかからぼくをつれだして、歩きながらたずねた。

「エンリーコ、こんなとき、きみなら、勇気をもって義務をはたすことができるだろうか？　自分から罪を認めにいく勇気がもてるかな？」

もてるさ、とぼくはこたえた。するととうさんは言った。

「きっとそうするって、まごころと誇りにあふれた男の子として、誓っておくれ」

「誓います、とうさん」

女の先生たち

十七日、土曜日

ガロッフィは、きょうもずっと、先生にこっぴどくしかられるんじゃないかと、びくびくしてばかりだった。ところが先生はお休みで、おまけに助手の先生までいなかったものだから、かわりに、クローミという、いちばん年上の女の先生が授業をしにきた。おおきな息子さんがふたりいて、いまではこのバレッティ校に子どもの送り迎えにやってくるおかあさんたちのなかにも、むかし読み書きを習ったことのあるひとがおおぜいいる。先生が、きょう、元気がなかったのは、息子さんがひとり病気だったからだ。

みんなは、先生を見たとたん、がやがやしはじめた。

でも先生は、ゆっくりと静かな声で言った。「わたくしの髪が白いということは、ばかになりませんよ。それはわたくしがただの先生ではなく、母親でもあるということなのですから」

するともう、だれも口を開こうとするものはいなかった。あのあつかましいフランティでさえ、見えないように、あかんべえをしただけだった。

クローミ先生のクラスには、ぼくの弟の担任、デルカーティ先生がまわって、デルカーティ先生のかわりに、いつみても黒ずくめで、上っ張りまで黒いのを着ているせいで、「尼さん」とよばれている先生がいっていた。色白の顔のちいさな、すべすべの髪をした、目のとてもぱっちりした先生で、話すときは声がちいさくて、なんだかお祈りでもしているみたいに聞こえる。

だから、よくわからないのよ、とかあさんは言ってる。あんなに内気でおとなしくて、どんなときでも、あのやっと聞き取れるくらいのちいさな声で話して、声を張りあげるところも、怒ったところも見たことがないの。それなのに、子どもたちは静かにしているし、指を一本あげて注意するだけで、いたずらっ子たちまでしゅんとしてしまうんだから、教室が教会に思えてくるの。そんなせいもあって、「尼さん」ってよばれているのかもしれないわ。

でも、ぼくにはもうひとり、お気に入りの女の先生がいる。一年三組の、若くて、バラ色のほおをした先生だ。ほっぺたの両側には、えくぼがあって、いつも赤い大きな羽のついた帽子をかぶって、黄色いガラスの十字架を首にかけている。しじゅう陽気だから、クラスも明るいし、いつみてもほほえんでいて、大きな声をだすときでも、指し棒で机をたたいたり、両手をたたきながら、静かになさいというものだから、歌でもうたっているみたいだ。学校の外にいくときには、みんなのうしろから、子どもみたいに走っていって、ひとりずつ列にならばせる。それから、風邪をひいたりしないようにと、こっちの子のえりをなおして立ててやったかと思うと、あっちの子には、コートのボタンをかけてやる。けんかをしないようにと、おもての通りまでついていくし、父兄には、家でおしおきなんかしないでくださいとたのみにいくし、せきをしている子がいれば、薬をもっていってあげるし、寒いと言う子がいれば、自分の手ぶくろを貸してあげる。そうしていつでも、いちばん下級生の子たちに、まとわりつかれて、ヴェールやショールをひっぱられて、キスしてとせがまれては、困ったような顔をしている。でも先生は、みんなの好きにさせて、ほほえみながら、一人ひとり、みんなにキスをする。だから毎日、家に帰るころには、髪はくしゃくしゃ、のどはからから、息はぜいぜい、それでもわくわくうれしそうに、あのかわいらしいえくぼをうかべて、赤い羽をゆらしながら、帰っていく。先生は、女の子たちに絵も教えていて、それでおかあさんと弟さんをやしなっている。

けがをしたひとの家で

十八日、日曜日

赤い羽の先生のクラスに、ガロッフィの雪の玉が眼にあたったお年寄りの勤め人の甥っ子がいる。きょう、その子をおじさんの家でみかけた。おじさんは、自分の子のようにして、その子を育てている。

ぼくは、来週にそなえて、先生からわたされた「フィレンツェのちいさな代書屋」という今月のお話を書き写していて、それが終わったところに、とうさんがきて、「五階にいって、あのひとの眼のぐあいをみてこよう」と言った。

はいってみると、うす暗い部屋の中で、あのおじいさんが、クッションをたくさん背中にあてがって、ベッドの上でからだを起こしていた。まくらもとにはおくさんが腰かけていて、すみのほうでは、甥っ子が遊んでいた。おじいさんは眼に包帯をしていた。とうさんのすがたを見ると、とてもよろこんで、ぼくらをすわらせてから、ぐあいもだいぶよくなって、眼もつぶれずにすんだし、それどころか、あと二、三日もすれば、すっかりなおるだろう、と話してくれた。それから、「ついていなかったんですよ」と言った。「かわいそうに、あの子がどんなにこわい思いをしたかと、それを考えるときのどくでね」

そして、そろそろお医者さんが往診にみえるはずだとうわさをしていたら、ちょうどそのとき、ベルが鳴って、奥さんが「お医者さんね」と言った。ドアがあいて……なんとあらわれたのは、ガロッフィだった。いつもの長いマントを着て、うつむいたまま戸口につっ立っている。中まではいってくる勇気がないのだ。

「どなたかな?」と病人がたずねる。

「雪の玉を投げた子ですよ」と、とうさんが言う。

するとおじいさんは、「おお、ぼうや。おはいり。このけが人の見舞いにきてくれたんだね? でも、もうよくなったから、安心しなさい、よくなったどころか、もうなおったもおなじだから。こっちにおいで」と、声をかけた。

ガロッフィは、すっかりおろおろして、ぼくらがいるのも気がつかないで、ともかく泣かないようにがまんしながら、ベッドのそばまで進んだ。そしておじいさんに頭をなでてもらったのだけれど、なんにも言えないでいた。「ありがとう」と、おじいさんは言った。「帰ったら、おとうさんとおかあさんに言うんだ、すっかりよくなったから、もう心配いりませんてな」

そう言われても、ガロッフィはそのまま動かずに、なにか言いたいことがあるのに言えないといった様子だった。

「なにか話があるのかな？　なんだい？」

「あの、ぼく……なんでもありません」

「それじゃ、ぼうや、さようなら、またおいで。いいから、安心してお帰り」

ガロッフィは、帰りかけて、ドアのところまでいった。けれど急に立ちどまって、うしろをついてきていた甥っ子のほうをふりかえると、まじまじとみつめていた。それからいきなり、マントの下からなにかをとりだして、男の子の手ににぎらせると、早口で言った。

「これ、きみにあげる」

そして、まるで稲妻みたいに、あっというまにいなくなった。

男の子はもらった品を、おじさんに見せにいった。見ると、その上に「これをきみにあげる」と書いてあった。みんながおどろいたのは、中身を見たときだ。あのアルバムだった。ガロッフィがどこにいくにも持ちあるいていた、あの切手のコレクションだ。口を開けば、その話ばかりして、あんなに楽しみにしていたのに、あんなに苦労して集めたのに、その宝物を、かわいそうに、命のつぎに、たいせつにしていたのに。それを、許してもらったお礼にと、あげるなんて！


フィレンツェのちいさな代書屋（今月のお話）

十九日、月曜日

その子は小学校の五年生だった。フィレンツェに住む、黒い髪に色白の、かわいらしい十二歳の少年で、鉄道員のいちばん上の息子だった。家族が多いのに、父親の給料はわずかだったので、暮らしは楽ではなかった。父親は息子をとてもかわいがり、やさしくするうえに、甘やかしていた。なににつけても甘やかしはしたが、学校のことだけは別だった。学校のこととなると、あれこれ口はだすし、とたんにきびしくなるのだった。そうするのも、息子がはやく仕事について、家の暮らしを助けるようになってほしいからだった。それに、はやく一人前になるためには、短期間にたくさん勉強しなければならない——そう考えてのことだった。だから息子がどんなによく勉強していても、父親はたえず、もっと勉強しなさいとせきたてるのだった。父親はもう年も年だったが、働きすぎたせいもあって、年よりもっとふけて見えた。そればかりか、一家の暮らしをささえるために、勤めだけでもたいへんな仕事なのに、まだそのうえ、方ぼうから清書の仕事を請けおってきて、ほとんど一晩じゅう、せまい机にむかっているのだった。最近では、新聞や分冊本を出しているある出版社から、予約購読者の宛名《あてな》書きの仕事をもらってくるようになって、大きなきちんとした字で、帯封五百枚書くごとに三リラかせいでいた。けれど、たいそう疲れる仕事なものだから、よく食事のとき、家族にぼやいていた。「このままじゃ、目がやられてしまう」と言うのが口ぐせだった。「このまま夜なべ仕事がつづいたら、まいってしまう」

ある日、息子が言った。「とうさん、かわりにぼくにやらせてよ。ぼくがとうさんそっくりに書けること、とうさんだって知ってるだろ」

だが父親はこたえた。「おまえは、だめだ。おまえは勉強しなけりゃ。宛名書きより、おまえの学校のほうが、ずっとだいじだ。一時間だって、おまえの時間をとったら、あとで後悔するからな。ありがたいけれど、お断りだ。だから、この話はもう二度とするな」

息子は、こうしたことで父親に食いさがっても、むだだと心得ていたので、それ以上、言い張らなかった。けれど、そのかわり、こんなことをした。

息子は、父親が真夜中きっかりに書き仕事をやめて、せまい仕事部屋を出て、寝室にいくのを知っていた。いままでにも、時計が十二時を打つと、とたんにいすをずらす音がして、そっと父親の足音が聞こえてくるのを、なんどか耳にしたことがあったからだ。

ある晩、父親が寝るのを待って、そうっと服を着て、手さぐりで仕事部屋にいき、石油ランプに灯を入れると、白い帯封の山と宛先のリストののせてある机にむかって腰をおろし、それから父親の字をそっくりまねながら、書きはじめた。ちょっとこわかったけれど、うれしくて、一生懸命書いていると、帯封の山はどんどん高くなった。そこで、時どきペンを下においては両手をこすりあわせ、それからまた、ほほえみながら、でも耳はすませて、前よりもっとすごいはやさで書きはじめるのだった。百六十枚書いたぞ、一リラだ！

そこで書くのはやめて、ペンをもとの場所にもどし、明かりを消すと、つま先でそうっと歩いて、ベッドにもどった。

その日、お昼に、食卓についたとき、父親はごきげんだった。なにも気づいてはいなかった。その仕事をやるときは、ただ機械的に、時間だけをきめて、ほかの考えごとをしながらやっていて、書きあげた帯封の数は、あくる日にならなければ数えなかったからだ。

父親は上きげんで食卓につくと、息子の肩をたたきながら言った。「どうだい、ジュリオ、おまえの父親は、まだまだりっぱに働けるぞ、おまえが思ってる以上にな！　ゆうべは、ふだんの三割増しもこなしたんだ。手はまだすばしこく動くし、目だって、ちゃんと役に立つ」

それを聞いてジュリオはうれしかったけれど、だまって自分の心に話しかけていた。《とうさん、かわいそうに。お金だけじゃなくて、こんなふうによろこばせてあげることもできるんだ、若返った気にさせてあげられるんだ。ようし、がんばるぞ》

首尾よくいったことに勇気づけられて、つぎの晩も、ジュリオは、十二時が鳴ると、また起きだして、仕事にかかった。こうして、いく晩もつづけたのだった。ただ一度だけ、夕飯のときに、父親が、こんなおどろきの声をもらしたことがあった。「みょうなんだ、このごろ、やけに、うちの石油の減り方がはげしくてな」

ジュリオはどきっとしたが、その話はそれきりだった。そして真夜中の仕事はなおもつづいた。

ところが、こうして毎晩ねむりを中断するものだから、じゅうぶんにからだが休まらないまま、朝起きても疲れているし、夜だって、宿題をしながら、目をあけているのがやっとのありさまになっていた。ある晩、生まれてはじめて、ジュリオは、ノートにつっぷして居眠りをした。「しっかりしろ！　しっかり！」と大声で、手をたたきながら、父親がよんだ。「さあ、勉強だ！」

ジュリオは頭をふると、また勉強にとりかかった。けれど、つぎの晩も、そのつぎも、毎日毎晩、同じことのくりかえし。それどころか、もっとひどくなっていった――教科書の上で居眠りはする、朝寝坊はする、授業中もへとへとで、見るからに勉強する気力もない。

それに気づいた父親は、しばらく様子を見ていたが、やがて心配になって、とうとうしかりつけた。いままで一度だって、そんな必要はなかったというのに！

「ジュリオ」と、ある朝、父親が言った。「こんないいかげんなやつとは思わなかったぞ、いまのおまえは、もうむかしとは別人だ。とうさんは、そんなおまえはきらいだ。いいか、うちじゅうが、みんな、おまえに望みを託しているんだ。とうさんには、がまんならないんだ、わかったか！」

これほどきびしくしかられたのは、ほんとうにはじめてだったので、ジュリオはすっかりうろたえてしまった。そして心のなかでつぶやいた。《そうだ、ほんとうに、このままつづけるわけにはいかない。だますのは、やめにしなければ》

ところがその日の夕方、食事のときに、父親がとても明るい声で言いだした。「どうだ、今月は先月より、三十二リラも余分にかせいだぞ、宛名書きで！」

そして、そう言いながら、食卓の下からおかしの包みをとりだした。よけいにもうけたお祝いを、子どもたちといっしょにしようと、買ってきたのだ。みんな大喜びで拍手をした。するとジュリオは、また気をとりなおして、心のなかで言った。《だめだ、とうさん、だますのはやめられない。精いっぱいがんばって、昼のあいだは勉強するけど、夜は、とうさんとみんなのために、これからも働くよ》

父親はまだ話しつづけた。「三十二リラも余分にだぞ！　うれしいじゃないか……なのに、そいつときたら」と言って、ジュリオを指さした。「いやな気分にさせよって」

ジュリオはだまって、いまにもあふれでそうになる涙をこらえながら、しかられるにまかせていた。けれど同時に、やさしい気持ちがわいてくるのも感じていた。

そうしてジュリオはがんばって仕事をつづけた。だが疲れはどんどんたまってきて、こらえきれなくなるばかりだった。そうして二ヶ月がたった。父親のこごとはつづき、息子をみつめる目つきも、けわしくなる一方だった。

ある日、父親が先生のところに息子の様子をたずねにいくと、先生から、こんな答えがかえってきた。

「ええ、やることはやっています。もともと頭のよい子ですから。ですが、以前のような熱意はありません。居眠りをしたり、あくびしたりで、気が散っているようです。作文を書かせても、短いのを、大急ぎで、それもきたない字で書きなぐったのを、もってくるようになりました。ええ、ほんとうはもっと、もっとずうっとできるはずなんですけれどねえ」

その晩、父親は息子をかたわらによぶと、およそ思いがけないほど、深刻なことばで告げた。「ジュリオ、いいか、とうさんが働いているのは家族のためだ、そのために命をすりへらしているんだ。それをおまえときたら、とうさんの気持ちもわからずに。おまえには、とうさんも、兄弟のことも、かあさんのことも、みんなどうだっていいんだな！」

「ちがうよ！　そんなこと言わないで、とうさん！」とさけぶと、息子はわっと泣きだした。そして、なにもかも打ち明けようと口を開いたのだが、一瞬はやく父親が口をはさんだ。「うちの事情は知っているな。みんなそれぞれに、精いっぱい、うちのためにつくさなければならないことは、わかっているはずだ。とうさんだって、いいか、まだいまの倍は働かなければいけないと思っている。今月は鉄道のほうから、百リラボーナスがもらえるつもりでいたのに、それがけさになって、帳消しになったと言われたんだ！」

それを聞かされたとたん、ジュリオは、とうさんに打ち明けようと、喉《のど》もとまで出かかっていたことばを、またのみこんで、自分の心に、きっぱり言い聞かせた。《だめだ、とうさん、とうさんにはなにも言わない。ひみつは、ぼくの心のなかにしまったまま、とうさんのために働くよ。とうさんをかなしませた分は、ほかのことでつぐなうから。学校のほうは、ちゃんと進級できる程度に勉強する。だいじなのは、とうさんを助けて、うちが暮らしていけるお金をかせぐことだ。そうすれば、とうさんだって、すこしは楽になって、命をちぢめなくてすむかもしれない》

そしてジュリオは仕事をつづけた。またさらに二ヶ月、夜中に働き、昼間はだるいからだをかかえて必死にがんばる息子に、父親がつらくあたるという毎日がつづくことになった。

けれどなにより悪いことに、父親はますます息子につめたくなり、話しかけることさえ、めったになくなって、こんな性悪な子には、もう期待なんぞするものか、とでもいうように、視線を合わせることさえしなくなった。

そのことに気がついて苦しみながらも、ジュリオは、父親が背をむけたときに、こっそりキスをおくっていた。さしだした顔には、やさしい思いやりとさびしさが、いつもうかんでいた。そうして、悲しみと疲労のせいで、からだはやせ細り、顔色も悪くなっていき、ますます勉強のほうはおろそかになるほかなかった。いつかはやめにしなければならないことくらい、ジュリオにもわかっていた。だから毎晩、《今夜こそ、起きるものか》と自分に言い聞かせるのだが、時計が十二時を告げ、しっかりと決意をかためるときがくると、なにやら気がとがめてきて、そのままベッドにいたのでは、自分が義務を果たさないために、父親や家族から一リラぬすむことになってしまうと思えてくるのだった。それで結局、またベッドから起きあがっていくのだった。そのうちにいつか、とうさんが夜中に目をさまして、突然、目の前にあらわれるかもしれない、それとも、もしかしたら、帯封を数えなおしてみて、偶然、ごまかしに気づくかもしれない、そうしたら、自分から進んでしなくたって、勇気がなくてできないことも、自然になにもかもおしまいになるはずだ——そんなことを考えながら、毎日がつづいていくのだった。

ところがある晩、食事のとき、父親が言ったことばが、ジュリオを打ちのめすことになった。

母親がジュリオをよく見ると、いつになくからだの具合が悪そうで、顔色もよくないような気がしたので、「ジュリオ、おまえ、病気じゃないのかい」とたずねた。それから父親のほうにふりむいて、心配そうに言った。「ジュリオは病気よ。ほら、顔が真っ青！ジュリオ、気分はどう？」

父親は、ちらっとジュリオを見やってから、言った。「性根が悪いから、からだも悪くなるんだ。勉強熱心で、心のやさしい子だったときは、あいつも、こんなふうじゃなかったからな」

「でも、あの子、病気なのよ！」と、母親がさけんだ。
「おれの知ったことか！」と、父親はこたえた。
そのことばが、あわれなジュリオの胸に、ナイフのように突き刺さった。ああ、とうさんには、ぼくのことなんて、もうどうでもいいんだ！　むかしは、ぼくがちょっとせきをするのを耳にしただけで、心配でふるえていたのに！　つまり、もうぼくのこと、愛してなんかいないんだ、今度こそ、まちがいない、とうさんの心のなかで、ぼくはもう死んだも同然なんだ……《ちがうよ、とうさん！》苦しさに胸をしめつけられながら、ジュリオは心のなかでさけんだ。《もう、ほんとうにおしまいだ。とうさんにかわいがってもらえないなら、生きてなんかいられない。もう一度、もとどおり、むかしみたいに、かわいがってほしいんだ。だから、全部話す、もうだましたりしない、前みたいに勉強もする。またかわいがってくれるなら、なんだってするから、ねえ、とうさん！　ああ、今度という今度は、ぜったい決心を変えたりなんかしないから！》
これだけ思ったのに、その晩、やっぱりまたベッドをぬけだしたのは、習慣のなせるわざとしか言いようがない。でも起きあがったときは、最後にもう一度、夜の静けさのなかで、あの小部屋をひと目みて、別れを告げるだけのつもりだった——この場所で、だれにも気づかれず、ひたすら働きつづけることで、どんなにか心が満たされ、やさしい気持ちになれたことか。

そして明かりをつけて、机のところまでいき、いつもの白い帯封を見ると、これでもう、二度とその上に、いまではすっかり暗記してしまった町や人の名を書くこともないのだと思って、かなしさがこみあげてきた。そしていきなりペンをとりあげ、慣れた仕事をはじめようと、手をのばした。ところがそのひょうしに、なにかの本にぶつかって、本が下に落ちた。心臓の鼓動が手に取るようにつたわってきた。とうさんが目をさましたら、どうしよう！　けっして、なにか悪さをしていて見つかるわけではないのだから、決めていたとおり、なにもかも打ち明ければすむことだ。でも……暗闇《くらやみ》のなかを近づいてくる足音がきこえたら……いまごろ、こんなに静まりかえったなかで見つかったら……かあさんだって、目をさましたら、びっくりするにちがいない……それより、いままで考えてもみなかったけれど、すべてを知ったとき、とうさんは、ひょっとして、とてもきまりの悪い思いをするんじゃないだろうか……次つぎと、いろいろな思いがわいてきて、ジュリオは空おそろしくなってきた。

息を殺して、耳をすましてみた……物音ひとつ聞こえなかった。背にしていたドアのかぎ穴に、耳をつけてみた。やはりなにも聞こえなかった。家じゅう寝静まっていた。とうさんには聞こえなかったんだ。

ジュリオは、ほっとして、また書きはじめた。帯封が山になって積まれていった。下のほうから、だれもいない通りを歩く警官の足音が、コツコツと聞こえてきた。それから馬車の音がして、それもふいにやんだ。やがてしばらくすると、荷車が列をつくって、ガタゴトゆっくり通りすぎる音がした。それからあとは、ふかい静けさのなか、ときおり遠くで犬の鳴く声がきこえてくるだけだった。

ジュリオはひたすら書きつづけた。気がつくと、うしろに父親が立っていた。本の落ちる音を耳にして、すぐに起きあがってきて、じっと機会をうかがっていたのだ。荷馬車のガタゴトいう音で、父親の足音も、かすかにドアのきしむ音も、かき消されてしまったのだ。こうして父親はそこにきて、その白髪をジュリオの黒髪の上にかがめて、帯封の上をペンが走るのをながめていたのだった。そして一瞬のうちに、なにもかもさとって、これまでのことを残らず思い返して、すべてを理解したのだ。取り返しのつかないことをしたと悔やむ気持ちと、とめどなくやさしい気持ちとが、胸いっぱいにこみあげてきて、息をのんで、その場に立ちつくしたまま、わが子のうしろすがたをみつめていた。と、ふいにジュリオが、「あっ」と、さけび声をあげた。その頭を、二本の腕がふるえながらだきしめたのだ。

「ああ、とうさん、とうさん、許して、ぼくを許して！」と、父親が泣いているのに気づいて、ジュリオはさけんだ。

「おまえこそ、とうさんを許しておくれ！」

こう言うと、父親は、すすり泣きながら、息子のひたいに何度もなんどもキスをした。

「全部わかった。全部知っているんだ。とうさんこそ、とうさんのほうこそ、許してもらわなくちゃな、よい子よ。さあ、おいで、とうさんといっしょに！」

そして息子をかかえるようにして、目をさまして待っていた母親のベッドのところまでつれていくと、その腕のなかにとびこませてから、こう言った。

「さあ、三ヶ月もろくに寝ないで、わたしのために働いてくれた、天使みたいなわたしたちの子に、キスをしておあげ。この子には、ひどくつらい思いをさせてしまった、なのに、この子は、うちの暮らしのためにかせいでくれたんだからな」

母親はわが子をだきしめると、声が出せなくなるくらいつよく、その胸に押しつけた。やがて母親は言った。「おやすみ、すぐにね。さあ、ゆっくりやすみなさい。この子をベッドにつれていってあげて」

父親は息子をだきあげて、部屋につれていき、ベッドにねかせると、あいかわらず息をはずませたまま、その頭をやさしくなでたり、まくらやシーツを整えたりしていた。

「ありがとう、とうさん」と、くりかえしくりかえし息子は言った。「ありがとう。でも、もう、とうさんも、やすんで。ぼくのほうは、もういいから。いってやすんで、とうさん」

けれど父親は、息子が眠るまで見まもるつもりで、ベッドのわきに腰をおろすと、息子の手をとってから言った。「おやすみ、おやすみ、さあ、わが子よ」

するとジュリオは、疲れがでたらしく、ようやく眠りこんだ。ここ数ヶ月ではじめて味わう、ゆかいな夢のでてくる、静かで心地よい眠りだった。やがてめざめて見ると、すでに陽は高く明るくかがやいていて、ちいさなベッドのはし、自分の胸もとあたりに、父親のしらが頭がのっていた。ひと晩じゅう、そんなかっこうで過ごしたうえに、いまもまだ、息子の胸にひたいをつけるようにして、眠りつづけているのだった。

意志の力

二十八日、水曜日

ぼくのクラスで、フィレンツェの少年みたいなことができるとすれば、スタルディだ。けさ、学校で、事件がふたつあった。ひとつは、ガロッフィの手にアルバムが返ってきたこと。おまけに三ヶ月も前からさがしていたグアテマラ共和国の切手が三枚もつけてあったものだから、そのよろこびようったらなかった。もうひとつは、スタルディが二等賞のメダルをもらったこと。スタルディの成績がデロッシのつぎだなんて！　これにはみんなおどろいた。こんなことが起きるなんて、いったいだれが想像しただろう。十月、学校に、あの緑色のコートにくるまったスタルディに、おとうさんがつきそってきて、みんなの前で先生に、「とてものみこみが悪いものですから、どうかくれぐれもがまんしてやってください！」と頼んだときには、思いも寄らなかった。だからみんなは、はじめから、こいつは頭が悪いって、きめつけたんだ。ところがあいつときたら、「やるか、やられるかだ」と言って、死にものぐるいで勉強しはじめた。昼も夜も、家でも学校でも、散歩するときも、歯を食いしばり、こぶしを固くにぎりしめて、雄牛なみのがまん強さと、ラバなみの強情さで、ともかくがむしゃらに、からかわれたって気にもせず、じゃまするものはけちらして、あの石頭ときたら、とうとうほかのみんなを追いこしてしまった。算数なんて全然わからなくて、作文をやらせれば、とんちんかんなことばかり書いて、短い文ひとつ暗記できなかったのに、それがいまでは、かたっぱしから問題は解く、文章だってちゃんと書けるし、教科書なんか、大声でうたうみたいにすらすら読める。

その鉄のように固い意志がどこから生まれたのかは、ずんぐりしたからだつきを見れば、すぐわかる――角ばった顔、うもれた首、ふとくて短い手、それにどら声。

スタルディは、新聞の切りぬきだろうと劇場の広告のビラだろうと、なんでだって勉強する。お金が十ソルドあれば、きまって本を買う。それでもう、ちいさな図書室までつくっていて、このあいだ、きげんのいいとき、ぼくに、ついうっかり、今度うちに見せにつれていってやるよ、と約束してしまった。だれにも話しかけないし、だれとも遊ばないで、いつも机にむかって、両方のこぶしをこめかみに押しつけたまま、まるで岩みたいにじっと動かないで、先生の話をきいている。かわいそうなスタルディ、どれだけ努力しなければばならなかっただろう！

先生は、けさはいらいらして不きげんだったけれど、スタルディにメダルをわたすときにはこう言った。「えらいぞ、スタルディ。ことわざどおり、《急がば回れ》というわけだ」

けれどスタルディは、ちっとも得意そうには見えなかったし、にこりともしなかった。メダルをもらって席にもどると、すぐまたこぶしをこめかみにあてて、前よりもっと集中して、ぴくりとも動かないでいた。

でも最高だったのは、帰りがけのできごとだ。スタルディのおとうさんが待っていたんだ。放血師（血を抜いて病をなおす医者）をしているひとだ。スタルディと同じで、ずんぐりふとっていて、顔も大きいし、声もふとい。おとうさんは、自分の息子がメダルをもらうなんて思ってもいなかったから、なかなか信じようとしなかった。しかたなく、先生が、ほんとうなんです、と言ってきかせると、ようやく心の底からうれしそうに笑いだして、息子のうなじをとんとんたたきながら、大声で言った。「うん、えらいぞ、よくやった、このデカ頭！」

そしてにこにこしながら、ほんとうにおどろいたという顔をして、息子をみつめていた。まわりにいた子どもたちもみんな、にこにこしていた。でもスタルディだけは別だった。

その大きな頭のなかで、早々と、あしたの朝の学課のことを、幾度もいくども、くりかえしていた。

感謝の気持ち

三十一日、土曜日

きみの同級生のスタルディなら、きっと、先生のことで文句を言うことなんて絶対しない。「先生は、いらいらして不機嫌だった」――いかにもうらめしそうに、きみは書いているね。ちょっと考えてごらん、自分がどれだけ、いらいらしたそぶりを見せるか、そのときの相手はだれか。とうさんとかあさんが相手じゃないか。いらいらしてはいけない相手に、きみはいらいらして見せるというわけだ。先生が時どきいらいらしたって、あたりまえさ！ いいかい、何年も、子どもたちのために苦労していれば、かわいらしくてやさしい子もたくさんいただろうけれど、いやな子だって、おおぜいいたはずだ。先生のやさしさにつけこんで、先生の苦労なんて、これっぽちも考えない子たちがね。残念だけれど、そういう子たちがいることが、ほかのなによりも、先生の喜びを台なしにして、つらい気持ちにさせるんだ。どんな聖人君子だって、先生の立場におかれたら、時どきは、いらいらをおもてに出したくもなるだろう。それに、これまでにどれだけ、先生が病気のときに、学校を休むほどひどくはないからと、無理をして授業にきたことがあったか、きみは知らないだろう。からだが苦しくていらいらしているのに、それに気づかないできみたちがいい気になったりしているのを見て、先生がどんなにつらい思いをしたか！

エンリーコ、先生のことを尊敬しなさい、大好きになりなさい。とうさんが先生のことが大好きで、尊敬しているんだから、きみもそうなさい。なぜって、先生は、自分のことなどおぼえていてくれないかもしれない子どもたちみんなの幸せのために、一生をささげているからだ。きみの目をひらき、きみに知恵をさずけ、きみの心をゆたかにしてくれるひとなのだから、大好きにならなければいけないんだ。いつか、きみがおとなになって、そのとき、とうさんも先生も、もうこの世にいなかったとしたら、きっと何度もなんども、先生のおもかげが、とうさんの顔とならんで、きみの心にうかんでくることだろう。そのときはじめて、いまのきみには見えないけれど、先生のやさしい顔にうかぶかなしみやつらさを思い出して、心を痛めることになるはずだ。それは三十年たっても変わらない。そして先生を大好きになれずにつらくあたった自分が、たまらなくはずかしくなって、かなしい気持ちになるはずだ。

きみの先生のこと、大好きになりなさい。このイタリアという国いっぱいにちらばっている五万人の小学校の先生たち、その先生たちがつくる大家族の一員なんだから。きみといっしょに大きくなる何百万人という子どもたちに、知識をさずけてくれる父親なのだから。それにふさわしい評価も収入も得ることができないけれど、それでも、わたしたちの国のため、いまより優秀な国民をつくろうと働いているひとたちなんだから。

とうさんは、きみがどんなに愛してくれようと、きみのためにつくしてくれるひとたちみんなを、とうさんとおなじくらい、きみが愛することができなければ、ちっともうれしくなんかない。とくに先生は、なかでもいちばんにだ。とうさんとかあさんのつぎにね。自分の弟とおなじくらい、大好きになりなさい。先生が正しいときも、まちがっていると思えるときも、大好きでいなさい。陽気でやさしいときにも、そしてなにより、かなしそうに見えるときには、もっと、大好きでいなさい。どんなときでも大好きでいなさい。

そして、《先生》と、その名を口にするときには、いつも尊敬の気持ちをこめることだ。それは、《とうさん》という名のつぎに、人間が人間にあたえることのできる最高に気高くてやさしい名前なのだから。

とうさんより

一月

助手の先生

四日、水曜日

とうさんの言うとおりだった。先生が不機嫌だったのは、からだのぐあいが悪いせいだった。それで三日前から、じっさい、先生のかわりに、あのまだ子どもみたいな、ひげのない小柄な助手の先生がきている。

けさ、いやなことがあった。最初の日も二日目も、教室がとてもさわがしかったのだけれど、この助手の先生ときたら、やけにしんぼう強くて、「静かに、静かにしてください」と言うだけなのだ。ところがけさのさわぎは、限度をこえていた。うるさくて、先生のことばも聞こえないくらいで、いくら注意をしたりたのんだりしても、なんの効きめもなかった。二度ほど校長先生が戸口まできて、にらんでいった。でもすがたが見えなくなったとたん、またざわざわしはじめて、市場にでもいるみたいなさわぎになった。デロッシとガッローネがそれぞれに、きちんとしろ、はずかしいぞ、と、なんどもうしろのみんなをふりかえって合図したけれど、だれも気にもとめなかった。スタルディだけがひとり、机に両ひじをついて、こぶしをこめかみに押しつけて、静かにしていた。あの自慢の図書室のことでも考えていたのかもしれない。それからガロッフィ、あのかぎ鼻をした切手集めの子は、ひと口二チェンテージモ(五分の一ソルド)だせば携帯用のインクつぼがあたる、クジの申し込み表をつくるのにむちゅうだった。ほかのみんなは、笑いながらおしゃべりしたり、ペン先で机をとんとんたたいたり、まるめた紙だまを、靴下どめのゴムひもでうち合いっこしていた。

助手の先生は、一人またひとりと、順じゅんに生徒の腕をつかんではゆすぶっていたが、最後にひとりの子を立たせて壁のところまでひっぱっていった。それもむだだった。もうどうしていいかわからなくなって、ただただたのむばかりだった。「どうしてきみたちは、こんなことをするんですか?　どうしてもわたしに、しかられたいのですか?」こう言うと、先生は、教卓をこぶしでたたきながら、半分泣きながら大声でみんなをしかった。「静かにしろ!　静かに!　静かになさい!」

声はほとんど聞こえなかった。さわぎはますます大きくなった。

フランティが、先のとがった紙つぶてを先生めがけて投げつけたかと思うと、あちこちで、ネコの鳴きまねをしたり、頭をこづきあったりする子がでてきて、上を下への大さわぎになった。

そのとき突然、用務員さんが教室にはいってきて、言った。「先生、校長先生がおよびです」

先生は立ちあがると、すっかりしょげかえった様子で、大急ぎででていった。おかげでさわぎが、またいっそうひどくなった。そのときだ、ガッローネが、ものすごい顔をして、両手のこぶしをきつくにぎりしめて、急に立ちあがったかと思うと、怒りで声をかすれさせながらどなりつけたのは。「やめるんだ！　きみたちは大ばかものだ。やさしい先生だからって、図にのってるんだ。もしも先生にこてんぱんになぐられたら、犬 っころみたいにしゅんとなるくせに。きみたちなんか、ひきょうものの集まりだ。今度また先生をからかってみろ、そいつはおれがつまみだして、こてんぱんにやっつけてやる。いいか、そいつのおやじさんの目の前でだってかまわないからな！」

だれも口をひらくものはいなかった。ほんとうにガッローネはかっこういい。目が燃えるようだったんだもの！　猛《たけ》りくるったライオンの子みたいだった。一人ひとり、いちばんたちの悪いやつらを、ガッローネがにらみつけると、みんなうなだれてしまった。

助手の先生が目を真っ赤にしてもどってきたときには、もうかすかな物音ひとつ聞こえなかった。先生はびっくりして立ちつくしていた。やがて、まだ顔を真っ赤にしてふるえているガッローネに目をとめると、すっかり事情がのみこめたらしく、ガッローネにむかって、とてもやさしく、自分の弟にでも話しかけるような調子で、こう言った。

「ありがとう、ガッローネ」

スタルディの図書室

スタルディの家にいった。学校のまむかいにある家だ。あの子の図書室を見せてもらったけれど、ほんとうにうらやましかった。とりたててお金持ちというわけではないから、本だってたくさんは買えない。でも、教科書にしても、親たちにもらった本にしても、ものすごくたいせつにしているし、もらったお金は、全部とっておいて、本屋にいってつかうことにしている。そうやって集めた本で、ちいさな図書室ができるくらいになったとき、その情熱に気づいたおとうさんが、緑色のカーテンのついた、クルミの木でできた、すてきな本棚を買ってきてくれて、もっていた本のほとんど全部に、好きな色で表紙をつけさせてくれた。こうしていまでは、スタルディが細ひもを引くと、緑色のカーテンがするするあいて、三段に分けて、きちんとならべられた色とりどりの本が、金の背文字をこちらにむけてすがたをあらわすしかけになっているというわけだ。物語も旅行記も、詩の本も、それに絵本もある。おまけにスタルディは色の組み合わせ方がじょうずで、白い表紙のとなりには赤を、黄色のとなりには黒を、空色には白を、というぐあいにならべて、遠くからでも見えるし、見ためもきれいにしてある。そしてあとから、組み合わせを変えてたのしんだりしているらしい。

カタログだって自分でつくってしまった。ほんものの図書館の司書みたいだ。しじゅう本のそばにいて、ほこりをはらったり、ぱらぱらページをめくってみたり、とじぐあいをたしかめてみたりしている。スタルディが本をひらくときのていねいなことといったら。あのふとくてずんぐりした指で、そうっと、息を吹きかけながらひらくんだ。だから本がみんな新品に見える。ぼくなんか、自分の本を全部ぼろぼろにしちゃったのに！　スタルディにしてみれば、新しい本を買ってくるたびに、ぴかぴかにして、ふさわしい場所におさめて、それからまた取りだしては、あちこちからながめ、そして宝物みたいにしてたいせつにする、それが最高のたのしみなんだ。ぼくが一時間いるあいだ、スタルディはほかになんにも見せてくれなかった。スタルディの目が悪いのは、本の読みすぎだ。

そうこうしているうちに、あの、息子と同じで頭の大きな、ずんぐりとふとったおとうさんが部屋にやってきて、息子のうなじを軽く二、三度たたいてから、いつものふとい声で、ぼくに話しかけた。「どう思う、きみは、このデカ頭のこと？　きっといまに、なにかやってのけるデカ頭だと、にらんでいるんだがね」

こんなふうに手荒にかわいがられながら、スタルディは、大きな猟犬みたいに、目をほそめていた。

自分でもよくわからないけれど、ぼくには、スタルディとはしゃぐ気になれなかった。

ぼくより一歳年上なだけだなんて信じられなかった。だから帰りぎわに、戸口のところで、いつものふてくされたような顔をして、「さようなら」と言われたときも、もうすこしで、「では失礼いたします」と答えそうになった。

帰ってから、とうさんにこの話をしてみた。「よくわからないんだ。スタルディは、頭がいいわけでも、とくべつお行儀がいいってわけでもないし、かっこうだって、こっけいなくらいなのに、それなのにどうしてぼくが、気おくれしちゃうんだろう」

するととうさんがこたえた。「あの子には、個性というものがあるからだよ」

そこでぼくはまた言った。「一時間いっしょにいて、スタルディが口にした単語は五十もなかったし、おもちゃだってひとつも見せてくれなかったし、それに一度だって笑わなかった。それなのに、いて楽しかったんだ」

するととうさんがこたえた。「それはね、きみがあの子のことをすごいやつだと認めているからさ」

鍛冶屋の息子

十一日、水曜日

そうだ、ぼくはプレコッシのことも、すごいと思っている。すごいと言うだけじゃ、とても足らないくらいだ。プレコッシは、鍛冶屋の息子で、あの小柄な、青白い顔の子だ。やさしくて悲しげな目をして、いつもおどおどして、内気で、だれにでも《ごめんなさい》と口ぐせみたいに言ってる。しじゅう病気にかかっているらしいけれど、勉強はよくやる。おとうさんは強いお酒によっぱらって帰ってくると、ただわけもなくなぐりつけたり、本やノートを手の甲ではらいのけて、あたりにまき散らす。それで学校に、青あざのついた顔をしてあらわれるのだ。ときには、パンパンにはれあがった顔でくることもあるし、泣きはらして真っ赤な目をしてくることもある。でも自分の口からは、おとうさんになぐられたなんて、ぜったいに言わない、ぜったいにだ！「おやじになぐられたんだ！」とクラスの子たちがはやしたてると、すかさず、「うそだ！　うそだ！」と、おとうさんに恥はかかせまいと、大声で言いかえす。「この答案を焼いたのは、きみじゃないね」と、先生が半分焼けた紙を指して言っても、「ぼくです」と、ふるえる声で答える。「ぼくが火の上に落としちゃったんです」

でもぼくらは、よっぱらったおとうさんが、プレコッシが宿題をしていたテーブルをけとばして、明かりをひっくりかえしたことくらい、ちゃんと知っている。

プレコッシが住んでいるのは、ぼくの家の屋根裏で、出入りする階段がちがうだけだ。だからプレコッシの家のことは、門番のおばさんがかあさんに、なんでもかんでも話してくれる。

シルヴィアねえさんは、いつだったか屋上にいて、あの子のさけび声を聞いたことがある。文法の本を買うお金がほしいと言ったせいで、おとうさんに階段からまっさかさまに突き落とされたのだ。おとうさんがお酒ばかりのんでいて働かないから、家族はいつもおなかをすかして苦しんでいる。いままでに何回、かわいそうにプレコッシは、なにも食べずに学校へきて、ガッローネにもらったサンドイッチや、一年のときの担任だった、赤い羽かざりの帽子の先生のくれたリンゴなんかを、隠れるようにしてかじっていたことだろう！　けれど一度だって、「おなかがへった、おとうさんが食べるものをくれないんだ」なんて言ったことがない。

プレコッシのおとうさんが、たまたま学校の前を通りかかったといって、むかえにくることがある。顔色は悪いし、足もとはおぼつかないし、こわい顔をして、髪の毛は目にかかっているし、帽子は曲がっている。道にそのすがたをみかけると、かわいそうにプレコッシは、ぶるぶるふるえだす。でもすぐににこにこしながら、かけよっていく。ただ、おとうさんのほうは、それに目もくれず、なにか別のことを考えているみたいだ。かわいそうなプレコッシ！　やぶれたノートは継ぎ合わせてつかう、学課の勉強をするのにひとから本を貸してもらう、シャツのほつれはピンでとめる――そんなことしてるんだ。それに体操のとき、あのぶかぶか靴に、長すぎて地面をひきずるズボン、それからひじまでそでをまくりあげただぶだぶの上着、そんなかっこうでいるのを見ると、きのどくでたまらない。それなのに、勉強はほんとうに一生懸命やる。落ち着いて勉強ができるような家だったら、きっとクラスでも一、二番になれるだろうに。

けさは、片ほうのほおに、つめのかき傷をつけて登校してきた。そこでみんなが、「おとうさんだな。こんどばかりは、ちがうなんて言えないだろう。やったのは、おとうさんだな。校長先生に言って、警察をよんでもらえよ」

けれどプレコッシは、真っ赤になって立ちあがって、怒りにふるえる声でさけんだ。

「うそだ！　うそだ！　おとうさんは、ぼくのことぶったりなんかしない！」

でもそのあと、授業のあいだじゅう、涙が机に滝のように流れていた。そしてだれかと目が合うと、むりにほほえんで、気づかれないようにしていた。

かわいそうなプレコッシ！

あしたは、うちにデロッシとコレッティとネッリがくる。プレコッシにも、おいでって言ってやろう。そうすれば、いっしょにおやつを食べたり、本をあげたり、うちじゅうで大歓迎して、よろこんでもらえるもの。それからポケットいっぱいに、くだものをつめこんであげるんだ。一回くらい、かわいそうなプレコッシのうれしそうにする顔を見てみたい。だって、あんなにやさしくて、勇気のある子なんだもの！

うれしいお客さま

十二日、木曜日

きょうの木曜日は、ぼくにとって、ことし最高の木曜日にはいるかもしれない。二時きっかりに、デロッシとコレッティが、ネッリをつれてやってきた。

プレコッシは、おとうさんがこさせなかった。デロッシとコレッティは、とちゅうで野菜売りの子の――片腕のきかない赤毛の――クロッシに会ったと言っては、まだ笑っていた。売りものの大きなキャベツを持っていてね、それを売ったお金でペンを買いにいくところだって言うんだ。それから、そうそう、アメリカにいるおとうさんから、毎日待ちこがれていた手紙がとどいたと言って、とてもうれしそうだったな。

いっしょに過ごした二時間、ほんとうにたのしかった！　デロッシとコレッティは、クラスでいちばんゆかいなふたりなんだもの。だからとうさんまで、ふたりが大好きになってしまった。コレッティは、チョコレート色のシャツに、猫皮の帽子というかっこうだった。とにかく落ち着かないやつで、じっとしていられないものだから、そこいらをかき回したり、ちょこまか動きまわっていないと気がすまない。けさも、早くから、まきを荷馬車半台分、肩にかついで運んで、ひと仕事すませてきたのだ。なのに、家じゅう走りまわって、すみからすみまで観察しながら、いっときも休むことなくしゃべりつづけている。活発ですばしこくて、リスみたいだ。台所をのぞいたと思ったら、うちの料理のおばさんに、まきは十キロいくらで買ってるの、うちのとうさんは四十五チェンテージモで売ってるけど、とたずねている。おとうさんの話といえば、いつも、クストーザの戦いでは第四十九連隊にいて、ウンベルト殿下の兵隊だったときのことだ。しかも話し方が、とても品がいい！　まきに囲まれて生まれ育ったことなんて関係ない。とうさんの言うとおり、コレッティには、その血に、その心に、気品がそなわっている。

それからデロッシも、たくさんたのしませてくれた。ほんものの先生みたいに地理に通じているから、目をつむって、こんなことをやってみせてくれた。

「ほら、ぼくの目にはイタリア全体が見える。アペニン山脈がイオニア海までのびていて、あそこにもここにも川が流れていて、白くなっている町の場所も、湾の位置も、空色になっている入り江や、緑色になっている島の位置も」

そうして手際《てぎわ》よく、ものすごいはやさで、まるで目の前にある地図でも読んでいるみたいに、地名を次からつぎへと正確にあげていった。顔をあげ、目は閉じて、ふさふさの金髪の巻き毛をゆらしながら、金ボタンのついたふかい青の服に身をつつんで、背筋をのばして立っているすがたは、そのままで彫像に見えるほどうつくしくて、ぼくらはそろって、そのすがたに見とれていた。デロッシは、五日後に、ヴィットリオ王の大葬記念日に暗誦《あんしょう》することになっている、三ページ近くもある文章を、一時間でおぼえてしまったという。それにはネッリもおどろいたらしく、黒布のスモックのひだをなでながら、あの澄んだかなしそうな目に笑みをうかべて、やさしげにデロッシをみつめていた。

きょう、こんなお客さまがきてくれて、ぼくはとてもうれしかった。ぼくの胸のなかに、きらきら光るなにかが、ふかく刻まれて残った。

それからもうひとつ、うれしかったことがある。みんなが帰るとき、大きくて力もちのふたりが、ネッリを家まで送っていくといって、ネッリの両側から腕を組んだら、ネッリが、いままで見たことがないくらいはしゃいだことだ。

食堂にもどってみると、あのおどけたリゴレットの絵が消えていた。ネッリの目に入らないようにと、とうさんが外しておいたんだ。

ヴィットリオ・エマヌエーレの葬儀

十七日、火曜日

きょう二時、先生が教室にやってきて、すぐデロッシがよばれた。デロッシは前にでて、教卓の横に立つと、ぼくらにむかって、力強い調子で話しはじめた。澄んだ声がすこしずつ大きくなるにつれて、ほおが赤くそまっていった。

「四年前のきょう、この時刻に、ローマのパンテオン神殿の前に、イタリア初代国王ヴィットリオ・エマヌエーレ二世の亡骸《なきがら》をのせた葬儀の馬車が到着した。在位二十九年にして身罷《みまか》られたのである。王の治世のもと、七つの国家に分断され、外敵と暴君による度重なる圧政にさらされてきた偉大なる祖国イタリアは、自由と独立を回復し、統一国家として再生を果たした。二十九年におよぶ在位中、王は、勇猛かつ篤実《とくじつ》にして、危難をおそれず、勝利におごらず、逆境にひるまず、わが国に栄光と幸福をもたらした。葬儀の馬車は花環《はなわ》にうずもれ、ふりそそぐ花の下、イタリア全土よりかけつけた無数の悲しみに暮れる群集が無言で見まもるなか、ローマ市街をぬけ、ここに到着したのである。先導は、将軍たちからなる一隊と、大臣・王族よりなる一群、さらには傷痍《しょうい》軍人の一団、林立する軍旗、都市代表者三百とつづき、人民の力と栄光をあらわすものすべてを一同にしたがえて、葬列は、王を待つ墓のある神殿の前にたどり着いた。胸甲騎兵十二名により、瞬時にして棺《ひつぎ》は馬車からおろされた。その瞬間、イタリアは、亡き王に最期《さいご》のわかれを告げたのである。かくもイタリアを愛した老王に、イタリアの兵士にしてイタリアの父であった老王に、イタリアの歴史に最高の幸運と幸福をもたらした二十九年間に、最期のわかれを告げたのである。荘厳《そうごん》で厳粛な瞬間だった。参列者全員のまなざしと魂が、王の棺と、イタリア国軍の弔意をあらわす八十の連隊旗をとらえ、ふるえ慄《おのの》いていた。半旗を捧《ささ》げもつ旗手八十名が、王の棺の運ばれる道筋に整列していた。その八十棹《さお》の連隊旗のうちにこそ、イタリアは宿っている。それこそが、幾千という死者の流した血潮を、われらが神聖なる栄光を、われらが神聖なる犠牲を、われらがおそるべき悲哀を思い起こさせるものなのだ。胸甲騎兵の捧げもつ王の棺が通過すると、いっせいに軍旗が旗首を下げ、敬礼をおくった。創設まもない連隊の軍旗も、ゴイト、パストレンゴ、サンタ・ルチーア、ノヴァーラ、クリメーア、パレストロ、サン・マルティーノ、カステルフィダルドなど古参連隊の軍旗も、いっせいに敬礼をした。八十の喪章がゆらゆら垂れて、旗竿《はたざお》に百個の勲章がぶつかって鳴りわたった。そのくぐもった大音響は、すべてのものの血潮を掻《か》き立て、無数の肉声がいっせいに最期のわかれを告げているかのようだった。《さようなら、陛下、やさしき王よ、勇ましき王よ！　太陽がイタリアを照らすかぎり、あなたは、あなたの国民の胸のなかで生きつづけることでしょう》。やがてふたたび軍旗が空高く掲げられ、そしてヴィットリオ王は、その不滅の栄光を約束する墓に葬《ほうむ》られたのだった」

フランティ、学校を追いだされる

二十一日、土曜日

デロッシが国王の葬儀の話をしているのに、笑うなんて、そんなまねをするやつは、ひとりしかいない。笑ったのはフランティだ。ぼくはあいつが大きらいだ。心がねじけてる。

だれかのおとうさんが、学校まできて、子どもをしかったりすれば、うれしそうな顔はする、だれか泣いている子がいれば、笑ってからかう。ガッローネの前ではふるえているくせに、からだのちいさい左官屋くんにならなぐりかかる。片腕が不自由だからって、クロッシをいじめる。プレコッシのことは、みんな尊敬しているのに、あいつだけがばかにしている。それからロベッティ、あの、下級生を助けたために松葉杖をついて歩かなければならなくなった三年生の子まで、ひやかしてはやしたてる。自分より弱ければ、相手かまわずつっかかっていく。それで、なぐりあいになれば、かっとして見境がつかなくなって、相手にけがをさせようとおかまいなしだ。水をはじくようにロウをぬってある帽子を、いつも目深にかぶって、せまいひたいも、にごった目も、ほとんど見えないけれど、たまにのぞくと、ぞっとする。

あいつには、こわいものなんてなにもない。先生が目の前で見ていようと平気で笑うし、すきがあれば盗みだってするし、それをまた、すずしい顔でしらをきる。年じゅうだれかとけんかしている。ヘアピンを学校にもってきて、となりの子たちをつついたり、自分の上着のボタンばかりか、ひとのボタンまでむしりとって、賭《か》け遊びにつかったりする。あいつのは、紙ばさみでも、ノートでも、本でも、みんなくしゃくしゃで、やぶれて、よごれているし、定規には歯形がついていて、ペン先はかみ切ってあるし、つめはかんでつぶれている。服なんか、油のしみと、けんかでこしらえたかぎざきだらけだ。

なんでも、あいつのおかあさんは、あんまりあいつが心配をかけるせいで病気になったし、おとうさんはこれまで三度も、あいつを家から追いだしたんだそうだ。おかあさんは、時どき学校にようすをききにくるけれど、帰るときはいつも泣いている。

あいつは学校が大きらい、同級生も大きらい、先生も大きらいなんだ。時どき先生が、あいつの悪さを見て見ないふりをすることがあって、そんなとき、あいつは、ますます手がつけられなくなる。一度、先生がやさしく諭そうとしたら、こばかにしてはやしたてた。一度きびしくしかられたことがあって、そのときは、両手で顔をおおって、泣きまねをしながら、笑っていた。三日間停学をくったこともあったけれど、つぎに学校にでてきたときには、前よりもっと、なまいきで、手がつけられなくなっていた。

ある日、デロッシがあいつに言った。

「もうよせよ、先生があんなに困っているじゃないか」

するとあいつは、腹にくぎでもおみまいしてやろうか、とデロッシをおどした。

でもけさは、さすがのあいつも、とうとう、犬みたいに追いはらわれることになった。先生がガッローネに、「サルデーニャの少年鼓手」という今月のお話を清書しておくようにと、その下書きをわたそうとしたとき、あいつが床にかんしゃく玉をたたきつけて、それが破裂して、まるで鉄砲みたいな音が教室じゅうにひびきわたった。

みんながびっくりして立ちあがった。先生もはじかれたように立ちあがった。そして大声で言った。

「フランティ！　学校からでていきなさい！」

あいつが答えた。「おれじゃないよ！」

でも笑っていた。

先生がもう一度言った。「でていきなさい！」

「おれ、動かないよ」とあいつ。

とたんに先生はかっとなって、あいつにとびかかると、両腕をつかんで、席からひきはなした。あいつも、歯をむきだして、必死でもがいていたが、先生の力にはかなわなくて、外にひきずりだされてしまった。先生は、ほとんどむりやり、あいつを校長先生のところまでつれていった。そして、しばらくして、ひとりで教室にもどってくると、教卓にむかって腰をおろし、両手で頭をかかえこんで、ふかいため息をなんどもついた。疲れと苦しみとで、その顔は、見ているのがつらいほどだった。

「三十年、学校で教えてきたというのに！」

先生は、頭をふりながら、悲しそうにさけんだ。だれひとり息をするものもなかった。先生の両手は怒りでふるえ、眉間のまっすぐなしわは、いっそうふかくなって、まるで傷のように見えた。きのどくな先生。みんながかわいそうだと思っていた。デロッシが立ちあがって言った。

「先生、悲しがらないでください。ぼくらは先生のこと、大好きです」

すると先生は、いくらか明るい顔になって、言った。

「授業をつづけよう、みんな」

サルデーニャの少年鼓手(今月のお話)

クストーザの戦いの初日、一八四八年七月二十四日のこと、周囲になにもない民家の接収命令を受けて高地に派遣されていた、わが軍の歩兵連隊約六十名が、オーストリア軍二個中隊の急襲にあった。銃弾をいたるところから浴びせられ、その民家の戸口から命からがら逃げこんで、戸口をしめるのがやっとだった。死傷者は戦場に残したままだった。

戸口をしめると、味方の兵士は一階と二階の窓にかけよって、襲撃してくる敵の頭上めがけて、はげしく銃撃を開始した。敵も、民家を前方からまるく囲むようにして接近しながら、さかんに応戦した。イタリア兵六十名の指揮にあたっていたのは、中少尉二名に大尉一名だった。大尉は、やせて長身の謹厳そうな老人で、髪もひげも真っ白だった。兵士にまじって、ひとり、サルデーニャ島出身の鼓手がいた。十四歳になったばかりの少年で、まだ十二歳にも見えないくらい小柄な、彫りのふかくて浅黒い顔をした、きらきら光る黒いひとみをしていた。大尉は一階の一室に陣取って、まるで連射射撃でもするように、矢つぎ早に命令をくりだしながら、防戦の指揮をとっていた。その意志の固そうな顔に、ひるむ様子はいっこうに見えなかった。鼓手は、いくらか青ざめてはいたが、足をふんばって、机にのぼると、ぴったり壁に身をよせて、首をのばして、窓の外を見た。すると草原をぬけて、銃撃のけむりのむこうから、オーストリア兵の白い軍服が、ゆっくりとこちらにむかってくるのが見えた。

その民家はけわしい斜面のてっぺんにあって、斜面の側には、屋根裏部屋についた小窓がひとつ、高いところにあるだけだった。そのためオーストリア兵もそちらの側には攻撃をしかけることはせず、斜面に人影はなかった。射撃は家の正面とその両側だけにしか加えられていなかった。

それでも地獄の砲火にはちがいなかった。鉛の弾があられのようにふりそそぎ、外壁をくずし、かわらをこなごなにし、家の中では、天井から家具、窓にドアを、はしからこわして、あたり一面、木ぎれやしっくいの粉、食器やガラスのかけらを舞いちらしながら、うなりをたてて、そこかしこにあたってはねかえり、頭が割れるくらいすさまじい音をたて、片っぱしから跡形もなくなるまでに破壊していった。ときおり、窓から撃っていた兵士がもんどりうって倒れると、だれかが奥にひきずっていった。傷口に手をあてがって、別の部屋によろめきながら移っていく兵士もいた。台所では、すでに一名、弾がひたいに命中して命を落とした兵士がでた。敵の包囲網の輪がせばまってきていた。

ふと、それまでまったく動揺の見えなかった大尉の顔に、不安の色がよぎったかと思うと、大尉が軍曹をしたがえて、部屋から大またにでていった。三分ほどして、軍曹がかけ足でもどってきて、鼓手に、ついてくるようにと、合図をおくった。少年は軍曹のあとについて、階段をかけあがり、軍曹といっしょに、がらんとした屋根裏部屋にはいった。見ると大尉が、小窓にもたれて、鉛筆で紙になにか書いているところだった。足もとの床には、井戸につかう綱が一本おいてあった。

大尉はその紙をたたむと、兵士たちをふるえあがらせる、その灰色のつめたい目で、少年をじっと見て、なげつけるように言った。「鼓手！」

少年は敬礼した。

大尉が言った。「おまえは度胸がいい」

少年の目がきらりと光った。

「はい、大尉どの」

「下を見ろ」と、少年を窓ぎわに押しやりながら、大尉が言った。「平地の、ヴィッラフランカの集落のあたりに、銃剣が光っているのが見えるな。わが軍があそこにいる。一歩もひかずにだ。いいか、この手紙をもって、この綱で小窓からおりたら、斜面をくだり、草原をぬけ、味方のところまでいき、最初にあえた将校に、手紙をわたすんだ。ベルトと背嚢《はいのう》はおいていけ」

　少年はベルトと背嚢をはずすと、手紙を胸ポケットにいれた。軍曹が綱を投げおろし、片はしを両手でしっかりつかんだ。大尉は、草原に背をむけると、少年が小窓を通れるように手を貸した。

「いいか」大尉が少年に言った。「この分遣隊が助かるかどうかは、おまえの勇気と、その二本の脚にかかっておる」

「ご信頼ください、大尉どの」外にぶらさがりながら、少年はこたえた。

「下り斜面では、かがむんだ」軍曹といっしょに綱をつかみながら、大尉がまた言った。

「だいじょうぶです」

「しっかりな」

　あっというまに少年は地上におりた。軍曹は綱をひきあげると、すがたを消した。大尉は小窓から、さっと顔をのぞかせて、少年が斜面を飛ぶようにかけおりていくのを見た。どうやら敵にみつからずに逃げおおせたようだと大尉が考えはじめた、そのときだった。少年の前後の地面から、五つ、六つ、ちいさな土ぼこりが上がった。オーストリア兵にみつかったのだ。斜面のてっぺんから、少年めがけて、いっせいに射撃がはじまっていた。こまかな土ぼこりは、銃弾が地面にはねたものだった。

　けれど少年鼓手は、なおも前のめりになって、走りつづけていた。

　突然、少年がぱたっと倒れた。「やられた！」と大尉はさけんで、こぶしを嚙《か》んだ。だが、それさえ言い終えないうちに、少年が起きあがるのが見えた。「ああ！　倒れただけだった！」と胸のなかで言って、大尉はほっと息をついた。じっさい、少年は、また全力で走りはじめた。けれど足をひきずっていた。「ねんざだ」と大尉は思った。少年のまわりのそこかしこで、また砂けむりがたった。けれどそれもすこしずつ遠ざかっていった。助かったぞ。大尉は勝ち誇ったようにさけんだ。それでもまだ、少年のあとをじっと目で追っていた。あと一瞬遅ければ、と思うとぞっとした。即刻援軍を手配してほしいと書いた手紙をもった少年が、一刻もはやく、下にいる味方のところにたどり着かなければ、部下は全員命を落とすか、さもなければ降服して敵の捕虜になるか、どちらかだった。少年は、ちょっとはやく走っては、速度をゆるめ、足をひき、またかけだすのだが、そのたびごとに、苦しくなるらしく、時どきつまずいたり、立ち止まったりしていた。「たぶん弾がかすったんだ」と大尉は思った。そしてふるえながら、少年の動きを、ひとつも見のがすまいとみつめていた。まるで自分の声が少年にとどきでもするかのように、少年をはげまし、少年に話しかけていた。そしてその燃えるような目で、逃げる少年と、はるか下のほう、陽の光で黄金色に染まった穀物畑に囲まれた平地でときおりきらめく銃剣と、両者の距離をたえず測っていた。

そのあいだも、下の部屋からは、びゅんびゅん弾がとびかい、なにかがこわれる激しい音が聞こえていた。将校や軍曹たちが大声で命令したりどなったりする声も、けがをして悲鳴をあげるけが人たちの声も、家具やしっくい壁のくだける音も。

「さあ！　がんばれ！」遠くなった少年を目で追いかけながら、大尉はさけんだ。「進むんだ！　走れ！　止まりおったぞ、くそっ！　おお、またかけだした」

将校がひとりやってきて、敵方に攻撃をやめる気配はなく、白旗をふって降服をうながしております、と大尉につたえた。

「ほうっておけ！」少年から目を離さずに、大尉はさけんだ。少年はもう平らなところまでたどり着いていたが、これ以上は走れないというように、はうようにして、かろうじて進んでいた。「さあ、進め！　走るんだ、おい！」歯ぎしりしながら、こぶしをにぎりしめて、大尉は言った。「くたばれ、死んでしまえ、このいくじなし！　さあ、いくんだ！」そして聞くのもおそろしい呪《のろ》いのことばを投げつけた。「ああ！　この死にぞこないめ、すわりこみおったぞ！」

じっさい、さっきまで穀物畑の上に頭の先をのぞかせていた少年のすがたは、ふいに消えた。倒れたとしか思えなかった。けれどそれも一瞬のことで、少年がまた頭をのぞかせた！　最後はその頭も生け垣のむこうに消え、それっきり大尉の目には見えなくなった。

すると大尉はあたふたと下にかけおりていった。弾はあられのようにふりつづいていた。部屋という部屋がけが人であふれ、なかには、家具につかまって、よっぱらいのように、ぐるぐるまわっているものもいた。壁も床も、血だらけだった。どの戸口にも、死体が折り重なっていた。中尉は銃弾で右の腕をくだかれていた。あらゆるものが、けむりとほこりにまみれていた。

「しっかりしろ！」大尉はさけんだ。「持ち場から動くな！　援軍がくる！　あとすこしだ、がんばれ！」

オーストリア兵がさらに近くまできていた。下のけむりのあいだから、そのゆがんだ顔が見えたかと思うと、すさまじい銃声にまじって、降服しろ、さもないと皆殺しだ、とおどす野蛮で無礼なさけびがとどいてきた。それにおじけづいて、窓からあとずさる兵士がでた。それを軍曹たちが、また押しもどした。しかし防戦する弾の音はしだいに弱まって、どの顔にも、あきらめの色がうかんでいた。もうこれ以上、抵抗はむりだった。

そのうちオーストリア兵の銃撃が間遠《まどお》になり、とどろくような声が、まずドイツ語で、それからイタリア語で、ひびきわたった。「降服しなさい！」

「するものか！」大尉が窓からどなりかえした。

そして両軍はいっそうはげしく銃撃戦を再開した。またあらたな死者がでた。防御にあたる兵士のいなくなった窓は、ひとつやふたつではなかった。最期の瞬間がせまっていた。大尉は歯を食いしばりながら、声をからしてさけんでいた。「こない！　援軍がこない！」そして気でもちがったように、ふるえる手でサーベルをふりまわし、必死の形相でかけまわっていた。そのとき、屋根裏から軍曹がかけおりてきて、しぼりだすような声でさけんだ。「きました！」

「援軍がきたぞ！」大尉が歓喜のさけびをあげた。

その声を聞いて、無事なものも、けがをしたものも、将校たちも、軍曹たちも、みんながいっせいに窓に突進していった。抵抗はさらにはげしさをました。それからまもなく、敵に不安と混乱のきざしらしいものが見えた。すかさず大尉は、大急ぎで、一階の一室に、一小隊を集め、銃剣突撃に打ってでると告げた。そしてふたたび上にかけのぼっていった。大尉が上にたどり着くのとほとんど同時に、勇ましい雄たけびがあがり、ひづめの音がそれにつづいた。窓から見ると、けむりをついて、イタリア騎兵の、両先のとがった帽子が、そして騎兵中隊が風のように突き進んできたかと思うと、宙をまう刃のきらめきの先が、次つぎと、頭や肩や胴にふりおろされていった。それを見て、戸口から、わが小隊が銃剣を低くかまえて突撃にでた。敵は総くずれになり、よろめきながら退却していった。もう草原に人影はなく、その民家も無事だった。イタリア歩兵二個大隊が大砲二門をしたがえて、その高地を占領したのは、それからまもなくのことだ。

大尉は、生き残った兵士たちをつれ、自分の連隊に合流すると、さらに戦闘をつづけたが、最後の白兵戦のおり、流れ弾にあたって左手に軽傷をおった。

その日は、味方の勝利で終わった。

しかし翌日、戦闘が再開され、イタリア軍は、勇敢に抵抗したが、その甲斐《かい》もなく、オーストリアの大軍に押され、二十六日朝、あえなくミンチョの川へと退却しなければならなかった。

大尉は、けがしたからだで、疲れきってだまりこくった部下たちといっしょに、徒歩で行軍をつづけ、日の暮れるころに、ミンチョ川のほとりにあるゴイトの町に着いた。それからすぐに、片腕をやられて衛生部隊に収容され、ひと足先にきているはずの中尉の消息をたずねた。すると、教会が急ごしらえの野戦病院になっていると教えてくれたひとがいて、そこにむかった。

教会は負傷した兵士でいっぱいだった。二列にならべられたベッドの上にも、床に敷かれたマットの上にも、兵士たちが横たわっていた。ふたりの軍医と助手がいくにんか、息をきらしながら、あわただしく立ちはたらいていた。おさえたようなさけび声やうめき声が、あちこちから聞こえていた。

中にはいるとすぐ、大尉は立ち止まり、部下の将校をさがして、あたりを見まわした。そのとき、すぐそばで、自分をよぶ弱々しい声がした。「た、い、い、ど、の！」

ふりかえると、それはあの少年だった。

簡易ベッドに寝かされて、赤と白のチェックの、厚手のカーテンに胸までおおわれ、その上に両腕をだしていた。顔色は悪く、やせたようだったが、その瞳《ひとみ》はいつもと変わることなく、黒い宝石のように、きらきらとかがやいていた。

「おまえ、ここにいたのか？」びっくりして、けれどぶっきらぼうに大尉がたずねた。

「よくやった、おまえは任務を果たしたんだ」

「できるだけのことはしました」少年鼓手はこたえた。

「けがをしたんだな」そう言いながら、大尉は、あたりのベッドに中尉のすがたをさがしていた。

「のぞむところです！」はじめての負傷をほこらしく思う気持ちが、少年に、話をさせる勇気をあたえたのだった。でなければ、大尉の前で直接口を開くことなどできなかっただろう。「せいいっぱい、からだをまるめて走ったんですが、すぐにみつかってしまいました。敵の弾にあたらなければ、あと二十分ははやくつけたはずです。さいわいすぐに、参謀本部の大尉どのに会えて、手紙をわたすことができました。ですが、あいつをお見舞いされてからは、下りがきつくて！　のどがからからになって、もうたどり着かないんじゃないかって思いながら、でも自分が一分遅れるごとに、上のほうでは、味方がまたひとりあの世にいくかと思うと、腹が立って、涙がとまりませんでした。もういいんです。やれるだけのことは、やったんですから。満足してます。あのう、失礼ですが、大尉どの、血がでています」

たしかに大尉の手のひらの、包帯のほつれたところから、血が指をつたって流れでていた。

「包帯をしめてさしあげましょうか、大尉どの？　ちょっとこちらに、おだしください」

大尉は左手をさしだし、少年がむすび目をほどいてしばりなおすのを手伝おうと、右手をのばした。けれど少年はまくらからからだを起こしたとたん、青ざめて、また頭をもどさなければならなかった。

「もういい、もういい」と言って、大尉は少年をじっとみつめ、それから、少年が放そうとしないので、包帯をしたほうの手をひこうとした。「自分のことを考えろ、他人の心配をする前にな。大したことはないと油断していると、たいへんなことになるからな」

少年は首をふった。

「だがな、おまえは」じっくりと少年を見てから、大尉は言った。「そうとう出血がひどかったはずだ。それだけ弱っているところをみるとな」

「出血がひどかったですって？」と、ほほえみながら少年がこたえた。「出血どころじゃありません。ごらんください」

そう言うと少年は、ふいにシーツをはねのけた。

大尉は、ぎょっとして、あとずさった。

少年の脚が、片ほうなくなっていた。左の脚が、ひざの上から切り落とされていた。切り口には、包帯がまかれ、血がにじんでいた。

ちょうどそのとき、小柄でふとっと軍医が通りかかった。シャツは着ていなかった。

「ああ、大尉どの」少年を指さしながら、軍医が口早にいった。「じつに残念なことをしました。あんなにむちゃなことさえしなければ、この脚も、どうということもなく、助かったんですがね。なにしろ炎症がひどくて。その場で切らなければなりませんでした。ああ、でも……勇敢な子ですよ、わたしが請け合います。涙ひとつこぼしませんでしたからね。声ひとつあげなかったですから！　手術しながら、わたしも誇らしく思いましたよ、これこそイタリアの少年だとね。この子は、ほんとうにすごい子です、まったく！」

そう言って、軍医は足早に去っていった。

大尉は、白くてふといまゆをよせて、じっと少年をみつめてから、シーツをもとどおりにかけなおしてやった。それからゆっくりと、自分でも気づかないうちに、片手を帽子にやると、少年をみつめたまま、帽子をぬいだ。

「大尉どの！」びっくりして少年はさけんだ。「なにをなさるんです、大尉どの、この自分ごときにでありますか？」

すると、部下にやさしいことばひとつかけたことのない、その無骨な兵士が、なんとも言えないやさしく愛情のこもった声でこたえた。「わしは一介の大尉にすぎないがおまえは英雄だ」

そして両腕をひらいて少年におおいかぶさると、その胸に口づけをした。

国を愛する心

二十四日、火曜日

サルデーニャの少年の話に胸をゆさぶられたのだから、けさの試験の作文はすらすらじょうずに書けただろうね？　課題は、「きみたちは、なぜイタリアを愛するか？」だったね。

なぜ自分はイタリアを愛するのか？　たちどころに百通りもの答えがうかんではこなかったかい？　自分がイタリアを愛するのは、母がイタリア人だから、からだに流れる血がイタリアの血だから、母が涙を流し、父が尊敬してやまない死者たちの眠る大地がイタリアの大地だから、生まれた町が、話すことばが、教えられる本が、そして兄弟が姉妹が、なかまが、まわりに暮らす偉大な人民が、周囲のうつくしい自然が、そして目に映るもの、愛するもの、学ぶもの、すばらしいと思うもの、すべてがイタリアのものだからだ。

おや、きみはまだ、こうした愛情をまるごと感じることができないでいるんだね！　感じるさ、きっと。きみがおとなになって、たとえばひさしぶりに長い旅から帰ってきて、ある朝、船のデッキに身をのりだして、水平線のかなたに、きみの故郷の青あおした山並みを見るときに。そうすればきみも感じるはずだ。ひたひたと押しよせるやさしさの波に、きみの目が涙であふれ、きみの胸がはりさけそうになるときに。

　きっときみも感じるはずだ。どこか遠い大都会で、心の底からつきあげてくる思いに、見知らぬひとの群れのなかへと迷いこみ、通りすがりに、ふと耳にした故郷のことばの主にひかれるようにして、その見知らぬ労働者のすがたをもとめているとき。きみは感じるはずだ。どこかの外国人の口から、きみの国が口ぎたなくののしられるのを耳にして、一気にかっとなるときの、痛ましくも気高い怒りのなかに。

　そしてもっともっとはげしく誇らしく感じるはずだ。どこか敵国の人民がきみの祖国に砲火のあらしをしかけてくる日がくれば。そのとき、きみは見るだろう。武器をとれとさけぶ声が、いたるところから巻きおこり、若者たちがわれもわれもと軍隊につめかけ、父親たちは息子に口づけしながら、「がんばってこい！」とことばをかけ、母親たちは「勝ってくるのよ！」とさけびながら、若者たちに別れを告げるのを。

　きっときみは感じるはずだ。神の遣《つか》わしたよろこびとして。多くの死者をだし、疲れ果て、身も心もぼろぼろになった兵士たちの軍隊が、勝利の栄光を目に宿し、弾丸でちぎれた旗を先頭に、きみの町に凱旋《がいせん》してくるのを運よく見ることがあったらね。そのあとを、勇敢な負傷兵の集団が、包帯にくるまれた頭や切り落とされた腕を高だかとかかげて、果てしなくつづき、それに熱狂して、花や祝福のことばやキスをふるように投げかける群集のなかをぬっていくのを見ることがあればだ。そうすれば、きみにも、国を愛する気持ちがわかるようになるだろう、祖国を感じることができるはずだよ、エンリーコ。
祖国とは、これほど偉大で神聖なものなんだ。だからとうさんは、いつの日か、きみが祖国のために戦って、そして無事に帰ってくるすがたを見ることができたら、と願っている。生きて帰ってくるすがたをね。だって、きみはとうさんの肉体であり、魂なのだから。けれどもし、きみがこっそり死をのがれて命を惜しむようなまねをしたと知ったときは、きみの父親として、学校から帰ってくるきみを、大喜びでむかえる、いつものとうさんではいられない。苦しみにむせび泣きながら、むかえることになる。そして二度ときみを愛することもなく、胸の奥深く、その苦しみのナイフを突きさしたまま、死んでいくだろう。

とうさんより

ねたみ

二十五日、水曜日

祖国についての作文も、いちばんじょうずに書いたのは、デロッシだった。でもヴォティーニときたら、こんどこそ一等賞は自分だと思いこんでいた！　ちょっとみえっぱりで、洋服のことばかり気にしすぎるけれど、ぼくはヴォティーニのこと、好きになれそうだ。けれどこうしてとなりの席にいて、あんなにデロッシをねたんでいるのを見ると、いらいらする。勉強するのだって、デロッシと張りあいたいからだ。でもどうやったって、かないっこない。相手のほうが十倍も、どんな科目でもできるんだから。それで、くやしい思いをするのはヴォティーニのほうだ。

デロッシをねたんでいるのは、カルロ・ノービスもいっしょだ。でもからだじゅう自尊心のかたまりみたいなやつだから、その自尊心のおかげで、自分がねたんでいるなんて、これっぽっちもおもてには出さない。ヴォティーニのほうは、すぐ顔にでる。家に帰れば、点のことでぶつぶつ文句を言って、先生がえこひいきするせいだとこぼす。それにデロッシが質問にさっさとじょうずにこたえたりすると、いつものことなのに、ヴォティーニは、顔をくもらせ、うつむいて、聞こえなかったふりをするか、むりやり笑おうとして、ひきつった笑顔になってしまう。そのことは、もうみんな知っているから、先生がデロッシをほめるときは、みんながヴォティーニのほうを見る。すると、うらめしそうな顔をしたヴォティーニにむかって、左官屋くんが「ウサギ顔」をしてみせるというわけだ。

たとえばけさだって、ヴォティーニはへまをしでかした。

先生が教室にはいってきて、試験の成績を発表した。「デロッシ、十点満点で一等メダル」

ヴォティーニが大きなくしゃみをした。先生は、みえすいたことをするとでもいうように、ヴォティーニをじっと見た。「ヴォティーニ」先生は言った。「からだにねたみのヘビをはいりこませてはいけない。そのヘビこそ、脳みそを嚙んで心をくさらせるものなんだからね」

デロッシのほかは、みんなヴォティーニのほうを見ていた。ヴォティーニはこたえようとしたが、できなかった。顔色をなくして、石にでもなったように動かなかった。

やがて先生が授業をしていると、ヴォティーニは一枚のちいさな紙に、大きな字で書きはじめた。《えこひいきと不正のおかげで一等賞のメダルをとるやつらなんか、ねたんだりしない》。デロッシにわたすつもりで書いたものだった。

ところが、デロッシの近くにいる子たちが、なにか悪さをたくらんでいるらしく、ひそひそ耳うち話をしているな、と思ったら、ひとりの子が小刀で大きな紙のメダルを切りぬいて、それにみんなで一ぴきの黒ヘビの絵をかいた。ヴォティーニもそれに気がついた。先生が、ちょっと教室の外にでていった。とたんにデロッシの近くの子たちが立ちあがって席をはなれ、うやうやしく紙のメダルをささげながら、ヴォティーニのところへもっていこうとした。いよいよ大げんかがはじまるぞと、クラスじゅうが身がまえていた。ヴォティーニはもうさっきから、ぶるぶるふるえていた。そのとき、デロッシがさけんだ。「それをぼくによこせ！」「うん、そのほうがいい」その子たちがこたえた。「きみがもっていってやるべきだもの」

デロッシはそのメダルをつかむと、ずたずたにひきさいた。ちょうどそのとき、先生がもどってきて、また授業がはじまった。ぼくはヴォティーニから目をはなさなかった。かんかんにおきた炭火みたいに真っ赤だった。ゆっくりゆっくり、ぼんやりほかのことを考えているみたいなようすで、さっき書いた紙を手にとると、こっそりまるめて口に入れ、ちょっとかんでから、机の下にはきだした……教室をでるとき、まだすこしうろたえていたヴォティーニは、デロッシの前を通りすぎようとして、インクの吸取紙《すいとりがみ》を落としてしまった。デロッシは、親切にも、それをひろいあげて、ランドセルの中にいれてやると、ふたのベルトをしめるのも手つだってやった。ヴォティーニは顔をあげようとしなかった。

フランティのおかあさん

二十八日、土曜日

けれどヴォティーニの性格は変わりようがない。きのう宗教の時間に、校長先生のいる前で、先生がデロッシに、読本のなかにある《われいずかたに目をむくるとも、大いなる神よ、御身をわれは見る》という詩の二節を暗記しているか、とたずねた。デロッシが、いいえ、とこたえると、ヴォティーニがすかさず、「ぼく知っています!」と言って、にやりと笑った。デロッシをやりこめてやろうと思っているみたいだった。けれどやりこめられたのは、ヴォティーニのほうだった。詩を暗誦することができなかったのだ。とつぜん教室に、フランティのおかあさんが、息をきらし、しらがまじりの髪をふりみだし、からだじゅう雪でびしょぬれになって、八日間の停学処分をくらった息子を追いたてるようにして、とびこんできたからだ。

そのあと、あんなかなしい場面を見ることになるなんて思いもしなかった！

そのきのどくな女のひとは、校長先生の前にひざまずくばかりにして、手を合わせると、すがるように言った。「ああ、校長先生、どうかお慈悲だとお思いになって、この子をもう一度学校に通わせてくださいまし！　この三日というもの、家にいるこの子をかくしておいたんです。でも、ほんとうにどうしたらよいのでしょう、そのことを、もし父親が知ったら、きっと殺されてしまいます。どうか、あわれとおぼしめして、わたしには、もうどうしていいかわかりません！　どうか、どうか、お願いでございます！」

校長先生は女のひとを外につれていこうとしたが、女のひとはいやがって、なおも泣きすがっていた。

「ああ、この子がどれほどわたしに苦労をかけたか、もし先生が知っていらっしゃれば、かわいそうだと思っていただけるでしょうに！　どうかお慈悲とお思いになって！　この子はきっと変わります。わたしの命はもうそんなに長くはありません、校長先生、死はすぐそこまできています。でも死ぬ前にせめて、生まれ変わったこの子を、ひと目みておきたいのです。と申しますのも……」そう言うと、女のひとは、わっと泣きくずれた。「これでもわが子と思い、いとおしんでおります。このままでは、死んでも死にきれません。わたしのためと思って、どうかこの子をもう一度、学校に入れてやってくださいまし、校長先生。これ以上、うちでおそろしいことが起きませんように、どうか、このあわれな女にお慈悲をかけてくださいまし！」そしてまた両手で顔をおおって、すすり泣いていた。

フランティはうつむいていたが、顔色ひとつ変えなかった。校長先生はフランティをじっと見て、しばらく考えこんでから、口をひらいた。「フランティ、席につきなさい」

すると女のひとが両手を顔からはなし、ほっとした顔で、何度もなんども、感謝のことばをくりかえした。校長先生が口をはさむまもなかった。そして涙をぬぐいながら出口のほうに歩きだしてから、口早に言った。「いいかい、おまえ、たのんだよ。みなさんも、がまんしてやってくださいね。ありがとうございました、校長先生、お心づかいいただいて。いいね、いい子にするんだよ。さようなら、みなさん。ありがとうございました、先生、失礼いたします。みなさんも、どうか、このあわれな母親を許してくださいね」

それからもう一度、出口のところで、息子にすがるようなまなざしを送ると、床をひきずっていたショールを持ちあげ、青ざめた顔をして、背中をまるめ、頭をふるわせながらでていった。

静まりかえった教室の中、校長先生はフランティをじっとみつめていた。そして、ふるえあがらせるような調子で、フランティに言った。

「フランティ、このままだと、きみがおかあさんを殺すことになるんだぞ！」

みんながフランティのほうをふりむいた。すると、あのはじ知らずは、にやりと笑った。

希望

二十九日、日曜日

すばらしいわ、エンリーコ、宗教の授業をきいて帰ってきたあなたは、かあさんの胸のなかにとびこんできてくれたわね。そうね、先生はとてもたいせつで心あたたまるお話をしてくださったわね。わたしたちがこうしてしっかり抱きあって、二度とはなれないでいられるのも、神さまのおかげなの。だから、かあさんが、そうしてとうさんが死んでも、どれほどかなしくても、わたしたち家族のあいだでは、《かあさん、とうさん、エンリーコ、もう二度と会えないなんて》、こんなおそろしいことばは口にしないことにしましょう。また別の世で会えるのですもの。この世でふかい苦しみをあじわったひとの苦しみがむくわれ、ふかい愛情をそそいだひとは、この世で愛したひとたちの魂に、ふたたびめぐりあえる、罪もなげきも、死さえない、そんな世界なのですから。でも、それには、わたしたちみんなが、もうひとつの人生にふさわしい人間にならなければなりません。いいこと、あなたのよい行ないが、あなたがクラスのお友だちにした親切が、あなたのやさしい思いやりが、一つひとつすべて、あの世界にむかって高くとびあがるための一歩なのです。そして、どんな不幸や苦しみも、あなたをあの世界にひきあげてくれる力なのです。苦しみの一つひとつが罪のあがないであり、涙の一つぶひとつぶが、けがれをはらうものなのですから。毎日、心がけることです、前の日より、もっといい子で愛情にあふれた子でいられますようにと。毎朝、自分に言うのです、《きょうは、良心にほめられるような、そしてとうさんによろこんでもらえるような、そんなことをなにかしよう。クラスのあの子とこの子、先生や弟、それから、もっとほかのひとたちにも好きになってもらえるようなことを、なにかしよう》とね。それから神さまにお願いするのです、《ぼくの決心を実現させる力をください。神さま、ぼくはいい子で、気高くて、勇気があって、やさしくて、まじめな子になりたいんです。助けてください。毎晩、かあさんがおやすみのキスをしにきてくれるときに、「かあさん、今夜は、きのうかあさんがキスしてくれた子より、もっと正直でりっぱな男の子にキスしているんだよ」と言えるようにしてください》ってね。

どんなときでも、はるかに人間をこえた、しあわせな自分のすがたを、この世が終わったあとでなれるはずの、もうひとりのエンリーコのことを、思いえがくのです。そして祈りなさい。あなたにはわからないでしょうね、わが子が両手を合わせているすがたを見るとき、どれほど母親がやさしい気持ちにつつまれているか、どれほどすてきな心持ちでいるかなんて。かあさんは、あなたが祈っているすがたを見ると、そこにきっと、あなたをじっと見まもりながら、あなたのことばに耳をかたむけているおかたがいるのだって、考えないわけにはいきません。そこに、この世のものをこえた果てしない慈悲があることを、いままでよりもっと固く信じないわけにはいかないのです。だからかあさんは、もっともっとあなたをたいせつに思います。もっと熱心に働いて、もっとたくさん苦しんで、心の底から許すようにして、そして心しずかに死を待つようにします。ああ、大きくてやさしい神さま！　わたくしが死んだら、わたくしの母の声をもう一度きかせてください、またわたくしの子どもたちにめぐりあわせてください、わたくしのエンリーコに、神さまの祝福をうけて命をさずけられた、わたくしのエンリーコに、もう一度めぐりあって、この腕のなかに抱きしめて、もうけっして、永遠に、はなれないほどつよく抱きしめることができますように！

さあ、祈りなさい、祈りましょう。たがいにたいせつに思い、心やさしく、あの聖なる希望を心にたずさえて、いとしいわが子よ。

かあさんより

二月

ふさわしいメダル

四日、土曜日

けさ教育局長がメダルの授与にきた。白いあごひげの紳士で、黒い服を着ていた。終業の合図の鳴るちょっと前に、そのひとは校長先生といっしょに教室にはいってきて、先生のとなりに腰をおろした。そのひとは、あれこれ質問をしたあと、デロッシに一等賞のメダルをわたした。それから二等賞をわたす前に、しばらくじっと、校長先生と先生がなにか小声で話すのをきいていた。みんなそれぞれに《二等賞はだれにあげるのだろうか？》と考えていた。

「今週、二等賞にもっともふさわしいのは、ピエートロ・プレコッシくんです。宿題、学課、習字、態度、すべてにおいて、それにあたいします」

みんながプレコッシのほうを見た。どの顔も、こうなってうれしいと言っていた。プレコッシが立ちあがったが、どうしていいかわからずまごついていた。「ここへきなさい」と局長が言った。プレコッシははじかれたように席を立ち、先生の教卓のとなりまで進んだ。局長は、しげしげと、そのロウのような青白い顔からはじめて、だぶだぶの腕まくりした上着にくるまったちいさなからだ、それから、あのやさしくてかなしげな目をみつめた。プレコッシは目を合わせないようにしていたけれど、つらい思いをしてきたにちがいないことは、局長もすぐにわかったようだった。やがて局長は、メダルを肩にかけてやりながら、愛情のこもった声で言った。「プレコッシ、メダルを授与する。きみよりほかにふさわしい生徒はいない。このメダルは、きみの知恵ときみのすばらしい意欲に対してあげるだけではない。きみの心に、きみの勇気に、りっぱでやさしい息子であるきみに対してあげるものでもある。そうじゃないかね」と局長は、クラスのみんなにむきなおってから、話をつづけた。「だからこの子はメダルにふさわしいのでしょう？」「そうです、そうです」みんなはいっせいにこたえた。

プレコッシは、なにかをのみこむみたいに、ちょこんと首を動かして、みんなのいる席を、ほんとうにやさしいまなざしで見わたした。その目は、いくら感謝してもしきれないくらいだ、と言っているようだった。

「では、もどりなさい」局長が言った。「よい子のきみに、神のご加護がありますように！」

下校の時間になっていた。ぼくらのクラスがいちばん先だった。教室をでたとたん……大広間のちょうど入り口のところに、いったいだれがいたと思う？　プレコッシのおとうさんがいたんだ。あの鍛冶屋さんが、いつものように青ざめて、こわそうな顔をして、帽子を横っちょにかぶり、ふらふらしながら待っていた。先生は、すぐにおとうさんに気がついて、局長の耳もとに、なにか話しかけた。すると局長は急いでプレコッシをさがしだしてくると、その手をとって、おとうさんのところにつれていこうとした。プレコッシはふるえていた。先生と校長先生も、近よっていった。生徒もみんな、まわりに集まった。

「あなたがこの子のおとうさんですね？」

明るい声で、友だちにでも話しかけるように、局長が鍛冶屋にたずねた。そして答えを待たずにつづけた。「おめでとうございます。いいですか、この子は、クラス五十四人中二番になって、メダルをもらったんです。作文も算数も、すべてにおいて、それにふさわしかったからです。とても頭のよい、意志の強い子ですから、きっとりっぱになるでしょう。優秀な子で、みんなからも好かれ、尊敬されています。あなたも、胸を張ってくださってけっこうです。わたしが請け合います」

鍛冶屋は、ぽかんと口をあけて話をきいていたが、ふいに局長と校長先生をじっとみつめ、それから、目の前でうつむいてふるえている息子をまじまじと見た。まるで、そのときはじめて、これまでそのかわいそうな息子に、自分がどんな仕打ちをしてきたか、そして、息子がやさしくけなげに、たえ忍んできたかということを、はっきり思いだしたかのようだった。とつぜん、その顔に、あっけにとられたような表情がうかび、それが苦しそうにゆがんだかと思うと、最後は、こみあげてくるかなしみに、やさしさをにじませた表情に変わった。そしてやにわに息子の頭を抱くと、その胸に強くおしあてた。

その前を、ぼくらはみんなで通った。ぼくはプレコッシに、こんどの木曜日、ガッローネとクロッシといっしょに、うちにおいで、とさそった。ほかのみんなは、なにかしらあいさつをしていった。なかには、そっとなでていく子も、メダルにさわっていく子もいたけれど、声をかけない子はいなかった。おとうさんは、びっくりした顔をして、ぼくらをながめていた。でも胸には、おいおい泣いている息子の頭をしっかり抱きしめたままだった。

すばらしい決心

五日、日曜日

プレコッシがメダルをもらったのを見て、なんだか後ろめたい気持ちになった。まだ一個だってもらったことがないじゃないか、ぼくは！　このところ勉強もしていなかったから、自分でもおもしろくないし、先生も、とうさんやかあさんだって、おもしろくないと思っている。遊んでいても、ちっとも楽しくなくなってしまった。よく勉強していたころは、終わると机をとびだして、大はしゃぎで遊びにとびまわっていたけれど、あのころは、そのたびに、ひと月ぶりで遊ぶような気分になったものだ。うちで食卓につくときも、むかしみたいにうれしくない。いつもなんだか、心のなかに影みたいなものがあって、たえずぼくにささやく声がする。《だめだ、だめだ》って。

夕方になると、ぼくは、広場を、仕事帰りの子どもたちがおおぜい通っていくのをながめている。疲れていても陽気な工員たちにまじって、その子たちは、はやく食事にありつきたくてたまらない、家に帰るまで待てないよ、とでも言うように、大またで歩きながら、大声で話したり、笑ったり、炭で真っ黒になった手や石灰で真っ白の手で、肩をたたきあっている。

あの子たちは、日がのぼるころから、こんな時間まで、ずうっと働きづめだったんだ。ほかにもたくさん、あの子たちよりもっとちいさい子どもたちだって、屋根のてっぺんやかまどの前で、機械のあいだや、水の中や地の底で、わずかなパンのかけらしか食べないで、一日じゅう働いている——そう思うと、自分がはずかしくなってくる。あの子たちが働いているあいだじゅう、ぼくがしたことと言えば、たった四ページの作文を、それもいやいや、インクでなぐり書きしただけじゃないか。ああ、いやだ、いやだ！

わかっているんだ。とうさんがおもしろくないと思っていることも、それをぼくに言いたいのに、じっとがまんして、機会を待っていることも。ぼくの大好きなとうさん、あんなに働いているんだもの！　みんな、とうさんのものだよ、ぼくのまわりにある、うちのものはみんな、ぼくの手にふれるものも、ぼくの服も、ぼくが食べるものも、ぼくが勉強したり遊んだりするものも、みんなみんな、とうさんが働いてくれたおかげなんだ。なのに、ぼくはちっとも勉強しない。とうさんが、なにからなにまで、考えて、あきらめることも、いやなことも、たくさんあったのに、苦労に苦労をかさねてくれたおかげだっていうのに、このぼくときたら、なんの苦労もしていない！　ああ、だめだ、このままじゃ、あまりにつりあいがとれなくて、つらすぎる。よし、きょうからはじめるぞ、また勉強をはじめるんだ。スタルディみたいに、ぎゅっとこぶしをにぎりしめて、歯を食いしばって、意志の力と心の力をふりしぼって、勉強するぞ。夜は眠たいなんて言わないし、朝は早くとび起きるんだ。とことん脳みそを働かせ、なまけ心がでてきたら、たたきのめしてやる、がんばって、苦しんで、それで病気になったってかまうもんか。ともかく、ぼくをだめにしたうえに、ほかのみんなまで悲しませるような、こんなだらけた生活は、きっぱりやめにするんだ。さあ、心をかたむけて勉強だ！　勉強こそ、ぼくにまたやすらかな休息や、たのしい遊びや、ゆかいな食事をとりもどしてくれるはずなんだから。さあ、勉強だ。そうすれば、先生のあのやさしい笑顔も、とうさんの清らかな口づけも、きっとまた返ってくる。

機関車

十日、金曜日

きのう、プレコッシが、ガッローネといっしょに、うちにきた。王子さまだって、あのふたりほどの大歓迎はうけなかったにちがいない。ガッローネがうちにきたのは、はじめてだ。ちょっとはにかみ屋のせいもあるけれど、なにより、あんなにからだが大きいのに、まだ四年生なのを、ひとに見られるのがはずかしいからだ。

ベルが鳴って、ぼくらはみんなでドアをあけにいった。クロッシは、おとうさんが六年ぶりに、ようやくアメリカから帰ってきたので、こられなかった。かあさんがまず、プレコッシにキスをした。とうさんは、かあさんにガッローネを紹介して、こう言った。「ほら、この子だよ。この子はね、いい子なだけじゃない。どこから見ても、りっぱな紳士なんだ」

そうしたらガッローネは、大きなぼうず頭をさげて、そっとぼくにほほえみかけた。プレコッシは、あのメダルをつけていて、とうさんがまた仕事をするようになってね、お酒もここ五日のんでいないし、いつもぼくに仕事場にいっしょにいてほしがるようになったんだ、まるでひとが変わったみたいだ、と言って、うれしそうだった。

ぼくらは遊びはじめた。ぼくは自分のものを、ありったけもちだしてきた。プレコッシは、ねじまき式で走る機関車のついた汽車を前にして、見とれていた。見るのがはじめてだったのだ。赤と黄色のちいさな客車を、食い入るような目でみつめていた。遊んでごらん、と言って、ねじをわたすと、プレコッシは、ひざまずいて、走らせはじめた。それから、もうそれっきり顔をあげなかった。

あの子があんなによろこぶのは見たことがなかった。なにかというと「ごめんなさい、ごめんなさい」と言いながら、両手でぼくらに、機関車をとめないように気をつけさせた。それから客車を、まるでガラスでできているかのように、そうっとなんども置きなおしていた。息でくもらないように気をくばりながら、きれいにふいては、下から見たり、上から見たりをくりかえし、ひとりでにこにこしていた。

ぼくらはみんな、立ったまま、プレコッシを見ていた。そのほそい首すじや、いつか血のにじんでいるのを見たこともあるちいさな耳や、腕まくりしただぶだぶの上着を見ていた。上着のそでから、きゃしゃな二本の腕がのぞいていた。あの腕をあげて、あの子は、なぐられそうになったとき、なんども顔をかばったんだ……ああ、その、ぼくは思った。この子にならおもちゃも本も、ぼくがもっているもの全部、その足もとにぶちまけてもいい、この子に服を着せてあげるためなら、自分の服をぬいでもいい、身を投げだして、その両手にキスをしたい。《せめて、この汽車だけでもあげたいな》と思ったけれど、それには、とうさんのゆるしをもらわなければならなかった。ちょうどそのとき、紙きれが一枚、ぼくの手のなかに押しこまれた。見ると、とうさんの字で、《プレコッシは、きみの汽車が気に入ったらしい。あの子には、おもちゃもないんだ。それでもきみはなんとも思わないのかい？》と鉛筆で書いてあった。

すぐにぼくは、機関車と客車を両手でつかむと、そっくりそれをプレコッシの腕のなかにおいてやりながら、言った。「受けとってほしい、きみのものだ」

プレコッシはぼくの顔をじっと見たが、言われていることがわからないようだった。

「きみのだ」ぼくは言った。「きみにあげるんだ」

すると今度は、とうさんとかあさんのほうを、もっとびっくりした顔をして、みつめていた。それから、ぼくにきいた。「でも、どうして？」

とうさんが答えた。「エンリーコがあげるのはね、きみが友だちだから、きみのことが大好きだからだよ……きみがメダルをもらったお祝いさ」

プレコッシがおずおずとたずねた。「ぼくが、もっていっていいの……家に？」

「もちろん！」

みんながこたえた。

プレコッシはもうドアのところにいたが、なかなかでていかなかった。とても幸せな気分だったんだ！　ごめんなさいと、なんどもくりかえす、そのくちびるはふるえていたけれど、顔は笑っていた。

汽車をハンカチにつつむのを手伝ってやろうとして、ガッローネがからだをかがめたら、ポケットいっぱいに入れてあった長細いパンのグリッシーニが、ぽきぽき音をたてた。

「いつか」プレコッシがぼくに言った。「仕事場に、とうさんが働いているところを見においでよ。くぎをあげるから」

かあさんは、ガッローネの上着のえりの穴に、かわいらしい花たばをさして、これはわたしからだと言って、おかあさんにもっていってあげて、と言った。ガッローネは、あごを胸につけてひいたまま、「ありがとうございます」と、いつものふとい声で言った。けれどその目いっぱいに、気高くやさしい心がまばゆくきらめいていた。

思いあがり

十一日、土曜日

カルロ・ノービスのやつ、プレコッシが通りすがりにちょっとさわっただけで、きざったらしく、そでのほこりをはらうなんて！　いくらおとうさんが大金持ちだからって、あいつときたら、思いあがりのかたまりじゃないか。でもデロッシのおとうさんだって、お金持ちなのに！　あいつときたら、机はひとりじめしたがるし、みんなに服をよごされやしないかと気にするし、みんなを見下して、いつでもひとを小ばかにしたような、うす笑いをうかべている。みんなで二列になって教室をでるときに、あいつの足でもふんだりしたら、もうたいへんだ！　大したことでもないのに、面とむかってののしったり、おとうさんを学校につれてくると言っておどしたりする。だからおとうさんは、いつかあいつが炭屋の子を《きたない貧乏人》とばかにしたとき、雷を落としたんだ！　こんないやな同級生なんてはじめてだ！　あいつには、だれも話しかけないいし、帰るときにさようならだって言わないし、学課でわからないことがあったって、だれも教えてやる子なんかいない。それにあいつは、だれに対しても、がまんすることができないから、デロッシがクラスで一番だというだけで、これ見よがしに、ほかのだれより見下してみせる。それからガッローネのことも、みんなに好かれているからといって見下してみせる。けれどデロッシのほうは、ノービスのことなんか、これっぽちも気にしていない。ガッローネだって、ノービスに悪口を言われていると聞かされても、「あんな思いあがったやつ、ばからしくて、ひっぱたいてやる値打ちもないね」とこたえたくらいだ。コレッティでさえも、いつかノービスが猫皮の帽子をせせら笑ったとき、「ちょっとデロッシのところへいって、紳士らしい行儀作法でもならっておいで！」と言ったことがある。

きのう、ノービスは、自分の脚にカラブリアからきた子がさわったからといって、先生に言いつけた。

先生はカラブリアの子にたずねた。「わざとやったのかね?」

「ちがいます、先生」と正直な答えが返ってきた。

先生は言った。「気のまわしすぎだよ、ノービス」

ノービスが、いつもの調子で、「おとうさんに言いつけてやる」と言った。

それで先生はおこった。「おとうさんはきみが悪いとおっしゃるだろうね、この前みたいに。それにだ、学校では、いい悪いをきめたり、罰をあたえたりするのは、先生だけだ」

それから先生は、やさしく言いそえた。「さあ、ノービス、態度をあらためてみたらどうだ。同級生にはやさしく親切にしなさい。わかるだろう、ここでは、工員の子も、紳士の子も、お金持ちの子も貧しい家の子も、みんないっしょだ。みんな、ありのままのすがたを、たがいにたいせつにしあいながら、兄弟みたいに仲よくしているんだ。どうしてきみも、ほかのみんなと同じにしないんだね? みんなから好かれるようにするのなんて、簡単じゃないか。そうすればきみ自身が、たのしくなるのに!……それでも、まだわたしに、なにかこたえることはないかな?」

「ありません、先生」

いつものせせら笑いをうかべて話をきいていたノービスは、つめたく答えた。

「すわりなさい」と先生が言った。「あわれな子だね、きみは。思いやりの心というものがないのだから」

これでこの話は終わりかと思ったところに、いちばん前の席にいた左官屋くんが、いちばんうしろにいるノービスのほうへ、あのまるい顔をむけて、「ウサギ顔」をやってみせた。それがあんまりじょうずで、おかしかったものだから、クラスじゅうが、どっとわいた。先生は左官屋くんを大声でしかりはしたけれど、片手を口にあてがって、自分も笑っているのをかくさないわけにはいかなかった。するとノービスの顔にも笑みがうかんだ。けれどちっともたのしそうではなかった。

仕事のけが

十三日、月曜日

ノービスはフランティと、いいコンビだ。どちらも、けさ、ぼくらの目の前を通りすぎたおそろしい光景を見ても、眉《まゆ》ひとつ動かさなかった。

学校からの帰り道、とうさんといっしょに、三年生の子たちが凍った地面にひざをついて、もっとはやくすべれるようにしたくて、マントや帽子で、せっせと氷をみがいているのをながめていたら、通りのはずれのほうから、ひとの群れが、こちらにむかって、急ぎ足でやってくるのが見えた。みんな、思いつめた顔をして、なにかにおびえてでもいるのか、声をひそめて話をかわしていた。群れのまんなかに、市のおまわりさんが三人、そのうしろには男のひとがふたり、担架《たんか》をかついでいた。あっというまに、あちこちから子どもたちが集まってきた。ひとの群れがぼくらに近づいてきた。担架には、男のひとがひとり、血の気のうせた死人のような顔をして、肩の片側に頭をもたせるようにして寝かされていた。髪の毛は乱れ、血だらけで、口と耳からも血が流れでていた。担架のわきに付き添うようにして、女のひとがひとり、赤んぼうを抱いて、歩いていた。ひどく取り乱していて、時どき、「死んじゃった！　死んじゃった！　死んじゃったよう！」とさけんでいた。女のひとのうしろから、わきの下に紙ばさみをかかえた男の子がひとり、ついてきていた。しゃくりあげながら泣いていた。

「なにがあったんですか？」と、とうさんがたずねた。

そばにいた男のひとが、左官屋が作業中に五階から落ちたんですよ、とこたえてくれた。担架を運んでいたふたりが、ちょっと立ちどまった。ぎょっとして、みんな顔をそむけた。見ると、赤い羽かざりの帽子の先生が、気を失いかけた二年の先生のからだをささえていた。と、そのとき、だれかがぼくのひじをつついた。左官屋くんだった。青ざめて、頭のてっぺんからつま先までふるえていた。自分のおとうさんのことを考えていたんだ、きっと。ぼくも同じことを考えていた。それでもぼくはまだ安心していられる。ぼくが学校にいるあいだ、とうさんは家で、机にむかって仕事をしていて、危ないことなんてなにもないからだ。でもぼくの同級生たちのなかには、自分のおとうさんが、高い橋の上や機械の歯車のそばで働いていて、ひとつ動作をまちがったり、一歩足をふみはずしただけで命を落としかねないと思っている子がいくらだっている！　戦場にいる兵士たちの息子と同じなんだ。左官屋くんは、まだ、ひたすらみつめていた。からだのふるえはますますひどくなっていた。すると、とうさんがそれに気づいて、左官屋くんに声をかけた。「さあ、家に帰りなさい。すぐに帰って、おとうさんの無事なすがたを見て、安心しなさい。さあ！」

左官屋くんは、一歩いくごとに、うしろをふりかえりふりかえりしながら帰っていった。そのあいだに、ひとの群れはまた動きだしていて、あの女のひとが、胸もはりさけそうな声でさけんでいた。「死んじゃった！　死んじゃった！　死んじゃったよう！」「いいや、そんなことはない、死んじゃいないぞ！」と、まわりのみんなが口ぐちに言った。

けれど女のひとは、そんな声など耳にもはいらないらしく、髪をかきむしっていた。そのときだ、怒りにふるえる声を、ぼくが聞いたのは。「おまえ、笑っているな！」見ると、ひげもじゃの男のひとが、フランティの顔をにらみつけていた。それでもまだ、フランティは笑っていた。するとその男のひとが、フランティの帽子を、手で地面にはたき落として、言った。「帽子をとれ、このできそこない、仕事でけがをしたひとが通っているんだぞ!」

ひとの群れはもうすっかりいってしまった。そして道のまんなかには、血のあとが、長い帯のようになって、つづいていた。

四　人

十七日、金曜日

ああ!　たしかに一年じゅう通しても、ふしぎな事件といえば、これがいちばんだ!　とうさんが、きのうの朝、モンカリエーリの郊外へ、こんどの夏に借りる別荘の下見につれていってくれた。ことしはもうキエーリにはいかないからだ。

いってみると、鍵《かぎ》をあずかっているのは、学校の先生で、そのひとが家主の秘書もしているのだという。ぼくらに家を案内してくれてから、そのひとは自分の部屋につれていって、飲み物をだしてくれた。ちいさなテーブルの上に、コップにまじって、ちょっと変わった彫り方をした円錐《えんすい》形の木製のインクつぼがのっていた。それをとうさんがながめているのに気づいて、その先生は言った。「このインクつぼは、わたしにとって、かけがえのないものでして。なんでしたら、ひとつ、このインクつぼのいわれを話してさしあげましょう」

そしてこんな話をしてくれた。

何年も前のこと、トリノの学校で教えていたそのひとが、ひと冬、刑務所の囚人たちに授業をすることになった。刑務所の中にある教会が教室だった。まるい建物で、むきだしの高い壁にまわりをかこまれていた。壁には、十字型の鉄格子《てつごうし》をはめた四角い小窓がたくさんついていて、その小窓のむこうが全部、たいそうせまい監房になっていた。その先生が、寒くて暗い教会の中を歩きまわりながら、授業をしていると、生徒たちは、鉄格子にノートをたてかけ、その穴からのぞきこむのだった。暗がりのなかに顔だけがうかんでいた。恐怖にゆがんだ顔、ぼさぼさのよごれたひげづら、人殺しや泥棒の顔、そんな顔がいくつもならんでいた。そのなかにまじって、ひとり、七十八号房にいる囚人が、だれよりも熱心で、勉強もよくするし、先生を見る目にも、尊敬と感謝がこもっていた。黒いひげをはやした若者で、悪人というよりは、運の悪い男だった。指物師《さしものし》をしていたのだが、かねてから自分につらくあたる親方に、かっとして投げつけたかんなが、親方の頭にあたり、重傷をおわせてしまったのだという。それで懲役何年かを科せられたのだ。

その若者は三ヶ月で読み書きをおぼえると、しじゅう本を読んでいた。しかも、ものをおぼえればおぼえるほど、人柄がよくなってくるようで、いまでは、自分の犯した罪を後悔しているようだった。

ある日、授業の終わるときになって、その若者が、自分のいる小窓の下まできてもらえないかと、先生に身ぶりで告げた。そして悲しそうに、自分は、あすの朝、トリノを発《た》ってヴェネツィアの刑務所にうつり、そこで残りの刑期を果たすことになったと打ち明けた。最後のわかれを告げると、若者は、胸にこみあげる思いを声ににじませながら、うやうやしく、どうか先生のお手にふれさせてください、とたのんだ。先生が手をさしだすと、若者はその手に口づけした。そして「ありがとうございます！　ありがとうございます！」と言って、奥にすがたを消した。先生は手をひっこめた。その手は涙でぬれていた。それから二度とその若者のすがたを見かけることはなかった。

そして六年の月日がたった。

「わたしは、そのふしあわせな若者のことなど、すっかり忘れていました」と先生が言った。「ところがおととい の朝、ごましお頭に、ぼさぼさの黒いひげづらの、身なりのよくない男が、いきなりたずねてきましてね、《そちらのおかたは、これこれとおっしゃる先生では？》と言いだすじゃありませんか。《あなたこそ、どなたかな？》とわたしがきくと、男は、《わたしは囚人七十八号です》とこたえたのです。《六年前、読み書きを教えていただいたものですが、お忘れでしょうか。最後の授業のおりに、手をさしだしてくださいました。いまは刑期も終えて、こうしてこちらに………わたしからの記念の品を、刑務所でこしらえましたつまらない品を、お受け取りいただけないかと思いまして。わたしの思い出に、お受け取り願えますでしょうか、先生》。わたしはことばを失って、立ちつくしていました。男は、受け取ってもらえないと思ったのか、《六年の苦しみでさえも、この手を清めるにはまだ足らないということなのか》とでも言いたげに、じっとわたしをみつめていました。でも、わたしをみつめる様子が、いかにも悲しげでしたので、わたしはあわてて手をのばして、その品を受け取りました。それがこれなのです」

ぼくらはあらためて、まじまじとインクつぼを見た。どうやら、くぎの先で、かなり長いこと、たんねんに細工したものらしかった。表面には、ノートにななめにペンがのった図柄が彫ってあった。そのまわりに、《わたしの先生に——囚人七十八号の思い出に——六年間！》とあって、その下のほうに、ちいさく《勉強と希望と………》と書いてあった。

先生の話はそれで終わりだった。ぼくらはおいとました。

けれどモンカリエーリからトリノまでもどるあいだ、ぼくの頭からは、小窓からのぞく囚人の顔、先生との最後のわかれ、刑務所でつくったインクつぼ、それから先生が話してくれたいろいろなことが、どうしてもはなれなかった。そしてその晩、夢にまで見たうえに、けさになっても、まだそのことを考えていた……そのときは、まさか学校で、おどろくようなことが待ちかまえているなんて、思いもしなかった！

ぼくは、デロッシのとなりのあたらしい席について、毎月の試験の算数の問題を書いてしまうと、すぐに、きのうの囚人とインクつぼのこと、それから、そのインクつぼの細工が、どんなぐあいだったかとか、残らずデロッシに話してきかせた。たとえば、ノートにペンがななめにのっているところが彫ってあるとか、そのまわりに《六年間！》と書いてあるとか。《六年間》とぼくが言ったとたん、デロッシは、びくっとして、ぼくとクロッシをかわるがわる見はじめた。野菜売りの子のクロッシのほうは、前の席にこしかけて、ぼくらに背中をむけて、むちゅうで問題を解いていた。

「しっ！」とデロッシが言って、それからぼくの腕をつかむと、声をひそめた。「知らないのかい？　おとといクロッシが話してくれたんだけど、アメリカから帰ってきたおとうさんが、木のインクつぼをもっていたんだって。手づくりの円錐形のインクつぼで、ノートとペンが彫ってあったって。それだよ！　《六年間！》ていうのは。クロッシは、おとうさんがアメリカにいたと言ってた。でも刑務所にいたんだ。おとうさんが罪を犯したとき、クロッシはまだちいさかったから、おぼえていないんだ。おかあさんが言いつくろっておいたものだから、クロッシはなにも知らないんだよ、このことは。だから、このことは、ひとことだって、もらしちゃだめだ！」

ぼくはなにも言えずに、じっとクロッシをみつめていた。するとデロッシが、解きおえた問題を、机の下からクロッシにわたしてやった。それから紙も一枚やった。先生がクロッシに清書するようにとわたしてあった「おとうの看護人」という今月の話を、自分が清書してやると言って、クロッシの手からとりあげた。ペン先もあげたし、肩もなでてやった。そうしてぼくには、名誉にかけても、このことはぜったい、だれにもしゃべらないって約束させた。

学校から帰るとき、いそいでデロッシがぼくに言った。「きのう、クロッシのおとうさんがむかえにきていたよ。きょうもきているはずだ。ぼくのするとおりにするんだぞ」

ぼくらは通りにでた。クロッシのおとうさんが、ちょっとわきのほうによって立っていた。ごましお頭に、黒いひげをはやした、身なりのよくない、青白くてかなしげな顔をしたひとだ。デロッシは、わざと目につくようにクロッシの手をにぎると、大きな声で、「さようなら、クロッシ」と言った。そうしてその手をクロッシのあごの下にやった。ぼくもそのとおりにした。でもデロッシは、そうしながら顔を真っ赤にした。ぼくもおなじだった。

クロッシのおとうさんは、やさしい目をして、ぼくらをじっとみつめていた。けれどその目のなかに、時どき、どこか不安そうで疑りぶかそうな光がよぎるのに気づいて、ぼくらはひやりとした。

おとうの看護人(今月のお話)

三月のある雨の朝、見るからにいなかふうの少年が、全身びしょぬれで泥だらけになって、衣類のつつみらしきものをかかえて、ナポリの町のペッレグリーニ病院の門番のところにあらわれ、一通の手紙を見せながら、父親の消息をたずねた。うっすらと日焼けした、面長《おもなが》のととのった顔に、なにか思いつめた目をして、あついくちびるのあいだから真っ白な歯をのぞかせていた。ナポリの近くの村からやってきたのだという。一年前、職をさがしにフランスにわたった父親が、イタリアにひきあげてきて、つい数日前、ナポリの港に着いたのだけれど、急な病に倒れ、やっとの思いでひとことだけ、到着はしたがナポリの病院にいると、家族に手紙でしらせてきたのだった。しらせを受けて母親はとほうにくれた。まだちいさな病気の女の子と乳のみ子をかかえていて、家をはなれるわけにはいかなかったからだ。そこで、いちばん年上の男の子に、わずかばかりのお金をもたせ、ナポリにやって、家では《おとう》とよんでいる父親の、看病をさせることにしたのだった。そうして少年は、十マイルの道のりを歩いてやってきたのだった。

門番は、手紙をちらっと見ると、看護人をひとりよんで、父親のところまでつれていってやるようにと言った。

「おとうさんの名前は?」と看護人がたずねた。

少年は、かなしいしらせでもきかされるのではと、ふるえながら名前を告げた。

看護人は、その名前に心あたりがなかった。

「出かせぎのお年よりかい?」と看護人がきいた。

「出かせぎだよ、そうだよ」不安をつのらせながら少年はこたえた。「そんなに年よりじゃないけど。外国から帰ってきたんだよ、うん」

「入院したのは、いつだね？」と看護人がたずねた。

少年は手紙をちらっと見た。「五日前だと思うよ」

看護人はちょっと考えこんでいたが、やがて、ふと思いついたように、「ああ！」と言った。「四号室の大部屋の、いちばん奥のベッドだ」

「うんと悪いの？　どんなぐあい？」心配そうに少年はたずねた。

看護人はなにもこたえず、じっと少年をみつめた。が、しばらくして、「ついておいで」と言った。

ふたりは階段をふたつのぼって、長い廊下《ろうか》のつきあたりまでいくと、ドアをあけ放たれた大きな部屋の前にでた。中にはベッドが二列にならんでいた。「おいで」と、中にはいりながら、また看護人が言った。少年は勇気をふるって、あとにつづいた。こわごわ左右を見わたすと、病人たちの青白い、やせこけた顔が、目を閉じた死人のような顔や、なにかにおどろいて、かっと目を見開いたまま、空中をみつめている顔が、いくつもいくつもならんでいた。赤んぼうのように泣きわめいているものも、たくさんいた。大きな部屋はうす暗くて、あたりには、鼻をつくような薬のにおいがただよっていた。修道女の看護婦がふたり、薬びんを手に、あわただしく立ち働いていた。

部屋のいちばん奥までいくと、看護人は、ひとつのベッドのまくらもとに立ちどまり、カーテンをひらいて言った。「ほら、きみのおとうさんだよ」

少年は、わっと声をあげて泣きだしたかと思うと、つつみが落ちるのもかまわず、病人の肩に顔を押しつけて、片手で、シーツの上にでたまま動かない病人の腕を、たぐりよせた。病人はぴくりともしなかった。

少年はふたたび立ちあがると、じっと父親をみつめていたが、とつぜん、また、わっと泣きくずれた。すると病人がしばらくじっと、少年のほうをみつめて、だれがいるのか、わかったようなしぐさをみせた。けれどくちびるは動かなかった。おとう、かわいそうに、こんなに変わってしまって！　息子には、これが父親とは、とても思えなかった。髪の毛は白く、ひげはのびほうだい、顔はふくれあがって、やけに赤く、ひふはつっぱって、てかてかして、目もちいさくなって、くちびるもぶあつくなって、まったくの別人としか思えなかった。父親らしいおもかげは、わずかに、ひたいと弓なりの眉に残っているだけだった。病人はいかにも苦しそうに息をしていた。

「おとう、おとう！」と少年がよびかけた。「おれだよ、わかんないの？　チチッロだよ、おとうの子のチチッロが、くにからでてきたんだよ、かあちゃんがよこしたんだ。よく見てくれよ、おれがわかんないのかい？　なんか言ってくれよ」

けれど病人は、少年をしげしげ見てから、また目を閉じた。

「おとう、おとう！　どうしたの？　おとうの息子のチチッロだよ」

もう病人は動かなかった。ただ苦しそうに息をしているだけだった。

するとと少年は、泣きながら、いすをひきよせて、それにすわると、父親の顔から目をはなさずに、じっと待っていた。「いまにお医者さんがみにきてくれる」と少年は思った。「そしたら、なんか教えてもらえる」

そうして少年は、かなしい思いにしずんで、やさしかった父親のことを、あれこれ思い出していた。出発の日、船の上で最後のわかれをしたこと、その旅に家族がかけたのぞみのこと、手紙がきたとき、母親がはげしくなげいたこと。それから死ということについて考えた。父親が死に、母親が黒い喪服《もふく》をつけ、家じゅうがかなしみにくれているさまを。そうして長いこと、思いにふけっていた。そのとき、肩にそっと手がふれたので、はっとしてふりかえると、看護婦が立っていた。「おれのとうちゃんは、どこが悪いの?」とすかさず少年はたずねた。「このひとが、あなたのおとうさんなの?」と、やさしく看護婦がききかえした。「うん、おれのとうちゃんだよ。それでおれ、きたんだ。どこが悪いの?」

「しっかりするのよ、ぼうや」と看護婦はこたえた。「いま、お医者さまがいらっしゃるから」と、それだけ言うと、どこかへ去っていった。

半時間ほどして、ベルの鳴る音がして、見ると、部屋のむこうのはしのほうから、医者が、助手をひとり前にして入ってきた。さっきの看護婦と、看護人をひとり、したがえていた。一つひとつベッドのところで立ち止まりながら、診察がはじまった。そうして待っている時間が、少年には、とても長く感じられて、医者が一歩進むごとに、心配で胸が苦しくなってくるのだった。医者は、背の高い、こしの曲がった老人で、いかつい顔をしていた。医者がとなりのベッドをはなれる前に、少年は立ちあがったが、医者がそばにきたとたんに、泣きだした。

医者は少年をみつめた。

「この患者の息子さんです」と看護婦が言った。「けさ、くにからでてきたんです」

医者は少年の肩に手をやると、それから病人の上にかがんで、まず脈をみてから、ひたいに手をあてたあと、看護婦にふたこと、みこと、たずねた。「別に変わったところはありません」と看護婦がこたえると、医者はしばらく考えこんでから、「いままでどおり、つづけるように」と言った。

そのとき少年が思いきったように、泣きながらたずねた。「とうちゃんは、どこが悪いの？」

「気をしっかりもちなさい、ぼうや」と、また少年の肩に手をおきながら、医者がこたえた。「丹毒《たんどく》が顔にでてな。重体だが、まだのぞみはある。よく看病しておあげ。ぼうやがいてあげれば、よくなるかもしれんのだから」

「でも、おれのことも、わかんないんだよ！」と、かなしみのあまり声をはりあげて、少年がさけんだ。

「わかるようになる……あしたになれば、きっと。よくなるといいな、気をしっかりもつんだ」

もっとほかのこともききたかったけれど、少年にはできなかった。医者は、つぎのベッドへとうつっていった。

こうして少年の看病がはじまった。

もっとも、看病といっても、たいしたこともできないので、病人の毛布をかけなおしたり、時どきその手にさわってみたり、ハエを追いはらったり、病人がうめき声をあげるたびに、かがみこんで様子を見たりするくらいのことだった。そして看護婦がやってきて、これをのませてあげてと言えば、コップとスプーンを受けとって、病人の口もとまではこんで、のませてやったりもした。病人は時どき少年をみつめることはあったが、それがだれかは、わかっていないようだった。それでも、その目が少年にそそがれる時間は、すこしずつ長くなっていて、それも、少年がハンカチを目にあててやっているときには、ずいぶん長いあいだみつめているようになった。こうして最初の一日が終わった。夜がきて、少年は、部屋の片すみに、いすをふたつならべると、その上で眠りについた。そしてあくる朝がきて、ふたたびなみだぐましい看病をはじめた。

その日は、病人が、いくらかものを見分けられるようになったような目をしていた。少年がやさしく声をかけると、病人のひとみに、ほんの一瞬、お礼でも言いたそうな光がさすことがあった。なにかもの言いたげに、くちびるを動かしかけたこともあった。うつらうつらして、目をあけるたびに、そのちいさな看護人のすがたをさがしているように見えた。医者は、二度ほど診察にきて、わずかに回復のきざしを見てとった。夕方の近づいたころ、少年がコップを口もとに近づけてやると、病人のはれあがったくちびるに、かすかにほほえみがうかんだような気がした。それで、このぶんなら、なおるかもしれないと、また元気がわいてきた。そして、せめてぼんやりとでも、わかってもらえるかもしれないと、少年は、病人に、母親やちいさな妹たちのこと、家に帰る日のことなどを、ひたすら話しつづけながら、あたたかで、やさしさのこもったことばで、しっかりしてとはげました。自分の言うことがわかっていないような気がしてならなかったけれど、それでも少年は話しつづけた。たとえわからなくても、病人がなんとはなしにうれしそうに、自分の話す声に、ふかいやさしさとかなしみのこもった話し方に、耳をかたむけているような気がしたからだ。

こんなふうにして、二日目も三日目も、そして四日目も、過ぎていった。ほんのちょっとよくなったかと思うと、また悪くなる、そのくりかえしだった。少年は看病にむちゅうで、一日に二度、看護婦がもってきてくれる、わずかばかりのパンとチーズさえ、ようやく口にするかしないかといったありさまだった。だから、自分のまわりで、次つぎと、患者が死んで、夜中に看護婦があわててかけあがってきて、いあわせた見舞いの客たちが、かなしみにくれて大声で泣きながら去っていく――そんな、ふだんならこわくてたまらなくなるにちがいない、かなしくいたましい病院の光景も、いっこうに目にはいらなかった。

時がたち、日が過ぎても、少年は、あいかわらず、おとうのそばに、しっかりつきそっていて、おとうがため息をついたりみつめたりするたびに、はらはらしながら、よくなるかもしれないと元気づいたり、今度こそ、もうだめかもしれないと、しょげかえったりして、心のやすまるときもなかった。

五日目になって、容体が急に悪くなった。

医者にたずねると、医者は、もうだめだというように首をふった。少年は、いすに身を投げだして、おいおい泣きだした。けれど、ひとつだけ、少年の心をなぐさめてくれることがあった。容体が悪くなったのに、すこしずつではあったが、病人が意識をとりもどしてきたような気がしたからだ。前よりいっそうしっかりと少年をみつめるようになり、その目に、やさしささえたたえて、薬も飲み物も、もう少年の手からでなければのまないようになっていた。なにやら言いたげに、なんとかくちびるを動かすしぐさも、ふえてきた。ときには、いかにもはっきりとくちびるを動かすものだから、にわかに希望をふくらませて、少年が、はげしく腕をゆすぶりながら、うれしさをにじませて、「しっかり、しっかりしてよ、おとう、じきなおるから、ここをでて、かあちゃんのいるうちに帰ろう、あとちょっとだ、がんばって！」

その日の夕方、四時ごろだった。ちょうど少年が、こみあげてくるやさしさと明るい希望にひたっていたとき、大部屋のすぐそばのドアのところで足音がして、それから力づよい声で、たったふたこと、「さようなら、看護婦さん！」と言うのが聞こえた。少年がはじかれたように立ちあがった。のどもとまででかかったさけびは、ぐっとこらえた。

そのとき、男がひとり、片手におおきなつつみをもって、看護婦につきそわれながら、病室にはいってきた。

少年は、あっと短くさけんだきり、その場にくぎづけになった。

男がふりむいて、ひと目少年を見るなり、同じようにさけんだ。「チチッロ！」と言って、少年にかけよった。

少年は父親の腕のなかに倒れこむと、あまりのことに声もでないようだった。

看護婦や看護人、それに助手たちも、みんなかけよってきたが、おどろきのあまり、ただその場に立ちつくすだけだった。

少年はまだ声もだせないでいた。

「ああ、おれのチチッロ！」

病人をしげしげながめたあとで、父親は、息子に何度もキスをしながらさけんだ。

「チチッロよ、これは、どうしたことだい？　おまえは、まちがったベッドにつれてこられたんだな。おれのほうは、かあちゃんが手紙で、おまえをやったって知らせてきたのに、ちっともおまえがこないもんだから、そりゃもうがっかりしてたんだ。かわいそうにな、チチッロ！ ここにきて、何日になる？ なんだって、また、こんなまちがいが起きちまったんだ？ おれのほうは、もうすっかりよくなった。このとおり、ほらっ、ぴんぴんしてる！ で、かあちゃんは？ コンチェッテッラは？ あかんぼは？ みんな元気にしてるか？ おれはもう退院だ。さあ、帰ろう。ああ、神さま！ ほんとに、こんなことが起きるとはな！」

少年は、つっかえつっかえ、家族のことを知らせるのがやっとだった。

「ああ、よかった！」と少年がつぶやいた。「ほんとに、よかった！ 毎日毎日、こわくてこわくて！」そう言うと、父親に、いつまでもキスをしていた。

けれど少年は、そこを動こうとしなかった。

「さあ、おいで」と父親が言った。「いまからなら、まだ今夜のうちに帰れるからな。いくぞ」

そして少年を自分のほうにひっぱりよせた。

少年はふりかえって病人を見た。

「どうした……くるのか、こないのか、どっちだい？」びっくりして父親がきいた。

少年がまた、ちらっと病人を見やった。と、そのとき、病人が目をあけて、少年をじっとみつめた。

するとと少年が、せきを切ったように話しだした。「いやだ、おとう、待って……あの……おれ、いけないよ。あのじいさんがいるもの。五日もここにいたんだ。いつでもおれのこと見てるんだ。おれは、おとうだとばかり思って、それはだいじにしてたんだ。おれのこと、じっと見るんだよ、飲み物はおれがのませてやるし、ずっとおれにそばにいてほしがってる。それに、いまとってもぐあいが悪いんだ。しんぼうしておくれ。おれにはできないよ、よくわかんないけど、かわいそうでたまんないんだ。あしたは帰るから、あとちょっと、ここにいさせておくれ、じいさんをほっとくわけにはいかないよ。ほら、あんなふうにおれを見てるだろ？　おれの知らないひとだけど、おれにいてほしいんだ、このままじゃ、ひとりぼっちで死んじゃうんだ、このまま、いさしておくれ、おとう！」

「えらいぞ、ぼうや！」助手がさけんだ。

父親はとまどった様子で、少年をみつめていたが、やがて病人をながめて、たずねた。

「だれなんです？」

「お百姓さんですよ、あなたと同じ」と助手がこたえた。「外国の出かせぎから帰ってきて、あなたと同じ日に、ここに入院したんです。かつぎこまれたときは、もう意識がなくて、口もきけない状態でした。きっと家族は、遠くにいるんでしょう。子どもたちもね。だからあなたの息子さんを、自分の子だと思いこんでいるんですよ」

病人はずっと少年をみつめたままだった。

父親がチチッロに言った。「このまま残りな」

「もうたいして長くないでしょう」と助手がつぶやいた。

「このまま残りな」と父親はくりかえした。「やさしい子だ、おまえは。おれはすぐにうちに帰って、かあちゃんを安心させてやるから。一スクードおいてくから、なんかにつかえ。あばよ、おれのぼうず。またな」

それから父親は息子をしっかりだきしめ、じっとみつめ、もう一度ひたいにキスをすると、立ち去った。

少年がベッドのそばにもどると、病人は安心したようだった。こうしてチチッロは、ふたたび看病をはじめた。もう泣いたりはしなかったが、熱心でがまんづよいところは、前とちっとも変わらなかった。また、飲み物をやったり、毛布をなおしたり、手をさすったり、しっかりしてと、やさしく話しかけたりしはじめた。その日も、その晩も、そしてそのつぎの日も、一日じゅうずっと、病人につきそっていた。

けれども病人の容体は悪くなるばかりだった。顔はむらさき色になり、息づかいもひどくあらくなっていった。やたらに気がたかぶって、わけのわからないさけびをもらすようになり、顔もおそろしくはれあがってきた。夕方の診察にきたとき、医者は、もう朝まではもたないだろうと告げた。

そこでチチッロは、いままでの倍は看病しようと、一分たりと病人から目をはなすようなことはしなかった。病人は少年をじっと、みつめていた。ただみつめていた。くちびるは、まだ、時どき動かして、なにかけんめいにつたえようとしていた。きれぎれにうかぶやさしい目の色も、すこしずつうすれて、眼がほそくちいさくなっていった。

その晩、少年は、窓べに、ほの白く夜明けの光がさしこんできて、看護婦がすがたをあらわすまで、夜通し看病をつづけた。看護婦はベッドに近づいて、病人をひと目見るなり、急ぎ足ででていった。まもなく助手の医者と、明かりをもった看護婦をつれてひきかえしてきた。

「ご臨終《りんじゅう》です」医者が言った。

少年は病人の手をにぎりしめた。病人が目をあけて、じっと少年をみつめ、そうしてまた目をつむった。

その瞬間、少年は、手をぎゅっとにぎりしめられたような気がした。「おれの手をにぎったよ！」と、少年はさけんでいた。

医者はしばらく病人の上にかがみこんでいたが、やがてからだを起こした。看護婦が、壁にかかっていた十字架をはずした。

「死んじゃったよう！」少年がさけんだ。

「さあ、お帰り」と医者が言った。「きみは、とうとい仕事をやりとげたんだ。さあ、家に帰って、しあわせに暮らすんだ。きみなら、きっとしあわせになれるよ。神さまがきみをまもってくれる。さようなら」

看護婦が、しばらくすがたが見えないと思ったら、窓の上にあったコップからスミレの花をひとたばとってきて、少年にさしだしながら、言った。「これしかあげるものがなくて。この病院の思い出に、もっていってちょうだいな」

「ありがとう」と、片手で花たばを受けとり、残る手で涙をぬぐいながら、少年はこたえた。「けど、おれ、これから長いこと歩かなきゃならないから……………だめにしちゃうよ」

そして、花たばをほどいて、スミレをベッドの上にまき散らしながら、話しつづけた。「この花は、おれの思い出に、かわいそうな、この死んだひとにあげていくよ。ありがとう、看護婦さん、ありがとう、お医者さん」

それからもう一度、死んだひとのほうをふりむいて、「さようなら……………」と言いかけたが、なんとよびかけていいか、迷っているふうだった。ふと少年の心の奥ふかいところから、この五日間、よびなれていた、あのやさしい名前がよみがえってきて、口をついてでた。「さようなら、かわいそうな、おとう!」

そう言って、少年は衣類のちいさなつつみをかかえると、のろのろと、疲れきったからだをひきずるようにして、でていった。もう夜明けがきていた。

仕事場

十八日、土曜日

きのうの晩、プレコッシがうちにきて、いつか、通りをくだったところにある、うちの仕事場を見にくるって約束したよね、と念を押していったので、けさ、ぼくはとうさんといっしょに家をでて、そこへつれていってもらった。仕事場に近づいたとき、そこからガロッフィが、片手につつみをもって、いつも商売の品を隠している大きなマントをひるがえしながら、かけだしてきた。ああ、あの交換屋のガロッフィが、鉄くずをどこからかくすねてきて、古新聞とかえるのか、これでわかった！　扉からのぞくと、レンガを積んだちいさな山の上に、プレコッシが座って、ひざの上に本を開いて学課の勉強をしていた。

プレコッシはすぐに立ちあがると、ぼくらを中に入れてくれた。そこは、石炭のススでいっぱいの大きな部屋で、壁一面に、いろいろな形のハンマーや、やっとこや、横棒や鉄の工具がかけてあった。その片すみでは、ちいさな炉が燃えていて、男の子が動かすふいごが風をおくりこんでいた。プレコッシのおとうさんは、かな床のそばにいて、小僧《こぞう》さんが鉄のかんぬきを火にさしこんでいた。

「ああ、よくおいでくださった！」と、ぼくらを見るとすぐに、鍛冶屋さんは言って、ベレー帽をぬいだ。「汽車のおもちゃをくださった、やさしいぼっちゃんだ！　仕事をしているところを、のぞきにいらしたんでしょう？　すぐに、お目にかけましょう」

そう言いながら、にこにこしていると、もういつかみたいな、こわい顔や、いじわるそうな目つきは、これっぽっちも見えなかった。小僧さんが、片ほうのはしが真っ赤になった鉄の長い横棒をさしだすと、鍛冶屋はそれをかな床の上においた。バルコニーのまるく曲がった手すりにつかう、うずまきをした横棒をつくっているところだった。鍛冶屋は大きなハンマーをふりあげると、焼けたところを、かな床の端とまんなかのあいだにさしこんで、いろんなふうにまわしながら、たたきのばしはじめた。すばやく正確にハンマーでたたかれた鉄が、曲がっては、よじれ、まるで両手で型をつけたパスタの棒でこねているみたいに、だんだんと花のちぢれた、かわいらしい葉っぱの形になっていくんだから、これにはほんとうにびっくりした。息子は、ぼくらを見ながら、ちょっと得意そうにしていた。なんだか、《どうだい、とうさんの仕事ぶりは！》とでも言いたげだった。

作業を終えると、鍛冶屋は、司教さまの杖に似ているその横棒を、ぼくの前におきながら、こうたずねた。「どうやるか、わかったかな、ぼっちゃん？」

それから、それをわきに片づけると、別の棒を火にくべた。

「じつにみごとだ」と、とうさんが言った。そしてことばをつづけて、「では……お仕事をしてらっしゃるんですね？　また、やる気になったんですね」

「ええ、なりましたとも」と、鍛冶屋は、汗をふきふき、ちょっと顔を赤らめて答えた。

「だれが、またその気にさせたかおわかりですか？」

とうさんは、わからないふりをした。

「あのえらい子ですよ」と、息子を指でさしながら、鍛冶屋が言った。「あれは、自分のおやじがへべれけになって、ひどい仕打ちばかりしていたのに、せっせと勉強して、おやじの鼻を高くしてくれたんです。わたしがあのメダルを見たときには、もう………おい、かわいいおちびちゃん、こっちへきて、よく顔を見せておくれ」

すると男の子がすぐにかけよってきたので、鍛冶屋は抱きあげてかな床へのせてやると、こう言った。「このおやじのひたいを、ちょっとふいておくれ」

するとプレコッシは、おとうさんの黒い顔いっぱいにキスしたので、自分の顔まで真っ黒になった。「これでよし」と、鍛冶屋は言って、息子を床におろした。「うん、プレコッシ、もういいね！」と、うれしそうに、とうさんもさけんだ。そして、鍛冶屋とその息子にさようならを言って、ぼくを外へつれだした。ぼくが外へでようとしていると、プレコッシが、ぼくのポケットに、くぎのちいさな袋を押しこんだ。ぼくは、謝肉祭を見に、うちにおいでと誘った。

「きみはあの子に汽車のおもちゃをあげたね」と、通りを歩きながら、とうさんが言った。「でも、あれが金のおもちゃで、真珠がいっぱいちりばめてあったとしても、父親の心を入れかえたあのすばらしい息子にとっては、まだまだちっぽけな贈りものだったんだろうね」

ちいさな道化師

二十日、月曜日

謝肉祭が終わりに近づいて、町じゅうがわきかえっている。広場という広場に、軽わざと回転木馬のテント小屋がたっている。ぼくらの家の窓の下には、サーカスが天幕を張っていて、馬五頭をつれたヴェネツィアの小さな一座が見せものをだしている。サーカスは、広場の中央にでている。広場の片すみに、大きなキャラヴァン馬車三台があって、それが、軽わざ師たちが眠ったり着替えたりする、車輪つきの小さな家になっていて、小さな窓と、いつも煙を上げている煙突がいくつもついている。小窓と小窓のあいだには、赤んぼうのおむつがつるしてある。乳のみ子のいる女のひとがいて、食事の用意をしたり、綱の上で踊ったりしている。かわいそうなひとたち！

「道化師」と、みんなは悪口みたいに言うけれど、みんなを楽しませて、真っ正直にかせいでいるだけだ。この寒いのにシャツ一枚で、サーカスと馬車のあいだを一日じゅう、いったりきたりしている。出しものと出しものの合間に、立ったまま大急ぎで食事をする。

お客さんがいっぱいはいっていても、風が吹いて天幕が吹き飛ばされて、明かりが消えてしまえば、それでおしまいだ！　そうしたらお金をかえして、小屋をたてなおすために、一晩じゅう働かなければならなくなる。子どももふたり、働いている。そのうちちいさい子のほうが広場を横切っているとき、とうさんが思いだした。団長の息子で、ヴィットリオ・エマヌエーレ広場のサーカスで、去年ぼくらが馬の曲芸をするのを見たのとおなじ子だと気がついたのだ。大きくなって、いまは八歳のはずの、きれいな男の子で、とんがり帽子から、黒いちぢれ毛がはみだして、いかにもわんぱくそうな、よく日焼けしたまる顔の子だ。黒いししゅうのついた白いふくろにそでのついたような道化師の衣装《いしょう》を着て、ズックの靴をはいていた。かわいらしくて、みんなのお気に入りだ。その子はなんでもこなす。見ていると、朝はやく、えりまきにくるまって、その子が、木の小屋にミルクを運んでいく。それからベルトーラ通りのうまやに馬をつれにいく。ちいさな赤んぼうを腕に抱いている。輪や台や横木や綱を運ぶ。馬車を掃除したり、火をおこしたり、用のないときには、いつも母親のそばにいる。とうさんは、いつも窓からその子を見ていて、その子とその家族の話ばかりしている。両親はいいひとたちで、子どもをとてもたいせつにしているようだ。

ある晩、ぼくらはサーカスにいった。寒かったので、客はほとんどいなかった。でも、ちいさな道化師は、そのわずかなお客さんをたのしませようと、いっしょうけんめいだったり、とんぼ返りをしたり、馬のしっぽにつかまったり、ひとりで空を歩いたり、歌をうたったり。いつも褐色のきれいな顔はにこにこしていた。そのおとうさんは、赤い服と白いズボン、長いブーツをはいて手にむちを持ち、息子を見ていたけれど、悲しそうだった。あとうさんはそれをかわいそうに思って、うちにきた絵描きのデリスさんに話をした。あのかわいそうなひとたちは死ぬほど働いているのに、ちっとももうからない。なにかあのひとたちのためにできないだろうか？　絵描きさんに考えがあった。「ガッゼッタ新聞に記事をお書きなさい」ととうさんに言った。「あなたは文章が書けるのだから。あなたはちいさな道化師の奇跡を文章にして、わたしはその絵をかこう。ガッゼッタならみんなが読むし、すくなくとも一度はひとが集まるだろう」

そして、じっさいにそうすることになった。とうさんは、窓からぼくらが見ていることを全部文章にして、ちいさな芸術家に会いにいきたくなるように、おもしろくてすてきな記事を書いた。そして絵描きさんはそっくりのかわいらしい似顔絵をかき、それは土曜の晩に載った。そして、日曜日のショーには、サーカスにおおぜいひとが押しよせた。「少年道化師のための興行」と予告されていた。ガッゼッタで「少年道化師」と書かれたのだった。

とうさんは、一等席にぼくをつれていってくれた。入り口のわきには、ガッゼッタが貼《は》ってあった。ガッゼッタを手にしているお客さんがたくさんいて、それを少年道化師に見せると、その子は笑って、あっちにいったり、こっちにいったり、すっかり満足そうだった。団長も満足していた。当然だ！　こんなによくしてくれた新聞はこれまでなかったし、入場料を入れた箱もいっぱいだった。とうさんはぼくのとなりに座っていた。お客さんのなかには、ぼくらの知っているひともいた。馬がはいってくる入り口のそばには、体操の先生、ガリバルディといっしょだった先生が立っていた。ぼくらの正面の二等席には、まるい顔をした「左官屋くん」が大きなからだのおとうさんといっしょにすわっているのをみつけた。ぼくをみつけるなり、「ウサギ顔」をしてみせた。そのすこしむこうには、客の人数をかぞえているガロッフィが見えた。一座がどれだけかせいだかを計算しようと指を折っていた。一等のひじかけいすにも、ぼくらからすこしはなれたところに、かわいそうなロベッティがいた。小さな子を乗り合い馬車から助けた男の子だ。砲兵隊大尉のおとうさんによりそうようにして、松葉杖をひざのあいだにかかえていた。おとうさんが肩に片手をまわしていた。出しものがはじまった。

少年道化師は馬やブランコや綱の上で曲芸をしてみせた。そしてとびおりるたびに、みんなの拍手が鳴った。その巻き毛をひっぱってやるひともたくさんいた。それからほかのいろんな曲芸があった。綱渡り芸人や奇術師、銀色に輝くぼろの服を着た馬の曲乗りとか。けれど少年のすがたが見えないと、みんないらいらしているふうだった。ふと見ると、馬の入場口に立ったままの体操の先生が、サーカスの団長に、なにか耳打ちしていた。すぐに団長はだれかをさがしているように、観客を見まわした。その視線がぼくらのうえにとまった。

とうさんはそれに気がついて、あの記事を書いたのがだれだか先生が教えたのだとわかって、礼など言われないようにと、そこから逃げだした。そしてぼくには、こう言った。

「エンリーコ、おまえはここにいなさい。外で待っているから」

少年道化師は父親とことばをかわしてから、もうひとつ芸をした。走っている馬の上に立って、巡礼者、水兵さん、兵隊さん、軽わざ師と、四回早変わりをしてみせた。ぼくのそばを通りすぎるたび、ぼくをじっと見ていた。それから馬からおりて、両腕で道化師の帽子を持ってサーカスを一周しはじめた。みんながその中にお金やお菓子を投げいれた。ぼくは二ソルドを用意した。でも、ぼくの前にくると、帽子をさしだすかわりに、うしろにひっこめて、ぼくの顔をじっとみつめながら通りすぎた。息がつまるみたいだった。どうしてぼくにだけ、あんな失礼なまねをしたのだろう?

出しものが終わり、団長が観客に感謝のことばを言うと、みんな席を立って、おしあいながら出口へむかった。人の流れにまじってぼくも外へ出ようとしたとき、だれかの手がひきとめた。ふりかえると、褐色の顔と黒い巻き毛の少年道化師が、ぼくにほほえんでいた。手にはお菓子をいっぱい持っていた。そこでぼくはわかった。

「どうか」と、道化師がぼくに言った。「道化師のお菓子を召しあがれ」

ぼくはうなずいて、三つか四つ受けとった。

「お菓子のつぎに」と道化師がつけくわえた。「キスも受けとってくださいな」

「ふたつくださいな」とぼくはこたえて、顔をさしだした。

かれは服のそでで白い顔をふくと、ぼくの首に片手を回して、「どうぞ、おとうさまにもひとつあげてください」と言いながら、両ほおにキスをしてくれた。

謝肉祭の最後の日

二十一日、火曜日

仮面行列でなんとかなしい光景を見たことだろう！　最後はうまくおさまったけれど、ひどい事故になるところだった。黄色や赤や白の花綱ですっかりかざられたサン・カルロ広場に、おおぜいのひとが集まっていた。色とりどりの仮面がいったりきたりしていた。旗いっぱいに飾られた金色の山車《だし》が通りすぎた。宮殿や舞台や船のいろいろな形をして、アルレッキーノや戦士、料理人、水夫、羊飼いの少女のかっこうをした人がのっていた。どこをむいたらいいのかわからないくらい大混乱だった。ラッパや角笛、トルコシンバルの大きな音が、耳をひきさいた。山車にのって仮面をつけたひとが、お酒をのんではうたいながら、道をいくひとや窓からながめているひとに大声でよびかけると、逆に大声でやり返すのだった。そしてオレンジやお菓子がすごいいきおいでとびかっていた。山車と人ごみの上には、見わたすかぎり小旗がはためき、かぶとが光り、羽かざりが揺れ、はり子のかぶりものが動いていた。巨大なずきん、大きなシルクハット、見たこともない武器、小太鼓、カスタネット、赤い小さなベレー帽、それにびん。みんな頭がおかしくなったみたいだ。ぼくらの山車が広場にはいると、その前に金の刺繡《ししゅう》でおおいのついた四頭の馬にひかれたりっぱな山車があった。造花のバラで全体がかざられていて、その上にはフランスの宮廷貴族の仮装をした人が十四、五人いた。みんな輝くような絹の服で、白くて大きなかつらをかぶり、羽かざりのついた帽子をかかえてちいさな刀をもち、胸にはリボンとレースのこみいったかざりがついていた。とてもきれいだった。声を合わせてフランス語でなにかうたいながら、みんなにお菓子を投げていた。するとみんなは手をたたいて歓声をあげた。とつぜん、ぼくらの左手の人ごみの頭の上に、五歳か六歳の女の子をもちあげている男のひとが見えた。女の子はけいれんでもおこしたみたいに手をふって泣きさけんでいた。男のひとは紳士たちの山車まで通れるようにさせて、山車の上からひとり身をのりだしたのを見て、そのひとは大きな声でこう言った。「この女の子を受け取ってください。人ごみで母親とはぐれてしまったのです。かかえあげてやってくださ い。母親も遠くへはいっていないでしょうから、見えるでしょう。そうするしかありません」

紳士は女の子を腕に抱きかかえた。ほかのみんなはうたうのをやめた。女の子は大きな声をあげてじたばたしていた。紳士は自分の仮面をとった。山車がゆっくり進みだした。そのころ、あとでわかったのだけれど、広場の反対側では半分気が変になったかわいそうな女のひとが人ごみをかき分けながらさけんでいた。「マリーア！　マリーア！　マリーア！　娘がいなくなったの！　つれていかれたんだわ！　わたしのあの子が押しつぶされてしまったの！」

そうして十五分もあわてふためきながら嘆いていたが、道をゆずるのがやっとの人波に押されて、あっちにいったりこっちにいったりしていた。一方、山車の紳士は胸のリボンとレースに女の子を抱きしめながら広場を見わたし、自分がどこにいるかわからずに手で顔をおおって心臓が破れんばかりに泣きじゃくっているそのあわれな女の子をどうにかしてなだめようとしていた。紳士はおろおろしていた。そのさけびがかれの心にとどいているみたいだった。ほかのみんなも女の子にオレンジとお菓子をさしだしたけれど、子どもはなにも受けとろうとはせず、ますますこわがってからだをふるわせた。「この子の母親をさがしてください！」とその紳士は人ごみにむかってさけんだ。「母親をさがしてください！」

そこでみんながあたりを見まわしたけれど、母親はみつからなかった。とうとう、ローマ通りのとば口あたりに近づいたところで、女のひとがひとり山車にむかって突進するのが見えた。ああ、そのすがたをぼくはけっして忘れないだろう。とても人間とは思えない、すがただった。髪はほつれ、顔はゆがみ、服はひきさかれていた。喜びなのか、不安なのか、怒りなのかわからないようなあえぎ声をあげて、前に突き進んだ。娘を捕まえようと両手をかぎ爪《づめ》のようにつきだした。山車がとまった。「ほら、ここだよ」

紳士は女の子にキスしてからさしだすとこう言った。そして母親の手に抱かせると、女のひとは夢中になって娘を胸に抱きしめた。けれど女の子の片手が、いっしゅん、紳士の手のなかに残っていた。すると紳士は右手から大きなダイヤのついた金の指輪をはずすと、すばやく女の子の指にはめてやった。そうして「受けとりなさい」と言った。「きみが結婚するとき持参金になるだろう」

母親は魔法にかけられたみたいにそこに立ちすくんで、人びとは大きな拍手をおくり、紳士がふたたび仮面をつけると、仲間は歌をうたいだし、山車はあらしのような拍手とばんざいの声のなかを、ゆっくり動きだした。

目の見えない子どもたち

二十三日、木曜日

先生が重い病気になったので、かわりに、盲学校にいた先生がきた。いちばん年上で、あたまに綿のかつらをかぶっているると思えるほど髪が白くて、暗い歌をうたっているみたいな話し方をする。でもじょうずで、いろんなことを知っている。その先生は、学校にきたとたん、目に包帯をした子どもを見て、机に近づいて、どうしたのとたずねた。そして「みんな、目はだいじにするんだぞ」と言った。

そこでデロッシが質問した。「先生、前に目の見えない人を教えていらしたのは、ほんとうですか？」

「そうです。何年間もね」と先生はこたえた。

そしてデロッシはちょっと弱い声で言った。「なにか話してください」

先生は机にむかって腰をおろした。

コレッティが大きな声で言った。「盲学校はニッツァ通りにあります」

「きみたちは目が見えない、目が見えないと言います」と先生が言った。「病気だとか、貧乏だとか、なんだとか言うように。でもそのことばの意味をよくわかっているだろうか？　ちょっと考えてごらん。目が見えないということを！　なにもまったく見えないということを！　昼と夜もわからないし、空も太陽も、じぶんの両親も、まわりにあるもの、さわっているものがなにひとつ見えないのです。永遠の闇《やみ》のなかに沈んでいて、地面の奥に埋もれたようなものです！　少しだけ目を閉じてみて、ずっとそうしていなければならないと考えてみなさい。すぐに不安になって、こわくなってくるでしょう。とてもがまんできないことに思えるでしょう。さけびだしたり、頭が変になってしまうか、死んでしまうかするように思えるでしょう。でも、きみたちが、はじめて盲学校のなかにはいって、おたのしみの時間に、かわいそうな子どもたちがあちこちでヴァイオリンやフルートを演奏したり、大声で話したり笑ったりするのを聞いたり、階段をすばやく上り下りして、自由に廊下や寄宿舎を動きまわるのを見たら、この子たちがそんな不幸だとは言えないでしょう。よく見なければなりません。十六から十八歳で、からだもがっしりして、気だても陽気で、目が見えないことなど気にもかけずに、大胆にふるまっている子どもたちがいます。でも時どき、うらめしそうなはげしい顔をするので、その不幸をあきらめて受けいれる前に、ひどく苦しんだにちがいないことがわかります。ほかにも、青白くてやさしい顔をした子もいます。その表情には、大きくてかなしいあきらめが見えます。時どき隠れてまだ泣いているのです。ああ、生徒のみなさん。なかには、たった数日のあいだに視力を失った子もいれば、何年間も苦しんだあげく、たいへんな手術を受けたあとに見えなくなった子もいます。

それに多くの子は、生まれながらにして目が見えません。けっして明けることのない夜に生まれ、まるで大きな墓のような世界にはいってきて、人間の顔がどういうものなのかを知らないのです！　どんなに苦しんだか、自分とほかの目の見えるひととのあいだのおそろしいちがいを混乱しながら考え、自分に問いかけるとき、どれほど苦しんでいるか想像してごらんなさい。《なんにもぼくたちは悪くないのに、どうしてこんなにちがうの？》

わたしは何年も、あの子たちといっしょにいました。あのクラス、ずっと閉じられたあの目、視線のない、命のないあの目を思い出して、それからきみたちを見ると、きみたちが幸せでないわけがないと思えてきます。考えてごらん、イタリアには、およそ二万六千人の目の見えないひとがいます。光を感じないひとが二万六千人ですよ、わかりますか。もし窓の外をならんで通ったら、四時間はかかる大部隊です！」

そこで先生は口をつぐんだ。教室には、息ひとつきこえなかった。

デロッシが、目の見えないひとがぼくらより触覚が敏感だというのはほんとうですかとたずねた。

先生は言った。「ほんとうです。ほかの感覚はすべて鋭くなっています。なにしろ視覚をほかの感覚で補わなければなりませんから、目の見えるひとよりずっとよく訓練されるからです。寄宿舎で、だれかがたずねます、《お日さまは出ているかい？》。するとはやく着替えたひとが中庭へでていって、太陽のぬくもりが感じられるかどうか、手をふって、よい知らせをもってかえります。《お日さまが照っているよ！》

人の声から背の高さがわかります。わたしたちはひとの心の様子を目で判断しますが、あのひとたちは声で判断します。抑揚とアクセントを何年でもおぼえています。部屋の中で話しているひとがひとりで、ほかのひとがじっとしていても、ひとがいることがわかります。さわれば、スプーンがきれいかよごれているかわかります。女の子は、染められた毛糸と生の毛糸の区別がつきます。ふたりずつで町を歩くと、わたしたちが感じないようなお店のにおいも気がつきます。こまを回すと、回っている音を聞いて、まちがわずにつかむことができます。輪まわしをし、ビリッロをし、なわとびをしたり、小石で家をつくったり、まるで見えているみたいにスミレをつみ、ござやかごを編んだり、いろんな色のわらを、はやくしかもじょうずに組みあげます。なんと器用な触覚をもっていることでしょう！　触覚が、あのひとたちの視覚なのです。さわったり握ったり、ふれながらものの形をあてるのは、たのしみのひとつなのです。工業博物館で、なんでも自由にさわってもよいというとき、幾何学的な物体や家の模型、器具にうれしそうにさわる様子を見ていると、胸にこみあげてくるものがあります。大喜びでなんでもなでたりねじったり、手のなかでひっくりかえしたりして、どのようにできているかを《見る》のです。《見る》、そうあのひとたちは言うのです！」

ガロッフィが、目の見えない子が計算をほかの子よりじょうずにすることを習うのはほんとうですか、と口をはさんだ。

先生は答えた。「ほんとうです。計算や読むことを習います。浮きあがった活字のついた特別の本をもっています。指をその上にあてて、文字を理解し、ことばを言い、なめらかに読みます。かわいそうにあのひとたちがまちがったとき、どんなに顔を赤くするかは、じっさい見なければわかりません。インクを使わず、書くこともできます。厚くて堅い紙の上に、金属のきりをつかって書きます。それは特別のアルファベットにしたがってまとまってくぼんだ小さな穴をつくります。その小さな穴は紙の反対側に浮きあがるので、紙をうら返して指でそのもりあがったところをなぞれば、自分の書いたものを読むことができるし、またほかのひとの書いたものも読めるのです。同じようにして、数字を書いたり、計算をすることができます。そして信じられないくらい簡単に、暗算ができます。わたしたちのように目に見えるものにじゃまされることがないので。そして読んでもらうのが大好きでどんなに真剣であるか、なんでもおぼえていて、ちいさい子もいっしょになって、歴史やことばについて議論しあう様子を、おなじベンチに四、五人がすわって、たがいにむき合うことなく、第一の子が第三の子と、第二の子が第四の子と、大きな声で同時に話しながら、ひとことも聞きもらさないほどに機敏で鋭い耳をもっているのを、もしきみたちが見たなら！　それにきみたちよりもずっと、先生をうやまっています。足音と、においで先生をみわけます。きげんがいいとかわるいとか、健康かどうか、ことばのひびきだけでわかるのです。先生がはげましたりほめたりするときには、さわってもらいたがります。そして先生の手と腕をなでて感謝を表現するのです。おたがいにも仲よしで、いい仲間です。おたのしみの時間には、ほとんどいつもの仲間がいます。たとえば女の子どうしは、演奏する楽器によってグループがたくさんできます。ヴァイオリニスト、ピアニスト、フルートをふく子、それがけっしてばらばらにならないのです。だれかが好きになると、そこから離れることはめったにありません。友だちのなかに、大きなささえを見つけているからです。たがいにきちんと相手を判断します。善悪について、はっきりした深い考えをもっています。寛大な行ないや偉大なできごとについての話にあのひとたちくらい熱狂するひとはいません」

ヴォティーニが、かれらは演奏がじょうずかどうか、とたずねた。

「あのひとたちは音楽がとても好きです」先生はこたえた。「音楽はあのひとたちの喜びであり、命なのです。目の悪い子どもたちは、学校にはいったばかりで、三時間、じっと立ったまま音楽を聴くことができるのです。容易に楽器の演奏をおぼえ、熱心に演奏します。もしも先生がだれかに、あなたには音楽の才能がない、と言ったならば、その子はとても苦しむでしょう。それでもあのひとたちは必死に勉強するのです。ああ！　あのなかできみたちが音楽を聴いたなら、あのひとたちが顔をあげ、口もとにはほほえみを浮かべて、顔を紅潮させ、感激に身をふるわせ、あのひとたちを取り巻く無限の暗闇のなかにひろがるハーモニーに聞き入ることにほとんどわれを忘れて、演奏するすがたを目にしたならば！　きみたちは音楽がどんなに神聖なるなぐさめであるか、感じることでしょう！そして、先生が『きみは音楽家になれるだろう』と言ったなら、あのひとたちは喜びに顔を輝かせて大感激します。あのひとたちにとって、音楽のいちばんじょうずなもの、ピアノやヴァイオリンをだれよりうまく演奏するものは王さまみたいなものなのです。みんながその子を愛し、尊敬するのです。けんかがあれば、みんなその子のところにいきますし、友だちが仲たがいをすれば、仲直りさせるのはその子なのです。その子が演奏を教えているちいさな子たちはその子のことを父親のように思っているのです。床につく前には、みんながその子のところにおやすみなさいを言いにいきます。だから音楽の話はつきることがありません。夜遅く寝床のなかで、勉強と仕事で疲れはて、半分眠っていても、それでもちいさな声で、オペラや指揮者やオーケストラの楽器の話をしているのです。あのひとたちにとって、読書か音楽の授業を禁止されることはあまりにも大きな罰で、あのひとたちがあまりにも悲しむので、そんな罰をあたえる勇気はほとんどだれにもないほどなのです。光がわたしたちの目ならば、音楽はあのひとたちの心なのです」

デロッシが、その子たちに会いにいけませんか、とたずねた。

「できますよ」先生はこたえた。「でもいまは無理です。もっと大きくなって、きみたちが、あのひとたちの不幸の大きさをすっかり理解して、それに見合う慈悲を感じることができるようになってからですね。かなしいものです。きみたちは、時どき、あそこで大きくあけた窓にむかってすわり、じっと動かない顔で新鮮な空気をすっている少年たちを見かけたことがあるでしょう。まるで、きみたちが見ている青く美しい山や緑の広大な草原を、あのひとたちも見ているようです……でもあのひとたちにはなにも見えていない、どんなにうつくしいものも、なにひとつ、これからさきも見えないのだ、そう考えたなら、きみたちは、まるで自分たちの目が見えなくなったかのように胸がしめつけられることでしょう。かえって生まれつき目の見えない子どもたちは、この世を一度も見たことがないので、つらいこともありません。あのひとたちにはどんなもののイメージもないからで、かえってあわれを誘うこともないのです。でも数ヶ月前に視力を失った子どもたちは、すべてを覚えていて、自分たちが失ったものの大きさを理解しています。あのひとたちは頭のなかの、愛《いと》しいものたちのイメージが日いちにちと薄れていくのを感じることに、いちばん好きなひとたちが記憶のなかでどうやって死んでいくのか感じることに、もっとも苦しんでいます。あのひとたちのうちのひとりは、ある日、言いようのない悲しげな顔で、わたしにこう言いました。「もう一度だけ、ほんの一瞬でいいから、視力をとりもどしたい、おかあさんの顔が見たい、ぼくはおかあさんの顔をもう覚えていないんだ!」母親があのひとたちをたずねてくると、あのひとたちは顔に手をやって、ひたいからあごや耳まで、どうなっているのかを感じるために、さわるのです。そして母親の顔を見ることができないのを納得できなくて、何度もなんども名前を呼びます。まるで、もう一度、その顔を見せてくれるよう母親に願いでもするかのように。どれほどのひとたちが、気のしっかりした男のひとでさえ、あそこから出てくるときには泣いていることか! あそこからでてくるときには、人間や家や空をこの目で見ることができるなんてもったいない、自分にはすぎた特権ではないかと思えてくるのです。きみたちだって、あそこからでてきたら、自分たちの視力のすこしでも、太陽の光もおかあさんの顔も見ることのできないかわいそうなこの子どもたちにわけてやって、ほんのかすかな光でもあたえてあげたいと、きっと思うことでしょう」

病気の先生

二十五日、土曜日

きのうの夕方、学校からの帰り道、病気の先生のお見舞いにいった。先生は、働きすぎて病気になってしまったのだ。一日五時間の授業、それから一時間の体育、そのあとで二時間の夜間学校のせいで、寝不足と短い食事時間、朝から晩まで声をからしてしまって、それでからだをこわしたのだ。そうかあさんが言った。かあさんは門の下でぼくを待っていてくれた。ぼくはひとりで上にあがった。途中、階段のところで、黒いひげをはやしたコアッティ先生にあった。コアッティ先生は、みんなをこわがらせておいて、だれにも罰をあたえない先生だった。先生は大きな目でぼくを見ると、笑いもせずに、ライオンみたいな声で冗談を言った。ぼくは、五階の玄関のベルを鳴らしながら、まだ笑っていた。でもお手伝いさんが、先生が寝ている、薄暗い質素な部屋の中につれていってくれたときは、ばつが悪かった。ベッドは鉄製のちいさなものだった。先生は無精《ぶしょう》ひげがのびていた。よく見えるように片手をひたいにかざすと、愛情のこもった声で言った。「おお、エンリーコ！」

ぼくがベッドに近づくと、先生はぼくの肩に手をおいて言った。「いい子だ。かわいそうな先生を見舞いにきてくれるとは、えらいな。見てのとおり、ひどい状態なんだ、エンリーコ。学校はどうだい？　みんなはどうしてる？　わたしがいなくても、うまくいってるかい？　もちろんきみたちはちゃんとやってるんだろう？」

そんなことありませんと、ぼくは言おうとした。でも先生がさえぎった。「いいよ、いいよ。わたしがみんなに嫌われたりなんかしていないのはわかってるから」

そしてため息をついた。ぼくは壁にとめてある何百枚という写真を見ていた。「見たかい？」先生は言った。「あれは全部、二十年このかた、わたしに写真をくれた生徒たちなんだ。いい子たちだ。あれはわたしの記念なんだ。死ぬときには、あれを見ることだろう、わたしが人生をいっしょに過ごしたいたずらっ子たちの顔をね。きみも小学校を終えるときには、わたしに写真をくれるだろう？」こう言うとナイト・テーブルからオレンジをとって、ぼくの手にのせた。「ほかにあげるものがないんだ」

「病人からのお見舞いだ」

ぼくは先生を見ていた。するとなぜだかわからないけれど、かなしい気持ちになった。

「見てごらん」また先生は話しはじめた。「わたしはなおると思ってるよ。でももしももうよくならなかったら……きみは算数をがんばらないとね。きみの弱いところだ。もうちょっと努力するんだ。問題は最初のふんばりだよ。才能がないわけじゃなくて、よくある思いこみなんだから。つまり固定観念というやつだな」

　こう言っているあいだも、息が荒くなって苦しそうだった。「熱があるんだ」と、ため息をついた。「半分むこうにいってるんだ。だから、お願いだ、算数を、苦手なところをやってみるんだ。はじめがうまくいかないときには？　すこし休んで、それからもう一度だ。それでもだめなら？　もう一回やすんで、もう一度はじめから。そうやって進んでいきなさい。でもゆっくりと、息ぎれしないように、いらいらしないように。さあ、いきなさい。おかあさんによろしくね。もう階段をのぼってくるんじゃないよ。学校で会おう。もしもう会えなかったなら、時どきは、きみを好きだった、三年生のときの先生を思い出しておくれ」

　このことばを聞いて、ぼくは泣きそうになった。

「頭をかがめてごらん」先生は言った。ぼくは先生のまくらもとに頭をかがめた。先生はぼくの髪にキスをした。それから言った。「いきなさい」

　そして壁のほうをむいてしまった。

　ぼくは階段を走っておりた。かあさんに抱きしめてもらわなければならなかったからだ。

道

二十五日、土曜日

きょうの夕方、きみが先生の家から帰ってくるところを、とうさんは窓から見ていた。きみは女のひとにぶつかったね。道を歩くときには、じゅうぶん気をつけるんだ。それだって果たすべき義務なのだから。もしきみが家の中で、歩き方や身のこなしに気をつけているのなら、どうしておもてでも同じことをやらないのだろう？　道はみんなの家なんだ。おぼえておきなさい、エンリーコ。足もとのおぼつかないお年よりや物乞いのひとたち、赤ちゃんを抱いた女のひと、松葉杖をついたひと、大きな荷物をもったひと、喪章をつけた一家にであったときには、敬意をもって相手に道をゆずりなさい。わたしたちは、お年より、ふしあわせなひと、これから母親になるひと、病気のひと、苦しんでいるひと、死んだひと、みんなに敬意をはらうべきなんだ。だれかのうしろに馬車がせまっていたら、もしも子どもなら、ひっぱってあげなさい。おとなだったら、注意してあげるものだ。泣いているひとりぼっちの子を見たら、どんなときだって、どうしたのか、たずねるものだ。杖を落としたお年よりがいたら、ひろってあげなさい。子どもたちがけんかをしていたら、あいだにはいってあげなさい。でもそれがおとなだったら、その場をはなれなさい。野蛮な暴力の見せものに立ち会ってはいけない。心を傷つけ、冷酷にするからだ。警官にはさまれて手錠につながれたひとが通るとき、人びとの冷酷な好奇心にのってはいけない。もしかしたら無実のひとかもしれないのだから。病院の担架に出会ったときには、お友だちと話をしたり、笑ったりするのをやめなさい。その担架は、たぶん危篤《きとく》のひとか、もう亡くなったひとを運んでいる。あすには自分の家からそれがでないともかぎらないのだから。施設の子どもたちが二列で通りすぎていくときには、敬意をはらうようにしなさい。目の悪い子や耳の悪い子、くる病の子、親のいない子、捨てられた子——人間の慈愛と不幸が通っているのだと思うことだ。こわかったり変なからだをしたひとなら、見ないふりをしなさい。きみが歩いてるときに火のついたマッチをみつけたら、全部消して歩きなさい。だれかの命にかかわるかもしれないから。道をたずねるひとにはいつでもていねいにこたえなさい。笑いながらひとを見たり、用もないのに走ったり、大声をだしたりしてはいけない。道はたいせつにするものだ。人びとの教育は、なによりも、往来で人びとがどんな態度をとるかによって判断されるものだ。おもてで不作法なことに出会うのなら、家の中でも不作法なことに出会うことになる。だから、道をよく見ることだ。きみの住んでいる町を勉強しなさい。もしもきみが、あしたどこか遠くにいかなければならないとしたら、町のことを記憶のなかでよく思い出せたら、頭のなかで、なにもかも思い出せたら、うれしいだろう。きみの町、きみのちいさな故郷、何年間ときみにとって、世界のすべてだった町。それは、きみがかあさんのそばではじめて歩いた場所、はじめて感激した場所、知識にはじめて目をひらかれた場所、そして最初の友だちをみつけた場所なのだ。それはきみにとって、母親でもあったはずだ。きみを教育し、たのしませ、まもってきたのだから。通りとそして人びとのなかで、町を勉強しなさい。そしてそれを愛し、もしもそれが侮辱されるのを耳にしたら、それを弁護しなさい。

とうさんより

三月

夜の学校

二日、木曜日

きのう、とうさんが、バレッティ校の夜学を見せにつれていってくれた。もう明かりがついていて、工員さんたちがはいっていくところだった。着いてみると、校長先生と用務員さんがかんかんになっていた。いましがた、石で窓ガラスが割られたのだ。用務員さんは外へとびだしていって、通りかかった男の子をつかまえた。ところがそこへ、学校のむかいに住んでいるスタルディがあらわれて、こう言った。

「この子じゃないよ、この目で見たんだから。石をなげたのは、フランティだ、あいつは《しゃべったら、ただじゃすまないぞ!》っておどしたけど、ぼく、こわくなんかない」

校長先生は、フランティを放校処分にすると言った。

そうしているあいだにも、見ていると、工員さんたちは、二、三人ずつつれだってやってきて、その数は、もう二百人をこえていた。夜間学校がこんなにすばらしいなんて、じっさいに見るのははじめてだった!

十二歳ぐらいの子どもから、仕事がえりの、ひげをはやしたおとなまで、みんなが本とノートをかかえていた。大工さんに、顔の黒い釜《かま》たきのおじさん、手がしっくいで真っ白の左官屋さん、それから、髪が粉まみれになったパン屋の小僧さんもいて、ペンキに革、ピッチにあぶら、いろんな仕事のにおいがした。伍長《ごちょう》さんにつれられた砲兵隊の工員さんもひとかたまりになって、軍服すがたでやってきた。みんなはさっさと席につくと、ぼくらが踏み台にしている横木を持ちあげて、すぐに勉強をはじめた。ノートをひろげて先生のところへ教えてもらいにいくひともいた。見ると、上等な服を着た若い男の先生、「弁護士さん」は、机のまわりの工員さん三、四人にむかって、ペンでなにかを直してあげているところだった。あの足の悪い先生もいた。先生は、赤と濃い青で染まったノートを持ってきた染物屋さんと笑いながら話していた。元気になったぼくの先生もいた。あしたから、また学校にもどってくるんだ。教室のドアはあいていた。授業がはじまったとき、みんながじっと目をこらして、注意ぶかくしているのにはびっくりした。校長先生の話では、遅れないように、晩ごはんを食べに家によったりしていないので、おなかをすかしているひとも多いというのに。でもちいさい子たちは、三十分も授業を受けると眠くなってきたようだった。なかには机に頭をのせて寝ている子もいた。すると先生が耳をペンでつついて起こすのだ。でも、おとなはちがった。まばたきもせず、じっと授業をきいていた。こんなひげをはやしたひとたちがぼくらの机にいるのを見て、ほんとうにびっくりしてしまった。ぼくらは上の階へあがって、自分の教室のドアまで走っていくと、ぼくの席に大きなひげを生やした男のひとがすわっているのが見えた。手に包帯を巻いていて、たぶん機械でけがをしたのだろう。それでも、ゆっくり字を書こうとしていた。

でもいちばんぼくがうれしかったのは、あの「左官屋くん」の席、ちょうど同じすみっこの同じ机に、そのおとうさんがすわっていたことだった。とても大きな左官屋のおやじさんが体をちいさくして、こぶしにあごをのせ、本をじっと見て、息をつめて真剣《しんけん》そのものだった。それは偶然じゃなくて、学校へきた最初の晩に、おやじさん本人が校長先生にたのんだのだ。「校長先生、どうか、わたしの《ウサギ顔》――というのはいつも自分の息子のことをそうよんでいたからだった――の席にすわらせてください」

とうさんはおしまいまでぼくをいさせてくれた。

おもてでは、女のひとがおおぜい、赤んぼうを抱きながら、夫の帰りを待っていた。出口のところで、とりかえっこをするのだ。工員さんは腕に赤んぼうを、女のひとは本とノートをもって、こうして家に帰るのだ。しばらく通りはひとと物音でいっぱいになった。それからしんと静まりかえって、遠ざかっていく校長先生の、背の高い疲れたすがたしか見えなくなった。

けんか

五日、日曜日

そうなることはわかっていた。

校長先生に放校処分を受けたフランティが、しかえしをしようと、校門のとなりの角のところでスタルディをまちぶせたのだ。スタルディは、毎日ドーラ・グロッサ通りの学校へむかえにいっている妹といっしょに通りかかった。

ぼくの姉のシルヴィアはクラスからでてきたところで、その一部始終《いちぶしじゅう》を見て、びっくりして家に帰ってきた。

話はこうだった。

ロウ引き布のつぶれたベレー帽を斜めにかぶったフランティが、そっとスタルディのうしろにかけよって、けんかをふっかけようと、スタルディの妹のおさげを、ぎゅっと、地面にあおむけにたおれそうになるくらい、ひっぱった。妹が悲鳴をあげたので、兄がふりむいた。スタルディよりも、ずっと背も高くて力のあるフランティは、こう考えた。《なにも言えやしないさ、でなかったらひどい目にあわせてやる》

ところがスタルディときたら、なにも考えるまもなく、ずんぐりとちいさなそのからだで、図体だけは大きなその相手に飛びかかり、なぐりだした。でも思ったようにはいかず、なぐるよりもなぐられるほうが多かった。通りにいたのは女の子ばかりだったので、だれもふたりをとめられなかった。フランティは地面にスタルディを投げたおし、起きあがったところを、またたおして、まるでドアをたたくみたいにめちゃくちゃになぐった。あっというまに耳が裂《さ》け、目があざになり、鼻から血が流れてきた。でもスタルディはしぶとく、どなっていた。《殺すがいいさ、でもただじゃすまないぞ！》

そしてフランティは上から足でけったり、なぐったり、スタルディは下から頭突きをしたり足ばらいをかけたりした。窓から女の人が顔をだしてさけんだ。「おちびさん、がんばれ！」

ほかのひとたちは、「あの男の子、妹をかばっているんだよ」と言った。

「がんばって！」「やっつけちゃえ！」

そしてフランティにむかって、「乱暴者、卑怯《ひきょう》者！」とさけんだ。

でもフランティはますます怒りくるって、スタルディを足でひっかけてたおし、たおれたところに馬乗りになった。

「降参しろ！」

「いやだ！」

「降参しろ！」

「いやだ！」

急にスタルディは立ちあがってフランティの腰にしがみつくと、力いっぱいに、みぞのなかへつき落として、胸にひざげりをくわせた。「あっ、こいつ、ナイフをもってるぞ！」と男のひとがさけんで、武器を取りあげようとかけよった。

でもスタルディは夢中で、両手で相手の腕をつかんで、ぎゅっと締めつけたので、ナイフはころげ落ちて、傷ついた手から血が流れた。やっとほかのひとたちがかけつけてふたりを引きわけて起きあがらせた。フランティは惨《みじ》めなすがたでそこから逃げだした。その場に残ったスタルディの顔は傷だらけで、目にはどす黒いあざができ、……でも勝ったんだ……泣いている妹のそばに立っていた。女の子たちは道に散らばった本とノートを集めていた。「えらいわ、おちびさん」と、まわりのひとたちが言った。「妹をまもったんだもの」

でも自分が勝ったことよりも、ランドセルのことを心配したスタルディは、すぐに本とノートをひとつずつ調べて、なくなったり汚れたものがないかどうかたしかめて、ひとつずつそでぬぐった。ペン先をよく見て、ぜんぶをもとどおりにした。そしていつものようにおちついてまじめなようすにもどって、妹に言った。「はやくいこう、ぼくは算数の宿題があるんだ」

子どもの親たち

六日、月曜日

けさは、またフランティにでくわすのではないかと心配して、スタルディのおとうさんが、息子をむかえにきていた。でもフランティは少年院に送られるので、もう二度とあらわれないだろうという話だ。

この日はたくさん親たちがきていた。なかには、炭屋のコレッティのおとうさんもいた。息子にそっくりで、せかせかとして陽気で、とがったひげと上着のボタンホールに二色のリボンをつけていた。ぼくはいつもそこで見かけるので、父兄の顔は、ほとんどみんな知っている。白いボンネットをかぶった腰の曲がったおばあさんがいる。雨が降っても雪が降っても、あらしになっても二年生の孫を、日に四度送り迎えにくるのだ。そのオーヴァーを着せたりぬがせたり、ネクタイをなおしてやったり、ほこりをはたいてやったり、きれいにしてやったり、ノートを見てやったりする。見るからに、孫のことしか考えていない、世界にこれ以上すばらしいものはないという感じだ。砲兵隊の隊長、ロベッティのおとうさんもよくやってくる。松葉杖のロベッティは乗り合い馬車にひかれそうになったちいさい子を救ったのだ。同級生みんなが通り過ぎながらロベッティをなでるものだから、おとうさんはみんなをなでたりあいさつをしたり、ひとり残らずおじぎをしながら、それがみすぼらしい身なりをしたまずしい子どもであればあるほど、うれしそうにお礼を言う。

でもときには悲しいこともある。息子をなくしたある男のひとは、一ヶ月も学校にあらわれず、そのあいだ女中さんにもうひとりの息子をむかえにこさせていたのだけれど、やっともどってきたとき、自分の死んでしまった息子の同級生のすがたを見ると、すみのほうへいって両手を顔にあてて泣きだした。それで校長先生が、そのひとの腕をとって校長室へつれていったことがあった。自分の子どもの同級生を、みんな名前で知っているおとうさんやおかあさんがいる。近くの学校の女の子たち、弟をむかえにきている寄宿学校の生徒がいる。むかし大佐だったお年寄りがいて、男の子がノートやペンを道のまんなかに落としたりすると、ひろってあげる。身なりのいい女のひとのすがたも見える。ほかの女のひとと学校のことを話したり、頭にハンカチをかぶり、手にかごをもって、「ああ、こんどはむずかしい問題でしたね！」と言う。そしてだれかクラスで病気になれば、みんながそのことを知っている。病気の子が元気になればみんながよろこぶ。そしてちょうどこの朝は、八人から十人くらい、女のひとや女の工員さんがきていて、野菜売りのクロッシのおかあさんのまわりに集まって、ぼくの弟のクラスのかわいそうな男の子のことをたずねていた。男の子は中庭のある家にいて、命があぶないのだ。

学校はみんなを平等に、なかよくさせるところらしい。

七十八号

八日、水曜日

きのうの夕方、せつない場面に出会った。

ここ何日間か、あの野菜売りの女のひとがデロッシのそばを通るたびに、じっとみつめては、とてもやさしい表情で見ていた。それは、デロッシが、あのインクつぼと囚人七十八号のことを知ってから、その息子の、赤毛で片腕のきかないクロッシのめんどうをみてやり、学校の勉強を手つだったり、答えをそっと教えたり、紙やペン先や鉛筆をあげたりして、つまり、おにいさんのようにしていたからだ。クロッシのまだ知らない、自分の身に起きた父親の不幸のうめあわせをしているみたいだった。何日間も野菜売りの女のひとはデロッシをみつめていた。いつまでだって見ていたいふうだった。やさしい女のひとで、なにもかも息子のために生きていたからだ。だから息子を助けてひきたててくれるデロッシは、りっぱな紳士で優等生で、あの女のひとからみると、王さまや聖者に思えたのだろう。ずっとデロッシを見ていて、なにか言いたそうだけれどはずかしがっているみたいだった。けれどきのうの朝、とうとう、思いきって戸口の前でひきとめて、こう言った。

「ぼっちゃん、ごめんなさい、あなたはよいひとで、うちの子どもにとってもよくしてくれています。どうか、あわれな母のこのちいさなおみやげを受け取ってくださりますように」

そして、野菜かごのなかから、白と金色の小さな紙のはこをとりだした。「あなたのお子さんにあげてください」

デロッシは真っ赤になって、きっぱりこう言って断った。「あなたのお子さんにあげてください。ぼくはなにも受け取れません」

女のひとは息をつまらせて口ごもりながらあやまった。「お気をわるくさせるつもりはなかったんです、ただのキャラメルなんです」

けれどデロッシは首を横にふって、また断った。すると女のひとは、おずおずとかごからハツカダイコンをひと束とって、こう言った。「せめて、これだけでも受け取ってください。とりたてです。おかあさんにもっていって」

デロッシはほほえんで、こたえた。「いいえ、ありがとうございます。なにもいりません。ぼくはこれからもクロッシにできるだけのことをしてあげようと思いますが、なにも受け取るわけにはいきません。でもありがとうございます」

「お気を悪くされましたか？」と女のひとが心配そうにたずねた。デロッシはほほえみながら、そんなことはありません、とその場を立ち去ったが、女のひとは、ほんとうにうれしそうにこう叫んだ。

「ああなんていい男の子でしょう、こんなにりっぱできれいな男の子は見たことがないわ！」

話はこれで終わったかにみえた。

けれど夕方の四時になって、クロッシのおかあさんではなく、おとうさんが、あの青ざめたくらい顔をしてやってきた。デロッシをよびとめてながめている様子から、デロッシが自分の秘密を知っているのではないかと疑っているのがぼくにはわかった。デロッシをじっと見て、愛情のこもったかなしい声でこう言った。「あなたはうちの子によくしてくださる。どうしてそんなにやさしくしてくださるのですか？」

デロッシは顔が真っ赤になった。こう答えたかったのだ。《ぼくがあの子に親切にするのは、あの子が運が悪かったから、あの子のおとうさんであるあなたも、悪いことをしたのではなく、運が悪かったからで、あなたはりっぱにそのつぐないをされた、心やさしいひとだからです》

でもそれを口に出す勇気はなかった。心の底では、相手を傷つけ血を流し、六年間ろうやにいたその男のひとを前にして、こわくてふるえていたからだった。

けれど男のひとはすべてを見とって、デロッシの耳にちいさな声でこうささやいた。

「息子のことはよく思ってくれているけど、父親のことは、……父親を軽蔑《けいべつ》しきっておられるでしょうね！」

「いいえ、その正反対です」とデロッシは急にはげしくさけんだ。すると男のひとはふいに肩に手を回そうとした。けれど思いとどまって、二本の指で金髪のちぢれ毛の一本をはさんで、のばしてから放した。そしてデロッシをうるんだ目でみながら、口に手をもっていき、手のひらにキスをした。そのキスがデロッシへむけたものだというように。それから子どもの腕をとると、すばやく立ち去っていった。

ちいさな死

十三日、月曜日

野菜売りの女のひとの中庭にいるちいさな男の子、ぼくの弟の同級生で上級一年の子が死んだ。土曜日の午後、デルカーティ先生が、悲しそうにぼくらの先生にその知らせをもってきた。すぐにガッローネとコレッティが棺《ひつぎ》をかつぐ役目を申しでた。その子は優秀な生徒で、先週はメダルをもらった。ぼくの弟のことが好きで、こわれた貯金箱をくれた。その子のお父さんは鉄道の駅でポーターをしている。

昨日、日曜の午後四時半に、ぼくらはその家にいって、教会までつきそっていった。一階の家だった。中庭には、上級の一年生の子どもたちがおおぜいロウソクをもって、おかあさんといっしょにきていた。女の先生たち五、六人と、近所のひとたちがいた。赤い羽かざりの女の先生とデルカーティ先生は家の中にいたけれど、泣いているすがたが開いた窓からぼくらにも見えた。その子のおかあさんが大きな声で泣いているのが聞こえた。亡くなった子の同級生のおかあさんがふたり、花束を運んできていた。五時ちょうどに葬列は出発した。先頭には十字架をもった男の子が、それから神父さんが、そして黒い布でおおわれた小さなちいさな棺——なんてかわいそうな男の子だろう——がつづき、そのまわりには二人の奥さんの花束がぴったりとよりそっていた。黒い布地の片ほうには、メダルと、一年のあいだに男の子がもらった佳作賞がつけてあった。ガッローネとコレッティ、それに中庭の男の子ふたりが棺を運んでいた。棺のあとにいたデルカーティ先生は、まるでわが子が死んだかのように泣いていた。デルカーティ先生のうしろにほかの女の先生たちがいた。そのうしろの子どもたちのなかには、ほんとうにちいさな子もいて、手にスミレの花束をもち、子どもの分のロウソクももっている母親の片手を握って、驚いたように棺をながめていた。ある子がこう言っているのが聞こえた。「もう学校へはこないの?」

中庭から棺がでたとき、悲しい悲鳴が窓から聞こえた。死んだ男の子のおかあさんだった。でもすぐに部屋につれもどされた。通りにくると、寄宿学校の子どもたちに出会った。子どもたちは二列で進んでいたけど、メダルのついた棺と先生たちを見るとみんなベレー帽をぬいだ。かわいそうな男の子、これからずっとこのメダルといっしょに眠ることになるんだ。もうあの赤いちいさなベレー帽をぼくらが見ることはない。順調に回復にむかっていると見えたのに、四日で死んでしまった。最後の日もまだ単語の宿題をやるために起きあがろうとした。メダルをだれかにとられるのを心配して、ベッドに置いておきたがったそうだ。もうだれもメダルをとったりなんかしない、かわいそうな男の子！　さようなら、さようなら。バレッティ校のぼくらはずっときみをおぼえている。

ゆっくりおやすみ。

三月十四日の前日

きょうはきのうより愉快な一日だった。三月十三日だ。毎年の盛大で豪華なお祭り、ヴィットトリオ・エマヌエーレ劇場での賞状授与式の前の日。でも今回は、賞状を配るひとにわたすために舞台にあがる子どもは偶然に選ばれるのではない。けさ、終業のベルのとき校長先生がきて、こう言った。「みなさん、よいしらせです」そしてカラブリアの子を呼んだ。「コラーチ！」カラブリアの子が立ちあがった。「あした、劇場で賞状を係りの人にわたしてくれますか？」

カラブリアの子は、はいとこたえた。

「よろしい」と校長先生は言った。「これでカラブリアの代表もできた。すばらしい。賞状をわたす子どもたちが十から十二人、公立学校のあちこちの学区から選ばれたイタリアのあらゆる地方の出身であるようにというのが、市役所からの要請でした。二十の学校と五つの分校に、七千人の生徒がいます。これだけたくさんいるのですから、イタリア各地からきた子どもたちをみつけるのはむずかしくはありませんでした。トルクアート・タッソ校には、ふたつの島を代表して、サルデーニャの子とシチリアの子がみつかりました。ボンコンパーニ校では小さなフィレンツェの子、木造彫刻の子どもがいました。トンマーゼオ校ではローマ生まれのローマの子がいます。ヴェネトの子、ロンバルディーアの子、ロマーニャの子はたくさんいます。ナポリの子は、モンヴィーゾ校にいる役人の子どもです。わたしたちからはジェノヴァの子と、カラブリアの子コラーチくんをだします。これにピエモンテの子を加えれば、十二人になります。すばらしいことだと思いませんか？みなさんに賞状をわたすのは、イタリア各地からきた十二人のみなさんの兄弟なのです。わかりますか。十二人がそろって舞台のうえに登場します。大きな拍手でむかえてあげてください。みんな子どもとはいえ、おとなと同じようにこの国を代表しているのです。ちいさな三色旗だって、大きな旗と同じようにイタリアを象徴するでしょう。だから精いっぱいの拍手を送ってください。きみたちのちいさな心も燃えあがっていること、きみたちの十二歳のちいさな魂もわが国の神聖なすがたを前に感動していることをしめしてください」

そう言って、校長先生が出ていくと、先生はほほえみながらこう言った。「というわけでコラーチ、きみがカラブリアの代表なんだよ」

するとみんなが笑いながら手をたたいた。ぼくらは通りにでると、コラーチをかこんで、両脚をつかんでかつぎ上げ、「カラブリアの代表ばんざい!」とさけんだ。そうしてさわぎたかったのは当然だ。でもふざけるつもりではなくて、心から祝福するためだ。それくらいみんなに好かれているからだ。コラーチもにこにこしていた。

こうして角までくると、黒いひげを生やした男のひとにぶつかった。その男のひとは笑いだした。カラブリアの子が言った。

「おとうさんだ」

するとみんなはおとうさんの腕のなかにその子を残してばらばらに逃げだした。

賞状授与式

十四日

二時ごろには、大きな劇場はひとでいっぱいになった。一階席、階段席、ます席、舞台、どこもぎっしりつまっていて、子どもたち、女のひとたち、先生たち、工員さんたち、庶民階級の女のひとたち、赤んぼうの顔が何千とならんでいた。頭や手がゆれ、羽かざりやリボンや巻き毛がふるえ、うれしさを伝えてくるにぎやかなざわめきはとぎれなかった。劇場全体が、赤と白と緑の布でできた花づなでかざられていた。一階席には階段がふたつこしらえてあった。右側にあるのは、受賞者が舞台に上るためで、左側のは、賞状をもらったあとにおりてくるためだ。演壇の前には赤い大きなひじかけいすがあって、その背もたれのあいだから、月桂冠《げっけいかん》がふたつ垂れていた。演壇の奥には国旗がかざってあり、片側には緑のちいさなテーブルがあってそこに三色のリボンでむすばれた賞状がおいてあった。音楽隊は舞台の下の一階席にいた。先生がたはあてがわれた一列目の階段席の半分に、男女まじってすわっていた。一階席のベンチと通路にいっぱいになった子どもたちは、両手に楽譜を持ってうたう順番がくるのに備えていた。奥と両側には、賞状をもらう子どもたちをならばせている先生がたがいったりきたりしているのが見えた。そばでは、最後に髪の毛をととのえたりネクタイを直したりしている親がいっぱいだった。

ぼくが家族といっしょにます席についたとたん、正面のます席に赤い羽かざりの女の先生がいるのが見えた。ほおにきれいなえくぼをつくって笑っている先生といっしょに、ぼくの弟の先生と、黒ずくめの服装の「尼さん」、そしてぼくの一年上級のときのあのやさしい先生がいた。でも先生は、ひどく顔色が悪くて、かわいそうに劇場のこっち側でも聞こえるくらい、ひどくせきこんでいた。一階席には、ガッローネのやさしい大きな顔と、ネッリのちいさな金髪の頭がすぐにぼくの目にはいった。ネッリは背もたれにぴったりせなかをつけていた。すこしさがったところに、フクロウのくちばしみたいな鼻をしたガロッフィがいた。ガロッフィは受賞者の名前の印刷された紙を集めようと大いそがしで、もうかなり大きな束をもっていた。それをなにと取りかえるのかはあしたになればわかるだろう。戸口のそばには晴れ着を着た炭屋さんと奥さん、それに二年生の三等をもらう息子がいっしょにいた。ぼくは、コレッティが猫皮のベレー帽とチョコレート色のセーターを着ていないのにびっくりした。きょうはどこかのぼっちゃんみたいな服装だった。階段席にレースの大きなえりをしたヴォティーニをみかけたが、じきにすがたが見えなくなった。ひとでいっぱいの舞台わきの特別席に砲兵隊の隊長がいた。男の子を乗り合い馬車から救った松葉杖のロベッティのおとうさんだ。

二時の時計にあわせて音楽隊は演奏をはじめ、同時に、右の階段から市長さん、知事さん、評議員さん、教育局長さん、それからほかにもたくさん偉いひとたちが舞台に上った。みんな黒い服を着ていて、舞台の前にある赤いひじかけいすに着席した。音楽隊は演奏をやめた。音楽学校の校長先生が指揮棒をもって進みでた。その先生の合図で、一階席の子どもたちが全員立ちあがり、次の合図でうたいはじめた。七百人がうたうすてきな歌。声をそろえてうたう子どもたち七百人の声のなんてきれいなこと！　みんなじっと聞きいっていた。やさしくすみきった、ゆったりとした歌は、まるで教会の歌のようだった。歌声がやみ、みんなの拍手がわいた。そしてふたたび静まりかえった。

演壇には、もうぼくの二年生の小さな先生が前にでてきていた。赤い髪にいきいきした目をした先生は、受賞者の名前を読みあげることになっていた。賞状をわたすために十二人の子どもたちが入場するのを待っていた。それがイタリアのすべての地方の子どもたちだと新聞があらかじめしらせていた。みんなそれを知っていて、子どもたちを待ちながら、入場してくるはずの場所をきょろきょろながめていた。市長さんも、そしてほかの偉いひとたちもそうだった。そして劇場全体が静まりかえって……

とつぜん、舞台の上にかけ足で子どもたちがあらわれて、十二人全員、にこにこしながら列を作った。劇場全体、三千人が、いっせいにとびあがって、雷のような拍手がわきだした。子どもたちはちょっとまごついたようすだった。「これこそがイタリアなのです！」と舞台から声が流れた。ぼくにはすぐ、コラーチのすがたがわかった。カラブリアの男の子はいつものように黒い服を着ていた。ぼくらといっしょにいた市役所のひとは、子どもたち全員の顔を知っていて、かあさんに説明していた。「あの金髪のちいさい子はヴェネツィアの代表です。ローマの代表はあの背の高いちぢれた髪の子ですよ」

紳士みたいな身なりの子が二、三人いて、ほかの子は工員の子だったけれど、みんなこざっぱりしたかっこうだった。いちばん背の低いフィレンツェの子は、腰に空色のスカーフを巻いていた。全員が市長さんの前まで進みでて、ひとりずつひたいにキスをしてもらった。市長さんのとなりにいたひとが、にこにこしながらそれぞれの町の名前をゆっくりと教えていた。「フィレンツェ、ナポリ、ボローニャ、パレルモ……」

そして、一人ひとり通り過ぎるたびに、劇場全体が拍手をした。それからみんなが緑のテーブルに走りよって賞状を手に取り、先生がリストを読んで、学校とクラスと名前を読みあげはじめると、受賞者が舞台に列を作った。

　最初の子どもたちがのぼるとすぐに、舞台の裏側からヴァイオリンのとてもかすかな音楽が聞こえてきて、整列しているあいだじゅうつづいていた。やさしくていつも同じ調子のアリアは、たくさんちいさな声が集まってつぶやいているみたいだった。おかあさんたち全員、先生がた全員が、いっしょになって忠告をしたり、たのんだりやさしくしかったりしている声のようだった。そして受賞者が一人ひとり、そこにすわっている紳士たちの前にくると、そのひとたちが賞状をさしだし、それぞれにことばをかけたり、なでたりした。一階席や階段席から子どもたちは、とくに背の低い子や、身なりのまずしそうな子、そして髪の毛がとても縮れている子や、赤や白の服を着た子がでてくるたびに拍手をした。一年上級の番になり、その子たちが、まごついてどっちをむいたらいいのかわからなくなったので、劇場全体が大笑いをした。ひとり、背中に大きなバラ色のリボンをつけたとても背の低い子が、ようやくどうにかこうにか歩いていて、じゅうたんにつまずいて倒れた。知事さんがその子を立たせると、みんなはにこやかに拍手をした。別の子は階段を下りるときに、一階席へ転がり落ちた。悲鳴があがったけれど、けがはなかった。いろんな種類の顔、腕白坊主《ぼうず》の顔や、びくびくしている顔、さくらんぼみたいに赤くなった顔、みんなの前で笑っているおかしな子どもの顔がでてきた。一階席におりると、おかあさんやおとうさんにかかえられてつれていかれるのだった。ぼくらの学校の番になったとき、ぼくはとってもたのしかった！　ぼくが知っている子がおおぜいでてきたからだ。上から下まで新品の服を着てでてきたコレッティは陽気にほほえんで、真っ白な歯をみせて笑っていた。でも、けさだってこの子がどんなにたくさんまきを運んだか知っているだろうか！　市長さんは賞状をわたしながら、ひたいについた赤いあとはなにかとたずねて、肩をたたいた。ぼくは、一階席にコレッティのおとうさんとおかあさんのすがたを探した。ふたりが手で口をかくして笑っているのが見えた。それからぴかぴかするボタンのついた濃い青の服を着て、金色の巻き毛のデロッシがでてきた。デロッシは、きびきびと自然なしぐさで、頭を高く持ちあげとてもきれいで感じがよかった。キスしてあげたいくらいだった。そして紳士たちはみんなデロッシに話しかけ、握手しようとした。そして先生がさけんだ。「ジュリオ・ロベッティ！」

すると松葉杖をついた砲兵隊大尉の息子が前に進みでるのが見えた。何百人もの子どもたちがあのできごとを知っていて、話はいっしゅんにひろがって、劇場をゆるがすような拍手とさけび声のあらしが起きた。男のひとたちは立ちあがり、女のひとたちはハンカチをふりだすと、かわいそうにロベッティは舞台のまんなかで、びっくりしてふるえながらたちどまった。市長がひきよせて、賞状をわたしてキスをすると、いすの背もたれから月桂冠をふたつはずして、松葉杖の横木に通してあげた……それからおとうさんのいる特別席までつきそっていくと、おとうさんが息子のからだを持ちあげて席のなかにおいた。あたりは「えらいぞ」と「ばんざい」で聞きとれないくらいのさけび声だった。そのあいだもヴァイオリンの、あの軽やかでやさしい音楽はつづいていて、子どもたちが次からつぎへと登場した。コンソラータ校の子どもたちはほとんどが露店《ろてん》商の子で、ヴァンキリア校の子は、工員さんたちの子ども、ボンコンパーニ校の子はほとんどが農民の子ども、そして最後がライネーリ校の子どもたちだった。終わると、一階席の七百人の子どもたちがまたちがううつくしい歌をうたった。それから市長さんがお話をして、そのあとお話をした評議員さんが子どもたちにこう言って話をしめくくった。「しかし、あなたたちのために苦労してくださっているひとたち、知恵と愛情のすべてをあなたたちのために犠牲にして、あなたたちのために生きているあのひとたちにあいさつをしないでここからでていってはいけませんよ、ほら、あそこにいるひとたちです！」

そして先生たちの階段席を指さした。すると階段席から、舞台から、一階席から、子どもたちみんなが立ちあがって手を伸ばして先生たちにさけんだ。

先生たちも、みんな起立して、感動しながら手や帽子やハンカチをふっていた。そのあと、音楽隊がもういちど演奏をして、ふりそそぐ花たばの下で腕を組んで舞台にならんでいたイタリアのすべての地方の十二人の子どもたちに、その場にいたひとたちは、もう一度われるような拍手で最後のあいさつをおくった。

口あらそい

二十日、月曜日

でも、ちがう、ぼくがけさコレッティと言いあらそったのは、あの子が賞をもらってぼくがもらわなかったことをうらやましく思ったからじゃない。うらやましかったからじゃない。でもぼくが悪かった。先生はぼくのとなりにコレッティをすわらせて、ぼくは自分の習字の筆記帳に字を書いていた。あの子のひじがぼくにぶつかったせいで、インクのしみができてしまい、病気の「左官屋くん」のためにぼくが書き写さなければならない今月のお話「ロマーニャの血」も汚れてしまった。あの子はにこにこしてぼくにこう答えた。「わざとやったんじゃないよ」あの子のことを知っているぼくはそれを信じるべきだったのに、にこにこしていたのが気に障って、こう思った、「ああ、賞をもらったものだからいい気になってるんだ！」それでしばらくしてから、しかえしをしようと、あの子を押して、ページを台なしにした。すると怒って真っ赤になったコレッティが、「きみはぜったいわざとやったな！」と言って、手をあげたけれど——先生が見ておられたので——ひっこめた。でもこうつけたした、「外で待ってるぞ！」

ぼくはいやな気分になった。怒りはさめてしまって、後悔していた。

ちがう、コレッティはわざとやったんじゃない。いいやつなんだ、とぼくは思った。あの子の家で見かけたときのこと、どんなに働いていたか、病気のおかあさんを助けていた様子、それにあの子のためにぼくのうちでパーティーをしてあげたこと、どんなにとうさんに気に入られたかを思いだした。あんなことを言わないでいたら、あんなひどいことをしないでいたらどんなによかったか！　そしてとうさんがぼくに言うだろう忠告を考えた、「きみが悪かったのか？」「はい」「それならあの子にあやまりなさい」

でもそれをする気にはなれなかった。自分からあやまるのがはずかしかった。そばであの子を眺めていた。たぶんまきをたくさん運んだからだろう、背中のところがほつれたセーターを見ていると自分はあの子のことをよく思っていることが感じられて、こう自分に言った。「勇気をだせ！」

でも「ごめん」ということばはぼくののどのとちゅうで止まってしまった。あの子は時どきちらっとぼくを見て、怒っているよりも悲しんでいるように見えた。でもそこでぼくのほうも、こわがっていないことを見せるように、あの子を横から見ていた。あの子はぼくにくりかえした。「外で会おう！」

そしてぼくも「外で！」と言った。でもとうさんが前に言ったことを考えていた。「もしきみが悪かったのなら自分をまもりなさい、でも戦ってはいけない！」

ぼくは自分の心のなかでこう言った。「自分をまもろう、でも戦うまい！」と。でもぼくは残念で、かなしくて、先生の話を聞いていなかった。とうとう、外へ出る時間になった。通りで一人になったとき、あの子がぼくの後をついてくるのが見えた。ぼくは立ち止まって、手に定規を持って待ち受けた。あの子が近づいてきて、ぼくは定規をふり上げた。「やめろよ、エンリーコ」あの子は言った。あのすてきな笑顔で、定規を押しやって「前みたいに仲よしになろう」

ぼくは一瞬びっくりして、それから背中から手で押されたみたいに、あの子の両手のなかにとびこんだ。あの子はぼくにキスして言った。「ぼくらのあいだでもうけんかはよそう」

「もう二度とするもんか」

そしてぼくらは満足してわかれた。でも家に帰ってぼくがおとうさんに、喜ぶだろうと思ってこの話をしたら、おとうさんは不きげんになって言った。「きみが悪かったんだから、先にあやまるべきだったんだ」

そしてこう言った。「きみより優秀な友だちに、兵隊さんの息子にむかって、定規なんかふり上げたりすべきじゃなかったぞ」

そしてぼくの手から定規をとって二つに折ると、壁にたたきつけた。

ねえさん

二十四日、金曜日

エンリーコ、コレッティに悪いことをしておとうさんにしかられたあとで、わたしにまたひどいことをしたのはどうしてなの？　わたしがどんなにつらい思いをしたかあなたにはわからないのね。あなたが赤んぼうのころ、わたしは友だちと遊ぶかわりに、ゆりかごのそばで何時間もつきそっていたこと、あなたが病気になったときには熱がないかどうかわたしが毎晩ベッドから起きてきたことをあなたは知らないの？　もしなにかひどい不幸が起きれば、わたしがかあさんとなって、あなたを息子のように愛するだろうことを、ねえさんを傷つけるようなあなたにはわからないのかしら？　わたしたちのとうさんとかあさんがいなくなったときには、わたしがあなたのいちばんの女友だちになって、両親や子どものころの話ができるたったひとりの友だちになるということ、もし必要ならエンリーコ、あなたを食べさせ勉強をさせるようにわたしが働くこと、大きくなってもずっとあなたを愛していること、遠く離れても心ではいつもあなたのことを思っていること、それはわたしたちがいっしょに育ち、おなじ血のつながりをもっているからだということがわからないの？　ああ、エンリーコ、かならず、あなたがおとなになって、不幸にあって、ひとりになったなら、かならずわたしをさがして、こう言ってわたしのところにもどってくるはずよ、「シルヴィアねえさん、いっしょにいさせて、楽しかったころの話をしよう、おぼえている？　かあさんのこと、ぼくらの家のこと、むかしのなつかしい毎日のこと」ってね。ああエンリーコ、わたしはあなたの悪いことは思い出させたりしないでしょう、もしほかにもいやなことされたとしても、それがなんだというのかしら、あなたはやっぱりわたしの弟のままなのよ、わたしは赤んぼうのあなたをこの腕に抱いたこと、あなたといっしょにおとうさんおかあさんを愛したこと、あなたの育つのを見てきたこと、何年もいちばんたよれる仲間だったことしか、きっとおぼえていない。でもあなたはこのノートに、わたしにやさしいことばを書いてちょうだい、わたしはそれを夜の前に見直すことにしましょう。そのあいだに、わたしのほうは、怒ってなんかいない証拠に、疲れているあなたのかわりに、病気の「左官屋くん」のために書き写すはずだった今月のお話「ロマーニャの血」を書き写しておきました。あなたの机の左のひきだしを見てごらんなさい。今夜あなたが眠っているあいだに全部書いておきました。エンリーコ、お願いだから、やさしいことばをわたしに書いてちょうだい。

あなたの姉シルヴィアより

ぼくにはねえさんの手にキスするだけの値うちもありません。

ロマーニャの血（今月のお話）

エンリーコ

その夜、フェッルッチョの家はいつもより静かでした。小間物の小さな店を持っていた父親は買いつけのためにフォルリへでかけていて、目の病気の手術のために医者のところにつれていかなくてはならない赤んぼうのルイジーナをつれた妻もいっしょでした。そして翌朝にならないと帰ってこない予定でした。もうすぐ真夜中です。昼間の世話をしにくる女のひとは夕方になって帰っていきました。家の中には、足の麻痺《まひ》したおばあさんと、十三歳のフェッルッチョしか残っていません。それは道ばたにある一階しかない小さな家で、ロマーニャ地方の町フォルリからほど近いある村からすこしの距離のところにありました。となりには、人気のない家があるだけで、二ヶ月前に火事で焼けてしまったそこにはまだ宿屋の看板が残っていました。家のうしろには、生け垣に囲まれたちいさな畑があって、そこにはいなかふうの門がついていました。店の門は家のドアでもあったのですが、道にむかってついていました。あたりはさびしい野原がひろがっていて、広い桑畑が続いていました。

もうすぐ真夜中になります。雨が降っていて、風が吹いていました。フェッルッチョのおばあさんは、まだ起きていて食事をする部屋にいました。この部屋と畑のあいだには古い家具のおかれた小部屋がありました。フェッルッチョは、何時間もでていったまま十一時になるまで戻ってきませんでした。おばあさんは起きたまま心配してひじかけのついた大きないすにじっとしてフェッルッチョを待っていたのでした。昼間はそのいすにじっとしているのでしたが、ときには一晩じゅうそこで過ごすこともよくありました。呼吸困難のために横になることができなかったからです。

雨が降っていて、風が雨を窓ガラスに打ちつけます。夜はまっくらでした。フェッルッチョは疲れて、泥だらけになり、上着は裂けて、額には石のぶつかったあざがありました。仲間と石合戦をして、いつものようにとっくみあいのけんかになったのです。そのうえ、賭けをしてお金をすべてなくし、ベレー帽を溝の中においてきました。

台所には、いすのそばにあるテーブルの隅に置かれた小さな石油ランプだけしか明かりはありませんでしたが、おばあさんは孫がどんなにひどい状態にあるのか、すぐにわかりました。ある部分は想像して、ある部分はそのむちゃぶりを本人の口から聞いたのです。

おばあさんは心のそこから少年を愛していました。すべてを知るとしくしく泣きだしました。

「ああ、もう」そしてながいこと黙りこんでから、こう言いました。「おまえにはこのあわれなばあさんへの思いやりってものがないんだね。おまえのとうさんとかあさんがいないのをいいことにこんなにわたしを苦しめるなんて、おまえには心がないんだ。一日じゅうわたしをひとりにほっておいて！　同情なんてちっとももってやしない。ねえ、フェッルッチョ！　おまえが進んでるその道は、かなしい結末にたどり着くことになるよ。あたしはおまえみたいなことをした連中が、ひどい最後をむかえるのを見てきたんだ。家出をする、ほかの子どもとけんかをする、お金をなくすことから始まって、それからだんだん、石投げからナイフのけんかに、遊びからほかの悪さ、悪さから、……盗みにね」

フェッルッチョは三歩離れたところに立って聞いていました。食器棚によりかかって、あごを胸につけ、眉をひそめて、まだけんかの怒りでほてっていました。きれいな栗色《くりいろ》をした一房の髪の毛がひたいにかかっていて、動かない水色の目をしていました。

「遊びから盗みへだよ」と泣きながらおばあさんはくりかえした。「フェッルッチョ、考えてごらん、村のあの不良、あのヴィート・モッツォーニを見てごらん、あいつはいま町で浮浪者をしている。二十四歳で二度もろうやにはいったことがあるし、あたしの知り合いだった母親はかわいそうにかなしみのあまり死んでしまったし、父親はあきらめてスイスへ逃げだしてしまった。あのあわれな男のことを考えてごらん、おまえの父親なんか、あいつにあいさつするのもはずかしく思っているよ。いつもじぶんよりひどい連中とうろついていて、いつかまたろうやにはいるだろう。そう、あたしは子どものころから知ってるけど、おまえみたいだったんだよ。おまえのとうさんとかあさんをあいつの親みたいにしちまうんだって考えてごらんよ」

フェッルッチョは黙っていました。冷たい心の持ち主だったわけではありません。その乱暴な行動は、悪い心からではなく、元気さと勇敢さをたくさんもっていたことから生まれていたのです。それで、父親は甘やかしてしまい、より美しい感情ももつことができるのだと思って、つよく寛大な行動の試練にさいしても勝手にさせ自分で判断が下せるようにさせていました。少年は愚鈍なのではなく善良な人間でしたが、傲慢《ごうまん》で、とても頑固で、後悔で心がしめつけられるときでも、「うん、ぼくがまちがっていました。けっして二度とやりません、約束します、許してください」という許しをこうためのやさしいことばはなかなか口からでませんでした。時どき、やさしい気持ちで心がいっぱいになることがありましたが、自尊心がそれを口にださせませんでした。

「ああ、フェッルッチョ」黙っている孫を見ておばあさんはつづけました。「後悔のことばひとつもおまえはわたしに言わないね！　あたしがどんな容体なのか、墓に埋められるかもしれないのは見てのとおりだよ。あたしを苦しませるなんて、こんなに年とって、死ぬのも近いというのに、おまえのかあさんのかあさんを泣かせるなんて、おまえは冷たいやつに決まっている。おまえのことをずっと愛してきたおばあさん、おまえが二、三ヶ月の赤んぼうだったころには一晩じゅう揺すってやり、自分は食べないであやしていたおばあさんなんだよ。おまえは知らないだろう？　あたしはいつも言っていたもんだよ。——

これがあたしの慰めなんだ――いまはおまえがあたしを死なせるなんて！　おまえがいい子になって、むかしみたいに素直になるのなら、残ったこのわずかな命をよろこんでくれてやろう。おまえをサントゥアリオにつれていったときのことを、フェッルッチョ、おぼえているかい？　おまえはあたしのポケットに小石と草をいっぱいにして、あたしは眠ってしまったおまえを家までかかえてきたんだ。あのころはおまえはかわいそうなおばあさんが好きだったんだよ。それで、あたしはからだが動けなくて、息をするための空気のようにおまえの愛情が必要だというのに。なぜって、半分死にかかったあわれな女には、もう世界に他になにも残っていないからさ、ああ、神さま！」

フェッルッチョが感動しておばあさんに抱きつこうとしたとき、かすかな音を聞きつけました。畑につづいているとなりの小部屋でこすれるような音がしたのです。でもそれが風に揺れる扉の音なのか、ほかの音かはわかりませんでした。

耳をすませてみました。

雨が強く降っていました。

もう一度その音がしました。おばあさんにもそれは聞こえました。

「なんだろう？」しばらくして不安になったおばあさんがたずねました。

「雨だよ」と少年はつぶやきました。

「とにかく、フェッルッチョ」と目をこすりながらおばあさんは言いました。「良い子になってくれると、おまえのあわれなばあさんをもう二度と泣かせたりしないと約束してくれるかい……」

またかすかな音がしておばあさんはだまりました。

「でも、雨じゃないようだよ！」真っ青になってさけびました。「見ておいで！」しかしすぐに言いました。「いや、ここにおいで」そしてフェッルッチョの腕をつかみました。ふたりとも息をとめたままでした。水の音しか聞こえてきません。

それからふたりともぎょっとしました。

ふたりとも小部屋のなかで足音がしたような気がしました。

「だれだ、そこにいるのは？」やっと息を集めるようにして男の子がたずねました。

だれも返事をしません。

「だれだ？」恐怖に凍りついたフェッルッチョがもう一度たずねました。

でもそのことばを口にだしたとたん、ふたりとも恐怖のさけび声をあげました。ふたりの男が部屋の中に飛びこんできたのです。ひとりは少年を捕まえて、口に手を押しこみました。もうひとりは、おばあさんの首をしめつけました。最初の男が言いました。「だまってろ、死にたくなかったらな」そして二番目の男は、「だまれ」と言って、ナイフをふりかざしました。どっちの男も、目のところに穴のあいた黒いハンカチを顔につけていました。

しばらく四人のあえぐ息と、雨の流れる音しか聞こえませんでした。おばあさんはひっきりなしにせきこんで、目は顔からとびだすほどでした。

男の子をつかんでいた男が、その耳にこう言いました。「おまえのおやじはどこに金をおいてある?」

少年は歯をがちがちふるわせながら、かすれ声で言いました。「あっち、タンスの中」

「いっしょにこい」と男が言いました。

そして、首にきつく手をまわしたまま、小部屋にひっぱっていきました。床の上におおいのついたランプがありました。

「タンスはどこだ!」と男がたずねました。

少年は息がつまりながら、タンスをさしました。

そこで、押さえておくために男は少年をひざまずかせ、大声をだしたら絞め殺せるように首のまわりをじぶんの足でしっかりと押さえておいて、口にナイフをくわえ、片手にランプを持ってもう一方の手でポケットから鉄を取りだして、鍵穴《かぎあな》に入れゆすって壊し、扉を開くと、大急ぎですべてをひっかきまわしてポケットにつめ、閉めてはまた開けてひっかきまわしました。それから少年の首をまたつかんで、もうひとりの男がまだおばあさんをつかまえているところへ押しやりました。おばあさんの首はだらんとして、口は開き、けいれんをしていました。

こっちの男が低い声で尋ねました。「みつかったか？」

仲間が答えました。「みつかった」それから言いました。「出口を見てみろ」

おばあさんをつかんでいた男はだれもいないかどうか確かめに、畑側の戸のところに走っていって、小部屋から、口笛のような声で言いました。「こい」残っていて、まだフェッルッチョを捕《つか》まえていた男は男の子と目を開けたおばあさんにナイフを見せて言いました。「ひとことでも口をきいたら、もどってきてのどをかききってやるからな！」

そして一瞬、ふたりをじっとにらみました。

そのとき、道のほうから、おおぜいのひとの歌声が遠くで聞こえました。

泥棒がすばやく出入り口に顔をむけると、急に動いたので、顔からハンカチが落ちました。

おばあさんがさけびました。「モッツォーニ！」

「くそばばあ！」正体のばれた泥棒がどなりました。「死んでもらうぞ！」

そして、すぐに気を失ってしまったおばあさんにナイフを突きだして迫りました。

殺人犯はナイフをふりおろしました。

しかし、ひじょうに素早い動きで、思い切ってさけびながらフェッルッチョはおばあさんのからだの上にとびかかって、自分のからだでおおいました。泥棒は逃げだしましたが、テーブルにぶつかってランプを倒したので明かりは消えてしまいました。

男の子はゆっくりとおばあさんの上からすべりおちて、ひざをつきました。そしてその姿勢のまま、おばあさんの腰に手をまわし、胸に頭をおいていました。

しばらくたちました。濃い闇《やみ》でした。農民たちの歌が野原を遠ざかっていきました。おばあさんは目を覚ましました。

「フェッルッチョ！」歯をならしながら、やっと聞きとれる声でよびました。

「おばあちゃん」と少年がこたえました。

おばあさんは話そうとしてみましたが、怖くて舌が動きませんでした。ぶるぶるとふるえながら、しばらくだまっていました。

それからやっときくことができました。

「もうあいつらはいないのかい？」

「いないよ」

「あたしを殺さなかったのだね」押し殺した声でおばあさんは言いました。

「殺さなかった、助かったよ」フェッルッチョは弱々しい声で言いました。

「おばあちゃん、助かったんだよ、お金は持っていった。でもとうさんは、ほとんど自分で持っていったし」

おばあさんはためいきをつきました。

「おばあちゃん」とひざまずいて腰にだきついたままフェッルッチョは言いました。「ぼくのおばあちゃん、ぼくのこと好きだよね?」

「ああフェッルッチョ、かわいそうなあたしの子!」おばあさんは少年の頭に手を置いてこたえました。「こわかっただろうね! ああ神さま! ちょっと明かりをつけておくれ、ねえ、暗いままだと、まだこわくてね」

「おばあちゃん」と男の子はこたえました。「ずっといやな思いばかりをさせてきたね」

「いいや、フェッルッチョ、そんなこと言わないで。もうあたしはそんなこと考えもしないよ。みんな忘れるよ。おまえのことが大好きなんだから!」

「ずっと迷惑ばかりかけてきたね」とフェッルッチョはふるえる声で、どうにかつづけました。

「でもずっと好きだったんだ。ぼくを許してくれる? 許して、おばあちゃん」

「うん、許すともさ、心の底から許してあげるよ。許さないなんてこと、あるもんか。立ちあがって。もうけっしてどなったりしないから。おまえはいい子だよ、おまえはとってもいい子だよ! 明かりをつけよう。すこし勇気を出して。さあ立って、フェッルッチョ」

「ありがとう、おばあちゃん」と少年は言いました。その声はますます弱くなっていきます。

「これで、……ぼくは満足だ。ぼくのことをおぼえていてくれるよね、おばあちゃん?

ずっとぼくのこと、あなたのフェッルッチョをおぼえていてくれるよね？」

「あたしのフェッルッチョ！」びっくりして不安になったおばあさんは、少年のせなかに手をおいて頭を下げて、顔をのぞき込むようにさけびました。

「ぼくのことおぼえていて」ささやきのような声でまた男の子はつぶやきました。

「かあさんに、とうさんに、ルイジーナにキスしてあげて、さようなら、おばあちゃん……」

「おやまあいったい、どうしたんだい！」自分のひざの上に横たわった少年の首をあわててさぐりながらおばあさんはさけびました。それからできる限りの声で、必死にさけびました。「フェッルッチョ！　フェッルッチョ！　フェッルッチョ！　あたしの子、あたしの大切な子！　天国の天使たち、助けておくれ！」

けれどフェッルッチョはもう返事をしませんでした。その母親の母親を救ったちいさな英雄は、背中をナイフで刺されて、神さまにうつくしく勇敢な魂をささげたのです。

瀕死《ひんし》の「左官屋くん」

二十八日、火曜日

かわいそうに「左官屋くん」はひどい病気だ。先生が見舞いにいくようにと言った。

ガッローネとデロッシとぼくはいっしょにいくことにした。スタルディもくるはずだったけれど、先生がカヴール記念碑の様子を宿題にだしたので、スタルディはもっと正確な様子を描くために見にいかなくてはならないとぼくらに言った。それでぼくらはためしにあのふとっちょのノービスもさそってみたけれど、やっぱり答えは「いかない」だった。ヴォティーニも断ったが、たぶんしっくいで服が汚れるのがこわいからだろう。ぼくらは四時に校門をでた。どしゃぶりの雨だ。とちゅうでガッローネは立ちどまって、パンを口いっぱいにほおばって言った。「なにを買おう?」そしてポケットの中の二ソルドを鳴らしてみせた。ぼくらはそれぞれ二ソルドだしあって、大きなオレンジを三個買った。屋根裏部屋へのぼった。ドアの前でデロッシはつけていたメダルをはずしてポケットに入れた。なぜだい、とぼくはたずねた。

「わからないけど」とデロッシはこたえた。「かっこつけないようにさ……たぶんつけないで中にはいったほうがいいと思う」

ぼくらがドアをたたくと、巨人みたいなあの男のひと、左官屋くんのおとうさんがあけにきてくれた。びっくりしたらしく顔がゆがんでいた。「どちらさんですか?」とたずねられて、ガッローネが「ぼくらはアントニオの学校の同級生です。オレンジを三個もってきたんです」

「ああ、かわいそうなアントニオ!」と頭をふって左官屋さんがこたえた。「あなたたちのオレンジは食べられないかもしれません」

そうして手の甲で目をぬぐうと、ぼくらを中にいれてくれた。屋根裏部屋にはいるとちいさな鉄のベッドに寝ている「左官屋くん」が見えた。おかあさんが顔を手でおさえてベッドの上に身を投げだしていて、ちらっとぼくらをふりかえって見た。部屋の一方にはいくつかのはけと、つるはしが一本と、しっくいのふるいがひとつかかっていた。病人の足もとにはしっくいで白くなった左官屋くんの上着がかけてあった。かわいそうに、やせて青白い顔にとがった鼻で、せわしく息をしていた。ああトニーノ、とってもいい子でとっても陽気だったきみ、ぼくのちいさなクラスメート、ぼくはとてもつらかった。もう一度ウサギ顔をするのを見ることができるなら、ぼくはなんだってしてあげるのに！

ガッローネはまくらの上、顔のそばにオレンジを一個おいた。においで左官屋くんが目を覚まして、すぐにオレンジをつかんだけれど、そのあと手を離してガッローネをじっとみつめた。

「ぼくだよ、ガッローネだ、わかるかい？」

アントニオはやっとわかるくらいかすかにほほえんで、短いその手をどうにかベッドからだしてガッローネにさしだした。ガッローネはそれを両手で握って、その上にほおをのせてこう言った。「がんばれ、がんばれ左官屋くん。すぐに元気になって、学校にもどれるさ。先生がぼくのそばの席にきみをおいてくれる。うれしいかい？」

けれど「左官屋くん」は返事をしなかった。おかあさんは、泣きじゃくりはじめた。

「ああかわいそうなわたしのトニーノ！　かわいそうなわたしのトニーノ！　こんなにいい子でやさしいのに、神さまがつれておゆきになるなんて！」

「静かにしてくれ！」とおとうさんが声をしぼりだすようにしてさけんだ。「たのむから静かにしてくれ、でないと頭がどうかしてしまう！」それからあわててぼくらに言った。「出ていって、出ていってください、みなさん。ありがとう。もういってください。ここでなにをしようというのですか？　ありがとう、家に帰りなさい」

男の子はまた目を閉じて、まるで死んでいるように見えた。

「なにかできることはありませんか？」とガッローネがたずねた。

「いや、ありがとう、いい子だね」とおとうさんが答えた。「家に帰りなさい」

こう言いながらぼくらを踊り場のところまで追いやって、ドアを閉めた。でもぼくらが階段を半分もおりないうちに、こうさけぶのが聞こえた。「ガッローネ！　ガッローネ！」

ぼくら三人は急いで階段をまたのぼった。「ガッローネ！」と顔色を変えておとうさんがさけんだ。「あの子がきみを名前で呼んだんだ、この二日間話もしなかったのに。二回もきみを呼んだんだ、きみに会いたがっている、すぐにきてくれ。ああ神さま、いいしるしだといいが！」

「じゃあさようなら」とガッローネはぼくらに言った。「ぼくはここに残るよ」

そしておとうさんといっしょに家の中に飛びこんでいった。デロッシの目はなみだでいっぱいだった。ぼくは言った。「『左官屋くん』のために泣いているの？　あの子は口をきいたんだ、元気になるさ」

「そう思うけれど」とデロッシは答えた。「でもぼくはあの子のことを考えていたのじゃない。ガッローネがなんていいやつなんだ、なんてうつくしい心をもっているんだと思ったのさ」

カヴール伯爵《はくしゃく》

二十九日、水曜日

きみがしなければならないのは、カヴール伯爵の記念碑を説明することだね。きみにはそれができるだろう。でも、カヴール伯爵がだれだったのか、それはいまのきみにはわからないだろう。いまのところ、これだけを知っておきなさい。あのひとは、何年ものあいだピエモンテの首相だった。クリミアにピエモンテの軍隊をおくって、ノヴァーラの敗北で台なしになったわたしたちの軍隊の名誉をチェルナイアの勝利で取り戻したのはあのひとなのだ。ロンバルディーアからオーストリア軍を追いだすためにアルプスから十五万人のフランス軍をよびよせたのはあのひとなのだ。わたしたちの革命のもっとも偉大な時期にイタリアを指揮し、故国の統一という聖なる試みのもっとも強い衝動を当時呼び覚ましたのがあのひとなのだ。すばらしい才能とくじけることのない意志をもち、超人的な活動ぶりだった。たくさんの将軍は戦地でおそろしい時間を過ごしたが、あのひとはもっとおそろしい時間をその部屋のなかで過ごしたのだ。その大きな計画が、地震にあったもろい建物のようにいまにも崩れそうになったときに。戦いと不安の時間でなんども夜を過ごし、精神がゆがんでしまうか、心がだめになってしまうかというほどだった。こうした偉大で苦しみぬいた仕事のせいで、あのひとの生涯は二十年も短くなったのだ。それでも、死にそうなくらいの熱におかされていながら、あのひとはなお国のためになにかしようとして必死に病気と闘った。「ふしぎだ」と死ぬまぎわにベッドであのひとは言った。「もうなにも読めない、なにも読めないんだ」医者が血を抜き熱が上がっているなかで、祖国のことを思って、命令するようにこう言った。

「わたしをなおしてくれ、心がぼやけてきている。むずかしい仕事をこなすためにはわたしの能力のすべてが必要なのだ」もう最後の最後になって、家じゅうが大騒ぎをし、国王様がまくらもとにすわられたとき、急いでこうあのひとは言った。「言わなければならないことがたくさんあります、陛下、お見せしなければならないことが。ですがわたしは病気のせいでそれができないのです。できないのです」そして嘆き悲しんでいた。

いつもあのひとの熱狂的な思いはお国のために、わたしたちといっしょになって新しいイタリアの地方のために、しなければならないことのためにむけられていた。うわごとを言いはじめたとき、「ちいさな子を教育しなさい」とあえぎながら言った。「ちいさな子を、若者を教育しなさい。自由をもって治めなさい」うわごとはますます大きくなり、死は迫ってきていた。あのひとは仲たがいをしたガリバルディ将軍のこと、また解放されていないヴェネツィアとローマのことを激しい口調でよんでいた。イタリアとヨーロッパの将来について壮大な計画をもっていた。外国の軍隊の攻撃を夢見ていて、部隊と将軍たちがどこにいるのかをたずね、それでもわたしたちのため、あのひとの民衆のために心配していた。あのひとの大きな苦しみは、わかるだろう、命を失うことではなく、まだあのひとを必要としている故国、何年間もあのひとの奇跡的なからだの人並みはずれた力を数年間ですり減らすほどそのためにささげた故国が自分から遠ざかっていくことだったのだ。戦いのさけび声をあげてあのひとはこの世を去った。そしてあのひとの死はその人生とおなじように偉大だった。だからすこし考えてみるがいい、エンリーコ、わたしたちにのしかかっている仕事とはなんだろう、わたしたちの苦しみ、わたしたちの死というものも、世界全体を心から心配しているこうしたひとたちの苦労、おそろしいほどの苦しみ、大きな不安にくらべれば、なんだろう？　息子よ、あの大理石の像の前を通るときはこのことを考えて、それにむかって心のなかで言うのだ、「栄光あれ！」と。

とうさんより

四月

春

一日、土曜日

四月一日！　あとたった三ヶ月だ。

きょうは、一年じゅうでいちばん、すてきな朝だったかもしれない。ぼくがうれしかったのは、学校で、コレッティが、あさってとうさんと、王さまがくるのを見にいくんだけど——とうさんは王さまを知ってるんだぜ——いっしょにいかないか、と言ってくれたからだし、その日は、かあさんが、ヴァルドッコ通りの幼稚園につれていってあげると、ぼくに約束してくれた日でもあったからだ。「左官屋くん」が元気になったことも、それにきのうの夜、通りがかりに先生が、とうさんに「よくやってます、よくやってますよ」と声をかけていってくれたことも、うれしかった。

それにすばらしい春の朝だった。学校の窓からは、青い空と新芽をいっぱいつけた庭の木々、いっぱいにひらかれた家々の窓、そしてそこから緑の若葉をつけた植木の木箱や鉢植えのならんでいるのが見えた。先生は、ぜったいに笑わないひとだから、やっぱりきょうも笑いはしなかったけれど、とてもごきげんで、ひたいのまんなかにある、あのふかい縦じわも、ほとんど目立たないくらいだった。そして冗談を言いながら黒板で問題を説明していた。あけた窓からはいってくる庭の空気を胸いっぱいすいこんで、ほんとうに気持ちよさそうだった。土と木の葉のみずみずしいさわやかなにおいを、いっぱいにふくんだ空気をすっていると、いなかを散歩しているみたいに思えてくる。

先生が説明をしているあいだ、ずっと、近所の通りで鍛冶屋がかな床をたたく音や、すぐ前の家で、赤ちゃんを寝かしつけようと、女のひとが子守唄《こもりうた》をうたっているのが聞こえていた。ずっと遠くのチェルナイアの兵舎では、ラッパの音が響いていた。だれもが、あのスタルディでさえ、うれしそうだった。

とそのとき、鍛冶屋のかな床を打つ音が前よりもいっそう強く、女のひとのうたう声がずっと大きく、聞こえてきた。先生は話をやめて、じっと聞きいった。そうして窓を見ながら、ゆっくりと言った。「ほがらかな空、子守唄をうたう母親、仕事にいそしむ正直者、勉強する子どもたち……これこそすばらしい世界だ」

教室からでてみると、ほかのみんなも愉快《ゆかい》そうだった。だれもが、まるであしたから四日間のお休みがはじまるときみたいに、元気な足どりで鼻歌をうたいながら列をくんで歩いていた。女の先生たちも、はしゃいでいた。赤い羽かざりの先生なんか、生徒たちのうしろで、まるで小学生みたいにはねまわっていた。むかえにきていたおかあさんたちは、にこにこしながら話していた。クロッシの野菜売りのおかあさんが、スミレの花たばを、かごいっぱいにもっていて、それでひかえ室じゅうに、いい香りがあふれていた。

道で待っていてくれたかあさんを見て、こんなにうれしい気持ちになったのは、きょうがはじめてだ。ぼくはかあさんのところに、いそいでかけていって、こう言った。

「ぼく、うれしいんだ。けさ、こんなにうれしいのは、いったいなんのせいなのかな？」

かあさんはほほえんで、うつくしい季節と正直な心のおかげよ、と教えてくれた。

ウンベルト王

三日、月曜日

十時きっかり、とうさんは、広場でぼくをまっている炭屋のコレッティさんとその息子のすがたを見た。とうさんは言った。「ほらきたよ、エンリーコ、王さまを見にいっておいで」

ぼくは、さっと、いなずまみたいに、かけおりた。炭屋の親子も、いつもより元気そうで、いままでにないくらいにそっくりに見えた。コレッティさんは、上着にふたつの記念メダルにはさまれた勲章をつけて、くるりと巻きあげた口ひげの先をピンのようにとがらせていた。

　ぼくらはさっそく、十時半に王さまが着くことになっている鉄道の駅にむかって歩きはじめた。コレッティさんはパイプをふかしながら手をこすりあわせていた。「六六年の戦争からあと、あのかたにお目にかかっていないんだよ。十五年と六ヶ月もたっちまった。まずフランスに三年、それからモンドヴィ、そしてここだ。あのかたにお会いする機会もあるにはあったんだが、間の悪いことにあのかたがやってきたときには、わたしがこの町にいなかった。めぐりあわせってやつだな」

　コレッティさんは、王さまをまるで仲間のように「ウンベルト」とよんだ。「ウンベルトは第十六師団を指揮していた。ウンベルトは二十二歳になったばかりだった。ウンベルトは馬はまあまあだった」

「十五年か！」急ぎ足になりながら、コレッティさんは大声で言った。「なんとしてもお会いしたいものだ。あのときは皇太子だったのがいまじゃ王さまだ。それにわたしも変わった。兵隊から炭屋になったんだからな」そう言って笑った。

　息子のコレッティがたずねた。「王さまがとうさんを見かけたら、わかるかな？」

　おとうさんは笑いだすと、こうこたえた。「なにをばかな、とんでもないことを言うんじゃない。ウンベルトはたったひとり、おれたちはハエみたいにうじゃうじゃいたんだ。それに一人ひとり見てたわけじゃないからな」

　ぼくらはヴィットリオ・エマヌエーレ通りにでるところだった。ひとがおおぜい駅にむかっていた。アルプス山岳兵の一中隊がラッパを吹きながら行進していった。騎馬憲兵がふたり、早がけで通りすぎていった。空は晴ればれとすみわたっていた。

「そうだ！」コレッティさんは目をかがやかせてさけんだ。「師団長に、あのひとに会えるなんて、ほんとにわしはうれしいよ。ああ！　なんてはやく年をくったもんだろう。あの六月二十四日の朝、あの大さわぎのなかで、背嚢《はいのう》を肩に、両手に銃をかまえて、いざ突撃、ってときのことが、ついきのうのことみたいだ。遠くで大砲の音がとどろいているあいだ、ウンベルトはほかの将校たちと、あたりをいったりきたりしていた。それをながめて、みんながこう言ったものだ。『あのかたにまで砲弾があたりませんように！』まさかそのすぐあと、オーストリアの槍騎兵《そうきへい》たちの槍《やり》を前に、あのかたのすぐおそばにいることになろうとは、夢にも思わなかったよ。だがな、おまえたち、ほんとうに目と鼻の先にいたんだぞ。天気のいい日だった。空は鏡のようにすんでいた。それにしても暑いな！　中にはいれるか、見てみよう」

駅に着いた。馬車やおまわりさん、憲兵隊、それに旗をもったいろんな団体の人たちでごったがえしていた。連隊の楽団が演奏していた。コレッティさんはアーケードをぬけてはいっていこうとしたけれど、止められてしまった。そこで、一列にならんで入り口からはいろうとしていた人ごみの一番前にもぐり込もうと考えて、ひじで他人をかきわけ、ついにはぼくらまでも前に押しだしてしまった。でもひとの群れが波のように押しよせてきて、ぼくらをあっちこっちへと追いやるのだった。炭屋のコレッティさんは、アーケードのいちばんめの柱に目をとめた。そこは、おまわりさんがだれも近よらせない場所だった。

「いっしょにくるんだ」

いきなりこう言うと、コレッティさんはぼくらの手を引っぱって、だれもいないところをあっというまに横ぎると、壁に背中をつけて突っ立った。

すぐにこれに気づいた巡査長は、「ここにいてはいけません」と言った。

「第四十九連隊の第四大隊にいた者です」コレッティさんは勲章を見せながら言った。

巡査長はそれをみると言った。「ここにいてかまいません」

「言ってみるもんだ！」コレッティさんはさけんだ。「この『第四十九連隊の第四大隊』ってのは魔法のことばなのさ。自分の隊長を見るのに、ちょっとばかりわがままを言うくらいかまわんだろう。戦場にいたのはこのわたしだ。あのときだって近くで見ていたんだ、いまだって近くから見てはいけないってことはないだろう。それに隊長だったんだ！　わたしの大隊の指揮官だったんだ、ゆうに三十分はあったな、なにしろ、あのとき戦闘の最中に大隊を指揮していたのは、あのかただったんだからな。誓ってウブリッヒ少佐なんかじゃなかった！」

そのあいだにも、貴賓室のあたりには名士や将校たちが入れかわり立ちかわりすがたを見せていた。門の前には馬車が一列にならび、赤い服の従者たちが控えていた。

コレッティは、戦場にいたとき、ウンベルト皇太子はサーベルを手にしていたかと、おとうさんにたずねた。

「もちろん手にしていただろう」おとうさんは答えた。「敵の槍から身をまもるためにな、なにしろその他おおぜいをやっつけるのと同じように、あのかたをやることだってできたんだから。ああ！　見境《みさかい》のない悪魔を放ったようなものだった！　やつらは、神の怒りのごとくに背後からやってきた。集団や方陣や大砲のあいだを歩きまわって、まるであらしが吹き荒れたあとみたいに、なにもかもめちゃくちゃにしていったんだ。アレッサンドリアの騎兵もフォッジャの槍騎兵も、歩兵も槍騎兵も狙撃兵も入り乱れていた。なにがなんだかわからない地獄のありさまだった。だれかがさけぶのが聞こえた。『殿下！　殿下！』見ると、槍がふってくるじゃないか。わたしたちはいっせいに銃を撃った。硝煙《しょうえん》がすべてをおおい隠した……そして煙が消えた……けがをしたり、死んだ槍騎兵たちが地面をおおいつくしてた。わたしはうしろをふりかえった。そして味方のなかにウンベルトを見た。馬の上であのかたは、落ち着きはらって、指揮をとろうとして、まわりを見わたしていた。『わが方に負傷者はないいな？』わたしたちはさけんだ。『ばんざい！』あのかたの目の前でわれわれを忘れてさけんだ。なんていう瞬間だったろう！……やあ、列車がきたな」

楽隊が演奏をはじめ、将校たちは走りさり、人びとはつま先だって身をのりだした。

「まあ、すぐにはおりてこないだろう」おまわりさんが言った。「いまごろはみんながごあいさつの最中だ」

コレッティさんはもうじっとしていられなかった。「ああ！　いつだってあのときのことを思い出すと、あのかたのすがたが目の前に浮かんでくる。コレラの患者や地震にあったひとたちにだって心やさしいかただ。あそこでも勇敢だった。だがわたしの頭のなかにあるのは、いつでもあのときの、落ち着いた顔でわたしたちに囲まれたすがただ。それにあのかたも、第四十九連隊の第四大隊のことを、おぼえているにちがいない、王さまになったいまでもな。わたしたち一同が、つまりあのときおそばにいた連中が、一度そろってあのかたとテーブルを囲んだら、さぞよろこんでくれることだろうな。いまじゃ、まわりは将校や金持ちや役つきの人間ばかりだろうが、あのときはあわれな兵隊以外いなかったんだ。ほんのひとこと、目をかわすだけでもできたらなあ！　二十二歳のわたしたちの指揮官、わたしたちの皇太子殿下、あのかたはわたしたちの銃剣に命をあずけたんだ……あれから十五年か……わたしたちのウンベルト、さあ。ああ！　この音楽をきけばどうしたって血がさわぐ」

とつぜん、歓声がわきおこり、コレッティさんの話は中断された。何千という帽子が宙に舞い、黒い服を身にまとった四人の紳士が最初の馬車に乗りこんだ。

「あのかただ！」コレッティさんはさけんだ。そして魔法をかけられたように動かなくなってしまった。

それからちいさな声でこう言った。「なんてことだ、あんなに頭が白くなって！」ぼくらは三人とも帽子をとった。歓声をあげ、帽子をふりまわす人びとのなかを、馬車はゆっくりと前に進んできた。ぼくはコレッティさんを見た。ちがうひとみたいだった。ちょっと背が高くなった気がした。すこし青白い、真剣な顔つきで、背中をぴったり柱にくっつけたまま、気をつけをしていた。

馬車がぼくらの目の前の柱からすぐのところにやってきた。「ばんざい！」みんなが口ぐちにさけんだ。

「ばんざい！」みんなのあとから、コレッティさんもさけんだ。

王さまがコレッティさんの顔を見た。そして一瞬、三つのメダルに目をとめた。するとコレッティさんはわれを忘れて大声でさけんだ。「第四十九連隊の第四大隊の者であります！」

むこうを向いていた王さまが、ぼくらのほうをふりかえった。王さまは、コレッティさんの目をじっとみつめると、馬車から手をさしだした。

コレッティさんは前にとびだすと、その手をにぎりしめた。馬車がいってしまうと、まわりのみんなが一気におしよせてきて、ぼくらは離ればなれにされてしまった。ぼくらは、コレッティさんを見うしなった。でもそれはほんの一瞬のことだった。すぐにぼくらは、感激に目をうるませ、息をはずませているコレッティさんをみつけた。コレッティさんは、手を高くさしあげたまま、息子の名前をよんでいた。息子はおとうさんのもとにとんでいった。コレッティさんは声高に言った。「息子よ、ここにはまだ手のぬくもりが残っているよ」そして、その手で息子の顔をなでながらこう言った。「これは王さまがなでているんだよ」

そして、パイプを手にほほえみながら、はるかかなたの馬車をみつめたまま、まだ夢のなかにいるような顔をして、その場にじっとしていた。そのまわりを、やじうまたちがとりかこんでいた。「第四十九連隊の陣営にいたひとだ」人びとはささやきあった。「王さまと知り合いの兵隊さんだ」「王さまもあのひとのこと、知ってたぞ」「王さまがあのひとに手をおだしになったんだ」なかのひとりが大きな声で言った。「きっと王さまに請願書をだしたんだ」

「いや、ちがう」

コレッティさんはいきなりそちらをふりかえると、こたえた。「わたしは請願書など、だしたことはない。だが、もしもあのかたがのぞむならば、別のものをさしだすだろう」

だれもがコレッティさんをみつめた。

そして、あっさりとこう言った。「わたしの命を、な」

幼稚園

四日、火曜日

きのう約束どおり、かあさんは、食事のあとヴァルドッコ通りにある幼稚園にぼくをつれていってくれた。プレコッシの妹を園長先生にあずけにいくためだった。ぼくは幼稚園を見たことがなかった。なんておもしろかったことか！　二百人の女の子や男の子のなかには、とてもちいさな子たちがいて、ぼくらの学校の一年生でも、その子たちにくらべればおとなに見える。

ぼくらが着いたときは、ちょうど子どもたちがならんで食堂にはいる時間だった。食堂には、まるい穴がいくつもあいた、長いながいテーブルがふたつあって、その穴の一つひとつには、お米といんげん豆がいっぱいはいった黒いスープ皿、その横にはスズのスプーンがおいてあった。食堂にはいるとちゅうで、なんにんかは、いすを放りだし、先生たちが抱き起こしてくれるまで、そのまま床の上にすわりこんでしまった。たいていの子どもたちは、たぶんここが自分の席だと思いこんで、お皿の前にたちどまると、すぐにひとくち食べてしまう。先生がやってきて「前に進んで！」と言うと、子どもたちは三つ、四つ席を動いて、そこでまたひとくち、そしてまた前に進む。こうして自分の席にたどり着くまでに、他人のスープを半分はたいらげてしまう。押しあいへしあい、「はやく！　さっさとしなさい！」という大声のすえに、やっとのことで、全員が自分の席について、お祈りがはじまる。でも奥にすわっている子どもたちはみんな、お祈りをするにはお皿に背中をむけなければならないから、だれかにスープを横どりされないように見はるために、頭だけうしろによじっている。だから手をあわせ、天をむいてお祈りをしていても、心はスープにむいている。

それから食事がはじまった。なんと見ごたえのあったことか！　スプーンを両手に食べる子もいれば、手でスープをすくう子もいた。たいていの子どもは、いんげんを一つひとつつまみあげると、自分のポケットのなかにつっこんでいた。かと思うと、スモックでくるくるまいたいんげん豆を、上からたたいてぐちゃぐちゃにする子たちもいた。ハエがとんでいるのに気をとられて、まったく食べない子たちや、せきこんで、口にしたお米をそこらじゅうにまきちらしてしまう子たちもいた。まるでニワトリ小屋だ。でもぼくはたのしかった。頭のてっぺんに赤や青や緑の色とりどりのリボンをつけた女の子たちが二列にならんでいるすがたはかわいらしかった。

ひとりの先生がならんだ八人の女の子たちに質問をした。「お米はどこから生まれるの？」

みんなスープでいっぱいの口をひらいて、声をそろえてうたいながらこたえた。「♫水のなかから生まれるの」

それから先生はこう言った。「手をあげて！」

すると、何ヶ月か前にはまだ産着《うぶぎ》のなかにあった小さなちいさな腕が、いっせいにうえにあがり、そして白とバラ色のちょうちょがひらひらと飛んでいるようなかわいらしい手がふられるのだった。すてきなながめだった。

そのあとは休み時間だった。その前にまず子どもたちはそれぞれ、壁にかけてある、宝物のつまったバスケットを手にとった。庭にでると、子どもたちはばらばらに散らばって、バスケットからおやつを取りだした。パン、煮たプラム、チーズのかけら、ゆで卵、小さなリンゴ、ゆでたひよこ豆、ニワトリの手羽。一瞬にして、庭は、パンくずだらけになった。

まるでたくさんの鳥にえさをやるために、そこにまいたようだ。

子どもたちの食べ方は、ほんとに変わっていた。ウサギやネズミやネコみたいに、かじったり、なめたり、すすったりした。先のとがったグリッシーニのパンを胸の前にもって、まるでサーベルをみがくように、それをセイヨウカリンでこすっている男の子がいた。女の子たちは、やわらかいチーズを手でにぎっていた。チーズは、ミルクのように指のあいだをこぼれおち、白い糸となってそでのなかにはいっていった。でも女の子たちはまったくそんなことに気がついていなかった。犬みたいにサンドイッチやリンゴを口にくわえて追いかけっこをしている子どもたちもいた。宝物が見つかると思って、小枝でゆで卵に穴をあけている子どもが三人いた。その子たちは、卵の半分は地面にまきちらしてしまい、あとからずいぶん苦労して、かけらの一つひとつを、まるで真珠でも集めるみたいに、ひろい集めていた。

なにかめずらしいものをもっている子どもたちのまわりには、八、九人の子どもたちが集まって、井戸の中の月を見るように頭をよせて、バスケットのなかをのぞこうとしていた。背の高いぽちゃぽちゃした男の子のまわりには、二十人くらい子どもたちがいた。男の子は、手に砂糖の紙包みをもっていた。みんなパンにお砂糖をまぶしたくて、かれのご機嫌をとっていた。男の子は、砂糖をまぶしてやるときもあったし、さんざんおせじを言わせておいて、自分の指をなめさせるだけのときもあった。

そのうちにかあさんが庭にやってきて、子どもたちをひとりずつなでてやった。たくさんの子どもたちがかあさんを前後左右から取りかこんで、四階を見上げるように顔を上にむけ、おっぱいをほしがるときみたいに口をぱくぱくさせながら、キスをせがんだ。ある子は、しゃぶったオレンジのひとふさを、ある子はパンのひときれを、かあさんにさしだした。葉っぱをプレゼントした女の子もいた。もうひとりの女の子は、大まじめで、かあさんに人さし指のさきを見せた。よく見るとそこには、前の日にロウソクの火にふれてできたという、ちいさなふくらみがあったけれど、それは目をこらさなければ見えないくらいのちいさなものだった。

　子どもたちは、まるで大発見のように、ちいさな虫やコルクの栓《せん》のかけら、シャツのボタン、植木鉢から散った花びらを、かあさんに見せようとした。どうやってそんなものをみつけて、集めることができるのか、ぼくにはまったくわからない。頭に包帯をまいた男の子は、どうあってても自分の話をかあさんにきいてほしくて、どうやって自分がころんだかを、もごもご話したけれど、いったいなにを言っているのか、だれにもわからなかった。もうひとりの子は、かあさんに頭をかがめてほしいといって、こう耳にささやいた。「ぼくのおとうさんはブラシをつくってるんだ」

　そうこうしてるうちに、あちらでもこちらでももめごとが起こって、先生たちは走りまわっていた。ハンカチのむすびめがほどけないと言って泣きだす女の子、リンゴのたね二つをとりあって、ひっかいたりわめいたりのけんかをする子たち。ベンチごとひっくりかえってうつぶせに倒れた男の子は、ふりかかった災難《さいなん》に、起きあがることもできないで、しゃくりあげていた。

　帰る前にかあさんは、なんにんかの子どもたちを抱いてやった。すると、卵の黄身やオレンジの汁で顔を汚した子どもたちが、自分も抱いてもらおうと、あちこちからかけよってきた。かあさんの手をとる子、指輪を見ようと指をにぎる子、時計の鎖をひっぱる子や、三つ編みをつかむ子もいた。「お気をつけください」先生たちは言った。「服がすっかり台なしになりますよ」

でもかあさんは服のことなんかちっともかまわなかった。そして子どもたちにキスしつづけた。子どもたちはどんどんとかあさんのうしろにひしめき合って、近くにいる子どもたちは、かあさんの背中によじ登ろうとするように腕をのばし、遠くにいる子どもたちは、なんとか前に行こうとしていた。みんな口ぐちにこうさけんでいた。「さよなら！　さよなら！　さよなら！」

やっとのことでかあさんは庭からでることができた。すると子どもたちはみんな、走りよってきて、かあさんを見送ろうと鉄柵《てっさく》のあいだから顔をのぞかせ、かあさんにあいさつしようと腕を外にだし、そしてまたパンきれやセイヨウカリンのひときれやチーズのはしっこをさしだした。子どもたちはいっせいにさけんだ。

「さよなら！　さよなら！　さよなら！　あしたもね！　またきてね！」

かあさんは立ち去りながらも、バラの花束のようなたくさんのちいさな手に手をふってこたえ、そしてやっとぶじに通りにでることができた。かあさんは、パンくずやしみをそこらじゅうにつけ、服はしわだらけ、髪はくしゃくしゃのすがただったけれど、パーティー会場からでてきたときのように満足した顔つきで、片手には花をいっぱいかかえ、目は涙でぬれていた。

幼稚園のなかからはまだ、鳥のさえずりのようなひそひそ声がきこえていた。

「さよなら！　さよなら！　またきてね、おばさま！」

体育の授業で

五日、水曜日

天気がずっといいので、屋内の体操から校庭での器械体操にうつることになった。きのうネッリのおかあさんがきたとき、ガッローネは校長先生の部屋にいた。ネッリのおかあさんは黒い服を着た金髪の女のひとで、息子に今度の体育の種目はやらせないように言いにきたのだった。おかあさんは、一言ひとこと、言いにくそうに、自分の息子の頭に手をのせながら話をした。

「この子にはむりです……」と、校長先生に言った。

けれどネッリは、器械体操からはずされて、あのはずかしい思いをまた味わうのをとてもいやがっているみたいだった……。「見ててごらんよ、ママ」ネッリは言った。「みんなみたいにやってみせるよ」

ネッリのおかあさんは、だまったまま、やさしくいとおしそうに息子をみつめた。それからためらいながらこう言った。「クラスの仲間が心配なんです……」

息子がからかわれるのではないか、と言おうとしたのだ。でもネッリはこうこたえた。

「たいしたことじゃないよ……それにガッローネがいるし。ぼくはガッローネが笑わなければそれでいいんだ」

こういうわけで、ネッリは授業にでることになった。ガリバルディといっしょだったことのある、あの首にきずのある先生は、すぐにぼくらを、のぼり棒のところにつれていった。のぼり棒はとても高かった。上までよじのぼっていって、そしててっぺんにある横棒にまっすぐ立たなくてはならなかった。デロッシとコレッティはサルのようにのぼっていった。ちいさなプレコッシも、ひざまでとどくぶかぶかの上着に気をとられながらも、あっというまにのぼっていった。かれを笑わせようと、のぼっている最中にみんなは、「ごめんよ、ごめんよ」というプレコッシの口ぐせをくりかえした。スタルディは肩で息をしながら、七面鳥みたいに顔を真っ赤にして、歯を食いしばっていたので、犬がうなっているようだった。でもからだが爆発してでも上までのぼったことだろう。じっさいネッリはてっぺんまでたどりついた。そしてノービスも。上にたどり着くと、ノービスは皇帝のかっこうをした。だけどヴォティーニは、スポーツにはもってこいの、青のボーダー柄のきれいな新品のシャツを着こんでいたのに、二回すべり落ちた。楽にのぼれるようにと、みんな、松やに(《ロジン》って、みんなはよんでる)を両手にぬりたくっていた。それはもちろん、ガロッフィがした商売で、ガロッフィは粉末にしたのをみんなの分だけ用意して、一袋一ソルドで売り、たいそうもうけたのだ。

それからガッローネの番がきた。どうってことないというふうに、パンをかじりながらのぼっていった。あんなにたくましくて力があるんだもの、ぼくらのうちのひとりを肩にのせて上に持ちあげることだってできるにちがいない。まるで子牛みたいだ。

ガッローネのつぎはネッリだった。あの細くて長い手で棒にしがみつくすがたを目にしたとたん、おおぜいの生徒たちが笑いだし、はやしたてた。けれどガッローネが腕組みをして、なにか言いたげな目でまわりをじろっとみて、先生の前だろうがビンタの二、三発くらいたちまちお見舞いしてやるぞ、とみせつけたので、みんなすぐに笑うのをやめた。ネッリはよじのぼりはじめた。かわいそうに、なかなかうまくいかずに、顔を真っ赤にして荒い息をついていた。ひたいからは玉のような汗が流れていた。先生が「おりてこい」と言った。けれど言うことをきかず、必死でがんばっていた。ぼくは、いまにもころがり落ちて死んでしまうのではないかと、どきどきしていた。かわいそうなネッリ！　ぼくは思った。もしもぼくがあの子で、そしてかあさんがぼくのことを見たら、なんて苦しむだろう、かわいそうなおかあさん。そしてそんなことを思いながら、ぼくはネッリのことがとても好きになった。ネッリがうまくのぼれるように、すがたを見られることなく、下からネッリを押してあげることができるなら、なんだってしただろう。

そのあいだ、ガッローネやデロッシ、コレッティは、「ほら、ネッリ、がんばるんだ、もうちょっとだ、いけ！」と言っていた。

するとネッリは最後の力をふりしぼり、うなり声をあげ、上まであとちょっとのところまでいった。

「すごいぞ！」みんながさけんだ。「がんばれ、あとひといきだ！」

ネッリは、ついに、てっぺんの横棒にしがみついた。だれもが手をたたいた。「えらいぞ！」先生が言った。「さあ、もうおりてこい」

けれどネッリは、みんなと同じようにてっぺんまでのぼろうとした。そしてなんとかして横棒にひじを、そしてひざを、そして最後には足をのせることに成功した。ついにネッリはまっすぐに立ちあがると、息を切らしほほえみながら、ぼくらを見た。ぼくらはふたたび手をたたいた。するとネッリは、道のほうを見た。ぼくがそっちを見てみると、校庭の柵をおおう木々のむこうに、ネッリのおかあさんが歩道を歩いていた。でもおかあさんにこちらを見る勇気はなかった。

ネッリがおりてきた。みんなが祝福した。ネッリは興奮して、ほおを真っ赤にして、目をきらきらさせていた。前のネッリとはちがって見えた。

そのあと校門のところで、ネッリのおかあさんがネッリのところにやってきて、息子を抱きしめながら、不安げにたずねた。「それで、かわいそうな息子よ、どうだったの？どうだったの？」

クラスのみんなはいっせいにこたえた。「うまくやったよ！」「ぼくらと同じようにのぼったんだ」「かれは力もちなんだよ」「すばしこいのさ」「みんなといっしょだよ」

このときのおかあさんのよろこびようといったら、それは見ものだった！　ぼくらにお礼を言おうとしたけれど、できなかった。三、四人の手をにぎると、ガッローネをなでて、息子をつれて帰っていった。

ぼくらは、かれらがいそいそと歩いていきながら、身ぶりをまじえてことばを交わすのを、しばらく見ていた。ふたりは、いままでだれも見たことがないくらい、しあわせそうだった。

とうさんの先生

十一日、火曜日

きのうのとうさんとの遠出はほんとうにたのしかった！　それはこんなふうにはじまった。おととい、昼食のときに、新聞をよんでいたとうさんが、とつぜん驚きの声をあげた。そして言った。「二十年もまえに亡くなったと思っていたのになあ！　小学校のときはじめて習った先生がまだご健在なんだ。ヴィンチェンツォ・クロセッティといって、もう八十四歳になるそうだ。政府は六十年におよぶ教育活動にたいして、功労賞を贈った、とここにある。いいかい、六十年だ！　学校をやめてたったの二年。かわいそうなクロセッティ先生！　いまは、ここから列車で一時間のコンドーヴェの町にいるんだ。キエーリの別荘でなじみの庭師の奥さんの故郷だな」それからこうつけくわえた。「エンリーコ、先生に会いにいこう」

それからとうさんは、一晩じゅう先生のことしか話さなかった。小学校の先生の名前が、とうさんの少年時代や学校の同級生、亡くなった母親とのたくさんの思い出をよび起こしていた。「クロセッティ先生！」とうさんはさけんだ。「わたしといっしょだったとき、先生は四十歳だった。いまでも目に浮かぶようだ。小柄で、すでに腰がすこし曲がっていた。目は澄んでいて、いつでもひげはそっていた。厳格だったが、きびしすぎることはなかった。まるで父親のようにわたしたちを愛してくれて、その点では容赦しなかった。農家の出で、たいへんな努力と節制で教師になったんだ。清廉潔白《せいれんけっぱく》の士だ。わたしのかあさんは先生が好きだったし、とうさんは友人としてつきあっていた。いったいどうしてトリノからコンドーヴェにいくことになったのだろう？　もうわたしのことは覚えていないにちがいない。かまわないさ、わたしにはわかるだろうから。四十四年もたったんだ！　四十四年だ、エンリーコ、あした、先生に会いにいこう」

こうしてきのうの朝、九時に、ぼくらはスーザの駅にいた。ぼくはガッローネもこれたらよかったのに、と思った。でもおかあさんが病気でこれなかった。春のおだやかな一日だった。列車は、緑の草原と花の咲いた生け垣の合間をぬって走っていた。風がいい香りを運んでくれていた。とうさんはごきげんで、ときおりぼくの肩に手をまわすと、外を見ながら、まるで友だちと話すみたいに話しかけてきた。「かわいそうなクロセッティ先生！　先生ははじめてわたしを好いてくれたひとで、おとうさんのつぎにわたしをかわいがってくれたんだ。先生のすばらしい忠告をわたしは一度だって忘れたことがない、それにきびしいお小言もな。おかげでわたしは胸をしめつけられる思いで家に帰っていったんだ。ちいさいけれど頑丈な手をしていた。いまでも学校にやってくるときの先生を覚えてるよ。棒を端におくと外套《がいとう》をコートかけにかける、いつも同じ動作だった。そして毎日おなじ態度だった。いつでもまじめで熱意にあふれ、注意をおこたらなかった、まるで毎日はじめて学校にきているかのように。先生がわたしをよぶときの声がいまでも耳にきこえるようだ。『ボッティーニ、おい、ボッティーニ、人さし指と中指はこうやってペンの上に！』ずいぶんと変わったことだろう、四十四年もたったんだから」

　コンドーヴェに着くとすぐにぼくらは、キエーリの昔なじみの庭師の奥さんをたずねていった。奥さんは路地裏でちいさな店をやっていた。子どもたちといっしょにいた奥さんは、ぼくらを大歓迎してくれて、ギリシャで三年働いて帰ってくるはずの夫のことや、トリノにある聴覚障害者の学校に通っているいちばん上の娘の話をしてくれた。それから先生の家にいく道を教えてもらった。ここではだれでも先生のことを知っているのだ。

　ぼくらは集落をでて、花をつけた生け垣のあいだの小道をのぼっていった。とうさんはしたりした。

もう話をしなかった。思い出にひたっている様子で、時どきほほえんだり、頭をふったり

と、とつぜん、とうさんが立ちどまって、言った。「あそこだ。先生にちがいない」

白いひげをはやした小柄な老人が、つばの大きな帽子をかぶって杖《つえ》をつきながら、ぼくらのほうに小道をおりてくるところだった。足をひきずり、手はふるえていた。

「先生だ」とうさんはもう一度言うと、足をはやめた。

老人がぼくらのそばまでやってきたとき、ぼくらは足をとめた。老人も足をとめると、とうさんを見た。その顔つきはいまだ生気にあふれ、目は生きいきと輝いていた。

「あなたは」帽子をとりながらとうさんはたずねた。「ヴィンチェンツォ・クロセッティ先生ですか?」

老人も帽子をとるとこたえた。「はい、そうですが」少しふるえてはいたが、しっかりした声だった。

「それなら」とうさんは老人の手をとって、言った。「むかしの教え子が手をとって、ごきげんをうかがうことをお許しください。わたしはトリノからあなたに会いにきました」

老人はびっくりしてとうさんをみつめた。そして言った。「それはありあまる光栄です……しかしわからない……いつですか? わたしの生徒だった? 申しわけないが、お名前をきかせてください」

とうさんは、自分はアルベルト・ボッティーニだと言った。そしていつ、どこで先生に教わったかを話した。そしてこうつけくわえた。「あなたはわたしをおぼえてらっしゃらないでしょう、当然です。でもわたしはあなたがすぐにわかりました！」

老人は頭をたれて地面を見ながら考えこんだ。そして数回、とうさんの名前を口の中でつぶやいた。とうさんは、そのあいだ、うれしそうにじっと先生を見ていた。

とつぜん、老人は顔をあげると目をみひらいて、ゆっくりと言った。「アルベルト・ボッティーニ？　技師のボッティーニさんの息子の？　コンソラータ広場に住んでいた？」

「それです」とうさんはこたえると手をさしだした。

「これは、これは」老人は言った。「失礼いたしました。お許しください」

そして一歩前にでると、とうさんを抱きしめた。先生の真っ白な頭はとうさんのやっと肩までしかとどかなかった。とうさんは先生のひたいにほおをおしつけた。

「わたしの家にきていただけますかな？」先生は言った。

そしてなにも言わずにふりかえると、自分の家にむかっていまきた道をもどりはじめた。数分後に、ぼくらは扉がふたつあるちいさな家の前の麦うち場についた。片ほうの扉は白い壁にかこまれていた。

先生は二番目の扉をあけると、ぼくらを部屋に招きいれた。壁は四方とも白かった。片がわに脚のついたベッドがあって、白と青の格子《こうし》柄《がら》のカヴァーがかかっていた。反対がわにはちいさな書架のついた机があった。いすが四つ、それから古い地図が壁にとめてあった。リンゴのいい香りがしていた。

三人とも腰をおろした。とうさんと先生は、だまったまま、何分かみつめあった。

「ボッティーニ！」

ついに先生は、レンガの床にじっと目をやったまま、声をあげた。床には太陽の光が模様をつくっていた。「おお！　思い出した。あなたのおかあさまはほんとうに善良なかただった！　あなたは一年生のとき、しばらく、左がわの、窓にちかい最前列の席にいた。思い出せるかどうか、やってみましょう。いまでもあなたの髪はちぢれているのですね」それから、先生はしばらく考えこんだ。「元気のいい子どもだった、ね、そうでしょう？　二年のときにクループ（のどと気管の病気）にかかった。ご両親が学校にあなたをつれてきたときのことをおぼえていますよ。あなたはすっかりやせてしまって、ショールでぐるぐる巻きにされていた。四十四年もたつんですね！　あわれな教師をおぼえていてくれたとは、あなたはなんとすばらしいひとだ。以前は、むかしの教え子たちがなんにんか、わたしをたずねてきてくれたことがありました。大佐や司祭や、ひとかどの人物になった生徒たちです」

先生はとうさんに仕事はなにかとたずねた。そして言った。「ほんとうに、心からうれしく思います。感謝しますよ。ここしばらく、もうだれにも会わなくなっていました。あなたが最後ではないかと思うんですよ」

「なにをおっしゃるんです！」とうさんは声を高めた。「お元気じゃないですか、いまだにかくしゃくとしてらっしゃる。そんなことをおっしゃってはいけません」

「しかしね」先生はこたえた。「このふるえを見たでしょう？」そういって手を見せた。「これは悪いしるしです。これは三年前、わたしがまだ学校にいたときにはじまりました。最初はたいして気にとめていなかった。すぐにおさまると思っていたのです。でもおさまらなかった。それどころかひどくなっていったのです。ついには字が書けなくなる日がやってきました。ああ！　あの日、わたしは生まれてはじめて生徒のノートにインクのしみをつくってしまいました。わたしにとってそれは心臓への一撃でした。しばらくのあいだはそれでもなんとかやっていました。でももうそれもできなくなった。六十年の教師生活ののちに、わたしは学校に、生徒たちに、仕事に、わかれを告げねばならなかったのです。それはつらいことでした。最後の授業のとき、生徒たちはみんな家までいっしょにきて、パーティーをしてくれました。でもわたしはかなしかった。わたしの人生は終わったのだとわかったのです。すでにその前の年にわたしは妻と一人息子をなくしていました。農業をしている二人の甥以外だれもいなくなってしまった。いまはわずかな年金でくらしています。なにもしていません。一日はわたしにとっていつまでも終わらないように思われます。わたしのたった一つの仕事は、ごらんください、このふるい学校時代の本や学校新聞の切り抜き、それに送られてきた本をめくってみることです。ほらそこに」ちいさな書架をさしながら先生は言った。「そこにわたしの思い出のすべてが、過去のすべてがあります。この世にこれ以外のものは残っていないのです」

それから急にあかるい声でこう言った。「あなたをびっくりさせてあげましょう、ボッティーニさん」

立ちあがって机に近よると、先生は長い引き出しをあけた。なかには細いひもでくくられた、ちいさな箱がたくさんはいっていた。そして箱の一つひとつに四文字の日づけが記されていた。しばらく探したあとで、先生はひとつの箱をあけて、紙の束をめくると黄色くなった紙を一まい取りだして、とうさんにわたした。それは四十年前のとうさんの学校の宿題だった！　はじめのところにはこう書いてあった。〈アルベルト・ボッティーニ、書き取り、一八三八年四月三日〉

とうさんはすぐに自分の少年時代の大きな字に気がついた。そしてにこにこしながらそれを読みはじめた。でもあっというまにとうさんの目はうるんでしまった。ぼくは立ちあがって、なにがあったのか、たずねた。

とうさんはぼくの腰に手をやるとぼくを抱き寄せて、言った。「この紙をみてごらん。ほら、これはわたしのかわいそうなかあさんの字だよ。かあさんはいつもわたしのl《エッレ》やi《イ》の字を書き直してくれていた。最後の何行かはぜんぶかあさんの字だ。わたしの字をまねできるように練習して、わたしが疲れてねむいときには、宿題をかわりに終わらせてくれた。すばらしいかあさん!」

そしてその紙にキスした。

「ほら」先生はほかの箱を見せながら言った。「これがわたしの記念の品です。毎年わたしは自分の生徒一人ひとりの宿題を取っておきました。そしてここにみんな順序よく、番号をつけてあるのです。ときおりわたしはこれを取りだし、そうして、あちらこちらひろい読みします。そうするとたくさんのことが思い出されるのです。過ぎさった時間をもう一度生きているようです。なんという月日が過ぎさったことでしょう、ボッティーニさん! 目を閉じれば、次つぎとクラスが変わって、何百人という子どもたちの顔が浮かんできます。そのうちのいったいなんにんが死んでしまったことか。子どもたちのほとんどはよくおぼえています。優等生だった子たち、そしてできの悪かった子たちも忘れられません。わたしを満足させてくれた子どもたち、そしてわたしにかなしい思いをさせた子どもたちのことを。これだけたくさんいたのですから、もちろん、なかにはうまが合わない子どもたちもいたのです。でもいまでは、あなたもおわかりのように、わたしはあちらの世界にもう半分いってるようなものですから、みんな同じようにかわいいのですよ」

先生はいすにかけると、ぼくの手をとった。

「それでわたしについては」とうさんは笑いながらたずねた。「なにかいたずらをした記憶はありませんか?」

「あなたですか?」先生も笑いながらこたえた。「いいえ、いまのところは。だからといってあなたが悪いことをしなかったというわけじゃありませんよ。でもあなたには判断力があって、年齢のわりにはしっかりしていた。おかあさまのあなたに対するふかい愛情をわたしは忘れられません……それにしてもわたしをたずねてきてくださるとはほんとうにやさしくていいかただ! 仕事をやすんでまで年老いたあわれな教師をたずねてくれるとは!」

「クロセッティ先生」とうさんははずんだ声でこたえた。「わたしは、はじめて母がわたしを学校につれていったときのことをおぼえていますよ。わたしと二時間もはなれて、家の外で、しかも父以外のひとの手に、つまり見ず知らずの人間に、息子をあずけることになったのは、母にとってあれがはじめてのことでした。あの善良なる魂にとって、わたしの入学は、この世界への第一歩に思えたのです。かなしいけれど避けられない長いわかれの儀式の端緒でした。はじめて母から息子をひきはなしたのは、社会でした。しかもそれは、もとのままで息子を返すことはなかった。母は動揺していました、わたしもです。ふるえる声でわたしをあなたにたくすと、母は立ち去りました。入り口ののぞき穴から、もう一度、涙をいっぱいにためた目で、母はわたしをふりかえりました。まさにこのとき、あなたは片手を胸にあて、もう片ほうの手で母にある合図をしました、まるで『わたしを信用してください』というように。あなたのあのしぐさ、視線から、わたしは、あなたが母の気持ちも思いもすべて、わかっていることに気づきました。あの視線は『がんばって！』と言っているようでした。あのしぐさは、愛情と保護と寛容を心から約束するものでした」

「わたしはこのことを忘れたことはありません。いまでもわたしの心を打ちつづけているのです。そして、わたしがトリノからやってきたのは、この思い出のためなのです。こうしてわたしはここにいます。四十四年たったいま、あなたに言いたいのです。『ありがとう、先生』」

先生はこたえなかった。ぼくの髪をなでていた手がふるえていた。そのふるえる手は、髪からひたいへ、そして肩へとおりていった。

そのあいだ、とうさんはなにもかかっていない壁を、粗末なベッドを、パンのかけらを、窓においてある油の小びんを見ていた。とうさんはまるでこう言いたいようだった。「かわいそうな先生、これが、六十年のお仕事にたいする、あなたへの報いなのですか？」

けれどこの気立てのいいお年寄りは満足していた。そしてまた、ぼくの家族や当時のほかの先生がた、同級生たちについて、生きいきと話しはじめた。とうさんは、なんにんかはおぼえていたが、おぼえていないこともあった。そしてあれこれと情報を交換しあった。話のとちゅうでとうさんは、村へおりていっしょに食事をしてください、と先生にお願いした。先生は大げさにこたえた。「ありがとうございます。ありがとうございます」

でもはっきりしなかった。とうさんは先生の両手をとってふたたび懇願した。

「でも、どうやって食べられますか？」先生は言った。「こんなふうに勝手に動くあわれな手で？　それにほかのひとたちにも迷惑でしょう！」「わたしたちがお手伝いします」とうさんが言った。すると先生は、頭をふりふり、わらいながら承諾してくれた。「きょうはいい天気だ」扉をしめながら先生は言った。「いい天気だ、ねえ、ボッティーニさん！　わたしは死ぬまできょうのことを忘れはしないとお約束できますよ」

とうさんが先生に手をかして、先生はぼくの手をとった。こうしてぼくらは小道をおりていった。とちゅうで牛をつれたはだしの女の子ふたりと、肩にたくさんわらをかついで走っていく男の子に出会った。先生は、あの子たちは二年生で、午前中は動物たちにえさを食べさせたり、素足で畑仕事をしていて、午後になるとくつをはいて学校にやってくるのだ、と話してくれた。お昼ちかかった。ほかにはだれにも会わなかった。

すぐにホテルについた。ぼくらは先生をまんなかに大きなテーブルにつくと、すぐに食事をはじめた。ホテルは修道院のように静かだった。先生はとても楽しそうで、興奮のためか、さっきより手がふるえていた。ほとんど食べることはできなかった。けれどとうさんが、先生のためにお肉を切ったり、パンをちぎったり、お皿に塩をふったりした。なにか飲むときには両手でコップを持たなければならなかった。それでもまだ歯がなっていた。けれども、先生は、若いときに読んだ本のことや、そのころの時間割や、上級生からのほめことばや、最近の生活ぶりについて、熱心に語りつづけた。前よりもいくぶん赤みのました、おだやかな表情とはずんだ声、そしてまるで若者のような笑顔で。

そんな先生を、とうさんはじっと見ていた。家で、頭をすこしかしげて、ひとり考えこんでほほえんだりしているときに、とうさんは時どきぼくを見るときがあるけれど、そんなときとおなじ顔つきだった。先生が胸にワインをこぼした。とうさんは立ちあがって、ナプキンでそれをふいた。「いけません。ボッティーニさん、許しませんよ！」そう言って笑った。ラテン語で話をすることもあった。そして最後に、ふるえる手でグラスをあげると、厳粛な面もちで言った。「それでは、ボッティーニ技師、あなたと、あなたの子どもたちの健康と、そしてあなたの善良なるおかあさまの思い出に、かんぱい！」

「あなたの健康を祝して、先生！」

とうさんは先生と握手をしながらこたえた。部屋の奥には、ホテルのひとや村のひとたちがいて、こっちを見てはほほえんでいた。まるで自分たちの村の先生のために開かれたこの宴に満足しているふうだった。

二時過ぎにぼくらはホテルをでた。先生は駅まで送ろうと言った。とうさんはまた先生に腕をかして、先生はぼくの手をとった。ぼくは先生の杖をもった。村のひとたちは先生を知っていたから、みんな立ちどまってこちらを見た。あいさつするひともいた。道のとちゅうで、おおぜいの子どもたちがそろって、一語一語くぎりながら本を読む声が、窓から聞こえてきた。老人は足をとめた。かなしそうだった。

「これです。ボッティーニさん」先生は言った。「これがわたしにはつらい。学校の子どもたちの声を聞くこと、そしてそこにはもうわたしはいなくて、ほかのだれかがいるのだと考えることが。六十年間、わたしはこの声を聞いてきたのです。わたしのからだの一部でした……いまのわたしには家族もいない。子どもたちも、もういない」

「いいえ、先生」また歩きだしながらとうさんが言った。「あなたにはたくさん子どもたちがいます。世界じゅうであなたのことを思っています。ちょうどわたしがあなたのことを考えたように」

「いや、いや」先生はさびしそうにこたえた。「もう学校もないし、子どもたちもいない。子どもたちなしではこれ以上生きていけないのです。わたしの時計はもう時を刻むのをやめるべきなのだ」

「そんなことをおっしゃらないでください、先生。そんなふうに考えないで」とうさんは言った。「いずれにしてもあなたは立派にやってこられた！　あなたは気高い人生を送ってこられたじゃありませんか！」

老人は、しばらくのあいだ、とうさんの肩に真っ白な頭をもたせかけて、ぼくの手をつよくにぎりしめた。

ぼくらは駅の中にいた。列車が出発するところだった。

「さようなら、先生！」とうさんは先生のほおにキスをして、言った。

「さようなら、ありがとう、さようなら」先生は、ふるえる手でとうさんの手をとり、心をこめて握手をしながら、こたえた。

それからぼくは先生にキスした。先生のほおがぬれているのがわかった。とうさんはぼくを客車にのせた。そして自分がのりこむその一瞬に、すばやく先生の手から粗末な杖をとりあげると、そのかわりに、自分のもっていたきれいな杖を先生の手に押しつけた。杖には、銀のにぎりがついていて、とうさんの頭文字が彫ってあった。そしてこう言った。

「わたしの思い出に、もっていてください」

老人はそれを返して自分の杖をとりかえそうとした。でもとうさんはもう列車の中にいて、ドアはしまっていた。

「さようなら、先生！」

「さようなら、息子よ」先生はこたえた。列車が動きはじめた。「あわれな老人にあなたがもたらしてくれた慰めによって、神があなたを祝福しますように！」

「また会いましょう！」とうさんはふるえる声でさけんだ。

でも先生は頭をふった、まるでこう言っているみたいだった。「もう二度と会えないでしょう」

「そうです」とうさんはくりかえした。「また会いましょう」

先生はふるえる手を天にむけて、こたえた。「あちらでね」そして手をあげたまま、ぼくらの視界からいなくなった。

回復期

二十日、木曜日

とうさんとのあのすばらしい旅行から愉快な気分で帰ってきたとき、ぼくがそのあと十日間もいなかも空も見ないことになろうとは、いったいだれが予想できただろう！　ぼくは生きるか死ぬかというほどの重い病気にかかってしまった。ぼくは、かあさんがしくしく泣いているのをきいた。とうさんは血の気の失《う》せた顔で、ぼくをじっとみつめ、姉のシルヴィアと弟は声をひそめて話していた。めがねをかけたお医者さまがずっとそばにいて、わけのわからないことを話しかけてきた。まさに、みんなに永久のわかれを言わなければならないところだったんだ。ああ！　かわいそうなかあさん。

三、四日間の記憶がほとんどまったくない。まるでつじつまの合わない夢をぼんやり見ているみたいだった。ベッドのかたわらで、一年のときのやさしい女の先生が、ぼくの目を覚まさないようにハンカチでせきをとめようとしているのを見たような気がする。これも混乱してるのだけれど、担任の先生が、顔を近づけてぼくにキスして、先生のひげがちょっと痛かったのをおぼえてる。クロッシの赤毛やデロッシの金髪の巻き毛や黒い服を着たカラブリアの男の子がやってくるのが、まるで霧の中のできごとのように見えていた。ガッローネは葉っぱのついたみかんを持ってきてくれて、すぐに帰っていった。おばさんのぐあいが悪いからだ。

そのあと、ぼくは長いながい夢からさめるように、目を覚ました。そして、とうさんやかあさんがほほえみ、シルヴィアが鼻歌をうたっているのをきいて、自分がよくなったんだとわかった。ああ、なんてつらい夢だったんだろう！　こうしてぼくは日に日によくなっていった。「左官屋くん」がやってきて、「ウサギ顔」をして、ぼくをはじめて笑わせてくれた。かわいそうに！　病気をして顔がすこし長くなったから、いまではウサギのまねがずいぶんうまくなった。コレッティがきて、ガロッフィがきた。ガロッフィは、ベルトーラ通りの古物屋で手に入れた『五つの不思議のナイフ』を景品にした新しいくじを二枚、プレゼントしてくれた。それからきのうぼくがねているあいだにプレコッシがやってきて、起こさないようにぼくの手にほっぺたをつけていった。プレコッシはおとうさんの工場からススだらけの顔でやってきたから、手にはその跡が残っていた。ぼくは起きたときそれを見て、とってもうれしかった。

この何日かのあいだに木々はすっかり緑になった！　そしてとうさんが窓ぎわにつれていってくれたとき、教科書をもって学校に走っていく子どもたちを目にして、どんなにうらやましかったことだろう！　もうすぐぼくも学校にもどれるだろう。友だちやぼくの机や校庭や学校への道を見たくて、うずうずしてる。ぼくがふせっているあいだに起こったことも全部知りたいし、教科書やノートをまたひろげてみたい。もう一年も見ていないような気分だ！　かわいそうなかあさん、すっかりやせて青白い顔をしてる。かわいそうなとうさん、ずいぶん疲れているみたいだ。そして友だち、ぼくを見舞いにきて、つま先だって歩いてひたいにキスしてくれる友だち！　でもいつかわかれがくることを考えるとかなしくなる。デロッシやほかの子たちとは、たぶんこれからもいっしょに学校に通えるだろう。でもほかの子たちとは？　四年が終わればおわかれだ。もう会うことはないだろう。ぼくが病気になってももうベッドまできてくれることはないだろう。ガッローネ、プレコッシ、コレッティ、たくさんのりっぱな友だち、親切でなつかしい友だち、もうこれきりだ！

労働者の友だち

二十日、木曜日

エンリーコ、どうして「これきり」なんだい？　それはきみしだいだよ。三年が終わればきみは中学にいくし、友だちは働きはじめるだろう。でもおなじ町にいるんだ、たぶんこれから先何年もね。ならば、どうしてもう会えないんだ？　きみが高校にいっても大学にいっても、友だちの工場やお店に会いにいけるし、仕事をしている幼なじみ（そのときはもうりっぱなおとなだ）に会えるってことは、きみにとって大きな喜びとなるだろう。コレッティやプレコッシがどこにいようと、きみが会いにいってくれたらいい、ととうさんは思うよ。友だちに会いにいって、友だちの仕事仲間と何時間か過ごせば、人生と社会の勉強になるだろう。どれほどたくさんのことをかれらから学べることか。ほかのだれもきみにそれを、友だちの仕事や社会や、そしてきみの国について、教えることはできないんだ。そしてこの友情をだいじにすることだ。これから先こんな友情を手に入れることはとてもむずかしいだろう。つまり、きみが属している社会以外の人間との友情だ。きみが一つの階級しか知らずに、その社会階級だけで生活するおとなになったなら、それは本しか読まない学者といっしょだ。だから、いまから、離ればなれになったあとも、この友だちと仲よくするように努力しなさい。そして、友だちが労働者の息子だからこそ、ほかの同級生よりも仲よくするように。いいかい。上流階級の人びとは将校で、労働者は兵士だ。だが軍隊とおなじようにこの社会でも、一兵卒が将校よりすぐれていないとはかぎらない。なぜならひとのとうとさは、賃金ではなくその仕事に、階級ではなくその価値にあるからだ。しかもどちらがより価値があるかと言えば、それは兵士の、つまり労働者のほうだ。なぜなら、労働者は自分たちの働きから、より少ないものを得るだけだから。だから同級生たちのなかでも、とりわけ、労働における兵士たちの息子を愛しなさい。労働者の一族の犠牲と労苦をたたえなさい。階級や運命のちがいは考えないことだ。そのちがいによって気持ちや口調を変えるのは、ひきょうな人間のすることだ。祖国を救ったあの祝福された血は、ほとんどが労働者や農民たちの血管から流れでたのだということを考えなさい。ガッローネを、プレコッシを、コレッティを、そして「左官屋くん」を愛しなさい。あのちいさな労働者の胸のなかには、王子の品格が隠されているのだから。そしてどんな運命のいたずらがあろうとも、この幼いころの神聖な友情を、きみの心から失わないと誓いなさい。四十年後、ススで顔をよごし、機関士の制服を着た、なつかしいガッローネを鉄道の駅で見かけたら、かならず気づくと誓いなさい……いや、きみが誓うことはない。きみは、たとえ元老院の議員になっていても、きっと、機関車にとびのって、ガッローネの肩をだくことだろうからね。

とうさんより

ガッローネのおかあさん

二十八日、金曜日

学校から帰るとすぐかなしいしらせがあった。ここ何日もガッローネは学校にきていなかった。おかあさんが重い病気だったからだ。ガッローネのおかあさんは水曜日の夜に亡くなった。

きのうの朝、学校に着くとすぐ、先生がぼくらに言った。「かわいそうなガッローネ、子どもにとってもっともつらい不幸がかれをおそった。おかあさんが亡くなったんだ。明日は学校にくるだろう。いいかい、みんな、いまから言っておくが、かれの心を傷つけている大きな苦しみを考えてあげてほしい。かれがやってきたら、まじめに温かく迎えるんだ。ふざけたり、笑ったりするんじゃない、お願いだよ」

そしてけさ、ほかの子たちより少しおくれて、かわいそうなガッローネがやってきた。ぼくはそのすがたに心をうたれた。血の気のない顔をして、目は赤く、ひざがぬけたみたいだった。一ヶ月も病気をしていたようだった。前とはすっかり変わっていた。真っ黒な服を着ていた。かわいそうだった。だれもが息をひそめて、ガッローネを見ていた。教室にはいってくると、その日に、おかあさんが毎日のようにむかえにきていた教室、そして試験の日におかあさんが最後のお願いをしになんどとなく頭をさげ、そしてなんどとなくおかあさんのことを思い、会いたくて会いたくて教室を走ってでていきたいと思っていた机が、その目にとまった。ガッローネはとつぜん、大声で泣きはじめた。先生が近くに引きよせると、胸に抱いて言った。「泣くがいい、泣くがいい、かわいそうなガッローネ。でも元気をだすんだよ。きみのおかあさんはここにはいない、でもきみを見てるんだ。いまでもきみを愛しているし、きみのそばにいるんだよ。そしていつの日かおかあさんに会える日がくるよ。きみはおかあさんとおなじように正直で善良な魂の持ち主だからね」こう言って、ぼくのとなりの席にすわらせた。ぼくはその顔を見る勇気がなかった。ガッローネは、何日も開かなかったノートと教科書を取りだした。そして、母親と息子が手をつないでいるさし絵のついた国語の教科書を開いたとき、またとつぜん泣きだしてしまった。そして机に顔をふせてしまった。先生はぼくらにそのままほっておくように合図した。ぼくはなにか言ってあげたかった。でもなんて言ったらいいのか、わからなかった。ぼくはその腕に手をおいて、ささやいた。「泣かないで、ガッローネ」

答えはなかった。顔をあげずに、ぼくの手に自分の手をかさねると、それをしばらく握っていた。帰るときも、だれもガッローネに話しかけなかった。みんな遠まきにして、黙ったまま、そっとしておいた。ぼくは、ぼくを待っていたかあさんをみつけると、走っていって抱きついた。でもかあさんはぼくの手をほどくと、ガッローネをみつめた。なぜだか、ぼくにはすぐにはわからなかった。でも、ひとりぽつんと立っているガッローネがぼくを見ているのに気がついた。ぼくを言いようのないかなしげな目で見ていた。それはこう言っているようだった。「きみはおかあさんに抱いてもらえる、でもぼくはもう抱いてもらえないんだ！　きみにはまだおかあさんがいるけど、ぼくのおかあさんは死んだんだ！」

ぼくはこのとき、どうしてかあさんがぼくの手をほどいたのか、わかった。そしてかあさんと手もつながずに教室をでていった。

ジュゼッペ・マッツィーニ

二十九日、土曜日

けさも、ガッローネは、青白い顔と泣きはらした目で学校にやってきた。なぐさめようとぼくらが机に置いておいたちょっとしたプレゼントも、あけようとはしなかった。でも先生は、ガッローネを元気づけるために読んできかせようと、ある本の一節を用意してきていた。その前に先生は、明日一時にみんなで市役所にいって、ポー川でおぼれた子どもを助けた青年に市民勲章があたえられるのを見学すること、そして月曜日には、今月のお話のかわりに、その催しがどんなふうだったかを書き取ることにする、と言った。それから、下をむいているガッローネのほうをむいて、言った。「ガッローネ、ひとつがんばって、きみもわたしの話を書き取るんだ」

みんなペンをとった。先生は読みはじめた。

〈一八〇五年ジェノヴァに生まれ、一八七二年ピサで亡くなったジュゼッペ・マッツィーニは、偉大な愛国者であり、才能あふれる作家であり、またイタリア革命の産みの親にして第一の使徒でした。かれは祖国への愛のため、四十年ものあいだ、迫害され、放浪する亡命者として、貧しい生活を送りましたが、その主義主張を変えることはけっしてありませんでした。母親を敬愛していたマッツィーニは、そのつよくやさしい魂の、もっとも純潔でもっとも高貴な部分をうけつぎましたが、信頼する友にあてて、もっともつらい不幸に見舞われたその友人を慰めるために、つぎのように書き送っています。以下はほぼ原文のとおりです。『友よ、もはやきみがこの地上で母上にお会いすることはない、これはおそろしいが事実だ。わたしはきみに会いにいくことはしない。なぜなら、きみの苦しみは、ひとりでそれにたえ、そしてうち勝たねばならない、崇高で神聖な苦しみのひとつだからだ。つぎのことばでわたしが言いたいことを理解してほしい。――苦しみにうち勝つ必要はあるのか？――苦しみのなかには、あまり神聖でない、清らかでないものがある。それは魂を高めるかわりに、弱く低俗なものにしてしまう。それにはうち勝つことだ。しかし苦しみのもう一方の、気高い部分は、魂を高めるものだ。これは、心のなかにずっと持ちつづけ、けっして捨て去ってはいけないものなのだ。この地上で母親にかわるものなど存在しない。これからの人生がきみにあたえるであろう慰めや苦しみのうちにも、きみはけっして母上を忘れることはないだろう。しかしきみは、母上を思い出し、愛し、母上にふさわしいかたちでその死を悲しまなければならないのだ。友よ、きいてくれ。死は存在しない、それはなにものでもない。理解することさえできないものなのだ。人生は生きている者のものであり、この世のおきて、つまり進歩に、したがうものだ。きのう、きみにはこの地上に母上がいた。きょう、きみには、別のところに天使がいるのだ。よきものはすべて、力をのばして、この地上に生き残る。したがって、きみの母上の愛情も。母上はいまでも、そして前よりずっと、きみを愛している。そしてきみの行ないは、以前にもまして、母上に対する責任をもつのだ。母上に会えるかどうか、ほかの存在になって再会できるかどうかは、きみ自身に、きみの仕事ぶりにかかっている。だからきみは、母上への愛情と敬意において、精進し自分自身に喜びを与えるようにしなければならない。これからきみは、行動の一つひとつに対して、こう自問すべきだろう。――母上はこれに賛成するだろうか？――母上の昇天は、地上にきみへの守護天使を残すものだった。きみは、あらゆることをその守護天使に報告しなければならない。つよく、そして善良であれ。絶望的なこの世のかなしみにたえるのだ。大いなる魂に宿る大いなる苦悩のおだやかさをもて。これこそが母上ののぞんでいることだ〉

「ガッローネ」先生がつづけた。「『つよく、そしておだやかであれ。これが母上ののぞんでいることだ』わかるね？」

ガッローネはこくりとうなずいた。そうしているあいだにも、その目からは大粒の涙があふれ、手やノートや机の上に、こぼれていった。

市民勲章（今月のお話）

午後一時、ぼくらは、ポー川で友だちを助けた少年に市民勲章が贈られるのを見学するため、先生といっしょに市役所にいた。

正面のテラスには大きな三色旗がひるがえっていた。

ぼくらは市役所の中庭にはいった。もうすでにひとでいっぱいだった。奥のほうの、赤いクロスのかかったテーブルの上に紙がおいてあるのが見えた。そのうしろには、市長さんと市会議員のための金色にかがやくいすが一列にならんでいた。青いベストと白い靴下をつけた案内役のひとたちもいた。中庭の右のほうには、メダルをたくさんつけた警察官の一隊が整列し、そのとなりには税務官の一団がいた。反対側には正装をした消防団と、見学にやってきた兵隊さんたち、騎兵や狙撃兵《そげきへい》、砲兵で、ごったがえしていた。そしてまわりには、紳士や一般市民、役人、女のひとや子どもたちが、ひしめきあっていた。ぼくらは、先生につれられた別の学校の生徒たちでいっぱいのところにむりやり押しこめられた。ぼくらの近くに、十歳から十八歳くらいの一般の少年たちの集団がいて、声高に話したり、笑ったりしていた。かれらはみんなボルゴ・ポーの少年たちで、勲章をもらう少年の友だちや知り合いだということがわかった。上のほうの窓からは、市役所の職員のひとたちが顔をのぞかせていた。図書館のバルコニーにも人びとがあふれ、手すりのところで押しあいへし合いしていた。反対側の、入り口の門の上は、公立学校の女生徒たちや、空色のヴェールをつけた大勢の「軍人の娘たち」であふれていた。まるで劇場みたいだった。だれもがたのしそうに話し、時どき、だれかあらわれないかと、赤いテーブルのほうを見ていた。音楽隊は柱廊の奥のほうで静かに演奏していた。壁の上では太陽が輝いていた。うつくしかった。

とつぜん、中庭からも、バルコニーからも、窓からも、拍手がわき起こった。

ぼくはつま先だって見てみようとした。

赤い机のうしろにいた人ごみがわかれて、男のひとと女のひとがでてきた。男のひとはひとりの少年の手をひいていた。

それが、仲間を助けたあの少年だった。

男のひとはそのおとうさんで、正装していた。左官屋さんだった。女のひとはおかあさんで、背が低く金髪で黒い服を着ていた。少年は、やっぱり金髪で小柄だったが、灰色の上着を着ていた。

この大観衆と鳴りやまない拍手を目の前にしたかれら三人は、三人ともに、その場にたちつくして、顔をあげることも動くこともできなくなってしまった。ひとりの案内役のひとがかれらを机の右側につれていった。

一瞬、沈黙がおとずれた。そしてそれから、もう一度われんばかりの拍手が起こった。少年は上の窓を、そして「軍人の娘たち」のいるバルコニーを見た。手には帽子をにぎりしめ、まるで自分がどこにいるのか、わかっていないみたいだった。顔が、ちょっとコレッティに似てなくもなかった。でもコレッティより赤みがかっていた。おとうさんとおかあさんは、じっと机の上をみつめたままだった。

そのあいだ、ぼくらのそばにいたボルゴ・ポーの少年たちは、前に身をのりだして、自分たちの仲間がこっちをむいてくれるように、「ピン！　ピン！　ピノット！」とちいさな声で少年の名をよびながら、かれに合図を送っていた。少年たちの必死のよび声が耳にとどいたのか、少年はそちらを見ると、笑い顔を帽子の奥にかくした。

このとき、警察官が全員、『気をつけ』の姿勢をとった。

おおぜいのひとたちに囲まれて、市長さんが入場してきた。

真っ白な服に身をつつんだ市長さんは、三色の肩帯をして、テーブルの前に立った。他のひとたちがそのうしろや横にならんだ。

楽団は演奏をやめ、市長さんが合図をした。だれもが口をつぐんだ。

市長さんが話しはじめた。最初のところはよく聞こえなかった。けれども少年の話だということはわかった。それから市長さんは声を張りあげた。こうして今度は中庭じゅうに声がよく通ったので、ひとことも聞きもらすことはなかった。「川辺で、流れにもがき、死の恐怖にとらわれた仲間のすがたをみかけると、少年は着ていた服を脱ぎすて、ためらうまもなく走っていきました。みんなは少年にさけびました。『おまえがおぼれるぞ！』でも少年は耳を貸しませんでした。みんなは止めましたが、少年はそれをふりはらったのです。みんなは、もうすでに水の中にいた少年の名をよびました。川は水かさをましていて、おとなでもたいへん危険な状態でした。けれども、このちいさなからだと、偉大なる心のもてる力のすべてをだして、死に立ちむかったのです。仲間のところにたどり着くと、すでにおぼれかかっていた不幸な仲間をつかまえて、引きあげました。少年は、自分たちをのみこもうとする流れと、そして自分にしがみつく仲間と、果敢に闘いました。なんどとなく、ふたりは水の下に見えなくなりましたが、必死の努力でまた浮かびあがりました。自分の神聖な思いを信じて、そして勝ったのです。そのすがたは、仲間を助けようとする少年のようではなく、自分の希望であり、人生である、わが子を救うために闘う、父親のものでした。そしてついに、神は、このような勇敢なふるまいをむだにすることをお許しにはなりませんでした。少年は巨大な流れから犠牲者を引き離し、川辺に引きあげました。そしてさらに、ほかの仲間とともに、手当てをしました。その後、少年はひとりで、いつものように家に帰り、自分の行ないを無邪気に語ったのです。みなさん！　おとなの勇敢な行為はうつくしく、価値あるものです。しかし子どもにおいては、どんな名声も利害も目的にはなりえません。なぜなら、子どもたちは、力が弱ければ弱いほど、より多くの勇気をもたなければならないからです。わたしたちは子どもたちになにも要求しませんし、子どもたちもなんの義務ももちません。ですから子どもたちは、なにも成し遂げなくとも、他人の犠牲を理解し、それを認めるだけで、高貴でまた愛らしいものと思えるのです。したがって、子どもの勇敢な行為は、神聖なものなのです。みなさん、これ以上話すのはやめましょう。これほど偉大な行為によけいな讃辞《さんじ》は必要ありません。ここに、みなさんの目の前に、有徳の心やさしい救い手がいます。兵士たちよ、少年を兄弟としてあつかってください。おかあさんがた、少年を息子として祝福してください。子どもたちよ、少年の名前を覚えておいてください、少年の顔を頭に刻んでおいてください。少年はけっしてあなたたちの記憶から、あなたたちの心から消えることはないでしょう。少年よ、こちらへ。イタリア王の名において、きみに市民勲章をさずけます」

おおぜいのひとたちがいっせいに「ばんざい！」の歓声をあげ、それが建物じゅうにひびきわたった。

市長はテーブルから勲章を取りあげると、少年の胸につけた。それから少年を抱きしめてキスした。

おかあさんは片手で目をおさえ、おとうさんは下をむいていた。

市長はふたりと握手をかわすとリボンのかかった勲記をとって、女のひとにわたした。

それから少年のほうをむいて言った。「きみにとって、きょうはほんとに栄誉ある一日だった。おとうさんやおかあさんにとっても幸せな一日だった。これを心に刻んで、これからもずっと、名誉と有徳の道を歩みつづけてくれることをねがっているよ。さようなら！」

市長は退出した。楽団が演奏し、すべてが終わったかに見えた。そのとき、消防団の一団のなかから、八歳か九歳くらいの男の子が、女のひとに前に押しだされた。女のひとはすぐにかくれてしまった。男の子は少年のほうへ走っていくと、その腕に飛びついた。

ふたたび「ばんざい！」と拍手の渦が中庭をおおった。みんなすぐに、それがポー川で助けだされた男の子で、助けてくれた少年にお礼を言うためにやってきたのだということがわかった。男の子は少年にキスすると、その腕にぶらさがって、外までいっしょについてきた。ふたりが先に、おとうさんとおかあさんが後につづいて、出口にむかった。四人は、警察官や少年たち、兵士、女のひとたちが入り交じってならんでいる通り道を、なんとか通りぬけていった。だれもが身を乗りだし、少年をひとめ見ようとつま先立っていた。通り道に近いところにいる人びとは、少年の肩をたたいていた。学校仲間の前を通ったときには、みんなベレー帽をふりまわした。ボルゴ・ポーの少年たちは、その腕といわず上着といわずひっぱって、「ピン！　ピン、ばんざい！　えらいぞ、ピン！」とさけびながら、大さわぎをした。ぼくのすぐ目の前を通りすぎていった。顔を赤らめて、満足げだった。勲章には赤と白と緑のリボンがついていた。おかあさんは泣きながら笑っていた。おとうさんはひげを手でなでまわしていた。そして熱でもあるかのように、からだをふるわせていた。窓からもバルコニーからも、人びとは次つぎと身を乗りだして、拍手しようとしていた。門の下に四人がさしかかったとき、「軍人の娘たち」のいるバルコニーから、とつぜん、スミレやマーガレットの花が雨あられとふってきて、少年とおとうさんとおかあさんの頭の上に降り注ぎ、地面に散った。おおぜいのひとたちがいそいで花をひろい集めるとおかあさんにさしだした。中庭の奥にいた楽団は静かにうつくしいアリアを奏《かな》でていた。それはまるで、川の岸辺を通って、ゆっくりと流れていく銀の調べにのった歌声のようだった。

五月

くる病の子どもたち

五日、金曜日

きょう、ぼくはぐあいが悪かったので、学校をやすんだ。それでかあさんが、くる病の子どもたちがいる施設にいくとき、ぼくもつれていってくれた。門番のおじさんのところの女の子をあずけにいったのだ。でも、ぼくを学校の中にはいれてくれなかった……。

エンリーコ、どうしてわたしがあなたを中にいれなかったか、あなたはわからなかったの？　あの学校の中で、あのかわいそうな子どもたちの前に、あなたのような、すくすく健康に育った子をつれていくなんて、まるで見せびらかしているようだからよ。なんてかなしいことでしょう！　中にはいっていったとき、ほんとうに涙がこぼれそうになった。

中には子どもたちが六十人くらいいたわ。かわいそうな曲がってしまった骨！　まひして、ねじれてしまったちいさな手や足！　ゆがんでしまったちいさなからだ！　すぐにわたしは、あの子たちの愛らしい顔つき、かしこそうでやさしい瞳《ひとみ》に気がついたの。鼻も、あごも、とんがっていて、まるでおばあさんみたいに見える女の子がひとりいた。でもその子が笑ったときのやさしさったら、この地上のものとは思えなかった。前から見るとまるでふつうで、どこも悪いところはなさそうにみえる子どもたちもいました。でもうしろをむくと……胸がしめつけられます。

お医者さまがいて、診察をしていました。子どもたちを机の上にたたせると、服をめくって、ふくらんだおなかやはれた関節をさわってみるのです。でもあのかわいそうな子どもたちは、ちっともはずかしがったりしません。服をぬがされ、検査され、あちこちむけられるのに、なれてしまっているようでした。この子たちは、いまでは病気がずっとよくなっているのです。なぜって、もう苦しむことがないから。でも、病気が進行して、からだが変形しはじめるころ、まわりのひとの自分にたいする愛情が薄れてくるのを目にしたとき、庭や部屋のすみでひとりとりのこされ、ときにはからかわれ、あるいは整形外科の補整器や包帯に、何ヶ月もむだに痛めつけられた、このかわいそうな子どもたちが、どんなに苦しんだことでしょう！

でもいまは、治療と栄養のある食事と運動のおかげで、たくさんの子どもたちがよくなっています。先生は運動をさせていました。号令にしたがって、子どもたちが、包帯をまいた足や副木《そえぎ》をそえたほそい足、ふしだらけの、曲がった足を、机の下でのばすところを目にすると、同情をさそいます。あの足にはキスをしてあげるべきだわ！　机からたちあがることができずに、そのままそこで頭を腕にもたげて、松葉杖を手でなでている子もいました。別の子どもたちは、手でからだをささえたために、呼吸がくるしくなり、顔を真っ青にしていすから落ちてしまいます。でも息ぐるしいのをかくすために笑っているのです。

ああ、エンリーコ！　あなたたちは健康を大切なものと思っていないし、元気でいることなんて大したことじゃないと考えているようですね！　わたしは、力に満ちあふれた、健康な子どものことを考えました。母親はそういう子どもたちを、勝ち誇ったようにつれて歩きます。そうしてうつくしさをひけらかしているのです。

わたしは、このかわいそうな子どもたちの頭を抱きしめてあげたかった。心からそう思いました。わたしがひとりだったなら、わたしは、こう言っていたことでしょう。「わたしはずっとここにいます。一生をあなたたちにささげます。あなたたちに仕え、命のつきる日まで、あなたたちの母親となります……」

子どもたちは歌をうたっていました。その声は、かよわく、あまく、かなしげで、胸にひびきました。そして先生がほめると、子どもたちはうれしそうな顔を見せました。先生が机のあいだを歩くと、子どもたちは先生の手や腕にキスをします。自分たちに恵みをあたえてくれるひとに、心から感謝しているからです。あの子たちはとてもやさしいのです。それに、この天使たちには才能がありますし、勉強もするんですよ、と先生はおっしゃいました。この若くて親切な先生は、見るからにやさしい顔に、子どもたちの不幸を映したような、ある悲哀の表情を見せていました。先生はこの不運な子どもたちをなぐさめ、いとおしんでいるのです。いとしい女性！　仕事をして生計をたてているあらゆる人間のなかで、あなたよりきよらかにお金をかせいでいるひとはいません。わが娘よ！

かあさんより

犠　牲

九日、火曜日

かあさんは、やさしいひとだ。シルヴィアねえさんも、かあさんに似て、かあさんそっくりの、やさしくて大きな心をもっている。

きのうの夕方、ぼくは、『母をたずねて三千里』という今月のお話の一部分を清書していた。とても長いので、みんなですこしずつ清書してくるようにと、先生に言われたのだ。シルヴィアが、こっそり部屋にはいってきて、ちいさな声で大急ぎで言った。

「いっしょにかあさんのところにいこう。けさ、かあさんたちが話してるのをきいたの。とうさんの仕事がうまくいかなくて、おちこんでいたのを、かあさんがなぐさめてた。わたしたち、お金がないの、わかる？　もう一銭もないの。とうさんは、もう一度やりなおすには犠牲が必要だって言ってた。だからね、わたしたちも《犠牲》をはらわなくちゃならないわ。わかった？　よし、かあさんにはわたしが言う。あなたは、《はい》って言うの。わたしが言うこと、なんでもやるって、名誉にかけてかあさんに約束するのよ」

こう言うと、ぼくの手をとって、かあさんのところにつれていった。

かあさんは、すっかりもの思いにしずんだ様子で、ぬいものをしていた。ぼくはソファの一方のはしにすわった。むこうがわにすわったシルヴィアが言った。「ねぇ、かあさん、お話があるの。わたしたち二人から、お話ししたいことがあるの」

かあさんは驚いて、ぼくたちを見た。シルヴィアが話しはじめた。「とうさんはお金がないんでしょ？」

「いったいなんの話？」

かあさんは顔を赤らめながらこたえた。「そんなことありません！　いったいなにを言ってるの？　だれがそんなこと言ったの？」

「知ってるのよ」シルヴィアはきっぱりと言った。「いいわ。きいて、かあさん。わたしたちも犠牲をはらう必要がある。かあさんはわたしに、五月のおわりに扇子《せんす》を買ってくれるって約束してくれた。エンリーコは絵の具箱をたのしみにしている。でもわたしたち、なんにもいらない。お金をつかわないでほしいのよ。それでもやっぱりわたしたちはうれしいの。わかってくださる？」

かあさんが口をひらこうとした。でもシルヴィアが言った。「いいえ、そうするの。わたしたち、きめたの。とうさんにお金ができないかぎりは、果物もなんにもいらない。スープがあればいい。朝ごはんはパンですませる。そうすれば食費がかからないでしょ？　わたしたち、お金をつかいすぎてるから。どんなことがあっても、ぜったいに文句は言わないって約束する。ね、エンリーコ？」

ぼくはうなずいた。

「ぜったい文句は言わない」シルヴィアは、手でかあさんの口をふさいで、くりかえした。「もしほかにもがまんすることがあれば、洋服でもなんでも、よろこんでがまんする。いただいたものを売ってもいい。わたし、かあさんに全部あげる。そして、うちの中のこと、お手伝いする。外にたのむのはやめましょう。一日じゅうだってかあさんといっしょに働くから。かあさんの言うこと、なんでもやるから。なんでも言ってちょうだい。なんでもよ！」

ねえさんはこうさけんで、かあさんの首に抱きついた。「かあさんととうさんが、もうこれ以上かなしまないでいてくれたら、家に帰ってきたときに、前みたいに、あなたたちのシルヴィアとエンリーコの前で、かあさんととうさんが、おだやかにきげんよくいてくれさえしたら、それでいいの。わたしたち、とうさんとかあさんが大好きよ。命をあげてもいいくらい！」

ああ、シルヴィアのこのことばを聞いたときくらい、うれしそうな顔をしたかあさんを、ぼくは見たことがなかった！　あんなふうにひたいにキスしてくれたことはなかった！

かあさんはなにも話すことができずに、ほほえみながら泣いていた。そして、こう言って、シルヴィアを安心させた。「誤解していたわ。あなたたちはわたしが思っていたほど子どもじゃなかった。幸運なことにね」

そしていくども、ぼくたちに、ありがとうと言った。かあさんは一晩じゅう陽気で、とうさんが帰ってくると、全部話した。とうさんは口をひらかなかった。かわいそうなとうさん！

でも、けさ、食卓についたとき……ぼくはとてもうれしくて、そしてとてもかなしかった。

ナプキンの下に、ぼくは絵の具箱を、シルヴィアは扇子をみつけたのだ。

火　事

十一日、木曜日

けさ、『母をたずねて三千里』のお話の、自分の分を写し終わって、先生に書くように言われていた自由作文になにを書こうか考えていたとき、階段のほうからだれかがこそこそと話している声がきこえてきた。しばらくすると、消防士がふたり、家にやってきて、ストーヴと暖炉を点検させてほしいと、とうさんに言った。屋根のえんとつから炎がでているのだが、どの家のえんとつなのかわからない、ということだった。とうさんは言った。

「どうぞ、調べてください」

家のどこにも火の気はなかったのだけれど、ふたりは家じゅうを調べはじめ、上の階につづいているえんとつのなかで火がふいていないかどうか、壁にきき耳をたてた。

とうさんは、消防士が家の中を調べている最中に、ぼくに言った。「エンリーコ、作文のテーマがみつかったじゃないか。消防士だ。これからとうさんのする話を書いてみてごらん」

「とうさんは二年前、消防士が活躍しているところを見たことがある。真夜中すぎにバルボ劇場から出てきたときだった。ローマ通りにはいったところで、ものすごい炎とひとがおしよせてくるのが目にはいった。建物が燃えていたんだ。炎の舌と煙が、窓や屋根をつたってふきだしていた。男のひとも女のひとも、窓ぎわに姿を見せては、絶望的なさけびをあげてすがたを消していた。門の前は大さわぎだった。みんな口ぐちにさけんでいた。

『火がひろがるぞ！　助けてやれ！　消防車だ！』

このとき、消防馬車が一台やってきて、消防隊員が四人、外にとびだした。市役所につめていた、第一陣だ。四人は建物の中に飛びこんでいった。と、そのすぐあとで、おそろしいことが起こった。女のひとがひとり、四階の窓から顔をのぞかせて、大声をあげた。そして手すりをつかんでのりこえると、手すりにつかまったまま、背中をこちらにむけて宙づりの状態になってしまったんだ。いくら身をちぢめても、部屋からは炎と煙がふきだしてきて、いまにも女のひとの頭を焦《こ》がしそうだった。集まっていたひとたちが恐怖のさけびをあげた。消防士たちは、かんちがいしたのか、おそろしさに動けないでいた三階の家族の部屋に足をとめて、あっというまに壁をうちやぶると、部屋のひとつに突進していた。たくさんのひとたちが大声でしらせた。

『四階、四階だぞ！』

消防士たちは四階にとんでいった。そこは地獄のありさまだった。屋根のはりはくずれおち、炎が廊下をはしり、煙に息がつまった。炎にとじこめられている部屋にたどり着くには、屋根を通っていく以外に道はない。消防士たちはすぐに上にあがっていった。

一分後、黒い影が、煙につつまれて、屋根瓦《やねがわら》の上を歩いていくのが見えた。いちばんに到着した、隊長のすがただった。でも、炎につつまれている部屋の前までいくには、天窓とといのあいだの、せまいせまいところを通っていかなければならない。屋根の上はすっかり炎がひろがっていたからだ。しかもそのすきまは、雪と氷におおわれていて、しがみつくところもなかった。

『あんなところを通るなんて、むちゃだ！』

下にいるひとたちはさけんでいた。隊長は、屋根のへりをすすんでいった。背筋がこおりつくようだった。でも、みんなが息をとめて見まもるなか、隊長はそこを通りおおせたんだ。なんども『ばんざい』がくりかえされた。隊長はまた走りはじめ、四方から炎のせまっている場所に到着すると、中にはいる穴をあけるために、おのでもって、ものすごいいきおいで屋根やはりを打ちこわしはじめた。

このあいだも、さっきの女のひとは窓にぶらさがったまま、そこへもえさかる炎がせまっていた。もう一分もしたら、まっさかさまに道に落ちてしまうにちがいない！　やっと穴があいて、隊長がつりひもをはずし、下におりるのが見えた。あとからやってきたほかの消防士たちもつづいておりていった。

ちょうどこのとき、はしご車が到着して、炎とおそろしい悲鳴につつまれた窓の前、建物ののきに、はしごをかけた。でも、もう遅い、とだれもが思っていた。

『もう助からないだろう』

『消防士は焼け死んだんだ』

『もうおしまいだ』

『死んでしまった』

と、そのとき、手すりのついた窓に、赤い炎にてらされた隊長の黒い影がうかびあがった。女のひとは隊長の首にしがみついた。隊長は両腕で女のひとをかかえると、上にひきあげ、部屋の中にいれた。下にいたひとたちは、炎のいきおいに負けないくらいの大歓声をあげた。

でも、ほかのひとたちは？　それにどうやっておりるんだ？

屋根にかけられたはしごは、別の窓の前にあって、手すりからは離れていた。どうやってあれにとびうつるんだ？

こんなことを話してるあいだに、ひとりの消防士が窓から外にでて、右あしを手すりに、左あしをはしごにかけて、まっすぐ立った。その消防士は、中にいる消防士が助けだされたひとたちをつれてくると、一人ひとりかかえては、下からあがってきた仲間の消防士の手にあずけた。はしごの上にいた消防士は、しっかりはしごにつかまっているひとたちを、下にいる消防士の助けをかりて、次つぎにおろしていった。はじめにおりたのは、手すりにいた女のひと、それからちいさな女の子、女のひとがもうひとり、そしてお年より。みんな無事だった。

つづいて、中にいた消防士たちがおりてきた。最後におりてきたのは、いちばんにかけつけた隊長だった。みんなは、消防士たちを大きな拍手でむかえた。でも、救助の先陣をきって、だれよりさきに地獄の炎にいどんだ、あの隊長が――だれかが命を落とさなければならなかったとしたら、それはこのひとだったにちがいない――すがたを見せると、みんなは、炎をうち負かしたそのひとを歓喜の声をあげてむかえた。そして、感謝と称賛の気持ちで、手をのばした。すぐに、『ジュゼッペ・ロッビーノ』というその隊長の名前が、みんなのあいだにつたわっていった。

わかったかい？　隊長は勇敢だ。命の危険にさらされたひとのさけび声がきこえるところへなら、なにも考えず、ためらうことなく、いなずまみたいないきおいで突進していく、ほんものの勇気をもったひとだ。いつかおまえを消防署につれていって、そしてロッビーノ隊長に会わせてやろう。隊長に会えたらおまえもうれしいだろう？」

ぼくはうなずいた。

「ああ、あそこにいる」とうさんは言った。

ぼくはぱっとふりむいた。点検を終えたふたりの消防士が、部屋を横ぎってでていこうとしていた。

とうさんは、腕章をつけている、背の低いほうの消防士をさして、ぼくに言った。

「ロッビーノ隊長と握手しなさい」

隊長は足をとめると、ほほえみながらぼくに手をさしだした。ぼくはその手をにぎった。隊長はぼくにあいさつして、帰っていった。

「よくおぼえておくんだよ、いいね」とうさんは言った。「おまえはこれから、何千人という人間と握手をかわすことだろう。でもあの隊長の手ほど価値のある手は、たぶん、そのうちの十本とないのだから」

母をたずねて三千里
アペニン山脈からアンデス山脈まで（今月のお話）

何年も前のこと、ジェノヴァの少年で、十三になる労働者の息子が、ジェノヴァからアメリカ大陸まで、たったひとりで、母親をたずねていった。

母親は二年前、ブエノス・アイレスにでかけたきりだった。アルゼンチン共和国の首都にいって、どこかお金持ちの家に住みこみで働けば、不幸がかさなって、貧乏どころか借金までかかえるところまで落ちぶれてしまった自分の家を立てなおすくらいのお金は、すぐにもかせげるだろうと考えたのだ。そんな目的で、はるばる長旅をして、何年もしないうちに、何千リラというお金をもって故郷に帰ってくる——そんなけなげな女のひとは、けっして少なくなかった。それというのも、いった先での住みこみの給金がべらぼうに高いおかげだった。

このあわれな母親も、ひとりは十八、ひとりは十一になる息子たちと、いざわかれるときになって、泣いて悔やみはしたものの、それでも勇気をふるって、希望に胸をふくらませて船出していったのだった。

航海は順調だった。ブエノス・アイレスに着いてすぐ、働き口もみつかった。もう長年そこで店をだしている、夫のいとこにあたるジェノヴァ生まれの商人の世話で、給金もよければ待遇もいい、住みこみの口がアルゼンチンの良家にみつかったのだ。それからしばらくは、故郷の家族とも、きちんきちんと手紙のやりとりがつづいた。はじめのとりきめどおり、夫がいとこにあてて手紙をだすと、それをいとこが妻にわたし、また妻が返事をいとこにとどければ、いとこはそれに何行か書き足して、ジェノヴァに送るのだ。妻は、毎月もらう八十リラの給金を、手つかずのまま、三ヶ月ごとにまとめて、家に送っていた。そのおかげで、もともと正直ものだった夫は、すこしずつ借金を、さしせまったものから返していって、もとどおり、いい評判もとりもどすようになった。そうして自分でもよくやったと思えるくらい、仕事に精《せい》をだした。それも、いずれ、そう遠くないうちに妻が帰ってきてくれるというのぞみにささえられてのことだった。妻のいない家は、まるでからっぽのようで、ことに母親をしたっていた下の息子のほうは、ひどく落ちこんで、母親と遠くはなれて暮らすことにたえられなくなっていた。

けれど、でかけてから一年が過ぎ、すこしからだのぐあいがよくないという短い手紙が一通きたあと、母親からのたよりがとだえてしまった。いとこに二度ほど手紙をだしてみたが、いとこからも返事がなかった。住みこみ先のアルゼンチン人のところにも書いてはみたが、あて名が消えでもしたのか、とどかなかったらしく、やはり返事はこなかった。なにか不幸でもあったのではと、ブエノス・アイレスのイタリア領事館にも、居所をさがしてほしいと手紙でたのんでみたところ、ようやく三ヶ月して領事館から、いくつか新聞にものせてたずねてみたが、名のりでるひともなく、情報をくれたひともない、と返事があった。こんなことになったのは、ほかにもいろいろ理由はあったにしても、もともと良家の出だった母親が、住みこみのお手伝いなどをして家名をけがすことをおそれて、そのアルゼンチンの家のひとたちに、ほんとうの名前を教えていなかったからとしか、考えられなかった。

そうしてまた数ヶ月がたったが、やはりたよりはなかった。父親とふたりの息子は、とほうにくれてしまった。ちいさな子のほうは、悲しみのあまり、なにも手につかないくらいだった。どうしよう？　だれにたずねたらいいのだろう？　父親は、はじめ、自分ででかけよう、自分がアメリカまで妻をさがしにいこう、と考えた。だが、そうすれば、仕事は？　だれが息子たちをやしなってくれる？　かといって、上の子をでかけさせるわけにはいかない。ようやく、わずかとはいえ、かせぐようになったばかりで、いまいなくなられては、この家が立ちいかなくなる。

こんな心配をくりかえしながら、毎日まいにち、親子は暮らしていたのだが、でてくる話題もかなしいことばかりで、ただだまって顔を見合わせるほかなかった。

するとある晩、下の息子のマルコが、なにかを思いきったように言いだした。

「ぼくがいく、アメリカへ、かあさんをさがしに」

父親はかなしそうに頭をふって、なにもこたえなかった。母親を思う気持ちはわかるけれど、とてもむりだよ。十三の子が、たったひとりで、アメリカまで旅をするなんて、だいたい、たどり着くのにひと月もかかるんだぞ！

けれど男の子は、しんぼう強く、言いつづけた。その日も、つぎの日も、毎日まいにち、とてもおだやかに、おとな顔負けのすじ道のしっかりした話しぶりで、言い張った。「ほかの子だっていったでしょ、ぼくよりずっとちいさい子だって。汽船に乗りさえすれば、ぼくだって、ほかのみんなとおなじで、むこうに着けるんだ。むこうに着いたら、おじさんの店をさがせばいいだけだもの。イタリア人だってたくさんいるから、道くらい教えてもらえるさ。おじさんがみつかったら、かあさんはみつかったようなものだろ。それにもし、おじさんがみつからなくたって、領事館にいって、そのアルゼンチンのひとの家をさがしてもらうから。なにが起こったって、むこうには仕事くらい、いくらでもあるから、ぼくにだって、なにか仕事をみつけて、うちに帰るお金くらいかせげるよ」

こうしてすこしずつ、マルコは、じょうずに父親を説きふせていった。父親はマルコを信用していた。考えもしっかりしているし、勇気もある、それに貧しさにもなれているし、自分を犠牲にすることもいとわない、そしてなにより、そうしたこの子の長所は、大好きな母親をさがしにいくという、このきよらかな目的の力を得て、心のなかで、まるごと二倍にふくらむにちがいない。

しかもそこへ、父親の知り合いの友人にあたる汽船の船長が、この話を聞きつけて、アルゼンチン行きの三等切符を一枚、ただであげようと約束してくれた。そこで父親も、まだしばらくためらいはしたものの、ようやく賛成して、マルコの旅だちがきまったのだった。

父親と兄は、マルコの着がえをふくろにつめ、ポケットにわずかばかりお金をいれてやると、いとこの住所を書いてわたした。そうして四月のある晴れた晩、マルコは船に乗りこんでいった。

「じゃあな、マルコ」と、父親は、出航まぎわの汽船のタラップの上で、目に涙をいっぱいためて、最後のキスをしながら、息子に言った。「しっかりりな。りっぱな目的があっていくんだ、きっと神さまだって助けてくださるさ」

かわいそうなマルコ！　マルコは芯《しん》のつよい子で、たとえ旅のとちゅうでどんなつらい目にあってもくじけないぞと心にきめていた。けれどうつくしい故郷の町ジェノヴァが水平線のむこうに見えなくなって、ひろい海の上を、たったひとり、移民のお百姓さんたちをつめこんだ大きな汽船に乗って、だれひとり知り合いさえもなく、財産といっても、このちいさなふくろひとつ、そう思ったとたん、急に心細くなってきたのだった。それから二日、食事もろくにとらず、じっと舳先《へさき》に犬みたいにうずくまって、大声で泣きたい気持ちをこらえていた。ありとあらゆるかなしい思いが、次つぎと、うかんではきえていくのだけれど、いちばんかなしくておそろしい思いだけは、いくら追いはらっても、幾度もいくども、くりかえしうかんでくるのだった——かあさんは死んでしまったのかもしれない。きれぎれの寝苦しい眠りのなかに、いつも同じ見知らぬ男が顔をあらわし、じっと、あわれむような目でみつめてから、耳もとでささやくのだ。「おまえのかあさんは死んだんだ」その声に、思わずさけびだしそうになって、はっとめざめるのだった。

それでも、ジブラルタル海峡を過ぎ、大西洋がはじめて見えたときには、ふたたび、いくらか、元気と希望がわいてきた。けれど、ほっとしたのも、つかのまだった。どこまでも果てしなくつづく海、ひどくなるばかりの暑さ、まわりをとりまく貧しいひとたちの悲しげなようす、そうして、このなかで自分だけがひとりぼっちなんだと思うと、またすっかり気持ちが落ちこんでくるのだった。なにひとつ変化なく、むなしく過ぎてゆく日々が、記憶のなかで、病の床にあるひとのように、見分けがつかなくなっていった。もう一年も、海の上にいるような気がした。そして毎朝めざめるたびに、ぼくは、この果てしない海のまっただなかを、たったひとりきりで、アメリカにむかって旅をしているんだ、とあらためておどろくのだった。ときおり甲板にとびこんでくるうつくしいトビウオも、大きな雲の群れを真っ赤にもえる血の色にそめて沈んでゆく、あの熱帯のすばらしい夕陽も、真夜中の大海原を溶岩の海のように、あたり一面もえたたせる夜光虫のリンの光も、とてもほんとうのできごとには思えなくて、ふしぎな夢のなかのできごととしか思えなかった。

　天気が悪い日がつづくときは、そのあいだじゅう、寝室にあてがわれた大部屋に、ずっと閉じこもったまま、物という物が躍りあがってはこわれるたびに、部屋じゅうにこだまする悲鳴やのろいのさけびのなかで、もうこれでおしまいかもしれない、と自分に言いきかせるのだった。そしてまた、凪《なぎ》がきて、海が黄色にそまり、たまらなく暑い、ただただ退屈な毎日がつづくと、それが終わりのない不吉な時間に思えてくるのだった。ぐったりと甲板に横たわったまま、身動きひとつしない乗客たちが死人のように見えるのだ。

　この旅には、終わりなんてないのかもしれない。海と空、空と海、きのうとおなじきょう、きょうとおなじあした――またそのくりかえし――いつもおなじくりかえし、どこまでいってもくりかえし。何時間も何時間も、甲板の手すりにもたれて、その果てしない海を、気のぬけたようにながめながら、ぼんやり母親のことを考えていると、いつのまにか、まぶたが重くなって、頭がたれて、うとうとしてくるのだった。するとまた、あの見知らぬ男があらわれて、あわれむようにみつめてから、耳もとでささやくのだった。「おまえのかあさんは死んだんだ」

　その声に、はっとわれにかえって、また夢ともうつつともつかない世界をさまよいながら、どこまでも変わるはずもない水平線をながめるのだった。

こんな旅が二十七日もつづいたのだ！　けれど最後の数日は最高だった。晴れの日がつづき、ふく風もさわやかだった。ロサリオという町の近くで畑を耕している息子に会いに、ロンバルディーアからアメリカまでいくという、ひとのよいおじいさんとも知り合いになれた。

マルコがうちのことをあらいざらい話しているあいだ、その老人は、マルコのうなじを片手で軽くたたきながら、時どき、「元気をだすんだ、あんちゃん。きっとおふくろさんに会えるから、たっしゃでしあわせなおふくろさんにな」と、はげましてくれるのだった。

こうして道づれができたおかげで、マルコはまた元気をとりもどし、あのかなしい胸さわぎも、いまはたのしい予感に変わっていた。うつくしい星空のもと、船のへさきにすわって、お百姓のお年寄りがパイプをふかしている横で、移民の群れの歌声につつまれながら、マルコは、何度も、何百回も、心のなかで、ブエノス・アイレスに着いたときのことを思いえがいてみた。自分が、どこかの通りにいて、おじさんの店をみつけて、おじさんにとびついて、《かあさんはどうしてるの？　どこ？　いこうよ、すぐに！》と言うと、おじさんが、《よし、すぐいこう》とこたえて、それからふたりでかけだして、どこかの階段をのぼっていって、ドアがあく……声のないひとり芝居《しばい》は、ここでおしまいだった。やがてマルコの空想は、いいようもなくやさしい気持ちのなかにとけて消えていった。

するとマルコは、首にかけたメダルを、そっとひきだし、それにキスしながら、お祈りのことばをつぶやくのだった。

着いたのは、出発から二十七日目のことだった。空を赤くそめる夜明けの光のなか、汽船がラ・プラタ河のひろい大きな流れにいかりをおろしたとき、岸辺のむこうに、ひろい町並みがひろがっているのが見えた。アルゼンチンの首都、ブエノス・アイレスだ。このすばらしい天気、なにかいいことがありそうだ。

うれしいのと、待ちきれないのとで、マルコはわれを忘れていた。かあさんが、ぼくから数マイルのところにいる！　あと数時間でかあさんに会える！　そう、ぼくはいま、アメリカにいる、あの新世界にいる、勇気をふるって、たったひとりで、やってきたんだ！　すると、あのたまらなく長かった旅までが、あっというまのできごとに思えてきた。夢のなかで空を飛んで、たったいま、ここでめざめたみたいだった。だからうれしさのあまり、ふとポケットをさぐってみて、お金のつつみがひとつなくなっているのに気づいても、たいしておどろきもしなければ、かなしみもしなかった。わずかばかりのお金を、一度に全部なくしたりしないようにと、ふたつに分けてもっていたのだけれど、そのうちのひとつが盗まれて、手もとにはもう、数リラしか残っていないのだ。それがどうした、かあさんは、すぐそこにいるんじゃないのか？

マルコは手にふくろをさげ、おおぜいのイタリア人といっしょにちいさな蒸気船に乗り移った。それで岸からすぐのところまでいくと、今度は《アンドレーア・ドーリア号》と書いたボートに乗り換えて、ようやく波止場《はとば》に上陸した。

友だちになった、ロンバルディーアからきた老人にわかれを告げると、マルコは町にむかって大またに歩きだした。

最初の道の入り口につくと、マルコは、そこをちょうど通りかかった男のひとをよびとめて、ロス・アルテス通りにいくには、どっちにいけばいいか教えてください、とたのんだ。よびとめたのは、運のいいことに、イタリア人の工員だった。男はものめずらしそうにマルコをながめたあと、字は読めるかときいた。マルコはうなずいた。「よし、じゃあ」と、男は、いましがた自分がでてきた通りを指さしながら言った。「このまま、まっすぐいくんだ、角ごとに、通りの名前を読みながらな。そうしたら、おまえのさがしてる通りにでるから」

男にお礼を言うと、マルコは、目の前にのびている通りへとはいっていった。どこまでもまっすぐつづく、せまい道だった。両側には、のきの低い、白い家がならんでいて、どれもちょっとしたお屋敷みたいだった。通りは、ひとや馬車や大きな荷車でごったがえしていて、うずまく音で耳が聞こえなくなりそうだった。あちこちに色とりどりの大きな旗がさがっていて、それに大きな文字で、どこか知らない町へいく汽船の出航予定が書いてあった。道をすこし進むたびに、左右をのぞきこんでみるのだけれど、そこにもまた、見わたすかぎりまっすぐ、二本の道が、両側に、のきの低い、白い家並みをしたがえて、ひとや馬車であふれかえっているのだった。その道は、つきあたりのところで、海の水平線のような、果てしないアメリカの大平原のまっすぐな線でとぎれていた。

この町は、どこまでいっても終わらないかもしれない。何日、何週間歩いても、あっちにもこっちにも、目に映るのは、いつもおなじ通りばかりなのかもしれない。きっとアメリカじゅうが、こんな通りでびっしりおおわれているにちがいない。

それでも注意ぶかく、通りの名前をたしかめながら歩いていった。へんな名前ばかりで、読むのにひと苦労だった。あたらしい通りにぶつかるたびに、今度こそめざす通りかもしれないと思って、胸がどきどきした。道をゆく女のひとを見るたびに、もしや母親ではと思って、一人ひとり、じっとみつめてしまう。すぐ目の前をいく女のひとを見たとたん、からだじゅうの血がかっとあつくなって、追いついてみると、黒人の女のひとだったこともあった。

ひたすら歩きつづけていくうち、マルコのあゆみはどんどんはやくなっていった。そうして、ある十字路までやってきて、通りの名前を読んだとき、マルコは、歩道にくぎづけになったように、立ちつくした。ロス・アルテス通りだった。

角を曲がると、一一七番地があった。おじさんの店は一七五番地だ。さらに足をはやめ、かけだすように先を急いだ。一七一番地まできたところで、ちょっと立ちどまって、ひと息つかなければならないほどだった。そこでマルコは、心のなかで言った。「ああ、かあさん！　ぼくのかあさん！　今度こそ、ほんとうに、もうすぐ、会えるんだね！」

マルコはまたかけだして、ちいさな雑貨屋の前までやってきた。それこそ、さがしていた店だった。中をのぞくと、めがねをかけた白髪の女のひとがいた。

「なんの用だい、ぼうや」と、スペイン語で女がたずねた。

「ここは」と、やっとのことで声をだして、マルコはたずねた。「フランチェスコ・メレッリの店じゃないんですか？」

「フランチェスコ・メレッリなら、死んだよ」と、イタリア語で答えが返ってきた。

胸の奥がぐらぐらとゆさぶられるみたいだった。

「亡くなったのは、いつ？」

「そうさね、もうだいぶになるよ」女がこたえた。「何ヶ月もたつね。商売がうまくいかなくなって、逃げだしたのさ。バイア・ブランカにいったって話だがね。ずいぶんと遠くにいったものさ。で、着いてすぐ死んだってことだよ。いま、ここは、あたしの店さ」

マルコは真っ青になった。そして間をおいてから、早口で言った。

「メレッリは、ぼくのかあさんのこと知ってたんです。かあさんは、ここで、メキネスさんのところに住みこみで働いてたんです。メレッリしか、かあさんの居場所を教えてくれるひとはいないんです。ぼく、アメリカまで、かあさんをさがしにきたんです。メレッリがかあさんに手紙もわたしてくれてたんです。ぼく、かあさんに会わなくちゃならないんです」

「かわいそうにねえ」と、女は言った。「あたしにはわからないけど、中庭の家の子にきいてあげようか。あの子なら、メレッリの使いばしりをしてた若いのと知り合いだったからね。なにか教えてくれるかもしれないよ」

女が奥にいって、その子をよぶと、すぐにその子がやってきた。

「ちょっと、きくけど」と店の女主人がたずねた。「おまえ、メレッリのとこの若いのが、時どき手紙をとどけてたのおぼえてるかい、うちの国のものの家で働いていた女のひとのところへさ」

「メキネスさんとこですよ」と、男の子がこたえた。「ええ、おばさん、時どきいきましたよ。ロス・アルテス通りのつきあたりです」

「ああ、おばさん、ありがとう!」と、マルコはさけんだ。「その番地を教えてください……知りませんか? なら、つれていってください。ねえ、きみ、すぐつれていっておくれよ。……お金なら、まだすこしもってるから」

マルコがあまり熱心に言うものだから、男の子は、女主人に言われるのも待たずに、「いこう」と言って、さっさと先に立って、でていった。

走るようにして、ふたりは、口もきかずに、そのすごく長い通りのつきあたりまでいくと、ちいさな白い家の入り口の小道をはいって、きれいな鉄柵《てっさく》の前で立ちどまった。ちいさな中庭に、鉢植えの花がたくさんならんでいた。マルコはベルのひもを、ぐっとひっぱった。

女の子がすがたをあらわした。

「こちらがメキネスさんのおたくですね?」と、不安げにマルコがたずねた。

「もとはそうだったわ」と、スペイン語なまりのイタリア語で、女の子がこたえた。「いま住んでいるのは、わたしたちセバーリョスですけれど」

「じゃあ、メキネスさんの家のひとたちは、どこへいったんですか?」と、どきどきしながらマルコはたずねた。

「みなさんコルドバへいらしたわ」

「コルドバですって!」思わず大声でマルコは言った。「どこにあるんですか、そのコルドバって? それで、住みこみでいた女のひとは? それがぼくのかあさんなんです! お手伝いをしてたのが、かあさんなんです! かあさんもいっしょにつれていったんでしょうか?」

女の子はマルコをじっとみつめてから、言った。「さあ。父なら知っているはずよ、あのお家がひっこすとき、お目にかかっているから。ちょっと待っていてね」

女の子がいそいで奥にひっこんだかと思うと、まもなく父親をつれてもどってきた。背の高い、灰色のひげをはやした紳士だった。紳士は、ジェノヴァからやってきたちいさな船乗りみたいだな、と、その金髪とわし鼻を、しばらく好ましげにみつめていたが、やがて、へたなイタリア語で、こうたずねた。「きみのおかあさんというのは、ジェノヴァのひとかな?」

　マルコは、そうだとこたえた。

「そうか。あのジェノヴァからきたお手伝いさんなら、あの家のひとたちといっしょにいったよ、まちがいない」

「いったって、どこへですか?」

「コルドバという町だよ」

　マルコはほっと息をついた。そしてあきらめたように言った。「それなら……ぼく、コルドバへいきます」

「ほんとうに、かわいそうな子だ《ポブレ・ニーニョ》!」あわれむようにマルコをみつめながら、紳士はさけんだ。「ほんとに、かわいそうに! ここから何百マイルもあるんだよ、コルドバまでは」

　それをきくと、マルコは死人のように真っ青になって、片手で鉄の柵につかまると、やっとのことでからだをささえた。

　それを見て、心からきのどくに思った紳士は、ドアをあけてやりながら、言った。「まあ、まあ。ちょっと中におはいり。なにか手立てはないか、考えてみよう」

腰をおろすと、紳士は、マルコにもかけさせてから、これまでのいきさつを話すように言って、真剣に聞きいっていた。そしてしばらく、じっと考えこんでいたが、やがて思いきったかのように言った。「きみ、お金がないんだろう?」

「まだあります……すこしですけど」とマルコはこたえた。

紳士は、また五分ほど考えこんでいた。それから、机にむかって、なにやら手紙を書いて、封をすると、それをマルコにわたしながら言った。「いいかい、イタリア《イタリアーノ》のぼうや。この手紙をもって、ボカにいくんだ。ここから二時間もあればいけるちいさな町だ。住んでいるひとの半分はジェノヴァからきたひとたちだから、道ならだれだって教えてくれる。そこへいって、この手紙のあて名のひとをさがしなさい。だれも知らないひとのいないくらい、名の知れたひとだから。そのひとに、この手紙をわたすといい。そのひとなら、あしたきみがロサリオの町にむかう手はずをととのえてくれるはずだ。そしてだれかに、きみをことづけて、コルドバまで旅がつづけられるように、取りはからってくれるだろう。そうすれば、メキネスさん一家にも、きみのおかあさんにも会えるってわけだ。そう、ついでにこれも、とっておきなさい」

こう言って、紳士はマルコの手に、リラのお金をすこし、にぎらせた。「さあ、いきなさい。くじけちゃだめだよ。この国には、どこにいっても、きみのお国のひとがいるから、きみが知らん顔される心配なんてない。じゃあ、さようなら《アディオス》」

しみに、ただぼんやりとむきあっていた。

「ありがとうございます」

マルコにはそれしか言えなかった。

ふくろをさげて、おもてにでると、道案内の男の子におわかれを言い、ボカにむかって、とぼとぼと歩きだした。にぎやかな大都会をぬけながら、マルコは、こみあげてくるかなしみに、ただぼんやりとむきあっていた。

そのときからあくる日の夜までに起こったことは、あとで記憶をたぐりよせてみても、どれもあやふやでおぼつかないことばかりで、なんだか熱に浮かされて夢でも見ていたようだった。それほど、疲れ果て、しょげこんで、とほうにくれていたのだ。あれから、ボカの町の、どこかの家のせまくてうすぎたない部屋で、沖仲仕のとなりでひと晩を明かしたあと、昼間は一日じゅう、はりを積みあげた材木の山に腰をかけて、ぼんやりと、目の前をゆきかう汽船や荷舟やはしけをながめていた……そして日が暮れて、いまマルコは、大きな帆船のとものところにいるのだった。くだものを積んでロサリオの町にむかうその船を操縦《そうじゅう》するのは、日に焼けた、たくましいからだつきの、三人のジェノヴァ人だった。その話し声にまじるなつかしい故郷のことばのおかげで、マルコのしずんだ心も、すこしはなごむのだった。

港をでてから三日と四晩、船旅はつづいたが、そのあいだじゅう、ちいさな旅人にとっては、びっくりさせられることばかりだった。三日四晩、船はパラナ河をさかのぼっていった。そのすばらしい景色をながめていると、その大きなポー川までが、ちょろちょろ流れる小川のように思えてくるのだった。なにしろイタリアを縦にのばして四倍しても、まだパラナ河の長さにはかなわないのだ。船はゆっくりと、そのはかりしれない大きな水のかたまりをさかのぼっていった。ほそ長い島がいくつもつづくあいだを、ぬうようにして進んでいった。むかしはヘビやトラのすみかだったというその島じまは、オレンジやヤナギの木が一面にしげって、水にただよう森のようだった。それから、もう二度とでられなくなるのではと思うくらいに、せまい運河をぬけることもあれば、急に、広びろとした、静まりかえった大きな湖かと思うような水の上にでることもあった。そしてまた、島のあいだをぬけ、ちいさな島じまで入りくんだ運河のようになっている流れをぬうようにのぼり、大きなかたまりみたいになった草木のあいだをぬけていった。ふかい静けさだけがあたりをおおっていた。そんなふうに長いあいだ、ただひろいだけでなにもない、岸辺や水の流ればかりながめていると、どこかだれも知らない川を、その帆船が世界で最初に探検にのりだしているような気分になってくるのだった。進めば進むほど、川はどんどん怪物めいてきて、マルコをおどろかせるのだった。

かあさんは、この川のみなもとにいて、だからまだ何年も、この船の旅はつづくにちがいない——そんな気がした。

食事は一日に二度、パンと塩づけの肉をすこし、水夫たちといっしょに食べたが、マルコがかなしそうにしているのをみて、声すらかけてこなかった。夜になると、甲板が寝どこになったが、時どきはっと目がさめて、月の青くすんだ光が、どこまでもつづく水面《みなも》や遠くに見える岸辺を、白く照らしだしているのに気づいて、息をのむことがあった。そんなときマルコは、胸がしめつけられるようだった。「コルドバ!」「コルドバ!」——その名を心のなかで、くりかえしくりかえし言ってみた。「コルドバ!」——まるで、おとぎ話のなかできいた、どこかのふしぎな町の名をひとつ、口にするように、くりかえしてみた。けれどそのあとで、「かあさんも、ここを通っていったんだ、この島も、あの岸辺も、見て通ったんだ」と思いあたった。すると、さっきまで、あれほど気味わるく、さびしく思えた場所も、そこに母親のまなざしがそそがれたのだと思うだけで、ちがって見えてくるのだった……夜になると、水夫のだれかがうたう声がした。マルコは、その声をきいては、ちいさいころ、よく母親がうたってくれた子守唄を思いだしていた。

最後の夜、その歌をきいたとき、マルコはとうとう泣きだしてしまった。水夫は歌をやめ、それから大声で、マルコにむかって言った。「しっかりしろ、しっかりしろや、にいちゃん! なんだってんだ! ジェノヴァっ子のくせに、うちが遠いからって泣くやつがあるか! ジェノヴァっ子はな、いさましく胸を張ってさ、世界をまたにかけるもんだときまってるんだ!」

このことばに、マルコの心はふるいたった。ジェノヴァっ子の血がわきたってきて、その顔がほこらしげに上をむいた。そして、こぶしで船のかじをたたきながら、自分の心に言いきかせた。「うん、そうだ。ぼくだって、世界をまたにかけてみせる。これからまだ何年も何年も、旅をして、たとえ何百マイル歩かなきゃならなくたって、かあさんに会うまでは、どこまでだっていってやる。着いたとたんに、かあさんの足もとに、たおれて死ぬようなことになったって、かまうもんか！　かあさんに、もう一度会えるなら、それでいい！　さあ、しっかりするんだ！」

そんな意気ごみを胸に、マルコは、パラナ河上流の岸辺にひろがる町ロサリオに着いた。朝焼けの空がバラ色にそまり、夜明けの風はつめたかった。何百という汽船が、帆げたに世界じゅうの国旗をはためかせながら、そのすがたを水に映していた。

陸にあがるとまもなく、マルコはふくろを片手に、町へとのぼっていった。ボカで面倒をみてくれたひとから、簡単な紹介を添えてもらってきた名刺にあて名の書いてあるアルゼンチンの紳士をさがすつもりだった。

ロサリオの町にはいってみると、もう前から知っている町にきたような気がした。どこまでもまっすぐつづく道がいくつも走っていて、その両側に、のきの低い、白い家がならび、家並みの上には、どこをむいても、電線のふといたばが、巨大なクモの巣みたいに張りめぐらされている。おまけに道は、ひとや馬や荷車でごったがえしている。マルコは頭がこんがらがってきた。これじゃあ、ブエノス・アイレスにまいもどってきたみたいじゃないか、これでまた一から、おじさんの店をさがさなきゃならないみたいだ。

それから一時間ちかく、あたりを歩きまわってみたが、どの角をどんなふうに曲がってみても、いつもおなじ通りにもどってきてしまうような気がするのだった。それでもくりかえしひとにたずねたかいあって、なんとか、この町で面倒をみてくれることになっているひとの家までたどり着いた。

マルコは、ベルのひもをひいた。すると戸口に、いかにも執事といった感じの、ぶあいそうな、金髪のふとった男があらわれて、外国なまりの発音で、見下したようにたずねた。

「だれに用だ？」

マルコは主人の名前をつげた。

「ご主人なら」と執事はこたえた。「ゆうべ、ご家族のみなさんとブエノス・アイレスにおでかけになった」

マルコは口もきけなかった。が、やがて、口ごもりながら言った。

「でも、ぼく……ここには、ほかにだれも知ってるひとがいないんです！　ひとりぼっちなんです！」そう言って、名刺をさしだした。

執事はそれを受けとって、目を通すと、つっけんどんに言った。「わたしにはわからんな。ひと月して、ご主人がおもどりになったら、わたしておいてやる」

「でもぼく、ひとりぼっちなんです！　それじゃ、困るんです！」と、すがるような気持ちでマルコはさけんだ。

「ええい！　やめんか」と執事は言った。「このロサリオの町に、おまえの国の物乞いどもが、まだ足らんとでもいうつもりか！　さ、物乞いがしたけりゃ、とっととイタリアに帰ってやるこった」

こう言いすてるなり、執事はマルコの目の前で、鉄の扉をガシャンとしめた。

マルコはその場に石のように立ちつくしていた。

やがてのろのろとふくろを取りあげると、おもてにでていった。胸がしめつけられるようで、頭もくらくらして、急に不安な思いが次からつぎへとわいてきた。どうしよう？　どこへいこう？　ロサリオからコルドバまでは、汽車でまる一日かかる。お金は、もう、数リラしかない。きょう必要な分をのぞいたら、ほとんど残らなくなってしまう。汽車のきっぷのお金はどうしよう？　そうだ、働けばいい！　でもどうやって？　だれに仕事をたのむんだ？　だれかにめぐんでもらえばいいのか！　いや、だめだ！　さっきみたいに、ことわられて、ひどいことまで言われて、ばかにされるなんて、もう、二度とまっぴらだ、それくらいなら死んだほうがましだ！

そんなことを考えていると、いつのまにか、あの長いながい通りが目の前にあった。はるか遠く、はてしない平原のむこうに消えてゆく通りをながめていると、またしても、勇気が失《う》せていくのがわかった。

マルコは、ふくろを歩道に投げだし、その上にすわって、壁に背中をもたせかけた。そして、もうだめだというように、うなだれて、両手に顔をうずめたが、涙は見せなかった。

通りすがりの足がいくどもぶつかっていった。馬車の音が道いっぱいにひびいていた。立ちどまって、じっとみつめる子どもたちもいた。マルコは、まだしばらく動かなかった。ふいに頭の上で声がして、だれかがロンバルディーアなまりのイタリア語で話しかけてきた。「どうした、ぼうや?」

その声に顔をあげたマルコは、ぱっと立ちあがると、おどろきのさけびをあげた。「まさか、おじいさん!」

旅のあいだに友だちになった、あのロンバルディーアからやってきた、お年寄りのお百姓だった。

おどろいたのは老人のほうも、いっしょだった。けれどマルコは、老人にたずねるひまもあたえず、自分の身に起こったできごとを、いっきにまくしたてた。「それで、こうして一ソルドもなくなったというわけなんです。だからぼく、働かなくちゃ。なにか仕事をみつけてください。すこしリラがためられればいいんです。ぼく、なんだってやります。荷物運びでも、道路そうじでも、使いばしりだって、畑仕事だってやります。食事なんか、ライ麦の黒パンでたくさんです。ともかく、すこしでもはやく、この町をでて、もう一度かあさんに会えさえすればいいんです。どうかお願いです、仕事を、なにか仕事をみつけてください。たすけると思って、どうか。このままじゃ、ぼく、もう、どうしようもないんです！」

「おやおや」と老人は、あたりを見まわしながら、あごをかきかき、言った。「なんてことだい！……働くって……言うのは簡単だがな。まあ、ちょっと待て。これだけお国思いの連中がいるんだ、三十リラくらい、みつける手だてがないとでもいうのかい？」

ひとすじ希望の光がさしたような気がして、マルコは老人の顔をじっとみつめていた。

「いっしょにおいで」と老人が言った。

「どこに？」と、ふくろを取りあげながら、マルコがたずねた。

「いいから、おいで」

老人は歩きだした。マルコもそれにつづいた。ふたりはだまったまま、ならんで、かなり長いこと、通りを歩いていった。一軒の宿屋の前で、老人が立ちどまった。看板《かんばん》に星のしるしが一個ついていて、その下に、スペイン語で《イタリアの星》《ラ・エストレリャ・デ・イタリア》と書いてあった。老人はちょっと中をのぞきこんでから、マルコのほうをふりかえって、明るい声で言った。

「ちょうどいいところへきたようだ」

ふたりは大きな部屋にはいった。たくさんならんだテーブルに、人がおおぜい腰かけて、わいわい話しながらお酒をのんでいた。ロンバルディーアの老人は、いちばん手前のテーブルのところまでいくと、そのテーブルをかこんでいた六人の客にあいさつをした。どうやら、ついさっきまで、老人も、ここでいっしょにのんでいたらしかった。みんな真っ赤な顔をして、大声で話したり笑ったりしながら、グラスをあわせて乾杯をくりかえしていた。

「なあ、みんな」と、ロンバルディーアの老人は、立ったまま、いきなり話しだした。そしてマルコを紹介しはじめた。「ここにいるのは、わしらの国からきた、きのどくな子どもでな、ジェノヴァからブエノス・アイレスまで、たったひとりで、おふくろさんをさがしにやってきた。ところがブエノス・アイレスでは、《ここにはいない。コルドバだ》って言われて、このロサリオまで、船にのって、三日と四晩かけてやってきた、ちょいとした紹介状をもらってな。それで、そいつをさしだしたら、ひでえ目にあわされた。おまけに一文なしになっちまった。こんな遠いところで、ひとりぼっちで、文なしときてる。やさしい心だけはいっぱいあるんだがな。どうだい、みんな。この子がおふくろさんに会いにコルドバまでいく汽車賃《きしゃちん》くらい、なんとかしてやれんもんかな？　このまま犬みたいに、ほったらかしておくわけにはいくまい？」

「まさか、そんなわけにいくか！」

「そんなこと言ったら、しょうちしねえぞ！」

げんこつでテーブルをたたきながら、みんながいっせいにさけんだ。

「おれたちの国の子じゃないか！」

「こっちへきな、ぼうや」

「わしら移民がついてるからな！」

「見ろよ、かわいい子じゃねえか」

「さあ、みんな、金をだしてくれ」

「えらいぞ！　ひとりで、きたなんて。いい度胸《どきょう》だ！」

「まあ、一杯やりな、お国のぼうや」

「おれたちが、おふくろさんのとこまで送ってやる、心配するな」

ひとりがほおを軽くつねったかと思うと、つぎには、肩をたたくもの、それから、ふくろをおろしてやるものがあらわれて、いつのまにか、ほかの移民たちも、あたりのテーブルから立ちあがって、まわりに集まってきた。マルコの話は、たちまち宿屋じゅうに知れわたった。アルゼンチン人の客まで三人、となりの部屋からかけつけてきた。そして、十分とたたないうちに、ロンバルディーアの老人がさしだしている帽子の中には、四十二リラのお金が集まった。

「みたかい」と、老人はマルコのほうをふりむいて言った。「アメリカじゃあ、こんなぐあいに、あっというまだ」

「飲みな」と、ひとりがマルコに、ワインのはいったグラスをさしだしながら、大声で言った。「おまえのおふくろさんに、乾杯!」

みんながグラスを揚《あ》げた。そこでマルコもくりかえした。「ぼくのかあさんに、かん……」

けれどうれしさのあまり、涙がこみあげてきて、それでのどがつまって、それきりなにも言えなくなった。マルコはグラスをテーブルにおくと、からだごと、老人の首にとびついた。

あくる朝、日がのぼるころには、マルコはもう、元気よく笑顔で、コルドバにむかって出発していた。きっとなにかいいことがあるにちがいないと、期待に胸がふくらんだ。

けれどうきうきした気分も、気味の悪い自然の風景がつづくと、長くはもたなかった。空はどんよりとして、灰色だった。列車は、がらがらのまま、およそひとの暮らしている気配すら見えない、どこまでもつづく草原を走っていた。やけに長い客車に、たったひとりでのっていると、けが人をはこぶ車両の中にいるような気がしてきた。右を見ても、左を見ても、見えるのは、果てしない荒野ばかり。ぽつりぽつりと、見たこともないようなかっこうをした低い木々が、怒りとかなしみに身をよじっているように、ねじまがった幹や小枝をつけて、みにくいすがたをさらしていた。まばらに生えた植物は、どれも陰気なくすんだ色をして、そのせいで草原がまるごと、どこまでいっても終わりのない墓地みたいに見えてくる。

三十分ばかり、うとうとしては、あらためてながめてみるのだけれど、いつも景色がひろがっているだけだった。鉄道の駅は、どれも草原のなかにぽつんとあるだけで、まるで世捨て人のすみかのようだった。汽車がとまっても、ひとの話し声ひとつしなかった。迷子になった汽車にのって、ひとりきり、荒野のどまんなかに置き去りにされてしまったみたいだった。駅にとまるたびに、これが最後の駅で、これから先は、未開の人間たちの暮らす謎《なぞ》めいたおそろしい土地にはいっていくのだと考えた。

凍りつくような風が顔を刺していた。

四月の末に、ジェノヴァでマルコを船に乗せたとき、父親も兄も、まさかマルコがアメリカで冬に会うなんて思いもしなかったので、夏の服を着せてよこしたのだった。

何時間かたつと、マルコは寒くてたまらなくなった。おまけに、寒さといっしょに、ここ何日か、はげしく気持ちをゆさぶられつづけ、不安で夜もろくに眠れなかった分の疲れがどっとおしよせてきた。マルコは眠りに落ち、そのまま長いこと眠りつづけた。めざめてみると、寒さでからだがしびれ、気分もすぐれなかった。するとぼんやり、自分はこのまま病気になって、旅のとちゅうで死ぬのではないか、そうしてこの寒ざむとした大草原のまっただなかに投げすてられて、のら犬やワシやタカに死体を食いちぎられるのかもしれない、そんな恐怖がわいてきた。そんな変わり果てたすがたになった馬や雌牛が道ばたにころがっているのを、時どき見かけては、ぞっとして目をそらしたことがあったのだ。

そんな不安をつのらせながら、ぐあいの悪いからだをかかえて、おそろしいほど静まりかえった自然にかこまれていると、ますます気持ちがたかぶってきて、不吉なことばかり考えてしまうのだった。ほんとにまちがいなく、コルドバにいけば、かあさんに会えるんだろうか？　もしコルドバにいなかったら？　もしあのロス・アルテス通りの男のひとがまちがっていたとしたら？　それより、もしかあさんが死んでしまっているとしたら？

そんなことを考えているうちに、マルコはまた眠りに落ちた。夢のなかで、マルコは、夜のコルドバにいた。窓という窓から、《いない！　ここにはいない！　いないよ！》とどなられているのだった……ぎょっとして目をさますと、客車の奥のほうに、ひげづらの男が三人、にぎやかな色合いのポンチョに身をつつんで、なにやらひそひそ話し合いながら、マルコのほうをながめていた。人殺しかもしれない、ぼくを殺して、ふくろを取るつもりなんだ――そんな疑いが頭をかすめた。寒いのと、ぐあいが悪いのとに、恐怖が加わって、ただでさえ混乱していたマルコの頭は、もう何がなんだかわからなくなってしまった――三人の男は、あいかわらずマルコをじっと見すえていた。と、ひとりがマルコにむかって動きだした。そのとたん、わけがわからなくなって、マルコは、いきなり両腕をひろげ、その男めがけてかけだしながら、さけんだ。「ぼく、なにももってない。あわれな子なんだ。イタリアからきたんだ、かあさんをさがしにいくんだ、ひとりぼっちなんだ。ひどいことしないで！」

すぐ事情がのみこめたらしく、男たちは、それはかわいそうにというように、マルコのからだをさすったり、なだめたりしながら、マルコにはわからないことばで話しかけた。そしてマルコが寒さで歯をがちがちいわせているのを見ると、ポンチョを一枚、マルコのからだにかけてから、もう一度腰かけて眠るようにと言った。こうしてマルコは、日の暮れるころに、ふたたび眠りに落ちた。ゆり起こされて目がさめたとき、そこはコルドバだった。

ああ！　心の底からほっとしたように、大きくひとつ深呼吸すると、マルコは、まちかねたようにいきおいよく、客車からとびだしていった！

マルコは駅員をつかまえると、技師のメキネスさんの家はどこですかとたずねた。駅員は、どこかの教会の名をあげて、そのとなりがめざす家だと教えてくれた。マルコはかけだした。

夜になっていた。マルコは町にはいった。またロサリオの町に舞いもどってきたみたいだった。見えるのは、あのまっすぐな道と、その両側にならぶ、のきの低い、白い家、そしてまた、角ごとに、どこまでも長くつづくまっすぐな道。

けれど、通りを行きかうひともなく、ただ、まばらな街灯の明かりの下で、黒とも緑ともつかないような、気味の悪い顔に出会うばかりだった。ときおり顔をあげて見ると、そこかしこに、とてもふしぎな形をした教会が、巨大な黒い影を夜空にうかびあがらせていた。町は闇《やみ》につつまれ、ひっそり静まりかえっていた。けれど、あの果てしない荒野を旅してきたマルコの目には、それすら心地よかった。

通りがかった司祭に道をたずねたおかげで、めざす家と教会はすぐにみつかった。マルコは、ふるえる手でベルのひもをひいた。もう一方の手は胸にあてて、どきどきして、いまにものどからとびでそうな心臓をおさえていた。

老婆《ろうば》がひとり、明かりを手にあらわれて、ドアをあけた。

マルコは、とっさにことばがでなかった。

「だれに用だい?」と、スペイン語で老婆がたずねた。

「技師のメキネスさんに」とマルコは言った。

老婆は、胸もとで腕ぐみをすると、頭をふりふり、こたえた。「あんたもかい、なるほど、技師のメキネスさんに用事だとね! そろそろやめにしてもらいたいもんだよ。この三ヶ月、こっちはそれで迷惑《めいわく》してるんだ。新聞にだしただけじゃ、足らないってわけだ。町の角に、あちこち張り紙でもして、《メキネスさんはトゥクマンにいきました》とでも、ふれてまわらなきゃいけないのかね!」

マルコは、もうだめだというように、天をあおいだ。それから急に怒りがこみあげてきた。「いったいなんだっていうんだ! かあさんにも会えないで、のたれ死にでもしろっていうのか！　気がへんになりそうだよ、死んでやる！　ああ、神さま！　その村は、なんていう名前でした？　どこにあるんです？　どのくらい遠いんです？」

「そうさね、ぼうや」老婆は、きのどくそうにこたえた。「ちっとやそっとじゃないよ！　どうみたって、四、五百マイルはあるからね」

マルコは両手で顔をおおった。そしてしゃくりあげながら、きいた。「なら……ぼく、どうしたらいいんです？」

「そう言われてもね、ぼうや」と老婆はこたえた。「あたしには、どうにも」でも急になにか思いついたらしく、あわてて、つけくわえた。「いいかい、いま思いついたんだがね。こうしたらどうだい。この通りを右にまがると、三軒目に、中庭のある家がある。そこに、《親方《カパタス》》ってよばれてる商人がいる。あした、トゥクマンへ、荷車や雄牛を運んででかけるはずだ。いって、あんたもつれてってくれるかどうか、きいてごらん。できることなら、なんでも手つだいますからってね。うまくいけば、荷車にのっけてってくれるかもしれないよ。さっさと、いってごらん」

ふくろをひっつかむと、マルコは、お礼のことばもそこそこに、かけだした。ものの二分とたたないうちに、ひろい中庭に着いた。カンテラの明かりにあかあかと照らしだされた中庭では、おおぜい男たちが働いていて、大きな車輪に円屋根の、サーカスの幌《ほろ》馬車の家みたいな大きな荷車に、何台分もこくもつのふくろを積みこんでいるところだった。そして、背の高い、口ひげをはやした男が、白と黒の格子《チェック》がらのマントのようなものにくるまって、たけの長いブーツをはいて、仕事のさしずをとっていた。マルコはその男のそばにいくと、おずおずと、たのみごとをきりだした。ぼく、イタリアからきたんです、かあさんをさがしにいくところなんです。

《親方》というのは、荷車の輸送団の支配人のことだが、その親方は、マルコを頭のてっぺんから足の先まで、じろりと見て、そっけなくこたえた。「そんなすきまはねえよ」

「ここに十五リラあります」すがるようにマルコは言った。「この十五リラ、とっといてください。旅のあいだ、仕事もしますから。牛や馬の飲み水も、かいばも運びます。どんな用事でもやりますから。ほんのすこしパンがいただければ、それでけっこうです。ほんのすきまでいいんです、だんなさん！」

親方は、もう一度マルコをみつめてから、いくらかやさしい声でこたえた。「場所がな、ねえんだ……それに……おれたちゃトゥクマンにいくんじゃねえ。サンチャゴ・デレステロって、別の町にいくんだ。とちゅうのどっかで、おめえを置いていくことになるぜ。おめえは、そこからまだ、だいぶ歩かなきゃならねえ」

「ああ！　その倍だって歩きます！」とマルコはさけんだ。「歩いてみせます。心配しないでください。どんなことをしたって、いってみせます。ほんのすきまでいいんです、だんなさん、お願いです、お願いですから、置いてきぼりにしないでください！」

「だがな、道中《どうちゅう》二十日もかかるんだぞ！」

「平気《へいき》です」

「そりゃあ、つらい旅なんだぞ！」

「なんだって、しんぼうしてみせます」

「あとで、ひとりぼっちの旅が待ってるんだぞ！」

「こわいものなんて、なんにもありません。もう一度、かあさんに会えさえするんなら。どうか、あわれと思って！」

親方はマルコの顔にカンテラを近づけて、じっとみつめた。それから口をひらいた。

「よかろう」

マルコは親方の手にキスをした。

「今夜は、どれか荷車で寝な」と、立ち去りながら、親方は言いたした。「あしたの朝は、四時に起こしてやる。おやすみ《ブエナス・ノチェス》」


朝の四時、星明かりの下を、荷車の長い列は、がたがたと大きな音をたてて動きだした。どの荷車も六頭の雄牛にひかれ、そのあとから交代用の雄牛がぞろぞろついていった。マルコは、いったん起こされて、一台の荷車の中に積みこんだふくろの上にのせられたが、すぐにまた、ぐっすり寝こんでしまった。

めざめてみると、もうすでに陽は高く、一行は、どこかさびしい場所にとまっていた。《人足《ペオネス》》とよばれる男たちが、みんな外にでて、車座になって、四つ切りにした子牛の肉を焼いていた。肉は、地面につきでたふとくて長い串《くし》に刺してあって、その横で、大きなたき火が、風にあおられて燃えさかっていた。みんなそろって食事をすませ、ひと眠りして、それからまた出発だった。

こうして旅は、兵隊たちの行軍のように、規則正しくつづいた。毎朝五時出発、九時に小休止、夕方五時再出発、十時に停止、このくりかえしだった。人足たちは馬にまたがり、長いむちで牛を追うのだった。マルコの仕事は、肉をあぶるための火おこしと、牛や馬のかいばやり、カンテラのススはらい、水運びだった。

目に映る風景が、ぼんやりとしたまぼろしのように流れていく。ちいさな茶色の木が一面にひろがる大きな森、人里といっても、赤壁に明かりとりのちいさな穴をあけただけの家が、ぽつりぽつりあるばかり。時どきでくわす、とほうもなく広い土地は、どれもむかし塩水をたたえた大きな湖だったらしく、見わたすかぎり、白くきらきらと、塩で光っている。どこをむいても、あるのはただ、平原とさびしさと静けさばかり。ごくまれに、二人、三人と、馬にまたがり旅するひとに出会っても、放し飼いにした馬の群れをしたがえて、つむじ風のようにかけすぎてゆく。くる日もくる日もおなじ、まるで海の上にいるのとなんの変わりもない、たいくつで気のめいるような毎日が、いつまでもつづくようだった。けれど空は晴れわたっていた。

ところが人足たちは、マルコをまるで自分たちの召使いでもあるかのように、あたりまえの顔をして、どんどんこきつかうようになった。なかには、おどし文句をならべて、乱暴にあつかうものもでてくるしまつだった。みんながみんな、情け容赦《ようしゃ》なく用事を言いつけてきた。大きなまぐさのたばを運ばせたり、わざと遠いところまで水をくみにやらせたりするのだ。そうしてくたくたに疲れていても、夜は夜で、荷車はひっきりなしにガタゴトゆれるし、車輪と車軸の木がこすれて耳ざわりな音をたてつづけるせいで、満足にねむることもできなかった。おまけに、つよい風が吹くと、ねばねばした細かな赤茶けた土ぼこりが舞いあがり、見えるものすべてをおおいつくし、荷車の中まではいりこみ、服のあいだからもとびこんできて、目も口もそれでいっぱいになって、見ることも息をすることもできなくなるのだった。それも、ひっきりなしに吹きつけるものだから、どうにもがまんができないほどだった。疲れと寝不足でへとへとになり、服もぼろぼろ、からだは汗まみれだというのに、朝から晩まで、がみがみ言われ、こきつかわれたせいで、日に日に、からだが弱っていった。ときおり親方がかけてくれる、やさしいことばだけが、心のささえだった。ひとの目につかない、荷車の片すみで、いまはもう、ぼろのほかはなにもはいっていない、自分のふくろに顔をうずめて涙を流すことも、しょっちゅうだった。

毎朝起きるたびに、からだも気力も弱っていった。そして、変わることのない平原をながめては、その果てしないきびしいすがたに、陸地にひろがる大きな海を見て、心のなかでつぶやくのだった。「ああ！　とても今夜までもたない、今夜までなんてむりだよ！きょうというきょうこそ、のたれ死にしちゃうんだ！」

そうして疲れはますますたまる一方で、ひどい仕打ちも二倍になった。ある朝、親方がいないのをよいことに、水を運ぶのがのろいと言って、ひとりの人足に、こっぴどくなぐりつけられた。それからというもの、用事を言いつけるとき、みんなが、「これでもくらえ、宿なしめ！」とか、「こんなもの、てめえのおふくろのとこへ、もっていきやがれ！」とかののしりながら、平手打ちをくわせるようになった。

マルコの胸はいまにも張りさけそうだった。そしてとうとう、病気になってしまった。三日のあいだ、高い熱がつづき、マルコは、荷車の中で、じっと毛布にくるまっていた。飲み物をもってきてくれたり、脈をみてくれる親方のほかは、だれとも顔を合わさなかった。そうしていると、ほんとうに自分は死ぬんだと思えてきて、ひたすら母親の顔だけが浮かんできて、その名を、何百回もよびつづけた。「ああ、かあさん！　かあさん！　たすけて！　きてくれなきゃ、死んじゃうよ！　ああ、かわいそうなかあさん、ぼくにはもう会えないんだ！　かあさん、ぼく、このまま、のたれ死にしちゃう！」

こう言っては、胸の上で両手を合わせて祈るのだった。

やがて、親方の看病のかいあって、マルコの病気はすこしずつよくなって、ついには、なんの心配もなくなった。けれど病気がなおるのといっしょに、この旅で、いちばんおそろしい日がやってきた。いよいよ、ひとりきりで残らなければならない日がきたのだ。旅はもう二週間以上つづいていた。トゥクマンへむかう道と、サンチャゴ・デレステロへの道とがわかれるところに着いたとき、ここでわかれなきゃならんと、親方はマルコに告げた。そして、これから先の道すじについて、あれこれ注意をあたえてから、歩くじゃまにならないように、ふくろを肩にゆわえてやると、ぶっきらぼうに、そのまま情がうつるのをおそれでもするかのように、わかれを告げた。

マルコには、親方の腕をつかまえて、キスをするのがせいいっぱいだった。

ほかの男たちも、あれほどひどい目にばかりあわせていたのに、こうしてマルコがたったひとりで、あとに残るのを見ると、さすがにすこしはかわいそうに思ったらしく、遠ざかりながら、手をふってわかれのあいさつを送ってきた。マルコも手をあげて、それにこたえた。そうして荷車の一隊が平原の赤い土ぼこりのなかに見えなくなるまで、じっとたたずんで見送っていた。が、やがて、マルコはしょんぼりと、自分の道を歩きだした。

その道を歩きはじめたときから、ひとつだけ、マルコの心をなぐさめてくれるものがあった。あのどこまでも変わることなくつづく果てしない平原をわたって、何日も旅をしてきたあとで、ようやく目の前に、青あおとした山やまが、白いいただきを空高くのぞかせて、つらなっているのが見えたからだ。ながめていると、アルプス山脈を思いだして、故郷の近くにもどってきたような気がした。それがアンデス山脈という、アメリカ大陸の背骨にあたる、南はティエラ・デル・フエゴ島から、北は北極の氷の海まで、緯度にして一一〇度もの距離をむすぶ長いながいくさりだった。

それに気のせいか、空気がだんだんあたたかくなってくるようで、それもマルコの心を軽くしていた。大陸を北へとのぼるにつれて、すこしずつ熱帯地方に近づいているあかしだった。

人家のちいさなかたまりが、かなりの距離をおいて、ぽつんぽつんとあらわれてくる。そのなかにちいさな店を見つけると、そこでマルコは食べ物を買った。馬に乗った男たちに出会うこともあれば、ときには、思いつめた顔をして、地べたにじっとすわりこんだままの女や子どもを見かけることもあった。土色の肌に、つりあがった目、高くつきでたほお骨——これまで見たこともない顔だちをしていた。その顔がみんな、じっとマルコをみつめ、それからゆっくりと、ロボットのように首をまわしながら、なおもマルコのすがたを目で追ってくるのだった。インディオのひとたちだった。

一日目、マルコは力のつづくかぎり歩いて、木の下で眠った。二日目は、ほんのわずかしか進まず、元気もなくなってきた。靴はやぶれ、足の皮がむけ、まともな食事をとらないせいで、おなかのぐあいも悪かった。夜が近づくにつれ、こわくなってきた。イタリアにいたとき、この国にはヘビがいると、きかされていたせいだ。時どき、そのヘビがシュルシュルとはう音がしたような気がして、はっと立ちすくみ、またかけだしては、からだの芯《しん》までふるえあがった。ときには、自分があわれでたまらなくなって、ひとり、しくしく泣きながら歩くこともあった。そんなときは、しばらくすると、「ああ、ぼくがこんなこわがりだと知ったら、かあさんはどんなに悲しむだろう!」と思いなおして、また元気をとりもどすのだった。それからは、こわいのをまぎらわせようと、母親のことをあれこれ考えることにした──ジェノヴァをたつとき、かあさんがぼくにかけてくれたことば、まだ赤んぼうでベッドにいたころ、毛布のはしをあごの下でなおしてくれたときのかあさんの手つき、《ちょっとこうしていましょうね》と言って、両手で抱きあげて、そのままじっと長いこと、頭と頭をかさねて、心のなかで、なにか考えごとをしていたときのかあさん。

そんなことを思い出しては、マルコは母親に話しかけるのだった。《いつかまた会えるよね、かあさん? この旅だって、いつかは終わるよね、かあさん?》

こうしてマルコは、見なれない木々のあいだをぬけ、広いひろいサトウキビ畑をつっきり、どこまでもつづく牧場をわたり、ただひたすら歩きつづけた。見あげると、いつも目の前に、あの青い大きな山並みが、晴れわたった空高く、そのいただきをつきだしていた。

四日、五日、そして一週間が過ぎた。みるみる力がおとろえはじめ、足は血にそまっていった。そしてとうとう、ある日暮れどきのこと、「トゥクマンなら、ここから五マイルだよ」と告げられたのだ。マルコは、ひと声、うれしそうにさけぶと、足をはやめて歩きだした。なくなっていた力を、いっぺんにみんなとりもどしたみたいだった。

けれどそれも、つかのまの、気の迷いだった。からだの力が急にぬけて、道のみぞのへりに倒れると、マルコは気を失ってしまったのだ。それでもマルコの胸は、喜びでどきどきしていた。一面にきらきらとかがやく星空が、このときほどうつくしく見えたことはなかった。

眠ろうとして横たわった草の上で、マルコは、その星空をながめていた。すると、かあさんもきっと、いまこうしておなじ星空を見ているにちがいない、という思いがわいてきて、ことばが口をついてでた。

「ああ、かあさん、どこにいるの？　いま、なにしているの？　ぼくのこと、考えてる？　かあさんのマルコのこと、こんなにすぐそばまできてるマルコのこと、考えているの？」

かわいそうなマルコ。もしこの瞬間、母親がどんなありさまだったか、ひと目見ることができたなら、きっと、人間とは思えない力をふりしぼって、なおも歩きつづけて、母親のもとに、あと何時間かはやくたどり着いていたことだろう。

母親は病気にかかって、こぎれいな屋敷の一階にある部屋でふせっていた。あのメキネス一家の暮らす屋敷だ。それほど一家は、この母親に目をかけて、手あつい看病をほどこしていた。かわいそうに母親は、メキネス技師がとつぜんブエノス・アイレスを離れなければならなくなったときから、もうすでに病気がちだった。そしてコルドバのいい空気のもとで養生《ようじょう》しても、いっこうによくならなかったのだ。そのうえ、いくら手紙をやっても、夫からもいとこからも、さっぱり返事がこないものだから、きっとなにかたいへんな不幸があったにちがいないと、いやな予感がふくらむばかりで、毎日よくないしらせを待ちながら、いっそこのまま国に帰ろうか、このまま残ろうか、と迷いながら暮らしているうちに、気苦労《きぐろう》がかさなって、思いのほか病気が重くなってしまったのだ。こうしてとうとう、たいへんな症状《しょうじょう》があらわれてきた。腸がつまってヘルニアにかかったのだ。それでもう十五日も寝たきりだった。命を救うには、外科手術しか手だてがなかった。

そして、息子のマルコが母親をよんでいた、ちょうどそのとき、メキネス夫妻は、母親のまくらもとで、手術を受けるようにと、やさしくていねいにすすめているところだった。けれど母親は、涙を流しながら、どうしても受けいれようとはしなかった。これでは、せっかくトゥクマンの名医に、前の週からきてもらっているのに、どうにもならなかった。「いいえ、だんなさま、奥さま」と母親はくりかえし言うのだった。「もうむだですわ。とても手術にたえる力なんてありません。きっと手術のとちゅうで死んでしまいます。このまま死なせていただくほうが、どんなにかましです。もうすっかりあきらめておりますから。なにもかもおしまいなんです。家族のものの身に、なにが起きたか知らないうちに、死んだほうがましですもの」

するとと主人夫婦は、そんなことを言わずに、もっと気を強くもたなければ、と言いきかせるのだった。ジェノヴァに直接だした最後の手紙には、きっと返事がくるから、お子さんたちのためにも、ぜひとも手術は受けなければ。

けれどわが子のことを思うと、どん底までつき落とされ、打ちのめされつづけた長い歳月に、もっと大きな苦しみがのしかかってくるばかりだった。夫妻のことばをきいて、だから母親はわっと泣きだしたのだ。「ああ、わたしの子どもたち！　子どもたち！」母親は手を合わせてさけんでいた。「きっともう、この世にはいないのね！　それなら、わたしも死んだほうがましだわ！　だんなさま、奥さま、お気持ちはありがたく、ほんとうに心からお礼を申しあげます。でも、わたしは死んだほうがいいんです。どうせ手術をしても、なおることなんてないんですから、きっと。いろいろとお世話になりまして、ありがとうございました、だんなさま、奥さま。あさって、お医者さまにきていただいても、どうにもなりません。このまま死なせてくださいませ。ここで死ぬのが、わたしの運命《さだめ》なのですわ。かくごはできております」

それでもなお、夫妻は母親をなだめようとして、「だめですよ、そんなことを言っては」とくりかえして、その手をとってたのむのだった。けれど母親は、そのときはもう、ぐったりとして目をとじたまま、死の眠りにひきこまれていくように、うとうとしはじめていた。

夫妻は、そのまま、まだしばらく、かすかなランプの明かりのもとで、このけなげな母親を、しみじみあわれに思いながら見まもっていた。家族を救おうと、故郷から六千マイルもの道のりをやってきて、死んでゆくなんて、さんざん苦労したあげく、かわいそうに、こんなふうに運に見はなされて死んでゆくなんて、こんなに心のまっすぐでやさしいひとなのに。

あくる日の朝はやく、マルコはふくろを肩に、背をまるめ、足をひきひき、でも元気いっぱい、トゥクマンの町にはいっていった。アルゼンチン共和国のなかでも、いちばんあとに生まれて、いちばん栄えている町のひとつ、それがトゥクマンだった。

この町も、やっぱり、コルドバやロサリオやブエノス・アイレスといっしょじゃないか、と、一瞬マルコは思った。まっすぐにどこまでもつづく道、その両側には、のきの低い、白い家々。けれど、町のいたるところに、ふしぎな植物が生いしげり、かぐわしい空気とすばらしい光があふれ、それに、イタリアでさえ見たことのないような、ふかくすみきった青い空がひろがっていた。通りを進んでいくうちに、また、あのブエノス・アイレスのときとおなじように、からだじゅうがかっと熱くなるのがわかった。家の前を通るたびに窓や戸口に目をやり、女のひとが通りかかるたびに、もしや母親ではと、かすかなのぞみにすがる思いで、じっとみつめるのだった。できることなら、だれかれかまわずつかまえてたずねてみたかった。けれど、だれもよびとめる勇気はでなかった。戸口に顔をのぞかせたひとたちは、みんな、ひと目で、はるばる遠くからやってきたとわかる、ぼろぼろの服を着たほこりだらけの少年を、かわいそうに思いながら、じっと見送るだけだった。それでもマルコは、だれかたよりにできそうなひとはいないかと、人びとの顔をたしかめながら、あの口にするのもおそろしい質問をする相手をさがしていた。ふと、ある店の看板に目をやると、イタリア語で名前が書いてあった。中をのぞくと、めがねをかけた男のひとと、女のひとがふたり見えた。マルコはゆっくり店先に歩みよると、勇気をふるいおこしてたずねた。「あのう、すみませんが、メキネスさんのおたくはどちらでしょうか?」

「技師《インヘニエロ》のメキネスさんかい?」と、スペイン語まじりで店の主人がききかえした。

「技師のメキネスさんです」と、いまにも消えいりそうな声で、マルコはこたえた。

「メキネスさんの家のひとたちなら」と主人は言った。「トゥクマンにはいないよ」

このことばを聞いたとたん、ウッと、胸に剣をつきたてられたような、絶望の痛みがはなつ悲鳴があがった。

主人も女のひとたちも、はじかれたように立ちあがった。近所のひとたちもかけつけてきた。「どうした? なにがあったんだ、ぼうや?」と、主人はマルコを店の中へひきいれて、腰かけさせた。「そんなにがっかりすることはないぞ、ええ、おい！　メキネスさんは、ここにはいないが、そう遠くじゃない。トゥクマンからは、ほんの数時間だぞ！」

「どこ？　どこなんですか？」マルコは急に息をふきかえしたように、とびあがってさけんだ。

「ここから十五マイルほどいったところだ」と主人はつづけた。「サラディリョという川のほとりだ。いま大きな砂糖工場をたてているところだ。そこに何軒かまとまって家がある。メキネスさんの家はそこだよ。だれでも知ってる。数時間もあればいけるさ」

「あそこなら、おれ、ひと月前にいってたぜ」と、さっきの悲鳴をきいて、かけつけてきていた若者が言った。

マルコは目をまるくして若者をみつめ、血相《けっそう》を変えて、せかすようにきいた。「お手伝いの女のひとは見ませんでしたか、メキネスさんとこの、イタリア人の女のひとは？」

「《ジェノヴァからきた女のひと》《ヘノベサ》だろ？　見たとも」

ふいにマルコは、泣き笑いとしかいいようのない、ひきつけでも起こしたみたいなすすり泣きをはじめた。

ひとしきりして、なにか急に思いきったかのように、「どうやっていくんですか、はやく、どの道をいったら……すぐいかなくちゃ！　教えてください、道を！」

「そんな、まる一日はかかるんだぞ」と、みんながいっせいに言った。「疲れてるんだから、休まなくちゃ、発《た》つのはあしたになさい」

「だめです！　そんなことできません！」とマルコはこたえた。「どっちへいけばいいんですか、もう一分だって待ってなんかいられません。いますぐ、いくんです。とちゅうで死んだってかまいません！」

とてもマルコの決心は変えられないとわかると、もうそれ以上反対するものはなかった。「神さまがまもってくださるだろう」と、みんなは言った。

「森をぬける道には気をつけていくんだぞ」

「元気でな、イタリアのぼうや《イタリアニート》」

男がひとり、マルコを町はずれまで送ってくれて、道をおしえたり、注意をくれたりした。そして、でかけていくマルコのうしろすがたを、じっと見まもっていた。

それからほんの数分後、ふくろを肩に、足をひきひき歩いていくマルコのすがたは、道の両側からのしかかるように生いしげった木立ちのむこうに、消えてしまった。


その晩は、病の床にあるかわいそうな女のひとにとって、おそろしい一夜になった。はげしい痛みにたえかねて、いまにも血管が破裂《はれつ》してしまいそうなさけびをあげていたかと思うと、うなされて、うわごとを口ばしることもあった。つきそっていた女たちは、おろおろするばかりだった。奥さんも、時どき、あわてふためいてかけこんできた。たとえ病人が手術を受ける気になったとしても、医者がくるのがあくる朝では、もう手遅れかもしれないと、みんな心配しはじめていた。けれど熱にうなされていないときには、身もひきさかれる思いで病人がなによりおそれているのが、からだの痛みではなく、遠くはなれた家族への思いであることがよくわかった。血の気もひき、げっそりとほおもこけ、すっかり人相の変わった病人は、胸のうちをよぎる絶望に身もだえしながら、髪の毛をかきむしってはさけぶのだった。

「ああ、神さま！　神さま！　こんな遠いところで死ぬなんて、もう一度みんなに会わずに死ぬなんて！　かわいそうな子どもたち、母のない子になってしまうのね、あの子たちは、わたしの血を分けた子どもたちが！　わたしのマルコ、まだあんなにちいさくて、背たけだって、あれしかないのに、あんなにやさしい、いい子なのに！　どんなにいい子か、ご存じないから、奥さま、もしご存じでしたらねえ！　わたしとわかれるとき、わたしの首にしがみついて、それは、ひきはなすのがつろうございました。もうせつなくなるくらい泣いて、泣いて。二度と母親に会えなくなることが、わかっているみたいでした。かわいそうにあの子、わたしのマルコ！　ほんとうにこの胸がはりさけそうでしたわ！ああ、あのとき死んでいたら、あの子がわたしにさよならを言っているときに、死んでいたら！　あのとき、あの瞬間に死んでいたらよかったのに！　母親がいなくなったら、かわいそうにあの子は、あんなにわたしを好きで、わたしのことが必要なのに、母親がいなくなったら、それはみじめに、物乞いでもしなければならないでしょう。あの子が、マルコ、わたしのマルコが、おなかをすかして、ひとさまにめぐみを乞うなんて！　ああ、神さま！　いやです！　わたし死にたくない！　お医者さまを！　いますぐ、よんでください！　はやく、このからだを切って、この胸を切りさいて！　わたしの気がくるってもいいから、この命だけは助けて！　なおりたいんです、わたし、生きて、この国をでて、とんでいきたいんです、あしたにでも、すぐに！　お医者さまを！　たすけて！　たすけて！」

女のひとたちは、病人の手をにぎって、なだめたりすかしたりしながら、すこしずつ気持ちを落ちつかせようと、神さまがついていてくださるから、きっとだいじょうぶ、と話しかけたりした。すると病人は、また、いまにも死にたえそうに、はげしく身をよじって、しらがまじりの髪を手でかきむしりながら、赤ちゃんみたいに長く尾をひくかなしそうな声をあげて泣くのだった。そして時どき、こうつぶやくのだった。「ああ、わたしのジェノヴァ！　わたしの家！　あの広びろとした海！……ああ、わたしのマルコ、かわいそうなマルコ！　いまごろどこにいるのかしら、わたしのあの子！」

真夜中だった。そしてそのころ、かわいそうなマルコは、もう何時間も水路の土手を歩きづめで力もつきて、植物のおばけみたいな巨大な木の生いしげった、おそろしく広い森のなかを進んでいた。大聖堂の柱みたいにとてつもなく高くて太い木が、あっけにとられるような空の高みで、月の光に銀色にかがやく巨大な葉のしげみと、無数にからまりあっていた。そのうす暗がりをすかして見ると、ありとあらゆる形をした幹が、無数に、あるものはまっすぐに、あるいはななめに、あるいはねじくれて、たがいにおどしやけんかをしかけてでもいるような、奇妙なかっこうでからみあっていた。なかには、塔がそのままそっくり横だおしになったみたいに、長ながと地上にひっくりかえっている木もあって、その上に、ごちゃごちゃとびっしり植物がおおいかぶさっているのをながめていると、たけりくるった群集がじりじりと攻めよせてくるみたいに思えてくるのだった。かと思うと、巨人のつかう、穂先が雲までとどきそうな槍《やり》のたばみたいに、ひしめきあって空高くそびえる木々の大きなかたまりもあった。その壮大なうつくしさ、とほうもなく巨大なものたちが生む混乱の奇跡《きせき》——こんなにも雄大できびしいながめが、自然界の植物から生まれるなんて、マルコにははじめての経験だった。そのながめに、たちまちマルコは、息をのんだ。けれど、すぐにまた、思いは母親へととぶのだった。

なにしろ疲れきったからだで、足から血を流しながら、たったひとり、このおそろしい森のまっただなかにいるのだ。見えるものと言えば、ところどころに、ぽつりぽつりとあらわれるちいさな人家と、時どき出会う道ばたに眠る水牛だけだった。おまけに巨大な木々の根もとで見ると、その人家も、アリ塚《づか》のようでしかなかった。

からだはへとへとだったが、疲れは感じなかった。ひとりぼっちだったが、こわくはなかった。森の壮大なうつくしさがマルコの心を大きくしていたのだ。もうすぐそこに母親がいるという思いが、マルコに、一人前のおとなの力と勇気をあたえていた。大きな海をわたり、失望をかさね、かなしみに胸をいため、かなしみをのりこえ、苦労をたえしのび、それでも鉄の意志を失うことなくやってきたのだ――そう思いかえすと、誇らしさから、自然と顔が上をむくのだった。からだに流れるジェノヴァ人のつよく気高い血が、いっきに誇りと勇気を燃えあがらせて、大きな波のように、ふたたびマルコの心に流れこんできた。

するとマルコの心のなかで、あたらしい変化が起きた。そのときまで、二年会わなかったせいで、いくらかぼやけて色あせていた母親のすがたが、いまになって、ありありと目の前にうかんできたのだ。そうしてふたたび見る母親の顔は、もう長いあいだ見たこともないほど、すみずみまでくっきりとしていた。自分のすぐそばで、生きいきと話している母親の顔がよみがえったのだ。目やくちびるの、ほんのかすかな動きも、その表情やしぐさや、心のかげりさえも、そのなにもかもがよみがえった。そうして次つぎとわいてくる思い出に背中をおされるようにして、マルコは足をはやめた。すると、いままで感じたことのないいとおしさがこみあげてきて、そのことばにできないやさしい気持ちが胸いっぱいにふくらんで、ゆっくりと音もなく、涙がほおをつたっていった。

闇《やみ》のなかを進みながら、マルコは母親に話しかけていた。もうすぐ、その耳もとでささやくはずのことばを、くりかえしていた。「ほらきたよ、かあさん、ほら、ぼくだよ。もうぜったいに、はなれたりなんかしない。いっしょにうちに帰ろうね。船の上でも、ぼく、ずっとそばにいるから、ぴったりくっついてるから。ぼくをかあさんからひきはなすなんて、だれにもさせやしない、だれにもだ、ぜったいにね、かあさんが生きてるあいだ、ずうっとだ！」

いつのまにか、巨人みたいな木々の葉むらのてっぺんでは、銀色の月の光が、やわらかな夜明けのほの白い空のなかに消えてゆくところだった。マルコはそれさえ気づかなかった。

その朝八時、トゥクマンからきた若いアルゼンチン人の医者は、助手をひとりつれて、はやくも病人のまくらもとで、手術を受けるようにと、最後の説得を試《こころ》みていた。そして医者といっしょに、メキネス技師と奥さんも、祈るような思いで、くりかえしくりかえし、心をこめて説得をしていた。けれどすべてはむだだった。

病人は、この力のつきたからだでは、手術を受けてもしかたがないと思いこんでいた。手術のさいちゅうに死ぬか、たとえ何時間か生き延びたとしても、このままなにもしないで死ぬよりも、もっとすさまじい苦痛を味わったあげく、そのかいもなく死ぬことになるか、そのどちらかだと、かたく信じていた。

それでも医者はあきらめずにくりかえした。「でも、たしかな手術ですから、まちがいなく助かります、ちょっと勇気をだすだけでいいんですよ！　手術がいやだとおっしゃるなら、死ぬことになる、それもまた、まちがいないんですよ！」

そのことばも、なんの役にも立たなかった。

「いやです」かぼそい声で病人はこたえた。「わたしにも、まだ死ぬ勇気は残っています。けれど、これ以上、むだに苦しむ勇気は、もうありません。ありがとうございます、先生。こういう運命なのです。どうか、このまま静かに死なせてください」

それを聞くと、医者はがっかりして、手をひいた。もうだれも、なにも言わなかった。すると病人が奥さんのほうに顔をむけ、いまにも消え入りそうな声で、最期のねがいをつたえはじめた。「おやさしい奥さま」と、病人はすすり泣きながら、やっとの思いで言った。「あのわずかばかりのお金と身のまわりの品は、うちのものに送ってやってくださいまし……領事さまにお願いして。みんな元気でいてくれるとよいのですけれど。こんないまわのきわになって、なんだかそんな気がしてまいりました。どうか、手紙でしらせてやってくださいまし……いつもみんなのことを思っていたと、ずっとみんなの……子どもたちのために働いていたと、そして……ただひとつ、心残りなのは、もう一度みんなに会えなかったことだと……それでもけなげに……静かに観念して死んでいったと……みんなのしあわせを祈りながら。それから、夫に……上の子と……末《すえ》の子の、かわいそうなマルコのことをたのみますと……最後の最後まで、マルコのことは気にかけていたと……」そこで病人はふいに気をたかぶらせ、両手を合わせながら、さけんだ。「わたしのマルコ！　わたしのぼうや！　わたしの命！……」

ところが、あふれる涙でにじむ目をめぐらせたとき、病人は、奥さんのすがたが見えないことに気づいた。奥さんは、そっと部屋の外によびだされていたのだ。主人のすがたをさがしたが、主人も消えていた。残っているのは、ふたりの看護婦と、あの助手だけだった。となりの部屋からは、あわただしい足音がつづいたあと、声をひそめて早口でなにやら話がかわされていたかと思うと、押しころしたさけび声があがるのが聞こえてきた。病人は、かすむ目で、じっとドアを見すえたまま、待っていた。

数分して、医者が、ただならぬ顔つきでもどってきた。それから奥さんと主人もはいってきたが、見るからに、ふたりとも取り乱していた。三人はそろって、ふしぎな表情をうかべて、病人を見つめてから、なにやらふたことみこと、小声でことばをかわした。医者が奥さんに、「いますぐがいいでしょう」と言ったような気がしたが、それがなんのことか、病人にはわからなかった。

「ヨゼファ」ふるえる声で奥さんが話しかけた。「いいしらせがあるの。びっくりしないで聞いてね」

病人はじっと奥さんをみつめた。

「そのしらせはね」奥さんはいっそう声をたかぶらせて、話をつづけた。「きっと、とてもよろこんでもらえると思うの」

病人の目が大きく開いた。

「いいこと」奥さんはつづけた。「これから、あるひとに会ってもらうわ……あなたがとてもたいせつに思っているひとよ」

病人はぱっと顔をあげ、目をかがやかせて、すばやく奥さんとドアとを、かわるがわるみつめはじめた。

「あるひとがね」青い顔をして、奥さんが言いそえた。「たったいま、やってきたの……思いもかけなかったけれど」

「だれなんです?」おどろきのあまり、息がつまって裏がえってしまったような声で、病人がたずねた。

言いおえた瞬間に、病人は、かん高いさけびを発して、はじかれたようにベッドの上にすわりなおし、そしてそのまま動かなくなった。目は大きく見開いたまま、こめかみにあてた両手のあいだから、目の前にあらわれた、この世のものとは思えない光景とむきあっていた。

マルコが、服はぼろぼろにやぶれ、ほこりまみれになって、すぐそこに、入り口のところに、医者に腕をかかえられるようにして、立っていたのだ。

病人は三度するどくさけんだ。「ああ、神さま！　神さま！　神さま！」

マルコがかけよって身を投げだすと、病気の母親は、やせ細った腕をひろげ、雌トラのように力強く、その胸にしっかりと抱きとめた。とたんに、はげしい笑いがはじけたが、すぐそれも、心の底からしぼりだすような、かわいたむせび泣きに変わり、母親はあえぎながらまくらにつっぷした。

けれどたちまち気をとりなおすと、マルコの頭にキスの雨をふらせながら、喜びにくるったようにさけんだ。「どうやってきたの？　なぜなの？　ほんとうにあなたなの？　なんて大きくなったこと！　だれにつれてきてもらったの？　ひとりなの？　病気じゃないのね？　ほんとうにあなたなのね、マルコ？　夢なんかじゃないのね！　神さま！　話をきかせてちょうだい！」そしてふいに調子を変えて言った。「だめよ！　だまって！　待ってちょうだい！」

それから今度は医者のほうをふりむいて、大急ぎで言った。「はやく、いますぐに、先生。なおしたいんです。かくごはできています。一瞬だってむだにしないでください。マルコは、どこか声のとどかないところにつれていってください。マルコ、なんでもないのよ。話はあとできかせてちょうだい。もう一度キスしてあげるわ。さあ、いきなさい。では先生おねがいします」

マルコは部屋の外につれだされた。主人夫妻も女のひとたちも、あわただしくでていった。医者と助手だけが残って、ドアをしめた。

メキネスさんは、マルコを、どこかはなれた部屋につれていこうとしたが、できなかった。床にくぎづけになったみたいに、マルコがびくとも動かなかったからだ。

「どうしたんですか?」とマルコはたずねた。「かあさんになにがあったんです? これからなにをされるんですか?」

そこでメキネスさんは、なおもマルコをつれていこうとしながら、やさしく言った。

「いいかね。おききき。いま話してあげるから。きみのおかあさんは病気にかかっていて、それでちょっとした手術を受けなくてはならないんだ。なにもかも説明してあげるから、いっしょにおいで」

「いやです」マルコは、その場に足をふんばって、こたえた。「ぼく、ここにいたいんです。ここで説明してください」

技師がおなじことばをくりかえしながら、ひっぱっていこうとしたものだから、マルコはこわくなって、ふるえだした。

とつぜん、高くするどいさけび声が、家じゅうにひびきわたった。瀕死《ひんし》の重傷をおっただれかがあげたさけびのようだった。

その声に、思わずマルコも、絶望のさけびをあげていた。

「かあさんが死んじゃった!」

医者が戸口にすがたをあらわして言った。「おかあさんは助かったぞ」

マルコは一瞬、医者をみつめたあと、しゃくりあげながら、その足もとにとびついていった。「ありがとうございます、先生！」

けれど医者は、手でマルコに立ちあがるようにうながしながら、言った。

「さあ、立ちなさい！……きみなんだよ、勇敢なぼうや、きみがおかあさんの命を救ったんだ」

夏

二十四日、水曜日

ジェノヴァ生まれのマルコは、ことし、ぼくらが知った最後から二番目の、ちいさなヒーローだ。あとは、六月にもうひとり、残っているきりだ。もう、月のテストが二回と、授業が二十六日と、木曜日が六回に日曜日が五回しか、残っていない。学年末が、もうすぐそこまできている感じだ。校庭の木々も、葉を茂らせ、花をつけて、体操用具の上にすてきな木かげをつくってる。

生徒たちはもう夏の服装だ。教室の出入り口を見ているのも、いまは楽しい。先月とはまったくようすがちがうからだ。肩までとどいていた髪がなくなって、いまはみんな丸刈りだ。足も首も、すはだを見せている。いろんな形のむぎわら帽子には、肩までとどくリボンがついてる。色とりどりのシャツやネクタイ。いちばんちいさな子たちは、服のどこかに、赤や青のものをなにかつけている。えりの折りかえしや服のへり、かざりふさやほんとちょっとしたところに、そまつでも見ばえがいいようにと、おかあさんがくっつけたのだけれど、色がみんなあかるい。それに帽子をかぶらないで学校にくる生徒もたくさんいる。まるで家出してきたみたいだ。

白い体操着を着てくる生徒も何人かいる。デルカーティ先生の息子のように、上から下まで真っ赤なのもいる。ゆでたエビみたいだ。セーラー服の子たちもいる。でもいちばんかっこいいのは、大きなむぎわら帽子をかぶった「左官屋くん」だ。帽子のせいで、ランプのかさをかぶった、半かけのロウソクみたいに見える。その帽子をかぶったまま、「ウサギ顔」をするものだから、笑ってしまう。コレッティも猫皮のベレー帽子をよして、絹でできた灰色の、ふるびた旅行用の帽子をかぶってる。ヴォティーニは、からだにぴったりの、スコットランド風といった感じの服を着ている。クロッシは胸をはだけている。プレコッシは、青い、ぶかぶかの鍛冶屋の上っぱりだ。

そしてガロッフィは？　商売の品をかくしていた大きなコートを着られなくなったものだから、ポケットというポケットが、あらゆる種類の古物屋のがらくたでふくらんで、くじの札がポケットからのぞいているのが、すっかりまるみえだ。いままでは、もってるもの全部が、見えたままだ。半分新聞紙でできた扇子やアシの棒、鳥を打ち落とす矢、薬草、それに、ポケットからはいでてきて、上着の上をだんだんのぼっていく、コガネムシ。

たくさんのおちびさんたちが、先生がたにちいさな花束をもってきている。先生がたも夏むきの、あかるい色の服を着ている。ひとりだけ、いつでも黒ずくめの「尼さん先生」は別だ。赤い羽かざりの先生は、あいかわらず赤い羽かざりを帽子につけて、首にはピンクのリボンをつけている。でもクラスの子どもたちが、それを引っぱって、すっかりしわくちゃにしてしまう。子どもたちはいつでも先生を笑わせ、走りまわらせている。

サクランボと、蝶ちょうと、並木道の音楽と、いなかの散歩の季節だ。四年生のほとんどが、もうポー川に水遊びにいっている。みんな気持ちはすっかり休暇にむかっている。毎日、学校から帰るときは、前の日よりも待ちきれなくなって、前の日よりもわくわくしてくる。ただ、喪中《もちゅう》のガッローネと、一年のときの先生がますますやつれていくのが、気がかりだ。かわいそうな先生は、ますます顔色が青ざめて、せきもとまらなくなっている。いまではすっかり背中をまるめて歩いていて、ほんとうにかなしそうに、ぼくにあいさつをするんだ！

詩

二十六日、金曜日

学校の詩がわかるようになったんだね、エンリーコ。けれど学校を、いまきみは、内側からしか見ていない。三十年たって、自分で子どもたちをむかえにいくようになって、いまのとうさんのように、外側から見るようになれば、これが詩なんだって、もっともっとうつくしく見えるようになる。

出口でまっているあいだに、わたしは、建物のまわりのしずまりかえった道を歩き、よろい戸をたてた一階の窓を見る。窓のひとつから、女の先生の声がきこえてくる。「ああ、なんということを! だめよ! あなたのおとうさんはなんとおっしゃるかしら?……」

となりの窓からは、書き取りをさせている男の先生の、ふとくゆっくりとした声がきこえる。「五十メートルの布地を買いました……一メートル四リラ五十で……それをまた売りました……」

そのさらにむこうには、赤い羽かざりの先生がいて、大きな声で読んでいる。「そこでピエトロ・ミッカは火のついた導火線を手に……」

となりの教室からは、百羽の鳥がさえずっているような声がきこえてくる。ちょっとのあいだ先生がいなくなったのだろう。

さらにその先の、角を曲がったところで、生徒がひとり、泣いていて、先生がそれをしかったり、なぐさめたりしている声がとどいてくる。またちがう窓からは、詩や、偉大で善良な人物の名や、美徳と祖国愛と勇気を説く文章が、きれぎれに、きこえてくる。それから、しばらく静かになる。そこの教室は、きっとつかわれていないのだろう。七百人の子どもたちが中にいるとは、とても信じられない。と、こんどは子どもたちの大爆笑がきこえてくる。たのしい先生の冗談にさそわれたのだろう……

通り過ぎるひとたちが、足をとめて耳をかたむける。そしてだれもが、若さと希望でいっぱいの、あの、あたたかい建物にやさしいまなざしをむける。

と、ふいに、とてもにぎやかになる。本やノートをとじる音、足をひきずる音、教室から教室へ、上から下へと、まるでいいしらせが急にひろまるように、ひろがっていくざわめき。用務員さんが大きな声で、終業を告げている。このさわぎを合図に、女のひとや男のひと、むすめさんや青年たちが、玄関のあちこちで、ひしめきあいながら、子どもや弟妹や孫を待ちかまえる。教室の出口からは、水がふきだすように、ちいさな子どもたちが、上着や帽子をつかんで、とびだしていく。ゆかの上でもつれあったり、わけのわからないことを言いながら、そこらじゅうを歩きまわる子どもたちもいる。ついには、用務員さんが、一つひとつ教室をまわって、子どもたちを外に追いだしていく。そして、ようやく、子どもたちがおもてにでてくる。長い列をつくって、足をふみならしながら。そこに親たちが質問の雨をふらせる。「授業はわかった？　宿題はなにがでたの？　あしたはなにがあるの？　今月のテストはいつ？」

すると読み書きのできないかわいそうな母親たちも、ノートをひらいて、点数をきさながら、問題を見る。「たったの八点？」「十点プラス？」「学科の九点？」

そして心配したり、よろこんだり、先生に質問したり、時間割やテストのことを話したりする。こうしたことすべてが、どれほどすばらしく、どれほどすごいことか、それは世界じゅうに、かぎりない希望を約束するものなんだ！

とうさんより

耳のきこえない女の子

二十八日、日曜日

けさ、あのひとがたずねてきてくれなかったら、こんなすてきに五月の終わりをむかえることはできなかったにちがいない。

ベルがなるのがきこえて、ぼくたちは玄関にとんでいった。とうさんがおどろいた声で話しているのがきこえる。「ジョルジョ、もどってきたんですね?」

キエーリにあるうちの別荘で庭師をしているジョルジョだった。ジョルジョは、家族をコンドーヴェに残して、三年間、ギリシャの鉄道で働いて、きのう船でジェノヴァにもどってきて、まっすぐうちにやってきてくれたのだ。腕に大きな包みをかかえていた。ちょっとふけたけれど、あいかわらず血色がよくて若わかしかった。

とうさんが中にはいるようにすすめた。でもジョルジョはそれを断ると、すぐに、真顔になってたずねた。「うちの家族は元気にやってますか? ジージャはどうです?」

「ついこのあいだまで元気でしたよ」かあさんがこたえた。

ジョルジョは大きく息をついた。「ああ、神さま、感謝します! 奥さまからお話をうかがわないことには、ろうあ学校をたずねる勇気がでなくて。この包みをおいたら、すぐにでも娘をむかえにいきます。三年も、あのかわいそうな娘に会ってないんですから! 家族のだれとも会っていないんです!」

とうさんがぼくに言った。「つれていってあげなさい」

「すみませんが、もうひとつだけ」

庭師がおどり場で言った。

とうさんがジョルジョのことばをさえぎった。「それで仕事のほうは?」

「順調です」ジョルジョはこたえた。「おかげさまで。いくらかは稼いできました。でもおたずねしたかったのは、つまり、娘の勉強のほうはどうなんでしょう？　おしえてください。まだ幼いあの娘《こ》を、わたしはおいていってしまった。あの学校を、じつは、わたしはあんまりあてにしてないんです。あの娘は手話をおぼえたんでしょうか？　家内は、手紙ではいいように書いていましたが」

「話すようになりました。上達してますよ」

「でも、わたしがいいたいのは、つまり、わたしが手話をわからなかったら、あの娘が手話をおぼえても、なんの価値があるのかってことです。かわいそうな娘、どうやってわたしたちはわかりあえばいいんでしょう？　あれは、耳のきこえないもの同士が話をするためのもんです。それで、どうなんです？　どういったぐあいなんですか？」

とうさんはほほえみをうかべると、こたえた。「いまお話しするのはやめておきましょう。自分の目でごらんなさい。さあ、いってらっしゃい。一分だってむだにしてはいけません」

ぼくたちはでかけた。その学校は近くにあった。庭師は、おおまたで歩きながら、さびしそうな顔で話していた。

「ああ、かわいそうなジージャ！　あんな不幸をしょって生まれてくるなんて！　わたしは、あの娘が『とうさん』とよぶのをきいたことがないんです。あの娘も、わたしが『娘よ』とよぶ声をきいたことがない。あの娘は、生まれてこのかた、たったのひとことだって、きいたことも話したこともないんです！　学校の費用をだしてくれる、親切なおかたがいたことには感謝してます。でも、それも……八歳になるまでは行けなかった。三年間も家に帰ってないんです。もう十一歳ですよ。大きくなったでしょうね？　どうです？　たのしくやってるんでしょうか？」

「もうすぐ、わかりますよ。もうすぐです」足をはやめながら、ぼくはこたえた。

「いったい学校はどこなんです？」ジョルジョはたずねた。「家内が娘をつれていったんです、わたしはもういなかったから。このあたりだった気がするんですが」

ちょうど学校の前だった。すぐに面会室にはいっていくと、用務員さんがやってきた。

「ルイージャ・ヴォッジの父親です」庭師は言った。「すぐに、すぐに娘を」

「いまは休み時間です」用務員さんがこたえた。「先生につたえてきます」

そうこたえると、すぐにいなくなった。

庭師はもう話すことも、じっとしていることもできなかった。壁の絵を見てもなにも目にはいらなかった。

ドアがあいた。黒い服をきた女の先生が、女の子の手をひいて、はいってきた。

父と娘は一瞬、みつめあうと、よろこびの声をあげて、たがいの腕のなかにとびこんだ。

女の子は白と赤茶のしまの服をきて、白いエプロンをつけていた。ぼくより背が高かった。泣きながら、両腕でしっかりと父親の首にしがみついていた。

父親は娘の手をほどくと、頭の上からつま先まで、ながめはじめた。目には大つぶの涙をうかべ、全速力で走ったひとのように、あえいでいた。そしてさけんだ。

「ああ、なんて大きくなったんだ！　なんてきれいになったんだろう！　ああ、わたしのかわいい娘、わたしのジージャ！　かわいそうな娘！　あなたが先生ですか？　娘に、なにか手話をやってみるように言っていただけませんか？　わたしにも、すこしはわかるでしょうし、ちょっとずつでもおぼえていきますから。手話で、なにか話すように言ってください」

先生はほほえむと、低い声で女の子に言った。「あなたに会いにいらしたこのかたは、どなたかしら？」

女の子は、まるではじめてぼくたちのことばを口にする未開の土地の人間のように、耳慣れない、調子はずれのふとい声で、でも、はっきりとした口調で、にこにこしながらこたえた。「わたしの、おとうさん、です」

庭師は一歩あとずさると、われを忘れてさけんだ。「話してる！　そんなばかな？　まさか！　話をするなんて？　おまえ、話せるのか？　なんとか言ってくれ、話せるのかい？」

そしてもう一度、女の子を抱きしめると、ひたいに三度、キスをした。

「先生、でも、話は手話で、指をつかって、話すんじゃないんですか？　いったいこれはどうなってるんです?」

「いいえ、ヴォッジさん」先生はこたえた。「手をつかってではありません。それはふるいやり方です。ここではあたらしい方法で、つまり口をよむ方法をおしえています。ご存じじゃなかったんですか?」

「まったく知らなかった!」庭師はこたえた。「三年間イタリアをはなれていたんです!手紙で言ってきたのかもしれないが、わかってなかった。なんてわたしはばかなんだろう。ああ、わたしの娘よ、それじゃ、わたしの言うことがわかるんだね? 声がきこえてるんだね? こたえておくれ。きこえてるのかい? わたしの言ってることがきこえてるのかい?」

「いいえ、そうではありません」先生が言った。「声はきこえません、耳が悪いのですから。この子は、あなたの口の動きから、あなたが言っていることを理解するのです。つまり、こういうことなんです。この子は、あなたが話すことも、自分があなたに話しかけていることも、きこえてはいません。でも、発音はするのです。声をだすためには、どうやって舌やくちびるをうごかすのか、のどや胸にどんな力をいれなければいけないのか、一文字ずつ、わたしたちが教えたからです」

庭師には理解できなかった。ぽかんと口をあけたまま、いま起こってることが、まだ信じられないようだった。

「ジージャ、話しておくれ」ジョルジョは、娘の耳もとで言った。「とうさんが帰ってきて、おまえはうれしいかい?」こういうと顔をあげて返事をまった。

女の子は、なにか考えるように父親を見たが、なにも言わなかった。

父親はとほうにくれた。

先生が笑い声をあげた。そして言った。「この子がこたえないのは、あなたのくちびるの動きが見えなかったからです。耳もとで話したからですよ! あなたのお顔をこの子の目の前にもってきて、もういちど質問をくりかえしてください」

父親は、娘の顔をよく見ながら、質問をくりかえした。「とうさんが、かえってきて、おまえは、うれしい、かい? もう、どこにも、いかないのが、うれしい、かい?」

父親のくちびるの動きを、口の中まで見ようと、一心にみつめていた女の子は、正直にこたえた。

「うん、うれしい。とうさんが、かえって、きて、うれしいわ。そして、もう、にどと、いなくならない……」

父親は娘をかきいだくと、もっとよくたしかめるために、いきおいこんで、やつぎばやに娘に質問をあびせた。

「かあさんはなんていう名だ?」

「アントニア」

「おまえのいもうとは？」

「アデライデ」

「この学校はなんていう？」

「ろうあ、がっこう」

「二かける十はいくつだ？」

「にじゅう」

よろこびに笑いだすかと思っていた父親は、とつぜん、涙をながしはじめた。でもそれは、よろこびの涙だった。

「しっかりしてください」先生が言った。「よろこぶ理由こそあれ、泣く理由はないじゃありませんか。ごらんなさい、この子まで泣かせて。これで、納得していただけましたね？」

庭師は、先生の手をつかむと、二度、三度とキスをして言った。「ありがとう、ありがとうございます。ほんとうに、なんどでも申します。ありがとうございます、先生！　お許しください、わたしには、ほかにことばがみつかりません！」

「話すだけではありません」先生は言った。「あなたの娘さんは書くこともできます。計算もです。ふだん使うものの名は、ぜんぶ知っています。歴史や地理も、すこしは知っています。いまは普通学級にいます。あと二年、学校にいれば、もっともっといろいろなことを学ぶことでしょう。ここをでるときには、仕事につけるくらいになっているはずです。じっさい、卒業生のなかには、お店でお客さまの応対をしている子たちもいます。みんな、ほかのひとたちと同じようにお相手しているのですよ」

庭師は、またびっくりしてしまった。ふたたび頭のなかが混乱してしまったようだった。娘を見て、自分のひたいをこすった。もっとよく説明してほしそうな顔つきだった。

すると先生は、用務員さんのほうをふりむいて言った。

「予備クラスの女の子をここにつれてきてください」

用務員さんは、八、九歳くらいの女の子をつれて、すぐにもどってきた。数日前に学校にはいったばかりの子だった。

「この子は」先生が言った。「基本的な部分を教えているクラスの子です。どうやるか、お見せしましょう。この子に《e《エ》》の音を言わせたいとします」

先生は、母音の《e》の音を発音するときのかっこうに口をあけた。そして、女の子に、おんなじように口をあけるように指示した。女の子は言うとおりにした。それから先生は、声をだすように合図した。女の子は声をだした。でもそれは、《e》ではなくて、《o《オ》》の音だった。

「いいえ」先生は言った。「そうじゃないわ」

そして、女の子の両手をとると、いっぽうを自分ののどに、もういっぽうを胸におき、もう一度、《e》の音をくりかえしてみせた。先生ののどと胸の動きを手で感じた女の子は、前とおなじように口をあけ、こんどは、とてもじょうずに《e》を発音した。先生は、胸とのどにちいさな手をおかせ、同じようにして、女の子に《c》《チ》や《d》《ディ》の音を言わせた。

「もうおわかりでしょう?」先生はたずねた。

父親は、理解した。でも、わからなかったときよりももっとおどろいたようすだった。

「こんなふうに教えているんですか?」

しばらく考えこんだあとで、父親は、先生を見ながら、たずねた。「あんなふうに、しんぼうづよく、全員に、少しずつ、話すことを教えているんですか? 一人ひとり?……何年もかかって?……あなたがたは聖者のようなひとたちだ! 天国にいる天使だ!

この世には、あなたがたの努力に報いるものなど、なにひとつありますまい! なんて言えばいいんだ?……ああ、ほんのしばらく、ふたりきりにしていただけませんか? 五分だけ、娘とふたりにしてください」

こう言うと、娘をすこしはなれたところにすわらせて、質問しはじめた。女の子がそれにこたえていた。庭師は、こぶしでひざをたたきながら、目をかがやかせて笑っていた。声をきけることがうれしくて、まるで天上の音楽でもきくように、われを忘れて娘の声にききいり、肩に手をおいて、娘をみつめていた。それから先生にたずねた。

「校長先生は？　お礼を申しあげたいんですが」

「校長先生はいません」先生はこたえた。「でも、あなたが感謝すべきなのは、別の人間です。ここでは、ちいさな子たちの世話は、年上の女の子たちにまかされます。おねえさんや母親のかわりをするわけです。あなたの娘さんは、パン屋の娘の、十七歳の少女にまかされています。いい子で、娘さんをとてもかわいがっています。二年間、毎朝、娘さんに服をきせ、髪をとき、裁縫を教え、いるものをととのえ、そして仲のいい友だちなのです」

「ルイージャ、あなたの学校でのおかあさんはなんていう名前？」

女の子はほほえんで、こたえた。「カテリーナ・ジョルダーノ」

それから父親に言った。「とても、とても、いいひとなの」

先生の合図ででていった用務員さんが、すぐに金髪の少女をつれてきた。体格のいい、あかるい顔をした少女で、やはり赤茶のしまの服を着て、灰色のエプロンをつけていた。少女は、入り口のところでたちどまると、顔をあからめて、笑いながら頭をさげた。からだつきはおとなびていたが、子どものように見えた。

ジョルジョの娘は、すぐに少女のところに走っていって、おさない子どものように腕につかまると、父親の前につれてきて、ふとい声で言った。「カテリーナ・ジョルダーノよ」

「ああ、えらいぞ！」

父親はこうさけぶと、少女をなでようと手をのばした。が、その手をひっこめて、くりかえした。「ああ、えらい子だな！　神があなたを祝福しますように。すべての幸福となぐさめとをもたらしますように。あなたと、あなたの家族がいつもしあわせでありますように。つつましい家族の父親であり、正直な労働者であるわたしは、心からそう願っています！」

少女は、ずっと顔を下にむけ、ほほえみながら、ジージャをなでていた。庭師は、少女をマドンナのようにながめつづけていた。

「きょうは娘さんをつれて帰ってもいいですよ」と先生が言った。

「つれて帰るんですか！」と庭師はこたえた。「コンドーヴェにつれていって、あしたの朝、もどってきます。つれて帰れないなんて、あんまりだ！」

ジージャは着がえにとんでいった。

「三年間、会わなかったんですよ！」庭師はくりかえした。「それがいまじゃ、話せるなんて！　コンドーヴェにすぐにつれて帰ります。でもその前に、あの娘と腕をくんでトリノの町を見てまわりたいもんです。みんなにあの娘を見せてやるんです。それから知りあいのところへつれていって、声をきかせてやることにします。ああ、いい天気だ！　こんなうれしいことがあるなんて！　ジージャ、とうさんの腕をおとり！」

コートと耳あてをしてもどってきた女の子は、父親の腕をとった。

「みなさん、ありがとう」出口で父親は言った。「心から、感謝します。またあらためて、お礼にうかがいます！」

ジョルジョは、一瞬、なにか考えこんでいたが、ふいに娘の手を乱暴にほどくと、チョッキのポケットを片手でさぐりながら、もどってきた。そして怒ったようにさけんだ。

「たしかに、わたしはまったくの貧乏人ですが、ここにあるこの二十リラを、学校のためにおいていきます。まあたらしい、ピカピカのマレンゴ金貨です！」

そして大きな音をたてて机の上にマレンゴ金貨をおいた。

「いいえ、いけません」と、感激して先生が言った。「お金はおもちください。受けとれません。おもちかえりください。わたしにはわかりませんから。校長先生がいるときに、またいらしてください。でも校長先生もお受けとりにならないのは、たしかですよ。これを手に入れるのにたいへんな苦労をされたんでしょう。お気持ちだけでじゅうぶん、感謝いたします」

「いいえ、おいていきます」庭師は言いはった。「それにあとのことはなんとかなる……」

でも、ジョルジョが押しかえすよりはやく、先生は、金貨をポケットの中におしこんでしまった。

やっと、ジョルジョは、頭をふりふり、あきらめた。そして、先生と少女の手にすばやくキスをすると、また娘の手をとって、こう言いながら、ドアの外へとびだしていった。

「おいで、わたしの娘、かわいそうな娘、わたしのたからもの!」

女の子はふとい声でさけんだ。「ああ、なんて、いい、おてんき!」

六月

ガリバルディ

六月三日、あしたは国の祝日

きょうは、国じゅうが喪に服していた。ゆうべ、ガリバルディが死んだのだ。

どんなひとだったかって？

ブルボン王家の圧政から一千万イタリア人を解放したひとだ。七十五歳だった。生まれはニースで、父親は貨物船の船長だった。八歳のとき、女のひとの命を助け、十三歳で、乗組員をいっぱいのせた難破船の救助にはしり、二十七歳で、おぼれかけていた少年をマルセイユの海から助けあげ、四十一歳のときには、大西洋上で火事にあった貨物船を救った。異国の民を解放するため、十年間アメリカで戦い、ロンバルディーアとトレンティーノの自由をもとめてオーストリア軍と戦うこと三度、一八四九年にはフランス軍からローマをまもり、六〇年、パレルモとナポリを解放し、六七年、ふたたびローマのために戦い、七〇年にはフランスをまもるためドイツ軍と戦った。

炎ともえる英雄の情熱をもった戦いの天才だった。四十回戦って、うち三十七回に勝利をおさめた。戦いのないときには、生活のために働いたり、離れ小島で畑をたがやした。教師でもあったし、水夫、工員、商人、兵隊、将軍、執政官でもあった。偉大で、かざり気のない、やさしいひとだった。ひとを虐《しいた》げる人間を憎み、分けへだてなく庶民を愛し、弱いひとたちをまもった。善のみを心からもとめ、名誉をしりぞけ、死をおそれず、心底イタリアを愛していた。

いざ戦いと、あのひとが、ひと声あげれば、いたるところから勇敢な兵士が山とかけつけてきた。紳士は屋敷をすて、工員は工場を、若者は学校をすて、そのかがやかしい栄光のもとで戦うためにやってきた。

戦うとき、あのひとは、いつも赤いシャツを着ていた。強くて、金髪で、きれいなひとだった。戦場では稲妻のよう、心は子どものよう、苦しむさまは聖人のようだった。千人ものイタリア人が祖国のために命を落としたけれど、みなはるか遠くに、凱旋《がいせん》するあのひとのすがたをながめながら、幸せに死んでいった。あのひとのためなら、何千という人びとが命を投げだしたにちがいない。何百万という人びとが、これからも、あのひとをたたえつづけることだろう。

そのひとが死んだのだ。いま世界じゅうが、あのひとのために涙を流している。いまのきみにはわからないかもしれない。けれどこれからきみが生きているあいだ、あのひとがどれだけ偉大な足跡を残したか、たえず読んだり聞いたりするにちがいない。そして成長するにつれて、あのひとのすがたが、どんどん大きく見えるようになるだろう。そうしておとなになったときには、きっとあのひとが巨人に見えるだろう。きみがこの世から消え、きみの子どもたちの子孫も消え、さらにその子どもたちもいなくなったとしても、それからまだずっと未来の子どもたちは、数かずの勝利をきら星のように刻んだ冠をのせてかがやく、この人びとの救世主の顔を高くあおぎみることだろう。そして、その名前を口にするとき、すべてのイタリア人のひたいと魂は、かがやかしい光をはなつことだろう。

とうさんより

軍　隊

十一日、日曜日
ガリバルディの死により七日おくれの祝日

ぼくらはカステッロ広場に閲兵式を見にいった。陸軍司令官の前を行進する兵隊さんの行列を、両側から、ひとがおおぜいとりかこんでいた。ファンファーレと楽隊の演奏にあわせて兵隊さんたちが行進してくると、とうさんが、あの部隊はね、とか、すごいんだぞ、あの軍旗は、と言って、一つひとつ教えてくれた。先頭をやってきたのは、士官学校の学生たちだった。工兵隊と砲兵隊の士官になる人たち三百人が黒い服を着て、兵隊の勇ましさと学生の品のよさをかけあわせた、うつくしい行進を見せてくれた。そのあとから、歩兵隊がつづいた。ゴイトとサン・マルティーノで戦ったアオスタ旅団、カステルフィダルドで戦ったベルガモ旅団、連隊が四つ、それから中隊が、次からつぎへとつづいてきて、何千もの赤いかざりふさが、血の色をした二重《ふたえ》の花輪みたいにながく垂れさがり、その先がふたつにわれて、ゆらゆらと、人ごみのなかをぬけていった。歩兵隊のあとには、黒い馬のたてがみを帽子かざりにして、深紅《しんく》の腕章をつけた戦場の労働者、工兵隊の兵士がやってきた。行進をつづける工兵隊のうしろから、何百という羽かざりが、見ているひとたちの頭ごしに、こっちに進んでくるのが見えた。イタリアの玄関をまもるアルプス山岳兵だ。そろって背が高く、つやつやした顔をして、頭にはカラブレーゼ帽、そしてアルプスの山やまの草とおなじ、あざやかな緑のえり章をつけていた。あたりをざわめかせながらアルプス兵が通りすぎると、今度は狙撃《そげき》隊員がやってきた。むかしの第十二連隊、ポルタ・ピアの城門から最初にローマにはいったひとたちだ。顔は日に焼け、きびきびと元気いっぱい、羽かざりをひらひらさせながら進んでいった。ひとの歓声みたいな、かん高いラッパの音を広場にひびかせて、黒い流れのように過ぎていった。けれどそのファンファーレは、野砲隊の到着をしらせる低くとぎれとぎれの大きな音にかきけされた。すると、きれいなリボンをつけたりっぱな兵隊さんが、きおい立つ三百対の馬がひく弾薬箱の高い山の上にこしかけて、どうどうと通っていった。軽砲架の上では、真ちゅうと鋼鉄製の長い大砲がきらめいていて、その砲台がはねるたびにドシンドシンと地面がゆれた。それから山岳砲隊がきた。がっしりした兵隊さんが、ゆっくりと、つらそうにのしのしと歩くすがたは、貫禄《かんろく》があってすてきだ。なにせ、ひとの足でのぼれるところなら、どこまでだって恐怖と死をはこんでいく兵隊さんたちなのだ。それから、かぶとを太陽にきらめかせ、槍《やり》をまっすぐつき立てて、旗を風になびかせて、金銀をきらめかせながら、あたりに鈴みたいな音と馬のいななきをいっぱいにひびかせて、ジェノヴァ騎兵隊がかけ足でやってきた。

サンタ・ルチーアからヴィッラフランカまで、十の戦場をかけめぐったのだ。

「なんてきれいなんだ！」

ぼくはさけんだ。

でもとうさんは、そのことばをとがめるように、こう言った。

「軍隊をきれいな見せものといっしょにしてはいけない。あの力と希望にあふれた若者たちは、いつ、わたしたちの国をまもるために召集されるかもしれない。そうして数時間もしたら、砲弾や機関銃でばらばらになってしまうかもしれないんだからね。お祭りで、《軍隊ばんざい》、《イタリアばんざい》、とさけぶのを聞くたびに、行進する連隊のむこうには、数えきれないくらいの死体と一面に流れる血でうめつくされた戦場があるんだって考えてみるといい。そうすれば、《軍隊ばんざい》ということばは、いまよりもっと、きみの心の底からわきでてくるようになるだろう。そしてイタリアは、もっときびしくもっと偉大なすがたに見えてくるはずだ」

イタリア

十三日、火曜日

国の祝日には、こんなふうに祖国を祝うものだ。

——わが故国、イタリア、気高くいとしい大地。父、母が生まれ、眠る場所、わたしが生き、そして人生を終えたいと思う場所、わが子らが成長し息をひきとる場所イタリア。美しきイタリア、幾世紀も偉大と栄光につつまれたのち、ようやく統一され解放されたばかりのイタリア。すばらしい知性の光で世界じゅうをてらし、そしてそのために多くの勇者が戦場で命を落とし、多くの英雄が処刑された。三百の都市と三千万の子どもをもつ荘《そう》厳《ごん》な母。息子であるわたしは、まだあなたをわからず、あなたの全体を知ることはないが、あなたを敬愛し、わたしの心すべてで愛している。あなたから生まれたこと、自分をあなたの息子とよべることを誇りに思う。わたしは、あなたの輝く海、高貴なアルプスを愛し、あなたのおごそかな記念碑と永遠の歴史を愛し、あなたの栄光と美を愛する。あなたを、わたしがはじめて太陽に出会い、あなたの名前を知ったいとしい場所とおなじようにあなたのすべてを愛し、うやまう。勇敢なトリノ、誇り高きジェノヴァ、学問のボローニャ、魅惑のヴェネツィア、活気のミラノ、そのどれもおなじ愛情、おなじ感謝の気持ちをもって愛している。息子としておなじ畏敬《いけい》の念で、優美なフィレンツェ、おそろしいパレルモ、広大で美しいナポリ、不思議で永遠のローマを愛する。聖なる祖国よ、あなたを愛している。あなたの子どもたちすべてを兄弟として愛することを誓おう。わが心のなかで、偉大なる生者と偉大なる死者をつねに大いにうやまうことだろう。勤勉で正直に働く市民となり、あなたにふさわしいものであるよう、わたしのささやかな力で、いつかあなたの顔から貧困が、無知が、不正が、犯罪が消えてなくなるように、あなたが権利と勢力の気高さのなかでおだやかに暮らしていけるように役立つために、高潔なひとになるよう努力しよう。わたしにできるかぎり、才能と、この腕と心でもってあなたにうやうやしく、熱狂的に仕えることを誓おう。あなたにわが血と命をささげなければならない日がくるならば、天にあなたの聖なる名をさけんであなたのほこらしき御旗《みはた》に最後の口づけをしながら、血を流し死んでゆくことだろう。

気温三十二度

十六日、金曜日

国の祝日から五日たつあいだに、気温は三度あがって暑くなった。もう真夏になって、みんな疲れがでたらしく、春のころの元気な顔は見られない。首や足はやせほそるし、頭はふらふらするし、しぜんに目が閉じてしまう。かわいそうなネッリには、ひどく暑さがこたえるらしく、ロウみたいに白い顔をしている。時どき、頭をノートの上にのせて、ぐっすり眠りこんでしまう。でもガッローネがいつも気をつけてやっていて、先生に見えないように、本を開いてその前に立ててやる。クロッシは、赤毛の頭をがっくりとたれ、机にもたせかけている。ノービスは、ひとが多すぎるんだ、ぼくらのせいで空気が悪くなるんだと、ぶつぶつ言っている。

ああ、勉強するのにこんなに努力しなければならないなんて！　家の窓から、うつくしい林がくっきりと木かげをつくっているのが見えると、いますぐにでもとんでいきたくなって、机にかじりついてじっとしていなければならないなんて、情けなくて腹が立ってくる。

でも、顔色が悪いかどうか学校からでてくるのをいつも見ていてくれるやさしいかあさんのすがたを見ると、元気がでてくる。かあさんは、ぼくが本を一ページ読むたびに、「まだするの？」ときいてくれて、毎朝六時に、学校のためにぼくを起こして、こう声をかけてくれる。「がんばって！　もうあとちょっとじゃないの。そうしたらゆっくり休めるわ、あの並木道の木かげにもいけるのよ」

そうだ、太陽のひざしの下の畑や、目にささる焼けるような河のじゃりのなかで働く子どもたちのこと、そしてガスの炎の上に顔を近づけて一日じゅうじっとしている工場のなかの子どもたちのこと、ぼくらよりもはやく起きてヴァカンスもないような子どものことを思い出さなくちゃ、かあさんが言うとおりだ。だから、がんばろう！

そしてこんなときでも、一番は、やっぱりデロッシだ。暑さにも寒さにもめげず、いつも元気で、冬のときと変わらず、金髪の巻き毛で陽気に、すいすい勉強をつづけて、まわりの子を起こしてやる。その声で空気がさわやかになるみたいな気がする。

それからいつも活発で注意ぶかい子が、ほかにふたりいる。あのがんこなスタルディは、眠らないように自分の鼻をついて、疲れと暑さがひどくなればなるほど歯を食いしばって目を見開いているので、まるで先生を食べようとしているみたいに見える。あの商売人のガロッフィは、マッチ箱の絵のついた赤い紙おうぎを作るのにいそがしく、それをひとつ二チェンテージモで売っている。

でもいちばんえらいのはコレッティだ。おとうさんを助けてまきを運ぶのに、朝五時に起きているのだ！　学校で十一時には、目をあけていることができなくて、頭が胸にがっくりとたれさがる。それでも身ぶるいをして、うなじを手でたたき、先生にたのんで教室の外で顔を洗い、近くの子にゆすったり、つねったりしてもらう。でもけさはとうとうがまんできなくなって、すっかり眠りこんでしまった。先生は大声でコレッティの名前をよんだ。

「コレッティ！」

聞こえていなかった。先生はいらいらしてもう一度よんだ。

「コレッティ！」

すると家が近所の炭屋の子が立ちあがって言った。

「五時から七時まで、まきを運んで働きづめだったんです」

先生は、コレッティを寝かせておいてやり、三十分授業をつづけた。それからコレッティの机のそばへいって、そっと顔に息をかけて起こしてあげた。目の前に先生がいるのを見て、びっくりしてあとずさった。でも先生はコレッティの頭を両手ではさんで髪にキスをしながらこう言った。

「きみをしかることはしません。きみが眠いのは、なまけたいせいなんかではなく、疲れているせいなのだから」

とうさん

十七日、土曜日

きっとお友だちのコレッティも、ガッローネも、今晩あなたがとうさんに口ごたえしたようなことはないでしょう、エンリーコ！　どうしてそんなことができるのです？　かあさんが生きているかぎり、そんなことをしないと約束してちょうだい。とうさんにしかられて、口から悪い返事がでそうになったら、いつかかならずやってくる日のことを考えなさい。とうさんがまくらもとにあなたをよんで、「エンリーコ、きみともおわかれだ」と言う日のことを。

いいこと、とうさんの最後のことばを聞くとき、そしてそのずっとあとになって、主のいない部屋のなかでひとりになって、とうさんがもう開くことのない本に囲まれて涙を流すとき、なんどもとうさんをうやまう気持ちを忘れたことを思い出して、きっとこう自分に問いかけるでしょう。「どうしてそんなことが？」と。そのときとうさんがずっとあなたのいちばんの友だちで、あなたを罰せねばならないときでも、あなたよりも自分が苦しんでいたのだということ、あなたにとってよかれと思うことのためにしか、あなたを泣かさなかったことを理解して、いっしょうけんめい働いて子どもたちのために身を粉にした仕事机に泣きながらキスすることでしょう。

いまのあなたにはわからないのね。とうさんが、やさしいところと愛情のほかはあなたに隠していることが。とうさんにも疲れはてて、もうあまり生きられないと思うときが時どきあるの、そんなときはあなたの話しかしないわ、まもってくれるひともいないで、かわいそうにあなたを残していくわけにはいかない、そんなことばかり気にしているのよ！そんなことを思いながら、いったいいくど、明かりを手に、あなたの部屋にはいって眠っているあなたをながめていたことか、そしてまた、疲れはてたからだを仕事にむかわせるのですよ！　よくとうさんがあなたをもとめ、いっしょにいるのは、おとなならだれでも出会うこの世の苦しみやいやなことのせいだということも、あなたは知らない。だからこそ、落ち着きと勇気をとりもどすために、あなたの愛情に避難する必要があるのです。だから、あなたのなかに、愛情どころか、つめたく礼儀知らずな態度を見つけたら、とうさんがどんなにつらい思いをするか考えてごらんなさい。

あんなおそろしい恩知らずなまねをして、二度と自分をけがしてはいけません！　もしあなたが聖者のようなよいひとだったとしても、とうさんがあなたのためにしてあげたこと、いつもしていることにじゅうぶんむくいることなんてできないのよ。それに、いつまでも一生、とうさんをあてにすることはできないのよ。二年後、二ヶ月後、明日、あなたが子どものうちに、いつ不幸があなたのとうさんを奪っていくかもしれないのだから。ああ、わたしのかわいそうなエンリーコ、黒い服を着たあわれなかあさんだけしかいない、ひとけのない家はどんなにからっぽに思えるでしょう？　さあ、いきなさい、とうさんのところへいきなさい。いまお部屋で仕事をしています。そっと気がつかれないようにはいっていって、許してください、祝福してください、とひたいをとうさんのひざにあてて言いなさい。

かあさんより

野原で

十九日、月曜日

ぼくのやさしいとうさんは、このときもぼくを許してくれて、炭屋をしているコレッティのおとうさんと水曜日にきめたピクニックへぼくをいかせてくれた。ぼくらはみんな丘のしんせんな空気が欲しかったのだ。それはパーティーだった。二時にスタトゥート広場に、デロッシ、ガッローネ、ガロッフィ、プレコッシ、コレッティ親子、それにぼくは、果物とソーセージ、固ゆで卵をもってあつまった。革の容《い》れ物とブリキのコップももっていった。ガッローネは白ワインを入れたカボチャの容れ物をもっていた。

コレッティはおとうさんの兵隊用水筒に濃い赤ワインをいっぱいにいれていた。鍛冶屋さんの仕事着を着た小さなプレコッシは、丸パンを二キロ脇《わき》にかかえていた。グラン・マードレ・ディ・ディオ広場まで乗り合い馬車でいき、そのあと丘にむかってさっそくぼくらは登っていった。木々の緑、木かげ、さわやかな空気があった！　草地の上を転がったり、せせらぎに顔をつけたり、草むらを飛び越えたりしてぼくらは進んでいった。コレッティのおとうさんは肩に上着をかけ、しっくいのパイプをふかしながら、離れてうしろからついてきて、ズボンに穴をあけないように、時どきぼくらに手で注意をうながした。プレコッシは口笛をふいていた。ぼくはそれまでプレコッシの口笛をきいたことがなかったのだ。コレッティは、進みながらなんでも作っていた。

このちいさな先生は、ちいさなジャックナイフで、水車の輪、フォーク、注射器、なんでも作ることができた。ほかの子の荷物を持ちたがり、汗を流していっぱいの荷物を運んでいた。でもいつもノロジカのようにはねまわっていた。デロッシは時どき立ちどまって、木や虫の名前を教えてくれた。そんなにたくさんのことをどうやって知っているのか、ぼくにはわからない。そして、ガッローネはだまってパンを食べていた。けれどかわいそうなガッローネは、おかあさんが亡くなったあと、前のように愉快にぼくらにつっかかってこなくなった。それでもガッローネはやっぱりパンのようにいいやつだ。ぼくらのだれかがみぞを飛び越えようとすると、ガッローネはむこうがわへいって手をさしのべてやる。プレコッシはちいさいころに角でつつかれたことがあったので、雌牛をこわがっていた。

その一頭が近づくと、ガッローネは前にでてかばってやった。ぼくらはサンタ・マルゲリータまでのぼっていった。そこから下り道をとんだり、転がったり、おしりですべったりしておりていった。プレコッシは茂みでつまずいて、シャツに裂け目を作ってしまい、破れ目がぶらぶらするのを見て、はずかしそうに立ちどまった。でも上着の中にいつもピンを持っているガロッフィが見えないように止めてやると、プレコッシは「ごめん、ごめん」とばかり言いつづけて、そのあとまたかけだしていった。ガロッフィは時間をむだにせず、途中で、サラダのための野菜やかたつむりを集め、ちょっとでも光る石は、なかに金か銀があるのではないかと思ってポケットにつっこんだ。そして走ったり、転がったり、よじ登ったり、ひなたとひかげ、坂と近道をあちこち進んでいって、とうとうぼくらは息をきらし、疲れはててある丘の頂上にたどり着いた。そこで草の上にすわって食事をすることにした。広い平野と、白いいただきをもったアルプス全体が見えた。ぼくらはみんなはらぺこで、パンがあっというまになくなっていくようだった。コレッティのおとうさんはカボチャの葉っぱの上にソーセージをぼくらに取り分けてくれた。そこでぼくらはいっしょにしゃべりだした。先生のこと、こられなかった級友のこと、試験のこと。プレコッシは食べるのをすこしはずかしがっているようだったので、ガッローネが自分のいい部分をむりやり食べさせた。コレッティはおとうさんの脇で、あぐらを組んでいた。こうしてふたりがすぐそばで顔を赤くして白い歯をみせて笑っているのを見ていると、親子というよりも兄弟みたいだった。おとうさんはおいしそうにお酒を飲み、ぼくらが残しておいた革の容れ物とコップも飲み干してしまい、こう言った。「勉強するあなたたちにはワインはよくないが、炭屋にこそ必要なんだよ！」

それから息子の鼻をつかまえて、ゆさぶりながらぼくらにこう言った。

「みなさん、ここにいるこいつによくしてやってください、こいつは紳士の鑑《かがみ》なんです。わたしが請け合います！」

すると、ガッローネは別にして、みんなが笑ったので、飲みながらまたつづけた。

「残念だ！　いまはみんな仲のよいお友だちだけれど、たぶん、あと何年かすればエンリーコとデロッシは弁護士さんか教授先生になるでしょうし、ほかの四人もお店につとめたり商売についたり、またどこかへゆかれることでしょう。そしたらお友だちも終わりです！」

「そんな！」とデロッシが言った。

「ぼくにとって、ガッローネはいつまでもガッローネだし、プレコッシはいつまでもプレコッシで、ほかのみんなもそのままです。ぼくがロシアの皇帝になったって、みんながどこへいっても、ぼくはついていきますよ」

「えらいなあ！」とコレッティのおとうさんがさけんで、ビンをかかげた。

「そういうもんですよ！　みんなここに乾杯してください！　すばらしい友だちにばん

ざい、学校ばんざい、学校は、お金のある子もない子もひとつの家族にするんだ！」

ぼくらはみなそのビンに革の容れ物やコップをふれて、最後の一杯を飲んだ。

それでコレッティのおとうさんは、「四十九年兵ばんざい！」と立ちあがって、最後の一口を飲み干《ほ》した。

「そしてもしみなさんも兵隊にいったときには、わたしたちとおなじようにがんばってくださいよ！」

もう遅い時間になっていた。ぼくらはうたいながらかけおりた。そしてみんな腕を組みながら長い距離を歩いた。そしてポー川にたどり着いた。暗くなって、何千というほたるがとびかっていた。ぼくらがわかれたのは、スタトゥート広場までできてからだったが、その前に、夜学の生徒に賞状をわたすのを見るために土曜日にはいっしょにヴィットリオ・エマヌエーレ劇場へいくことを約束した。すばらしい一日だった！　もしぼくのかわいそうな女の先生に出会わなかったら、どんなにうれしい気持ちで家にもどったことだろう！ぼくらの家の階段をおりてくるところ、ほとんど真っ暗なところで会ったのだけれど、ぼくだとわかるとすぐに、ぼくの両手をつかんで、耳にささやいた。

「さようなら、エンリーコ、わたしをおぼえていてね！」

先生が泣いているのにぼくは気がついた。階段をのぼって、そのことをかあさんに言った。

「ぼくの先生に会ったよ」

「お休みになられるところだったんだよ」と、赤い目をしたかあさんがこたえた。そしてぼくをじっと見ながらとてもかなしそうにつけくわえた。

「あなたのかわいそうな先生は、……ひどくぐあいが悪いのだよ」

工員さんの賞状授与式

二十五日、日曜日

前からの約束どおり、ぼくらはそろって、工員さんへの賞状の授与式を見に、ヴィットリオ・エマヌエーレ劇場へでかけた。劇場は、三月十四日のときのように、かざりたてられ、ひとでいっぱいだった。しかし、ほとんどが工員の身内のひとだった。一階席には、合唱の学校の男子と女子の生徒がいた。生徒たちは、クリミア戦争で亡くなった兵士のための歌をうたったのだが、その歌がとてもきれいだったので、みんなが立ちあがって拍手をしてさけんだので、はじめからうたわなければならなくなった。そしてそのあとすぐ、受賞者たちは市長さんや知事さんやほかのたくさんのひとたちの前を列になって通り、本と銀行の通帳、免状とメダルを受けとった。一階席のすみっこのほうに、おかあさんとならんですわっている「左官屋くん」がいて、反対には校長先生が、そしてそのむこうに二年のときの担任だった女の先生の赤い頭が見えた。最初にならんだのは、絵や宝石細工や石工、石版工、それに大工さんや左官屋さんの夜間学校の生徒たちだった。それから、商業学校の生徒たち。そして音楽高校の学生とつづき、そのなかには、若い女工員さんたちもかなりいて、みな晴れ着すがたで、さかんに拍手を受け、にこにこしていた。最後に、夜間小学校の生徒がきた。ぼくは、見ているうちにたのしくなってきた。いろんな年齢のひとが、あらゆる職業のひとがいろんな服装で通りすぎた。灰色の髪のひと、工場の小僧さん、大きな黒いひげをはやした工員さん。ちいさい子はのびのびとして、おとなはすこしとまどっていた。拍手は、ちいさな子と、お年寄りに集まっていた。でもぼくらの式のときみたいに、見ているひとに笑っているひとはいなかった。みんな、きちんとまじめな顔をしていた。ほとんどの受賞者は、一階席に奥さんや子どもがいて、おとうさんが舞台の上にあがるのを見ると、大きな声でよびかけて、指をさして大声で笑うちいさな子どもたちもいた。お百姓さんも、荷物運びのひとたちもいた。それは、ブオンコンパーニ校のひとだった。チッタデッラの学校のひとで、ぼくのとうさんの知りあいの靴磨きのひとがでてきて、知事さんから卒業証書をもらった。

そのあと、前になんどか見たおぼえのある、巨人のように大柄なひとがくるのが見えた。それは、二等の賞状をもらう、「左官屋くん」のおとうさんだったのだ！　屋根裏部屋で、病気の息子のベッドのそばで会ったことを思い出して、ぼくはすぐに一階席にいる息子のすがたをさがした。かわいそうな「左官屋くん」！　おとうさんを、いまにも涙のあふれそうな目で見ていて、こみあげる気持ちをかくそうと、ウサギ顔をして見せていた。

そのとき、大きな拍手のまきおこるのが聞こえて、ぼくは舞台の上を見た。あのちいさなえんとつ掃除人がいて、顔はきれいに洗ってあったけれど、仕事着のままだった。市長さんが、手をさしだしながら、話しかけていた。えんとつ掃除人のあとには、料理人がきた。それからラニエリ校の市の清掃人がきた。ぼくの胸のなかには、なんともいえない、大きな愛情のような、大きな尊敬のようなものがうかんできた。この賞状のためにこの労働者たち、悩みをかかえた家族の長がどれほど苦労したか、その苦しみのうえにさらにどれだけの苦労を重ねたか、必要な眠る時間をどれだけけずったことか、勉強に不慣れな頭と仕事でごつごつしてあらっぽくなった手がどれだけがんばったかを考えてみたのだ！　工場で働く男の子がでてきたが、この場のためにおとうさんが上着を貸したのだろう、その賞状を受け取るために、そでを折りかえさなくてはならず、たくさんのひとが笑った。しかし、笑いはすぐに、拍手にかきけされた。それからはげた頭と白いひげをしたおじいさんがでてきた。砲兵隊の兵士たちが通っていった。ぼくらの学校の夜間学校にきていたひとたちだ。そして、税務係、警察官、ぼくらの学校の警備をしているひとたちもでてきた。最後に夜間学校の生徒たちがまたクリミア戦争の死者のための歌をうたったのだけれど、こんどはとても情熱的に、心から純粋にわきでてくるように、感情をこめてうたったたので、みんなほとんど拍手もしないで、感動につつまれたまま、ゆっくり静かに退場した。劇場の扉の前には、赤くとじられた賞品の本をもったえんとつ掃除人がいて、まわりのひとたちが話しかけていた。道路の反対側であいさつをかわしているたくさんのひとがいた。工員さん、男の子、警官、先生。ぼくの二年のときの男の先生は、ふたりの砲兵にはさまれてでてきた。ちいさな子をかかえた工員の奥さんがいて、その子はおとうさんの免状を手につかんで、得意そうにみんなに見せていた。

先生が亡くなった

二十七日、火曜日

ぼくらがヴィットリオ・エマヌエーレ劇場にいたころ、かわいそうなぼくの女の先生が息をひきとっていた。ぼくのかあさんに会いにきてから七日後の、二時に亡くなったのだ。校長先生は、きのうの朝、学校のぼくらにそのしらせをもってきて、こう言った。

「きみたちのなかで先生の生徒だったものは、どんなにいい先生で、子どもたちが好きだったかを知っているでしょう。そのひとたちにとってはおかあさんのようなひとでした。いまはもういないのです。悪い病気が長いあいだ先生を苦しめていました。生活のために仕事をつづける必要がなかったら、治療することもできたでしょうし、なおったかもしれません。もし辞めていたなら、せめて何ヶ月か長く生きられたでしょう。でも先生は、最後の日まで子どもたちのあいだにいたかったのです。十七日の土曜日の午後子どもたちとわかれるとき、もう二度と会えないと知りながら、良い忠告をあたえ、みんなにキスをして泣きながら帰っていきました。いまではだれも先生にまた会うことはできません。みなさん、先生のことをおぼえていてあげてください」

ちいさなプレコッシは、二年のとき先生の生徒だったので、机に顔をつっぷして、泣きだした。

きのうの晩、学校のあとで、ぼくたちはいっしょに亡くなった先生の家へいって、教会までつきそっていった。道路には、二頭の馬をつけたれいきゅう馬車がきていて、低い声で話をしながら、待っているひとがたくさんいた。校長先生と、ぼくらの学校の先生たち全員、それに以前先生がいたほかの学校の先生たちもいた。先生のクラスのほとんど全員が、たいまつをもったおかあさんにつれられてきていた。ほかのクラスの子どももたくさんいた。そしてバレッティ校の五十人の生徒が、手に花輪やバラの花束をもっていた。花束の多くは、もう馬車の上にのせられていて、その上には、アカシアの大きな花輪がつるされていて、黒い字で「むかしの四年生の女子生徒より先生へ」と書いてあった。大きな花輪の下には、先生の子どもたちが運んできたちいさな花輪があった。ひとだかりのなかには、主人から送りだされた女中さんたちの姿がたくさんあって、手にはロウソクをもっていた。そして制服を着た二人の召使いが火のついたたいまつを持っていた。それからお金持ちの紳士、先生の教え子のおとうさんが、青い絹を中にはった自分の馬車をこさせた。みんなが戸口に集まった。女の子がたくさん涙をぬぐっていた。ぼくらはしばらくだまって待っていた。やっと棺が運ばれてきた。棺が馬車の中に収められるのを見たとたん、男の子が何人か、はげしく泣きだして、ひとりはやっとそのとき先生が死んだのがわかったかのようにさけびはじめて、ひどくからだをふるわせるように泣きじゃくったので、別の場所へつれていかなければならなくなった。行列は、ゆっくりとならぶと、動きだした。最初に、緑の服を着た、コンチェッツィオーネ修道会の修道女、それから真っ白な服に青いリボンをつけた、マリーア修道会の修道女がいた。それから司祭さんたち。馬車のうしろには、先生たち、二年の生徒、ほかの学年の生徒、そしていちばんうしろから、おおぜいのひとの群れがつづいた。あちこちの窓や戸口から顔がのぞいて、子どもたちと花輪を見て、「女の先生だよ」とささやきあった。ちいさな子をつれた女のひとのなかにも、泣いているひとがいた。教会に着くと、馬車から棺をおろして、本堂のなか、いちばん大きい祭壇の前に運んだ。女の先生はその上に花輪を置き、子どもたちはその上を花でおおい、ともしたロウソクを持ったまわりのひとたちは、大きくて薄暗い教会の中でうたいはじめた。そして、司祭さんが最後のアーメンを言うと、とつぜんロウソクが消え、みんなが急いで外へでて、女の先生は一人残された。かわいそうな先生、ぼくにとってもやさしくしてくれて、がまんづよく、何年間も苦労してきたんだ！　教え子に自分のわずかな本をおくり、ある生徒にはインクびんを、ある生徒にはノートを、というように、もっているものをすべておくり、死ぬ二日前には校長先生に、ちいさな子たちは葬式にこさせないように、泣くのを見たくないからと言ったのだ。よいことばかりをして、苦しんで、そして死んでしまった。かわいそうな女の先生、暗い教会の中に、ひとりぼっちで残っているんだ！　さようなら、永遠にさようなら、ぼくのやさしい友だち、かなしくてすてきなぼくの子ども時代の思い出！

ありがとう

二十八日、水曜日

ぼくのかわいそうな女の先生はその年度を最後までしたかったのに、授業の終わるたった三日前に亡くなってしまった。あさって、ぼくらはもう一度クラスにいって、最後の今月のお話を読むのをきく。「遭難」という話だ。それから……終わりだ。土曜日、七月一日、試験……。

あれから、もう一年、三年生で、終わってしまったのだ！　ぼくの先生が死ななかったらすべてうまくいったのに。去年の十月にぼくが知っていたことを思い返すと、いまはもっとたくさんのことを知っているように思える。心のなかにたくさんの新しいことをもっている。ぼくはあのころよりもよりじょうずに、考えていることを話したり書いたりすることができるし、計算のできないたくさんのおとなのために計算をして、仕事で助けてあげることもできる。ずっとたくさんのことがわかるし、読むものもほとんど全部わかる。ぼくはうれしい……。でも、なんとたくさんのひとが、ぼくに勉強するように、助けてくれたことか！　それぞれがそれぞれのやり方で、家で、学校で、道で、ぼくがいった場所、なにか見た場所のどこでも助けてくれた。

そしていまぼくはみんなに感謝している。まず最初に先生、あなたに感謝します。ぼくのよい先生、あなたはぼくを、やさしく見まもって愛してくれた。ぼくがいまうれしくなったり自慢している新しい知識は先生が苦労してくださったおかげなのです。デロッシ、きみに感謝する。ぼくの尊敬する同級生、きみは親切で丁寧な説明でもって、難しいことをぼくにわからせてくれ、試験でつまったときも乗り越えさせてくれた。スタルディ、きみにも感謝する。優秀で強くて、きみは鉄の意志がどうしてなんでもやってのけるのかを示してくれた。そしてガッローネ、きみにも感謝する。やさしく心のひろいきみは、きみと知り合うものをだれでも善良で寛大にさせる。プレコッシとコレッティ、きみたちにも感謝する。苦痛に対する勇気、仕事に対する落ち着きをいつもぼくに示してくれた。ぼくはきみたちにありがとうと言い、ほかのみんなにもありがとうと言う。でも、なによりも、とうさんに感謝しています。とうさん、あなたはぼくの最初の先生であり、最初の友だちであり、たくさんよい忠告をしてくれ、いろんなことを教えてくれました。ぼくのために働きながら、ぼくの勉強が楽で生活がたのしいものになるようにとすべての方法で努力をして自分のつらさをいつもぼくには隠していた。そして、あなた、やさしいぼくのかあさん、愛し祝福されるぼくの守護天使、あなたはぼくのよろこびのすべてを味わい、ぼくの苦しさのすべてを苦しんでくれました。あなたは勉強し、苦労し、ぼくのために涙を流して、ぼくのひたいを手でなでながら、もう一方の手で天を指し示した。ぼくは子どものころのようにあなたたちの前にひざまずいて感謝する。十二年間の献身と愛情のなかでぼくの心のなかに注いでくれたやさしさすべてをこめて感謝する。

遭難（最後の月のお話）

何年も昔のこと、十二月のある朝、リヴァプールの港から大きな蒸気貨物船が出航した。船には、二百人以上のひとが乗っていて、そのうち七十名が船員だった。船長と水夫のほとんどはイギリス人だった。乗客のなかにはイタリア人もなんにんかいた。三人の婦人、司祭がひとり、楽団の一行。貨物船はマルタ島へいくはずだった。天気は曇っていた。

船首にある三等船客の中に、十二歳のイタリア人の男の子がいた。年の割に背は低かったが、がっしりしていた。シチリア人の勇敢できびしくてうつくしい顔立ちをしていた。フォアマストのそばの、縄の束の上に腰かけてて、身のまわりの物をいれたすりきれた鞄《かばん》にいつも片手をかけてそばに置いていた。日に焼けた肌で、波打つ黒髪は肩くらいまで伸びていた。貧相な身なりで、破れた毛布を肩にかけ、革の古い鞄を斜めにつるしていた。あたりを考え深そうに見まわしていた。船客、貨物船、走り過ぎる水夫たちと不安な海。家族の大きな災難にあったばかりの子どものような顔をしていた。子どもの顔に、おとなの表情。

出発してまもなく、貨物船の水夫のひとり、グレーの髪をしたイタリア人が、女の子の手を引いて船首へとあらわれ、シチリア人の少年の前で足をとめると、こう言った。

「ほら、マリオ、おまえに旅の仲間だよ」

そして立ち去っていった。

女の子は少年のそばのロープの束の上にすわった。

ふたりはたがいにみつめあっていた。

「どこへ行くの？」とシチリアの少年がたずねた。

女の子がこたえた。「ナポリを通ってマルタまで」それからつけたした。「わたしを待っているとうさんとかあさんに会いにいくの。わたしの名はジュリエッタ・ファッジャーニ」

少年はなにも言わなかった。

数分後、鞄からパンと干した果物を取りだした。女の子はビスケットをもっていた。ふたりはそれを食べた。

「元気をだせよ！」急いで通りすぎたイタリア人水夫がさけんだ。船が「踊りだすぞ！」風が強くなってきた。貨物船はつよくゆられていた。だがふたりの子どもは船酔いにかからなかったので、気にもしなかった。女の子はにこにこしていた。だいたいその連れとおなじくらいの年だったが、ずっと背が高く、焼けた顔はすこしやつれていて、身なりはかなりみすぼらしかった。短い巻き毛で、頭のまわりには赤いハンカチを巻いて、耳には銀の輪をつけていた。

食べながら、身の上話をした。男の子には、もう父親も母親もいなかった。工員だった父親は数日前リヴァプールで、ひとり男の子を残して死んでしまったので、イタリア領事が、遠い親戚《しんせき》の残っている故郷のパレルモへと送ったのだ。女の子は前の年、未亡人の叔母にロンドンへつれてこられた。その叔母は女の子をかわいがっていて、貧しかった両親は遺産の約束をあてにしてしばらく女の子をあずけたのだったが、数ヶ月後叔母は乗り合い馬車にひかれて死んでしまったきり、なにも遺《のこ》さなかった。そこで女の子も領事のところへいって、イタリアへ出航することになったのだ。ふたりともイタリア人水夫にあずけられたのだ。女の子は最後にこう話した。

「こんなわけで、わたしのとうさんとかあさんはわたしがお金持ちになってもどってくると信じていたけど、いまは反対に貧乏になって帰るの。でもそれでもわたしを愛してくれている。わたしの弟たちもおなじ。四人とも、みんなちいさくて。わたしがいちばん上なの。弟に服を着せてあげたりする。わたしを見たら大喜びするでしょう。わたしはこっそりはいっていって……海が荒れているわ」

それから少年にきいた。

「あなたは両親のところへいくの?」

「うん、もしぼくを好きなら」と答えた。

「あなたを愛してないの?」

「知らない」

「クリスマスでわたしは十三になるわ」と女の子が言った。

それから海と、出会ったひとたちのことを話しだした。一日じゅう、そばにいて、ことばをちょっとずつやりとりしていた。乗客は、ふたりを兄妹だと思っていた。

女の子は編み物をし、男の子は考えごとをしていた。海はますますふくれあがっていた。ある夜、ベッドに行くのでわかれるときになって、女の子はマリオに言った。「よくおやすみ」

「かわいそうにな、だれもよくは眠れないだろうよ」と船長に呼ばれて走っていくイタリア人水夫がさけんだ。男の子が友だちに、「おやすみ」とこたえようとしたとき、思いがけない水のかたまりがはげしくぶつかって、男の子を座席にたたきつけた。「まあたいへん、血がでている!」と女の子は男の子のからだの上にのりだしてさけんだ。下へ逃げ込む乗客はそれにかまうどころではなかった。少女はマリオのそばにひざまずいて、衝撃で気絶した少年のひたいから流れている血をふいてやり、赤いハンカチをはずして、その頭に巻きつけると、胸に抱きよせて隅を結んだので、腰の上のあたりの黄色い服に血がにじんだ。マリオはからだをふるわせて、起きあがった。「気分はよくなった?」と少女がたずねた。

「もうなにもないんだ」と少年は答えた。

「よく眠るといいわ」とジュリエッタが言った。

「おやすみ」とマリオが答えた。そしてふたりは近くの梯子段《はしご》を共同寝室へとおりていった。

あの水夫の言ったとおりだった。眠りこまないうちに、おそろしいあらしがはじまった。数秒でマストをへし折り、クレーンにつるしてあった三そうの小舟と、船首にいた四頭の牛を、まるで木の葉のように吹き飛ばしてしまった。荒れ狂う暴風の突然の襲来のようだった。貨物船の内部では、混乱の恐怖、崩れる音、さけび声と泣き声と祈りの、髪の毛のよだつような轟音《ごうおん》がした。あらしは一晩じゅう強く荒れ狂いながらつづいた。日の出とともにますます強くなった。凶暴な波は、蒸気船に斜めから打ちかかりながら甲板になだれ込み、うち砕き、へし折り、海の中にあらゆるものを引きずりこんでいった。機関を覆《おお》っていた台が壊れて、水はおそろしい音を立てて中へなだれこみ、火は消え、機関手たちは逃げだした。大きな水の流れがいきおいよくあちこちにはいっていった。雷のような声がひびいた。「ポンプだ!」船長の声だった。水夫たちはポンプにとびついた。しかし、ふいに海がうねって、貨物船を背後から襲い、胸壁と舷窓《げんそう》をうち破って、中にどうっと流れこんだ。

乗客は全員、生きているというよりも死んだようになって、大船室へ避難した。

そこへ船長がすがたを見せた。

「船長! 船長!」みながいっせいにさけんだ。

「どうします? どんなぐあいですか? 望みは? 助かるの?」

船長はみんなが静まるのを待って、冷たく言った。

「あきらめましょう」

女性がひとり、悲鳴をあげた。「お慈悲を!」

ほかはだれひとり声を発しなかった。恐怖が全員を凍りつかせていた。こうして墓地のような沈黙のなかで長い時間が過ぎた。みな青白い顔でたがいを見合わせていた。海はまた凶暴に荒れ狂っていた。

貨物船は重々しく揺れていた。ある時点で船長は海に救命ボートをおろそうと試みた。五人の水夫がなかに乗りこみ、ボートがおろされた。しかし、波がボートを転覆させ、水夫が二人おぼれ、そのうちのひとりがあのイタリア人だった。ほかの水夫はどうにかロープに捕まってまた船に上ることができた。

このあとでは、水夫たち自身も勇気を失ってしまった。二時間後、貨物船は、水平板止めの高さまで水に沈んでいた。

そのあいだも甲板では、おそろしい光景がくりひろげられていた。母親たちは必死に子どもを胸に抱きかかえ、友人たちはたがいに抱きあい、わかれの言葉をかわしあっていた。海を見ないで死のうと、客室へおりていったものもいた。ある乗客はピストルで頭を撃ち抜き、共同寝室の階段にうつぶせにばったりと倒れ、そこで息をひきとった。多くのひとは、たがいに狂ったようにしがみついていて、女性たちは、ぶるぶるふるえながら顔をゆがめていた。司祭の前でひざまずくものもいた。すすり泣き、子どもの嘆く声、甲高く奇妙な声がいっしょになってきこえていて、あちこちに、驚愕《きょうがく》して目を見開いて空をにらんだまま死人か狂人のような顔をして彫像のように動かずに立ちつくしているひとがいた。二人の子ども、マリオとジュリエッタは、ぼうぜんと海をじっとみつめていた。

海が少しおだやかになった。しかし貨物船はゆっくり沈みつつあった。もうあと二、三分しか残されていなかった。

「ボートを海におろせ！」と船長がどなった。

残っていた最後のボートが海に投げだされ、三人の乗客といっしょに十四人の水夫が乗り移った。

船長は船に残った。

「われわれといっしょにおりてください！」と下からさけんだ。

「わたしは自分の持ち場で死ななければならない」と船長がこたえた。

「ほかの貨物船に出会えます」船長に水夫たちがさけんだ。「助かりますよ。おりてきてください。それではおしまいです」

「わたしは残る」

「まだひとつ席がある！」そこで、水夫たちはほかの乗客にさけんだ。「女性は！」

ひとりの女性が船長にささえられて前に進んだ。けれどボートとの距離を見ると、飛びだす勇気がなくて、また甲板に倒れた。ほかの女性もほとんどおなじで、まるで死んでいるみたいに気絶したままだった。

「子どもは！」水夫たちが叫んだ。

そのさけび声を聞いて、それまで、不思議なおどろきに固まったようにじっとしていたシチリアの少年と少女は、命のはげしい衝動にとつぜん目ざめたように、さっとマストから離れて、「ぼくを！」「わたしを！」といっしょにさけびながら貨物船のへりに飛びだした。そして怒り狂った二頭の野獣のように相手をうしろに押しのけようとした。

「ちいさいほうだ！」と水夫たちはさけんだ。「ボートはもういっぱいだ！　ちいさいほうだ」

このことばをきいた少女は、雷に打たれたように両腕をだらんと垂らし、マリオを死んだような目でみつめて動かなくなった。マリオは一瞬少女をみつめた。その胸に血の跡がついているのが目にはいった——それで思い出した——その瞬間、神のような考えがマリオの顔の上にひらめいた。

「ちいさいほうだ！」待ちきれず命令するように、声を合わせて水夫たちはさけんだ。

「出発するぞ！」

そこでマリオは、別人のような声でこうさけんだ。「女の子のほうが軽い。きみだ、ジュリエッタ！　きみにはおとうさんとおかあさんがいる！　ぼくはひとりだ！　ぼくの席をきみにゆずるよ！　さあゆけ！」

「女の子を海に投げこめ！」水夫たちがさけんだ。

マリオはジュリエッタの腰をかかえて海へと投げこんだ。

少女はさけび声をあげて海へと飛びこんだ。水夫のひとりが手をつかんで救命ボートに引きあげた。少年は貨物船のへりにまっすぐに立って、頭を高くかかげ、風に髪をなびかせて、高貴なまでに穏やかに、じっとしていた。ボートが動きはじめ、沈んでいく貨物船の引き起こした水の渦から間一髪逃れたが、あやうく転覆するところだった。

そのとき、それまでほとんど気を失っていた少女は目を少年のほうへむけると、わっと泣きだした。

「さようなら、マリオ！」泣きじゃくりながら、両手を少年にむけて伸ばした。「さようなら！　さようなら！　さようなら！」

暗い空の下、ボートは波立つ海の上をどんどん遠ざかっていった。もうだれも貨物船の上でさけんでいるものはいなかった。水が甲板のへりを波打っていた。

とつぜん少年はひざまずいて両手を組み、目を天にむけた。

少女は顔をおおった。

ふたたび顔をあげたとき、少女は海の上を見わたした。貨物船のすがたはもうなかった。

七月

かあさんの最後のページ

一日、土曜日

さて、エンリーコ、一年が終わりましたね。最後の日の思い出として、お友だちのために命を投げだした、すばらしい少年のお話が、あなたの心のなかに残るなんて、とてもすてきなことです。いよいよ先生や学校の仲間とも、おわかれね。そしてもうひとつ、かあさんから、かなしいしらせがあります。おわかれは三ヶ月だけではないの、ずうっとなの。とうさんが、お仕事の関係で、トリノをはなれなければならなくなりました。わたしたちもいっしょです。あちらにいくのは秋になるでしょう。あなたは、あたらしい学校にはいることになるの。

がっかりしたでしょうね。あなたがあの学校が大好きなのは、かあさんにもわかっているもの。四年のあいだ、一日に二度、わくわくしながら勉強したところですものね。いつもの時間に、いつもの仲間や先生がた、そしてお友だちのおかあさんやおとうさんたちの顔を、そして、ほほえみながらあなたを待っていたとうさんやかあさんの顔を、これまでずうっと、見てきた場所ですもの。あなたの才能をひらかせ、よい友だちにたくさん出会えた場所ですもの。耳にすることばはどれも、あなたのためになるものばかり、くだらなくてがっかりなんてこと、なかったでしょ！　だから、その気持ちをたいせつにもって、お友だちみんなに、心から、さようならを言うの。

不幸にみまわれるお友だちもいるでしょう。はやくにおとうさんやおかあさんをなくす子も、若くして亡くなるお友だちもいることでしょう。もしかしたら戦場でとうとい血を流す子もいるかもしれない。でも、まじめでりっぱに働いて、おなじように正直で働きものの家庭の父親になるお友だちも、たくさんいるはずよ。それに、なかには、お国のためにりっぱな働きをして、かがやかしい名をきざむお友だちだっているかもしれないわ。だから、みんなと、心をこめて、おわかれをするの。

あの大きな家族に、あなたの魂を、どこかひとかけら、おいていくの。あそこにはいったとき、あなたは、まだほんの子どもだったわ、それがりっぱな少年になってでてきたのよ。だから、とうさんもかあさんも、あなたをあんなに愛してくれたあの学校が大好きだった。

学校は母親みたいなものなのよ、エンリーコ。口がきけるようになったばかりのあなたを、かあさんの腕からとりあげ、そして、大きく、つよく、りっぱで、かしこい少年にして、返してくれたのですもの。心からありがたいと思わなくてはね、けっしてあの学校のこと、忘れてはだめよ！　ああ！　忘れるはずなんてないわね。おとなになって、世界をまわるようになれば、びっくりするくらい大きな都会や目をみはるようなすばらしい建物を見るでしょうけれど、きっとそのほとんどは、忘れてしまうはずよ。でもあの、これといって目をひくこともない白い建物のことは、とざされた鎧戸《よろいど》も、ちいさな校庭も、あなたの知恵が最初のつぼみをつけたあの学校のことは、人生の最後の日まで、あなたの目に、ありありと見えるはずだわ。ちょうどかあさんの目に、あなたのうぶ声をきいたこの家が、いつもありありと見えるようにね。

かあさんより

試験

四日、火曜日

とうとう試験がはじまった。学校のまわりの通りでは、子どもたちも、おとうさんもおかあさんも、家庭教師の女のひとまでが、試験のことばかり話している。試験と点数、問題と平均点、追試に進級のことばかり。口をひらけば、みんなおなじことばかり。

きのうの朝は作文で、けさは算数だ。子どもたちを送りながら、道みち、最後の助言をあたえている親たちや、息子にくっついて机までやってきて、インクつぼにインクはあるか、ペンのぐあいはどうか、たしかめてから、まだ出口でふりかえって、「しっかり！　気をつけて！　いいわね！」と声をかけるおかあさんたちが、こんなにたくさんいるなんて、胸があつくなってくる。

ぼくらの監督の先生は、コアッティ先生だった。ライオンみたいな声でほえるけど、ぜったい生徒に罰をあたえない、あの黒ひげの先生だ。生徒のなかには、不安で、青い顔をしている子もいた。先生が、市役所からきた封筒をあけて、中から問題を取りだしたときには、ためいきひとつきこえなかった。先生は、なんだかこわい目で、ぼくらのほうを一人ひとり見ながら、大きな声で問題を読みあげた。でも、ついでに答えまで読みあげて、ぼくら全員、進級させてあげられたらどんなにうれしいだろう、と思っているみたいだった。

一時間たつと、みんなが、うんうん言いだした。問題がとてもむずかしかったからだ！　泣いている子もいた。クロッシは、げんこで頭をこつんこつんやっていた。それに、問題が解けないのは、その子たちのせいだけじゃない。勉強する時間のない子や、かわいそうに、親にかまってもらえない子もいるんだから。でも天のたすけだってあった。たとえば、デロッシは、そんな子たちをたすけようと、ずいぶんがんばっていた。こっそり、正解の数字をまわしたり、演算の解き方を教えたりして、どんなに苦労したことだろう。みんなに親切で、ぼくらの先生みたいだった。それから、算数につよいガッローネもいた。

手だすけできる子はみんな、頭がこんがらかっているノービスまで、たすけてやった。ほんとに親切だった。

スタルディは一時間以上も、こぶしをこめかみにあてたまま、問題とにらめっこしたまま、身動きひとつしなかったが、最後の五分間で、全部かたづけた。先生は机のあいだをまわりながら、言った。「おちついて、おちついて！　たのむからおちついて！」

そして、しょげきっている子がいると、その子を笑わせて元気づけようと、まるごと食べちゃうぞ、とでもいうように、大きな口をあけて、ライオンのまねをしてみせた。

十一時ころ、窓の日よけのむこうに、親たちがおおぜい、そわそわしながら、道をいったりきたりしているのが見えた。プレコッシのおとうさんがいた。いつもの青いうわっぱりを着て、あわてて仕事場からとびだしてきたらしく、顔は真っ黒なままだった。野菜の行商をしているクロッシのおかあさんもいた。黒い服を着たネッリのおかあさんは、じっとしていられなかった。お昼ちょっと前に、とうさんがきて、ぼくの教室の窓をみあげた。やさしいとうさん！

十二時、すべてが終わった。

みんながでていくときのながめときたら、それは見ものだった。だれもが息子をみつけると、かけよって、なにかたずね、ノートをひらいたり、同級生の答えとくらべたりした。「計算はいくつできた？」「合計は？」「引き算は？」「それで答えは？」「小数点は？」

先生がたはみんな、方ぼうからよばれて、走りまわっていた。とうさんは、すぐにぼくの手から下書きをとりあげると、それをながめてから、言った。「よろしい」

ぼくらのとなりに、鍛冶屋のプレコッシさんがいた。プレコッシさんは、心配そうに息子の答案を見ていたが、さっぱりわからないでいた。それでとうさんのほうをふりかえって、きいた。「この足し算の答え、いくつなんでしょう?」

とうさんが数字を言った。プレコッシさんはノートをのぞいた。正解だ。「えらいぞ、ちび」と、ほんとうにうれしそうにさけんだ。とうさんとプレコッシさんは、ちょっとのあいだ、まるで友だち同士みたいに、ほほえみながら顔を見合わせていた。とうさんがプレコッシさんに手をさしだし、プレコッシさんはそれをにぎった。そして、

「じゃ、また口頭試問のときに!」

「口頭試問のときに!」

そう言いながらわかれた。

数歩もいかないうちに、ぼくらのうしろで、裏声の変な歌がきこえた。鍛冶屋さんがうたっているのだった。

最後の試験

七日、金曜日

けさは口頭試問があった。八時、ぼくらは全員教室にいた。八時十五分、試験がはじまって、いちどに四人ずつ、大きな部屋によばれた。部屋には、緑の布のかかった大きなテーブルがあって、そのまわりに、校長先生と四人の先生がたがいた。ぼくらの担任の先生もいた。

ぼくは最初によばれた組だった。かわいそうな先生！　先生が、ぼくらのこと、心の底からかわいがってくれているんだって、けさは、ほんとうによくわかった。ほかの先生がたが質問をしているあいだ、先生は、ぼくらのほうしか、見ていなかった。ぼくらがあやふやな答えをすると、はらはらしているのがわかった。すらすら答えたときは、ほっとした顔をしていた。すべてを聞いていて、手や頭をつかって、《いいぞ》《ちがう》《気をつけて》《もっとゆっくり》《がんばれ》と、いろんな合図をおくってくれた。もしも口をきいてもかまわなかったら、なにからなにまで教えてくれたにちがいない。たとえ先生の席に、生徒の親がかわるがわる交代ですわっていたって、あれ以上のことはできなかったと思う。みんなの前で、先生に十回だって、「ありがとう」とさけんでやりたいくらいだった。そして、ほかの先生がたが、「よくできました。いってもよろしい」と言ったとき、先生の目には、うれしそうなかがやきがうかんでいた。

ぼくはすぐに教室にもどって、とうさんを待つことにした。まだ、ほとんどみんないた。ぼくはガッローネのとなりにすわった。でも、ちっとも、うれしくなかった。こうしていっしょにいられるのも、あと一時間なんだ！　そう思ったからだ。いっしょに四年生になれないこと、とうさんといっしょにトリノをはなれなければいけないことを、ぼくはまだ、ガッローネに話していなかった。ガッローネはなにも知らなかった。からだをふたつおりにしてすわり、大きな頭を机の上にかがめて、おとうさんの写真のまわりに、かざりつけをしていた。機関士の服をきて、首のふとい、がっしりしたからだつきのおとうさんだった。ガッローネとおなじで、まじめで正直そうなひとだ。ガッローネが、前をはだけてかがみこんでいるあいだ、ぼくは、ガッローネのたくましい胸にかかっている金の十字架を見ていた。それは、ネッリのおかあさんが、ガッローネがネッリをまもってくれていると知ったときに、贈ったものだった。ぼくがいなくなることを、いつかは、ガッローネにつたえなければならなかった。ぼくは言った。

「ガッローネ、こんどの秋、とうさんはトリノをはなれるんだ、もうずうっとね」

ガッローネは、ぼくもいっしょなのかとたずねた。ぼくはうなずいた。

「じゃあ、もうぼくらといっしょに四年にはならないんだね？」と、ぼくに言った。

そうだ、とぼくはこたえた。ガッローネは、だまりこくって、かざりをつづけた。それから、顔をあげずにこうたずねた。「三年のときの仲間を、これからもおぼえていてくれるかい？」

「うん」と、ぼくは言った。「みんなのこと、忘れないよ。でも、きみのことは……ほかのだれよりも、きみのことは、忘れないよ。だれが忘れたりなんかするもんか！」

ガッローネは、思いつめた顔で、じっとぼくをみつめた。その目だけで、いろいろなことが山のようにつたわってきた。でも、口はひらかなかった。ただ、右手でかざりつけをつづけているふりをしながら、左手をのばしただけだった。そのまごころのこもった力づよい手を、ぼくは、両手でにぎりしめた。

そのとき、先生が赤い顔をして、大急ぎでやってきた。そして、うれしそうに、低い声でいっきに言った。「えらいぞ。いまのところ、みんなうまくいっている。残りのみんなも、この調子でつづいてくれ。えらいぞ、みんな！　がんばれ！　先生はとてもうれしいよ」

こう言って、先生は、また急いでででていこうとして、わざとつまずいて、よろけて壁につかまりそうになるふりをした。うれしい気持ちをぼくらにつたえて、ぼくらを明るくはげまそうとしたんだ。いちども笑い顔を見せたことのない先生が！

それがあまりにみょうだったものだから、みんな、笑うどころか、あっけにとられてしまった。だから、みんなほほえんだけれど、だれも笑わなかったのだ。

ともかく、なぜだかわからないけれど、そんなふうに先生が子どもっぽくはしゃいでみせるのを見ているうちに、せつなくて胸がつまるような、そんな気持ちになった。あの一瞬のよろこびが、先生の得た報酬のすべてなのだ。九ヶ月のあいだ、やさしく、がまん強く、つらいこともものりこえて、そうして手に入れたものだったんだ！　このために、先生は、長いあいだ苦労をかさね、病気のからだでむりをしてまで、教えにきていたんだ。かわいそうな先生！　たくさんの愛情と心配りとひきかえに、先生がぼくらにのぞんでいたのは、これだけ、これだけのことだったんだ！　だからぼくは、このさき何年も、先生のことを思い出すときには、きっといつでも、さっきの先生のすがたを思いうかべるだろう。そして、ぼくがおとなになって、先生がまだお元気で、会うことがあったら、《あのときの先生のしぐさに心うたれました》ってすなおに言って、それから、先生の白くなった頭にキスしてあげるんだ。

さようなら

十日、月曜日

一時に、ぼくらはみんな、もう一度、最後に学校に集まった。試験の結果をきいて、進級の証書をもらうためだ。道は父兄のひとたちであふれていた。ひかえ室までのぞいたり、教室にはいってくるひともたくさんいて、先生の机のまわりまで、こみあっていた。

ぼくらの教室は、いちばん前の机と壁のあいだの、あいたところまで、すっかりいっぱいだった。ガッローネのおとうさんにデロッシのおかあさん、鍛冶屋のプレコッシさん、コレッティさん、ネッリのおかあさんに野菜売りのおばさん、「左官屋くん」のおとうさんにスタルディのおとうさんも、それにいままで見たことのないひとたちもおおぜいいた。あっちからもこっちからも、ささやき声やどよめきがきこえてきて、まるで広場にいるみたいだった。

先生がはいってきた。とたんに、しんとしずまりかえった。手には成績表をもっていて、すぐにそれを読みはじめた。「アバトゥッチ、進級、七十分の六十点。アルキーニ、進級、七十分の五十五点」

「左官屋くん」、進級。クロッシも進級。

先生の声が大きくなった。

「デロッシ=エルネスト、進級、七十分の七十点。一等賞」

そこにいた父兄のひとたちは、みんなデロッシのことを知っていたので、口ぐちに、「えらいぞ、デロッシ！」と声をあげた。デロッシは、金色の巻き毛をふると、むじゃきに、かわいらしくほほえんで、手をふっているおかあさんのほうを見た。

ガロッフィも、ガッローネも、カラブリアの子も進級だった。そのあと、三、四人が追試になった。そのうちのひとりが泣きだした。その子のおとうさんが入り口のところにいて、おどかすようなしぐさをしたからだ。けれど先生は、そのおとうさんに言った。

「いいえ、失礼ですが、これはこの子たちのせいばかりではないのです。たいていは、運が悪いのです。この場合も、そうなのです」

それからまた、読みあげをはじめた。「ネッリ、進級、七十分の六十二点」

ネッリのおかあさんは、扇子でキスをおくった。スタルディは七十分の六十七点で進級した。でもこんないい点数をきいても、スタルディは、にこりともしないで、あいかわらず、こめかみにあてたこぶしをはなさなかった。

最後はヴォティーニだった。ヴォティーニは、きれいな服をきて、髪もきれいにとかしてきていた。進級だった。

最後まで読みおえると、先生は立ちあがって言った。

「みなさん、いっしょに集まるのは、これが最後です。わたしたちは一年間、いっしょでした。そしていま、すてきな友だちとおわかれするときがきたのです。わたしは、みなさんとおわかれすると思うと、つらくてなりません」

先生はことばをつまらせた。そしてまた話しはじめた。

「わたしに辛抱《しんぼう》がたりなかったときや、そのつもりがなくても、まちがっていたり、きびしすぎたりしたことがあったら、許してください」

「いいえ、そんな」と、父兄と生徒がおおぜい口ぐちに言った。「いいえ、先生、そんなことは、けっしてありません」

「許してください」と、先生はくりかえした。「そしてわたしを思っていてください。来学年、きみたちはもう、わたしといっしょのクラスではないでしょうけれど、きっとまた会えます。それに、きみたちは、いつでもわたしの心のなかにいます。では、さようなら、みなさん！」

こう言い終わると、先生はぼくらのほうにやってきた。みんな席をたって、先生と握手したり、腕をとったり、上着のすそをつかんだりした。キスをする子もたくさんいた。五十人の声がいっせいに言った。

「さようなら、先生！」

「ありがとう、先生」

「お元気で！」

「ぼくらのこと、忘れないでください」

先生が教室をでていったとき、みんな感動で胸がつまりそうだった。ぼくらはみんなばらばらに教室をでた。ほかの教室からも生徒たちがでてきた。生徒と父兄がいりみだれて、たいへんなさわぎだった。みんな、先生にさよならを言ったり、たがいにおわかれを言ったりしていた。赤い羽かざりの先生は、四、五人のちいさな子たちに抱きつかれ、おまけにそのまわりを二十人くらいにとりかこまれて、息もつけないみたいだった。「尼さん先生」は半分ほど引きちぎられた帽子を手にもっていた。そして黒い服のボタン穴やポケットには、花束がたくさん、さしこまれていた。たくさんのひとがロベッティにお祝いを言っていた。ちょうどきょう、松葉杖がとれたのだ。

「また新学年に！」

「十月の二十日にね！」

「また、万聖節に！」

そんな声が、あっちでもこっちでも、かわされていた。

ぼくらも、たがいにあいさつをした。ああ、あの瞬間、いやなことなんか、みんなけしとんでしまった！　いつもあんなにデロッシをねたんでいたヴォティーニが、両腕をひろげて、まっさきにデロッシの胸にとびこんでいった。

ぼくは「左官屋くん」にあいさつした。そして「左官屋くん」が最後の「ウサギ顔」をしてくれたちょうどそのときに、キスしてやった。なんていい子なんだ！　プレコッシやガロッフィにも、あいさつした。ガロッフィは、最後の宝くじは、ぼくの勝ちだと教えてくれた。そしてかどのかけたマジョルカ焼きの文鎮《ぶんちん》をくれた。ほかのみんなにも、さよならを言った。かわいそうなネッリがいつまでもガッローネにしがみついていようとして、それがとてもすてきだった。

ガッローネのまわりに、みんなが集まってきて、「さようなら、ガッローネ、さようなら、またね」と言いながら、このりっぱできよらかな少年に、さわったり、抱きついたり、お礼を言ったりしていた。それを、ガッローネのおとうさんは、びっくりしながらも、にこにこしてながめていた。

ぼくが最後に道で抱きしめたのも、ガッローネだった。ガッローネの胸に顔をおしあてて、しゃくりあげた。ガッローネはひたいにキスしてくれた。それからぼくは、とうさんとかあさんのところへ、かけていった。とうさんはぼくにたずねた。

「友だちみんなとあいさつしてきたかい?」

ぼくはうなずいた。

「もしもきみが悪いことをした友だちがいたら、許しておくれ、もう忘れてほしい、と言っておいで。だれもいないかい?」

「だれもいない」ぼくはこたえた。

「それでは、さようなら!」

こみあげる思いをこめるかのように、学校のほうを、最後にちらりとながめながら、とうさんが言った。するとかあさんも言った。

「さようなら」

そしてぼくは、なにも言えなかった。

《解説》想像力のゆくえ——教育と物語のはざまで

和田忠彦

『クオーレ』(一八八六年)が出版される三年前、つまり『宝島』が単行本となったその同じ年、イタリアでは、短い中断をはさんで「こども新聞」に五年がかりで連載された操り人形の物語が一冊の本となって読者の手にとどけられました。

その物語『ピノッキオの冒険』はこんなふうにはじまっています。

昔むかしあるところに……ひとりの王さまがいたんでしょ！　わたしのちいさな読者諸君はたちどころに言うにちがいありません。いいえ、みなさん、それはまちがいです。昔むかしあるところに、まるたんぼうが一本あったのです。

マーク・トウェインが西部の辺境ミシシッピー川を舞台に、ふたりの悪童トムとハックの物語をつづっていたちょうど同じ時期に、イタリアにも行動力と（もともと人形だから）生命力では西部のふたりに負けるけれど、おどけた茶目っ気には際立った才能をみせる悪童が登場し、熱烈な支持を受けたという事実は、十九世紀後半のちいさな読者たちがその心の中でなにをもとめていたかをよくしめしています（ちなみにジュール・ルナール（一八六四―一九一〇）が、子どもに天使のすがたを見たヴィクトル・ユゴー（一八〇二―八五）を批判して、ちょっと陰気な悪童「にんじん」を登場させるのは、一八九四年のことです）。

そんなちいさな読者たちの心を、この作品『クオーレ』の作者エドモンド・デ・アミーチス（一八四六―一九〇八）が知らなかったはずはありません。ですが作家としての自負が二番煎じに甘んじることを許すはずもありませんでした。それゆえデ・アミーチスの悩みはなおふかいものとなったのです。

のちに『クオーレ』と名づけられることになる新作の構想について、デ・アミーチスがはじめて出版社主に宛てた手紙のなかで語ったのは、一八七八年二月二日のことです。出版されたのが八六年十月十五日のことですから、八年という長い歳月を、この新作のために費やしたわけです。

この七八年は、二十一歳にして文筆に携わるようになった早熟の作家デ・アミーチスにとって、もっとも深刻な危機に見舞われた時期だったようです。言い換えれば、三十歳代になってはじめて行き詰まりを経験するほど、それまでの十年間は、作家デ・アミーチスにとって、すべてが順調に進んでいたということでもあるでしょう。

その様子を語るために、まず青年作家デ・アミーチス誕生までの軌跡をかいつまんで紹介しておくことにします。生まれ故郷リグリア地方のちいさな町オネリア（現在のインペリア）から移り住んだピエモンテ地方クネオの村で初等教育を終え、大都市トリノの寄宿学校に進んだのが一八六二年、イタリア統一翌年のことです。ゆくゆくは弁護士になるつもりでいたらしいのですが、翌六三年、父親の死によって進路変更を余儀なくされ、エミリア地方モデナの陸軍士官学校に入学しなおします。もっとも、十四歳になる直前に、当時の愛国詩人ジュゼッペ・ジュスティ（一八〇九―五〇）の詩に感動して、自分も独立戦争を戦うつもりで、ガリバルディ率いる千人隊に加わろうとして拒否されたという記録が残っていますから、軍人への道も、必ずしも意に染まない選択ではなかったのかもしれません。

ともあれ、順調に士官学校を終えたデ・アミーチスは、六五年には歩兵少尉に任官し、翌年には小隊長としてオーストリアとの第三次独立戦争を闘い、少年時代の夢をかなえることになります。けれど翌年、転戦先のシチリアでコレラに罹ったことで、その運命はおおきく変わったのです。

イタリア王国の首都フィレンツェに送り返された青年にあたえられた仕事は、「イタリア陸軍」という軍の機関紙の編集でした。そして翌六八年から連載した軍隊生活の素描、それが作家デ・アミーチス最初の作品となるのです(『軍隊生活』と題された作品集は、当時の国民的大詩人ジョズエ・カルドゥッチ(一八三五―一九〇七)の酷評にもかかわらず、翌年から順調に版を重ねます)。そして七〇年、ローマ併合を軍隊の一員として、その目で目撃したのち、二十四歳の青年は文筆生活にはいります。翌七一年には短篇集を、七二年からは七年をかけて、スペイン旅行記を皮切りに、オランダ、ロンドン、モロッコ、コンスタンチノープル、そしてパリを舞台に、異国情緒ゆたかな紀行作家として名を馳せてゆくことになります(ファシズム体制下で検閲にあい、戦後公刊された一九三六年執筆の批評家ピエトロ・パンクラーツィによる「ある文学的逸話――禁じられたデ・アミーチス」では、作家の一八七〇年代の作品が二十世紀前半にいたってもイタリアにおける紀行文学の手本であったと指摘されているほどです)。

ですが作品そのものの評価は、総じてその名声に見合うものではありませんでした。おそらくデ・アミーチス自身にとって、いちばん堪えたのは、手本と仰ぐ国民作家アレッサンドロ・マンゾーニ(一七八五―一八七三)の『いいなづけ』(一八二七)を引き合いに出され、「マンゾーニを水で薄めたような」と評され、着想の貧弱さをレトリックでごまかしているにすぎないと指摘されたことかもしれません。『クオーレ』を読んでいても、あちこちに顔をのぞかせるマンゾーニへの傾倒ぶりは、とりわけ自然描写にあきらかですが、それは言うまでもなく、紀行作家デ・アミーチスの経験がもたらした成果でもあるのです。いわばもっとも自信のある自然や風景の描写と、その背後にある観察眼とを、もろともに否定されたのですから、落胆のふかさは想像に難くありません。

まさしくそうした失意の時期に、のちに『クオーレ』と題されることになる新作の構想が模索されていたのです。そのときデ・アミーチスの胸中にあったのは、紀行作家としてではなく、マンゾーニと肩を並べるくらいの小説家として、自分の才能を認めさせてやるという意気込みだったにちがいありません。だからこそ八年もの歳月を、悩みに悩みつづけたのでしょう。

構想を抱いてから一年後、デ・アミーチスは二人目の男児ウーゴを授かります。このあたらしい家族の誕生が、どうやら悩める作家に新作のタイトルを決心させる大きな契機になったようです。それは、七九年二月にウーゴが生まれ、その二ヶ月後には、フランス・ロマン主義の代表的歴史家ジュール・ミシュレ(一七九八―一八七四)に倣って、『愛』ならぬ『クオーレ(心)』をタイトルにしたと、手紙につづっていることからも判ります。この決断が、新作の表題だけでなく、主題をも方向づけたといえるでしょう(その意味で、第二子ウーゴが『クオーレ』誕生に果たした役割は、空想の島の地図を描くことでスティーヴンソンに『宝島』の着想をあたえた十二歳の息子ロイド・オズボーンに匹敵するかもしれません)。

タイトルが決まり、主題も方向づけられたとすれば、残る問題は小説の形式と構造です。

冒頭でも指摘したように、『ピノッキオ』と同じ手法を使うという選択肢はありません。けれど、コッローディがおとぎ話の語り口をいったん肩透かししてみせることでおとなの読者に目配せしたように、デ・アミーチスも、この新作が、ちいさな読者たちだけでなく、おとなの読者にも受け容れられる仕掛けをほどこしてあるというメッセージを、どこかに忍ばせておきたいという誘惑には勝てなかったようです。

そうして思いついたのが、『クオーレ』の三層構造だったと言えるかもしれません。物語の冒頭に遠慮がちにおかれたみじかい作者の言葉が、そのおおきな手がかりになるでしょう。

三年生の男の子が書いたからといって、その子が書いたものを、そのままこうして活字にしたわけではありません。

こう切り出した作者は、この物語が、小学校三年生(ちなみに一八七七年、当時の教育相の名を冠したコッピーノ法により、初等教育は前期三年、後期二年の計五年が無償、内前期三年が義務教育と定められました。その後二年制の後期中等学校に進学という制度設計でした。イタリアでは当時就学年齢は原則七歳でした)の男の子が一学年十ヶ月(一八八一年十月十七日始業、翌年七月十日終業、授業＝月－土曜日、日・木曜日休み、授業時間

＝九時―十二時、十三時―十六時）にわたってつづった日記に、父親が添削を加え、さらに中学生になってから男の子本人が、もう一度加筆修正した結果であると、わざわざ断っているのです。これがデ・アミーチスなりの、おとなの読者にたいする目配せであることはあきらかです。ちいさな読者に読みとばされることは充分承知のうえで、こんなあからさまなメッセージを残したあたりに、悩める作家のこだわりが感じられます。

そのこだわりこそが、この物語に、①少年エンリーコ自身の体験、②今月のお話、③家族の忠告、という三層構造をあたえたのです。①は、たとえ父親の手が加えられているといっても、あくまで十一歳（と十五歳）の少年の言葉でつづられていなければなりませんですが②は、学校で先生が生徒に清書を命じて書き取らせたものですから、おとなの言葉でつづられていても不自然ではありません。そして③は、もちろん（姉の言葉をのぞけば）父親と母親が息子に宛てて書いた手紙のようなものですから、子どもの読者を意識したおとなの言葉であるはずです。こうして作品に多層性をあたえることで、デ・アミーチスは、自分に浴びせられたレトリックの詐術という批判にこたえようとしたのかもしれません。

とくに「今月のお話」を読んでいると、しばしばマンゾーニを思わせる隙のない風景描写に出会います（むかし小学一年生だったわたしが、講談社の少年少女世界文学全集のなかで、「母をたずねて三千里」のアマゾンの密林の描写がこわくてたまらなかったのも、いまにして思えば、そうした描写の力だったのでしょう）。きっと「今月のお話」をつづるときだけは少なくとも、おとなのための小説家として思う存分ペンを走らせたにちがいありません。そしてその試みは充分に成功していると言えるでしょう。

けれど①と③については、時どき意気込みが空回りすることもあったのかもしれません。①では、十一歳にせよ、十五歳にせよ、少年の言葉とは思えない《おとな》のまなざしが顔をのぞかせることがありますし、③では、熱心に《忠告》しようとするあまり、言葉が感情に流されることもあるように見受けます。どちらも、《おとな》の読者の眼を過剰に意識した結果かもしれません。

ともあれ、悩める作家デ・アミーチスが、みずからの小説家としての力量を世に問うに足るだけの、十二分に凝った形式と構造を『クオーレ』にあたえたことはたしかです。ですが、まだひとつ問題が残っています。息子ウーゴのおかげで、主題は「心(クオーレ)」と方向づけられはしましたが、その「心」がだれの「心」なのか、実のところ、デ・アミーチス自身が考えているほど明確ではなかったからです。執筆にとりかかったかなり早い段階から、「子どもの声で博愛の理想を」訴えたいという意思ははっきりしていましたし、その「博愛」の対象となる「心」の持ち主が、できたばかりの統一国家イタリアを支える「民衆」とよばれる人びとであることも分かっていました。問題は、その「民衆」の顔が見えないことです。そしておそらくデ・アミーチスは、当の相手の顔が見えないまま、手さぐりで、その「心」に語りかけていったのでしょう。

この物語の舞台となった十九世紀後半の大都市トリノはどんな状況だったのでしょうか。はじめて誕生した「イタリア王国」という統一国家のもと、小学校の教師もふくめて、労働者はきわめて劣悪な環境におかれていました。わけても統一後の十年間で、弱年労働者数は三倍近くにふくれあがり、三十万人以上にのぼったといいます。子どもたちは、おとなの五分の一の賃金で、おとなと同じ一日十五時間働くのがふつうでした。当時のトリノは、人口二十五万人の大都市でしたが、そのうち約三万人が屋根裏部屋で、衛生に深刻な問題をかかえながら生活していました。『クオーレ』の背景には、たとえばこんな現実がひかえていたのです。おそらくデ・アミーチスも、そうした状況をかかえる「民衆」の心に寄り添い分け入ろうとしたにちがいありません。

けれど十一歳の少年の眼を通して、その心の襞まで描けると考えるほど、デ・アミーチスは経験の浅い作家ではなかったのですから、少年にはっきりととらえられない「民衆」のすがたが、読者の眼に映らないこともしっていたはずです。

発表からふたつ世紀を跨いでもなお読み継がれ、数えきれない読者をかかえている（一九二三年には、版元であったトレーヴェス社が累計一〇〇万部突破の祝典を催しています）という点では、けっして『ピノッキオ』にひけをとらないはずなのに、この百三十年余というもの、『クオーレ』とその作者にたいして途切れることなく批判が放たれてきたのも、まさしくこの視えない「民衆」のすがたと「心」をめぐってのことだったのです。

だからたとえば、「今日では『クオーレ』のような本は読むに堪えないし、もちろん二度と書くこともできないだろう。あれは、正直や犠牲、名誉、勇気について偽りを書いていた時代の産物だ」(一九七〇年の発言、『書き言葉としてのイタリア語語彙』クルスカ学会、二〇一三年所収)と切り捨てる、二十世紀イタリアを代表するナタリア・ギンズブルグ(一九一六―九一)のような作家もめずらしくはなかったのです。

そんな批判のなかで、小説家でもあるウンベルト・エーコ(一九三二―二〇一六)が一九六一年に発表した「フランティ礼讃」は、思想批判というよりは、『クオーレ』における〈笑いの欠如〉という観点から、作品自体の批評性の欠如を指摘したすぐれた物語批判になっていると言えるでしょう。

デロッシが国王の葬儀の話をしているのに、笑うなんて、そんなまねをするやつは、ひとりしかしない。笑ったのはフランティだ。ぼくはあいつが大きらいだ。心がねじけてる。
(「フランティ、学校を追いだされる」)

エーコは、物語がはじまってまもなく登場する悪童フランティが、語り手エンリーコによって、こんなふうになんとも邪険に扱われ、早々に物語＝日誌から抹消される点に着目して、「ふたりのあいだには根底的な無理解が存在した」と指摘します。そして、寝たきりの老人、怪我をした労働者、涙ぐむ母親、白髪の教師、そんな人びとを前にしてフランティは微笑む。(……)フランティは『クオーレ』の宇宙における〈陰画〉を表現しているのだが、その〈陰画〉が〈笑い〉のさまざまな様態をとる(……)フランティにおける笑いと悪意のすべてが、心(クオーレ)によって統御される世界の陰画、さらにいえばエンリーコがぬくぬく肥え太っている世界のイメージを想定した心(クオーレ)の陰画にほかならないものである以上、エンリーコにはその笑いの偉大さは解せない。だからエンリーコはフランティを拒む必要があるのだ。(……)フランティの否定的な懐疑心を悪魔払いしようと思えば、フランティを魔女として断罪し、先験的に拒絶する以外に道はないからだ。

(『ウンベルト・エーコの文体練習[完全版]』河出文庫所収)

と、反動的モラリストであるエンリーコには、「笑う者——あるいは嘲笑する者——は、ひとつのありうべき別の社会の産婆にほかならない」という自明の理が理解できるはずもなかったと言うのです。だから物語(と同級生たち)のなかで唯一その役割を担うことのできたはずのフランティを敵視し放逐することしかできなかったのだというわけです。

見方を変えれば、『クオーレ』に登場する唯一の悪童フランティを早々に物語から退場させてしまったデ・アミーチスの《生真面目さ》こそが、この物語を「教育読物」として保証するものなのかもしれません。

日本における受容のあゆみも、じつはこの《生真面目さ》に負うところ甚だ大だったのです。

明治三十五年(一九〇二)十二月、坪内逍遙の薫陶を受けた新体詩人にして、のちの国定教科書に大きな影響をあたえた『国語読本』の編集者として知られる杉谷代水(一八七四―一九一五)によって、『教育小説・学童日誌』と題された翻案として最初の紹介がなされます(ちなみに五月のお話「アペニン山脈からアンデス山脈まで」を「母をたずねて三千里」と訳したのは代水です)。これは児童文学全体の受容史からみれば、アンデルセン/在一居士(一八八八年)、グリム/上田万年(八九年)、小公子/若松しづ子(九一年)、ロビンソン・クルーソー/高橋雄峯(九四年)、ヴェルヌ/思軒居士(九六年)に次ぐ、欧米児童文学のいち早い翻訳紹介であると位置づけることができるでしょう。

以降、『クオーレ』は、明治四十二年には『嗟々《ああ》三千里』として、「母をたずねて三千里」が単独で刊行され、明治四十五年には、三浦修吾がフランス語訳から借用した『愛の学校』という、現在でもまだ時折目にする表題のもとに全訳を試みるなど、第二次大戦を経て現在にいたるまで、ライヴァル『ピノッキオ』にくらべると、その受容は驚くほど持続的です。その理由のひとつに、この《生真面目さ》があることはまちがいありません。

たとえば戦後、小学校一年生の秋、わたしが手にした先にも挙げた講談社の少年少女世界文学全集の第二回配本、「第39巻　南欧・東欧編(2)」に『ピノッキオ』といっしょに収められた『クオーレ』には、訳者矢崎源九郎による「解説」が附されていました。「紙数の関係から、子どもの心を戦争へとかりたてるような話とか、あまりにもかたくるしい、教訓めいた話などは、多少はぶいてある」と断ったうえで、訳者は、作者デ・アミーチスの《生真面目さ》についてこう表現しています。

（……）中でも愛国心がひじょうに強調されていますが、これは作者が少年時代に味わった、苦しい、にがい思い出がすてきれずに、つぎの時代をになう少年たちが、自分の国を自分で守るように、外国から二どとおかされることがないように、愛国心をつとめてふきこもうとしたのです。

そして、それとともに、イタリア統一に対する喜ばしい感情を、機会さえあれば、少年たちに伝えようとしています。（傍点は筆者）

ここからは、「つとめて」「機会さえあれば」子どもたちに伝え、根づかせたいという作者の懸命さ（＝《生真面目さ》）をいささか過剰と感じながらも、訳者として読者に理解をもとめている様子がうかがえるでしょう。それはほかでもない、この作品そのものが持っている力に訳者が共感をいだいているからです。

（……）「毎月のお話」などは、みごとな短編小説ともいえるものでわれわれのむねをうつ清らかな名編ばかりです。（……）なんといっても、少年たちのむねに深い感動をよびおこす読みものとして、児童文学史上にその名を永久にとどめる作品でありましょう。

この昭和三十三年十月二十日と奥付にある定価三八〇円の函入りの本を、巻末に添えられた「読書指導」と称する読み方のヒントにしたがって登場人物一覧表を作成することもないまま、ともかくも一気に、しかもピノッキオにつづけて読み終えたとき、当時わたしのなかに湧いた感動めいたなにかは、おそらく矢崎源九郎の日論見どおりの感情だったような気がします。

つまり『クオーレ』がいまでも世界じゅうで読み継がれている最大の理由は、少年エンリーコが描く日記のなかの同級生たちや、正確にエンリーコが書き写してくれた「今月のお話」の登場人物たちの魅力にあるのかもしれません。ときに甘ったるい感傷にすぎないと分かっていながらも、マルコの旅にはらはらしたり、プレコッシやクロッシに声援を送ったり、そして（たぶん）時どきは涙を流してしまうのですから、それは物語の力なのでしょう。読者それぞれが、この物語のなかにひそんでいる《心(クオーレ)》を感じとる――もしかしたらそれは、作者デ・アミーチスや語り手エンリーコがつたえようとしている《心》とはちがうものかもしれません。むしろ一人ひとりがちがっているほうがよいのかもしれないと思います。

一八八六年十月十五日、新学年の始まる日にあわせて、いっせいに書店の店頭にならんだ『クオーレ』は、それから年末までのわずか二ヶ月半のあいだに四一版を重ねたといいます。十九世紀終わりのイタリアのちいさな読者たちは(そして少しはおとなの読者たちも)、きっとそれぞれにこの物語のなかに、たくさんの《心(クオーレ)》をみつけたことでしょう。

じつはこの年、『クオーレ』のライヴァル『ある操り人形の物語』あらため『ピノッキオの冒険』が、初版から三年かかってようやく増刷にこぎ着けています。

両者の売れ行きがしめす人気のひらきはいったい何に由来していたのでしょうか。《よい子》の物語は売れて、《悪い子》の物語は売れなかった――そんな単純に原因を突きとめられるならよいのですが、その後のふたつの作品がたどった軌跡をみると、もうすこしだけ入り組んだ時代との関係が反映しているように思えてきます。

おなじ「子どものための物語」といっても、およそ視線のとどく先の交わらないふたつの作品だからでしょうか、二十世紀に入ってからは、どちらか一方が人気を博せば他方は不人気を託《かこ》つというシーソーゲームを繰り返すようになります。とくにフランスの比較文学者ポール・アザール(一八七八―一九四四)によって、ピノッキオがいかに子どもたちにとって魅力的な存在であるかが解き明かされ、イタリア的想像力の懐のふかさと柔軟性とが高く評価されてからというもの、まずヨーロッパで、ついで第一次世界大戦後の失意と不満渦巻くイタリアで、ピノッキオは《発見》され、徐々に読者を獲得しはじめます。そしてファシスト党によるローマ進軍の年に版元を変え、挿し絵も替えて出版されたわたしたちの悪童の物語は、わずか二年でミリオンセラーの仲間入りを果たすのです。

けれど、『クオーレ』の語り手エンリーコ少年みたいな優等生であればともかく、ピノッキオみたいな始末に負えない、おまけに《人間》でさえない存在が、ファシズム擡頭期から体制の絶頂期にかけて、《少国民》エンリーコを差しおいて人気を博すことになろうとは、作者カルロ・コッローディ(一八二六―九〇)も予想しなかったにちがいありません。もともと賭け事の負けが込んで連載をはじめた物語の主人公が、たまたま読者の支持を得て、樫の木に吊されて絶えた命を拾いなおして冒険をつづけさせた結果が、ファシズム体制下でわが身に、あろうことか、「国民的作家」などという栄誉をもたらすことになったのですから、皮肉といえば皮肉なめぐり合わせかもしれません。

こんなふうにピノッキオが作者とともに称賛を浴びる一方で、学校教育を媒介にして《家》と《国家》とを「愛」ということばによって直結させてみせた作品『クオーレ』はといえば、おそらくその「愛」なるものの正体が《祖国愛》というより《博愛》とよぶにふさわしい軟弱さが災いしてか、前世紀以上の読者を獲得することはかなわずにいました。それはエンリーコ少年の語る《心(クオーレ)》のなかの出来事や問題が、ファシズム体制という《あたらしい》時代の読者の眼には、古びたものとしか映らなかったからかもしれません。本来的な意味での「モダーン」ななにかが決定的に欠けていたと言ってもよいでしょう。やんちゃなピノッキオが、どのような時代にあっても、というより、どれだけ歳月を経ても、たえず《あらたな貌》でわたしたちの前にあらわれることを思えば、そのちがいは際立ってきます。

現代イタリアの彫刻家ミンモ・パラディーノ(一九四八―)によるブロンズ像や水彩画、ブリコラージュとして登場したピノッキオも、おなじみのウォルト・ディズニーのピノッキオも、そして一八八三年の初版に描かれたピノッキオも、それぞれにわたしたち読者は自分のピノッキオを投影しながらながめることができるでしょう。それがなぜ『クオーレ』には、エンリーコ少年にたいしては、かなわないのでしょうか。

おそらくそれは、一方がもっぱら《教育の器》として機能するほかないのにたいして、他方が《物語の器》としてもひろがっていく可能性をもっていたからだと考えて差し支えないでしょう。だからたとえばイタリアの一九二〇年代にはくまのプーもドリトル先生も生まれなかったということも、あるいはその代役をピノッキオが果たしたのだとも言えるのかもしれません。

だとすれば『クオーレ』はいったいこの百三十年間、なにをわたしたちにつたえてきたのでしょうか、そしてなぜいまも(ミリオンセラーを突破したころの勢いこそないけれど)古典として読み継がれているのか、という問いがあらためて浮上してきます。

統一まもない国家であれ、古代ローマ帝国の幻影におおわれたファシズム体制であれ、みずから血を流して獲得した民主主義体制であれ、結果として百三十年以上にわたって、『クオーレ』が「子どものための本」として、絶えることなく《教育の器》として歴史を刻んできたことはたしかです。それは言い換えるなら、イタリアにおいて「子どものための本」は、読者をもっぱら物語の外部へと押し返すことによって《教育》的機能を果たすことと引き換えに、物語そのものが本来備えているはずの《教育》的機能を犠牲にしてきたということを意味しています。想像力が描きだす可能世界のなかで、読者に《もうひとつの現実》を生きる愉しみを経験させるという、物語だけにあたえられた特権をうばってきたと言ってもかまいません――いわばこうした物語の可能性を剝奪したあとにのこる陰画として、『クオーレ』は変わることなくその存在を主張しつづけているようにみえるのです。

けれど一九五〇年代に入っても、たとえばジャンニ・ロダーリ(一九二〇―八〇)の『チポリーノの冒険』(五一年)のように、タマネギの男の子を主人公にした空想譚とはいいながら、その形式や構造からみれば、明らかにファシズム時代に検閲と鬼ごっこを繰り返した諷刺小説そのままの作品が、《あたらしい子どもの文学》として登場した事実をみれば、「子どものための本」が質的転換をなしえなかったのは、必ずしも《器》の問題だけではなかったことがわかるでしょう。

それはむしろ書き手の側がかかえる問題として浮上してくるのです。とりわけ同時代に、C・S・ルイス(一八九八―一九六三)、メアリー・ノートン(一九〇三―九二)、エリナー・ファージョン(一八八一―一九六五)や、さらにはフィリッパ・ピアス(一九二〇―二〇〇六)などが発表した作品と並べてみるとき、イタリアの特殊性は際立ってきます(そうした物語を構築する想像力のありように横たわる大きな隔たりを、児童文学作家にしてイタリア文学研究者、安藤美紀夫(一九三〇―九〇)は、イタリアという地域の歴史的現実が生んだ《ファンタジー》の質的差異とよんだのです)。

そうした状況があったからこそ、まずは〈おとなの文学〉の装いを借りて、イタロ・カルヴィーノ(一九二三―八五)のような作家が、『くもの巣の小道』を皮切りに、『ぼくらの祖先』としてまとめられた歴史空想三部作(「まっぷたつの子爵」「木のぼり男爵」「不在の騎士」)とつづく、とびきり上質の《ファンタジー》を次つぎと送りだすことができたのだと考えることもできるかもしれません。

物語のなかにある《もうひとつの現実》が、物語の外部にある現実と拮抗し、あるいは前者が後者を凌いだりもする――それが「子どものための本」を大きくてゆたかな《物語の器》に変える可能性につながるのだということをけっして忘れないようにと、『クオーレ』はその身を無惨にさらして、わたしたち読者にささやきつづけることで、生命をたもっているのかもしれないと思うことがあります。

ここでふたたびウンベルト・エーコの言葉を引くことにします。

一冊の書物のイデオロギーは必ずしも作者のそれと一致するわけではない。(……)『クオーレ』を手本に形成されたイタリア社会は、当の書物を読まなくなってからも変わらず、あの書物を行動の指針としてきた。言い換えるなら、イタリアは変わることなく『クオーレ』の物語を書き継いできたのだから、近年のイタリアの歴史をその続篇として読み直してみれば、無私無欲の娯楽になどとはけっしていえない。

(『家の習俗』所収)

一九七三年に記されたイタリアの状況は、二〇一九年のいま、さらに悪化しているようにみえます。同じ文章のなかで、エーコは「いまやイタリアの学校(そして社会)では、デロッシ、エンリーコ、ノービスだけが我が物顔」でのさばっていると警鐘を鳴らしていたのですが、さて、翻って日本はどうでしょうか。先に挙げた〈悪童〉フランティの笑いの力を借りずにすむような状況であれば、まだよいのでしょうけれど。

［なお翻訳に際しては、Edmondo De Amicis, *Cuore*, a cura di Luciano Tamburini, Torino, Giulio Einaudi Editore, 1972(2001)を底本に、その他とくに二種類の版(*Cuore*, a cura di A. Valeria Saura, Edimedia 2016, *Opere scelte*, a cura di Folco Portinari e Giusi Baldissone, Mondadori 1996)を参照したことをお断りします。］

＊

最後に、二〇〇七年以来、平凡社ライブラリーに収められていた本書に目を留めて、あらたなよそおいのもと、古典として生き存える機会をあたえてくださった岩波文庫編集長入谷芳孝さんに、心からの感謝を。

二〇一九年五月

〔編集付記〕

本書は、一九九九年三月に新潮文庫の一冊として刊行されたのち、二〇〇七年二月に平凡社ライブラリーに収録された。今回の岩波文庫版は、平凡社ライブラリー版を底本とし、訳者による新たな解説を付したものである。

（岩波文庫編集部）

クオーレ　デ・アミーチス作

2019年7月17日　第1刷発行
2021年6月4日　第2刷発行

訳　者　和田忠彦《わだただひこ》

発行者　坂本政謙

発行所　株式会社　岩波書店
〒101-8002 東京都千代田区一ツ橋 2-5-5
案内 03-5210-4000　営業部 03-5210-4111
文庫編集部 03-5210-4051
https://www.iwanami.co.jp/

印刷　製本・法令印刷　カバー・精興社

ISBN 978-4-00-377007-8　Printed in Japan

読書子に寄す

——岩波文庫発刊に際して——

岩波茂雄

真理は万人によって求められることを自ら欲し、芸術は万人によって愛されることを自ら望む。かつては民を愚昧ならしめるために学芸が最も狭き堂宇に閉鎖されたことがあった。今や知識と美とを特権階級の独占より奪い返すことはつねに進取的なる民衆の切実なる要求である。岩波文庫はこの要求に応じそれに励まされて生まれた。それは生命ある不朽の書を少数者の書斎と研究室とより解放して街頭にくまなく立たしめ民衆に伍せしめるであろう。近時大量生産予約出版の流行を見る。その広告宣伝の狂態はしばらくおくも、後代にのこすと誇称する全集がその編集に万全の用意をなしたるか。千古の典籍の翻訳企図に敬虔の態度を欠かざりしか。さらに分売を許さず読者を繋縛して数十冊を強うるがごとき、はたしてその揚言する学芸解放のゆえんなりや。吾人は天下の名士の声に和してこれを推挙するに躊躇するものである。このときにあたって、岩波書店は自己の責務のいよいよ重大なるを思い、従来の方針の徹底を期するため、すでに十数年以前より志して来た計画を慎重審議この際断然実行することにした。吾人は範をかのレクラム文庫にとり、古今東西にわたって文芸・哲学・社会科学・自然科学等種類のいかんを問わず、いやしくも万人の必読すべき真に古典的価値ある書をきわめて簡易なる形式において逐次刊行し、あらゆる人間に須要なる生活向上の資料、生活批判の原理を提供せんと欲する。この文庫は予約出版の方法を排したるがゆえに、読者は自己の欲する時に自己の欲する書物を各個に自由に選択することができる。携帯に便にして価格の低きを最主とするがゆえに、外観を顧みざるも内容に至っては厳選最も力を尽くし、従来の岩波出版物の特色をますます発揮せしめようとする。この計画たるや世間の一時の投機的なるものと異なり、永遠の事業として吾人は微力を傾倒し、あらゆる犠牲を忍んで今後永久に継続発展せしめ、もって文庫の使命を遺憾なく果たさしめることを期する。芸術を愛し知識を求むる士の自ら進んでこの挙に参加し、希望と忠言とを寄せられることは吾人の熱望するところである。その性質上経済的には最も困難多きこの事業にあえて当たらんとする吾人の志を諒として、その達成のため世の読書子とのうるわしき共同を期待する。

昭和二年七月

《イギリス文学》〔赤〕

ユートピア　トマス・モア　平井正穂訳
完訳カンタベリー物語　全三冊　チョーサー　桝井迪夫訳
ヴェニスの商人　シェイクスピア　中野好夫訳
ジュリアス・シーザー　シェイクスピア　中野好夫訳
十二夜　シェイクスピア　小津次郎訳
ハムレット　シェイクスピア　野島秀勝訳
オセロウ　シェイクスピア　菅泰男訳
リア王　シェイクスピア　野島秀勝訳
マクベス　シェイクスピア　木下順二訳
ソネット集　シェイクスピア　高松雄一訳
ロミオとジューリエット　シェイクスピア　平井正穂訳
リチャード三世　シェイクスピア　木下順二訳
対訳シェイクスピア詩集 ―イギリス詩人選(1)　柴田稔彦編
から騒ぎ　シェイクスピア　喜志哲雄訳
言論・出版の自由 他一篇 ―アレオパジティカ　ミルトン　原田純訳
失楽園　全二冊　ミルトン　平井正穂訳

ロビンソン・クルーソー　全二冊　デフォー　平井正穂訳
ガリヴァー旅行記　スウィフト　平井正穂訳
ジョウゼフ・アンドルーズ　全二冊　フィールディング　朱牟田夏雄訳
トリストラム・シャンディ　全三冊　ロレンス・スターン　朱牟田夏雄訳
ウェイクフィールドの牧師 ―むだばなし　ゴールドスミス　小野寺健訳
幸福の探求 ―アビシニアの王子ラセラスの物語　サミュエル・ジョンソン　朱牟田夏雄訳
マンフレッド　バイロン　小川和夫訳
対訳ブレイク詩集 ―イギリス詩人選(4)　松島正一編
対訳ワーズワス詩集 ―イギリス詩人選(3)　山内久明編
湖の麗人　スコット　入江直祐訳
キプリング短篇集　橋本槙矩編訳
対訳コウルリッジ詩集 ―イギリス詩人選(7)　上島建吉編
高慢と偏見　全二冊　ジェーン・オースティン　富田彬訳
説きふせられて　ジェーン・オースティン　富田彬訳
ジェイン・オースティンの手紙　新井潤美編訳
対訳テニスン詩集 ―イギリス詩人選(5)　西前美巳編
虚栄の市　全四冊　サッカリー　中島賢二訳

床屋コックスの日記・馬丁粋語録　サッカレー　平井呈一訳
デイヴィッド・コパフィールド　全五冊　ディケンズ　石塚裕子訳
ディケンズ短篇集　小池滋 石塚裕子訳
炉辺のこほろぎ　ディケンズ　本多顕彰訳
ボズのスケッチ 短篇小説篇　全二冊　ディケンズ　藤岡啓介訳
アメリカ紀行　全二冊　ディケンズ　伊藤弘之・下笠徳次・隈元貞広訳
イタリアのおもかげ　ディケンズ　伊藤弘之・下笠徳次・隈元貞広訳
大いなる遺産　全二冊　ディケンズ　石塚裕子訳
荒涼館　全四冊　ディケンズ　佐々木徹訳
鎖を解かれたプロメテウス　シェリー　石川重俊訳
ジェイン・エア　全二冊　シャーロット・ブロンテ　河島弘美訳
嵐が丘　全二冊　エミリー・ブロンテ　河島弘美訳
アルプス登攀記　全二冊　ウィンパー　浦松佐美太郎訳
アンデス登攀記　全二冊　ウィンパー　大貫良夫訳
テス　全二冊　ハーディ　井上宗次 石田英二訳
緑の木蔭 和蘭派田園画　トマス・ハーディ　阿部知二訳
緑の館 ―熱帯林のロマンス　ハドソン　柏倉俊三訳

ジーキル博士とハイド氏　スティーヴンスン　海保眞夫訳
プリンス・オットー　スティーヴンスン　小川和夫訳
新アラビヤ夜話　スティーヴンスン　佐藤緑葉訳
南海千一夜物語　スティーヴンスン　中村徳三郎訳
若い人々のために 他十一篇　スティーヴンスン　岩田良吉訳
マーカイム・壜の小鬼 他五篇　スティーヴンソン　高松雄一・高松禎子訳
怪談 —不思議なことの物語と研究　ラフカディオ・ハーン　平井呈一訳
心 —日本の内面生活の暗示と影響　ラフカディオ・ハーン　平井呈一訳
ドリアン・グレイの肖像　オスカー・ワイルド　富士川義之訳
サロメ　ワイルド　福田恆存訳
嘘から出た誠　ワイルド　岸本一郎訳
童話集 幸福な王子 他八篇　オスカー・ワイルド　富士川義之訳
人と超人　バーナド・ショー　市川又彦訳
分らぬもんですよ　バァナード・ショウ　市川又彦訳
ヘンリ・ライクロフトの私記　ギッシング　平井正穂訳
南イタリア周遊記　ギッシング　小池滋訳
闇の奥　コンラッド　中野好夫訳

密偵　コンラッド　土岐恒二訳
コンラッド短篇集　中島賢二編訳
対訳 イエイツ詩集　高松雄一編
月と六ペンス　モーム　行方昭夫訳
人間の絆 全三冊　モーム　行方昭夫訳
サミング・アップ　モーム　行方昭夫訳
モーム短篇選 全二冊　行方昭夫編訳
アシェンデン —英国情報部員のファイル　モーム　中島賢二・岡田久雄訳
お菓子とビール　モーム　行方昭夫訳
荒地　T・S・エリオット　岩崎宗治訳
悪口学校　シェリダン　菅泰男訳
オーウェル評論集　小野寺健編訳
パリ・ロンドン放浪記　ジョージ・オーウェル　小野寺健訳
動物農場 —おとぎばなし　ジョージ・オーウェル　川端康雄訳
対訳 キーツ詩集 —イギリス詩人選(10)　宮崎雄行編
キーツ詩集　中村健二訳
阿片常用者の告白　ド・クインシー　野島秀勝訳

20世紀イギリス短篇選 全二冊　小野寺健編訳
イギリス名詩選　平井正穂編
タイム・マシン 他九篇　H・G・ウエルズ　橋本槇矩訳
トーノ・バンゲイ 全二冊　ウェルズ　中西信太郎訳
回想のブライズヘッド 全二冊　イーヴリン・ウォー　小野寺健訳
愛されたもの　イーヴリン・ウォー　中村健二・出淵博訳
イギリス民話集　河野一郎編訳
フォースター評論集　小野寺健編訳
白衣の女 全三冊　ウィルキー・コリンズ　中島賢二訳
対訳 ブラウニング詩集 —イギリス詩人選(6)　富士川義之編
灯台へ　ヴァージニア・ウルフ　御輿哲也訳
船出 全二冊　ヴァージニア・ウルフ　川西進訳
夜の来訪者　プリーストリー　安藤貞雄訳
アーネスト・ダウスン作品集　南條竹則編訳
ヘリック詩鈔　森亮訳
フランク・オコナー短篇集　阿部公彦編訳
たいした問題じゃないが —イギリス・コラム傑作選　行方昭夫編訳

英国ルネサンス恋愛ソネット集　岩崎宗治編訳

文学とは何か
―現代批評理論への招待　全二冊　テリー・イーグルトン　大橋洋一訳

D・G・ロセッティ作品集　南條竹則　松村伸一編訳

真夜中の子供たち　全二冊　サルマン・ラシュディ　寺門泰彦訳

《アメリカ文学》〔赤〕

ギリシア・ローマ神話 付インド・北欧神話　ブルフィンチ 野上弥生子訳
中世騎士物語　ブルフィンチ 野上弥生子訳
フランクリン自伝　松本慎一 西川正身訳
フランクリンの手紙　蕗沢忠枝編訳
スケッチ・ブック 全二冊　アーヴィング 齊藤昇訳
アルハンブラ物語 全二冊　アーヴィング 平沼孝之訳
ウォルター・スコット邸訪問記　アーヴィング 齊藤昇訳
ブレイスブリッジ邸　アーヴィング 齊藤昇訳
エマソン論文集 全二冊　酒本雅之訳
完訳 緋文字　ホーソーン 八木敏雄訳
哀詩 エヴァンジェリン　ロングフェロー 斎藤悦子訳
黒猫・モルグ街の殺人事件 他五篇　ポオ 中野好夫訳
対訳 ポー詩集 —アメリカ詩人選(1)　加島祥造編
ユリイカ　ポオ 八木敏雄訳
ポオ評論集　八木敏雄編訳
森の生活 (ウォールデン) 全二冊　ソロー 飯田実訳

市民の反抗 他五篇　H・D・ソロー 飯田実訳
白鯨 全三冊　メルヴィル 八木敏雄訳
ビリー・バッド　メルヴィル 坂下昇訳
ホイットマン自選日記 全二冊　杉木喬訳
対訳 ホイットマン詩集 —アメリカ詩人選(2)　木島始編
対訳 ディキンソン詩集 —アメリカ詩人選(3)　亀井俊介編
不思議な少年　マーク・トウェイン 中野好夫訳
王子と乞食　マーク・トウェーン 村岡花子訳
人間とは何か　マーク・トウェイン 中野好夫訳
ハックルベリー・フィンの冒険 全二冊　マーク・トウェイン 西田実訳
いのちの半ばに　ビアス 西川正身訳
新編 悪魔の辞典　ビアス 西川正身編訳
ビアス短篇集　大津栄一郎編訳
ヘンリー・ジェイムズ短篇集　大津栄一郎編訳
あしながおじさん　ジーン・ウェブスター 遠藤寿子訳
荒野の呼び声　ジャック・ロンドン 海保眞夫訳
どん底の人びと —ロンドン1902　ジャック・ロンドン 行方昭夫訳

ノリス 死の谷 マクティーグ 全二冊　石田英二 井上宗次訳
赤い武功章 他三篇　クレイン 西田実訳
シカゴ詩集　サンドバーグ 安藤一郎訳
熊 他三篇　フォークナー 加島祥造訳
響きと怒り 全二冊　フォークナー 平石貴樹 新納卓也訳
アブサロム、アブサロム! 全二冊　フォークナー 藤平育子訳
八月の光 全二冊　フォークナー 諏訪部浩一訳
ブラック・ボーイ —ある幼少期の記録 全二冊　リチャード・ライト 野崎孝訳
オー・ヘンリー傑作選　大津栄一郎訳
黒人のたましい　W・E・B・デュボイス 木島始 鮫島重俊 黄寅秀訳
フィッツジェラルド短篇集　佐伯泰樹編訳
アメリカ名詩選　亀井俊介 川本皓嗣編
魔法の樽 他十二篇　マラマッド 阿部公彦訳
青白い炎　ナボコフ 富士川義之訳
風と共に去りぬ 全六冊　マーガレット・ミッチェル 荒このみ訳
対訳 フロスト詩集 —アメリカ詩人選(4)　川本皓嗣編
とんがりモミの木の郷 他五篇　セアラ・オーン・ジュエット 河島弘美訳

《ドイツ文学》〔赤〕

- ニーベルンゲンの歌 全二冊　相良守峯訳
- 若きウェルテルの悩み　ゲーテ　竹山道雄訳
- ヴィルヘルム・マイスターの修業時代 全三冊　ゲーテ　山崎章甫訳
- イタリア紀行 全三冊　ゲーテ　相良守峯訳
- ファウスト 全二冊　ゲーテ　相良守峯訳
- ゲーテとの対話 全三冊　エッカーマン　山下肇訳
- スペインの太子 ドン・カルロス　シルレル　佐藤通次訳
- 改訳 オルレアンの少女　シルレル　佐藤通次訳
- ヒュペーリオン —希臘の世捨人　ヘルデルリーン　渡辺格司訳
- 青い花　ノヴァーリス　青山隆夫訳
- 夜の讃歌・サイスの弟子たち 他一篇　ノヴァーリス　今泉文子訳
- 完訳 グリム童話集 全五冊　金田鬼一訳
- ホフマン短篇集　池内紀編訳
- 水妖記（ウンディーネ）　フーケー　柴田治三郎訳
- O侯爵夫人 他六篇　クライスト　相良守峯訳
- 影をなくした男　シャミッソー　池内紀訳

- 流刑の神々・精霊物語　ハイネ　小沢俊夫訳
- 冬物語 —ドイツ　ハイネ　井汲越次訳
- ユーディット 他一篇　ヘッベル　吹田順助訳
- 芸術と革命 他四篇　ワーグナア　北村義男訳
- ブリギッタ・森の泉 他一篇　シュティフター　宇多五郎・高安国世訳
- みずうみ 他四篇　シュトルム　関泰祐訳
- 村のロメオとユリア　ケラー　草間平作訳
- 沈鐘　ハウプトマン　阿部六郎訳
- 地霊・パンドラの箱 ルル二部作　F・ヴェデキント　岩淵達治訳
- 春のめざめ　F・ヴェデキント　酒寄進一訳
- ゲオルゲ詩集　手塚富雄訳
- 花・死人に口なし 他七篇　シュニッツラー　番匠谷英一・山本有三訳
- リルケ詩集　高安国世訳
- ドゥイノの悲歌　リルケ　手塚富雄訳
- ブッデンブローク家の人びと 全三冊　トーマス・マン　望月市恵訳
- トオマス・マン短篇集　実吉捷郎訳
- 魔の山 全二冊　トーマス・マン　関泰祐・望月市恵訳

- トニオ・クレエゲル　トオマス・マン　実吉捷郎訳
- ヴェニスに死す　トオマス・マン　実吉捷郎訳
- 車輪の下　ヘルマン・ヘッセ　実吉捷郎訳
- 漂泊《クヌルプ》の魂　ヘルマン・ヘッセ　相良守峯訳
- デミアン　ヘルマン・ヘッセ　実吉捷郎訳
- シッダルタ　ヘッセ　手塚富雄訳
- ルーマニア日記　カロッサ　高橋健二訳
- 美しき惑いの年　カロッサ　手塚富雄訳
- 若き日の変転　カロッサ　斎藤栄治訳
- 幼年時代　カロッサ　斎藤栄治訳
- 指導と信従　カロッサ　国松孝二訳
- ジョゼフ・フーシェ —ある政治的人間の肖像　シュテファン・ツワイク　高橋禎二・秋山英夫訳
- 変身・断食芸人　カフカ　山下肇・山下萬里訳
- 審判　カフカ　辻瑆訳
- カフカ短篇集　池内紀編訳
- カフカ寓話集　池内紀編訳
- 三文オペラ　ブレヒト　岩淵達治訳

2020. 2. 現在在庫　D-2

- ライン河幻想紀行 ユーゴー 榊原晃三編訳
- ノートル＝ダム・ド・パリ 全二冊 ユーゴー 辻 昶・松下和則訳
- モンテ・クリスト伯 全七冊 アレクサンドル・デュマ 山内義雄訳
- 三銃士 全二冊 デュマ 生島遼一訳
- エトルリヤの壺 他五篇 メリメ 杉 捷夫訳
- カルメン メリメ 杉 捷夫訳
- 愛の妖精（プチット・ファデット） ジョルジュ・サンド 宮崎嶺雄訳
- ボヴァリー夫人 全二冊 フローベール 伊吹武彦訳
- 感情教育 全二冊 フローベール 生島遼一訳
- 紋切型辞典 フローベール 小倉孝誠訳
- サラムボー 全二冊 フローベール 中條屋進訳
- 未来のイヴ 全二冊 ヴィリエ・ド・リラダン 渡辺一夫訳
- 風車小屋だより ドーデー 桜田 佐訳
- 月曜物語 ドーデー 桜田 佐訳
- パリ風俗 サフォ ドーデー 朝倉季雄訳
- プチ・ショーズ —ある少年の物語 ドーデー 原 千代海訳
- 少年少女 アナトール・フランス 三好達治訳

- 神々は渇く アナトール・フランス 大塚幸男訳
- テレーズ・ラカン 全二冊 エミール・ゾラ 小林 正訳
- ジェルミナール 全三冊 エミール・ゾラ 安士正夫訳
- 獣人 全二冊 エミール・ゾラ 川口 篤訳
- 制作 全二冊 エミール・ゾラ 清水正和訳
- 水車小屋攻撃 他七篇 エミール・ゾラ 朝比奈弘治訳
- 氷島の漁夫 ピエール・ロチ 吉氷 清訳
- マラルメ詩集 渡辺守章訳
- 脂肪のかたまり モーパッサン 高山鉄男訳
- メゾンテリエ 他三篇 モーパッサン 河盛好蔵訳
- モーパッサン短篇選 高山鉄男編訳
- わたしたちの心 モーパッサン 笠間直穂子訳
- 地獄の季節 ランボオ 小林秀雄訳
- にんじん ルナアル 岸田国士訳
- ぶどう畑のぶどう作り ルナアル 岸田国士訳
- 博物誌 ルナール 辻 昶訳
- ジャン・クリストフ 全四冊 ロマン・ローラン 豊島与志雄訳

- トルストイの生涯 ロマン・ロラン 蛯原徳夫訳
- ベートーヴェンの生涯 ロマン・ロラン 片山敏彦訳
- ミケランジェロの生涯 ロマン・ロラン 高田博厚訳
- フランシス・ジャム詩集 手塚伸一訳
- 三人の乙女たち フランシス・ジャム 手塚伸一訳
- 背徳者 アンドレ・ジイド 川口 篤訳
- 法王庁の抜け穴 アンドレ・ジイド 石川 淳訳
- 続コンゴ紀行 —チャド湖より還る アンドレ・ジイド 杉 捷夫訳
- ヴァレリー詩集 ポール・ヴァレリー 鈴木信太郎訳
- 精神の危機 他十五篇 ポール・ヴァレリー 恒川邦夫訳
- 若き日の手紙 フィリップ 外山楢夫訳
- 朝のコント フィリップ 淀野隆三訳
- シラノ・ド・ベルジュラック ロスタン 辰野 隆・鈴木信太郎訳
- 海の沈黙・星への歩み ヴェルコール 河野與一・加藤周一訳
- 地底旅行 ジュール・ヴェルヌ 朝比奈弘治訳
- 八十日間世界一周 ジュール・ヴェルヌ 鈴木啓二訳
- 海底二万里 全二冊 ジュール・ヴェルヌ 朝比奈美知子訳

プロヴァンスの少女（ミレイユ）　ミストラル　杉冨士雄訳
結婚十五の歓び　新倉俊一訳
死霊の恋・ポンペイ夜話 他三篇　ゴーチエ　田辺貞之助訳
火の娘たち　ネルヴァル　野崎歓訳
パリの夜 —革命下の民衆　レチフ・ド・ラ・ブルトンヌ　植田祐次編訳
牝猫（めすねこ）　コレット　工藤庸子訳
シェリ　コレット　工藤庸子訳
シェリの最後　コレット　工藤庸子訳
生きている過去　レニエ　窪田般彌訳
ノディエ幻想短篇集　ノディエ　篠田知和基編訳
フランス短篇傑作選　山田稔編訳
シュルレアリスム宣言・溶ける魚　アンドレ・ブルトン　巖谷國士訳
ナジャ　アンドレ・ブルトン　巖谷國士訳
不遇なる一天才の手記　ヴォーヴナルグ　関根秀雄訳
ジェルミニィ・ラセルトゥウ　ゴンクウル兄弟　大西克和訳
フランス名詩選　安藤元雄・入沢康夫・渋沢孝輔編
繻子の靴 全二冊　ポール・クローデル　渡辺守章訳

A・O・バルナブース全集 全二冊　ヴァレリー・ラルボー　岩崎力訳
悪魔祓い　ル・クレジオ　高山鉄男訳
楽しみと日々　プルースト　岩崎力訳
失われた時を求めて 全十四冊　プルースト　吉川一義訳
丘　ジャン・ジオノ　山本省訳
子ども 全二冊　ジュール・ヴァレス　朝比奈弘治訳
シルトの岸辺　ジュリアン・グラック　安藤元雄訳
星の王子さま　サン＝テグジュペリ　内藤濯訳
プレヴェール詩集　小笠原豊樹訳

岩波文庫の最新刊

郡司正勝校注
歌舞伎十八番の内 勧進帳

五代目市川海老蔵初演の演目を、明治の「劇聖」九代目市川団十郎が端正な一幕劇に昇華させた、歌舞伎十八番屈指の傑作狂言。
〔黄二五六-二〕 **定価七二六円**

大高保二郎・松原典子編訳
ゴヤの手紙(上)

美と醜、善と悪、快楽と戦慄……人間の表裏を描ききった巨匠の素顔とは。詳細な註と共に自筆文書をほぼ全て収める、ゴヤを知るための一級資料。(全二冊)
〔青五八四-一〕 **定価一一一一円**

J・S・ミル著/関口正司訳
功利主義

最大多数の最大幸福をめざす功利主義は、目先の快楽追求に満足しないソクラテスの有徳な生き方と両立しうるのか。J・S・ミルの円熟期の著作。
〔白一一六-一一〕 **定価八五八円**

道簱泰三編
葉山嘉樹短篇集

特異なプロレタリア作家である葉山嘉樹(一八九四-一九四五)は、最下層の人たちに共感の眼を向けたすぐれた短篇小説を数多く残した。新編集により作品を精選する。
〔緑七二-三〕 **定価八九一円**

……今月の重版再開……

フェルドウスィー作/岡田恵美子訳
王書
―古代ペルシャの神話・伝説―
定価一〇六七円
〔赤七八六-一〕

ベルクソン著/平山高次訳
道徳と宗教の二源泉
定価一一一一円
〔青六四五-七〕

岩波文庫の最新刊

梶山雄一・丹治昭義・津田真一・田村智淳・桂紹隆 訳注
梵文和訳 **華厳経入法界品**(上)

大乗経典の精華。善財童子が良き師達を訪ね、悟りを求めて、遍歴する雄大な物語。梵語原典から初めての翻訳、上巻は序章から第十七章を収録。(全三冊)
〔青三四五-二〕 **定価一〇六七円**

大髙保二郎・松原典子編訳
ゴヤの手紙(下)

近代へと向かう激流のなかで、画家は何を求めたか。本書に編んだゴヤ全生涯の手紙は、無類の肖像画家が遺した、文章による優れた自画像である。(全二冊)
〔青五八四-二〕 **定価一一一一円**

マックス・プランク著/西尾成子訳
熱輻射論講義

量子論への端緒を開いた、プランクによるエネルギー要素の仮説。新たな理論の道筋を自らの思考の流れに沿って丁寧に解説した主著。
〔青九四九-一〕 **定価一一七七円**

小南一郎訳注
楚辞

『詩経』と並ぶ中国文学の源流。戦国末の動乱の世に南方楚に生まれ、屈原伝説と結びついた楚辞文芸。今なお謎に満ちた歌謡群は、悲哀の中にも強靱な精神が息づく。
〔赤一-二〕 **定価一三二〇円**

ヴァルター・ベンヤミン著/今村仁司、三島憲一 他訳
パサージュ論(四)

産業と技術の進展はユートピアをもたらすか。「サン＝シモン、鉄道」「フーリエ」「マルクス」「写真」「社会運動」等の項目を収録。断片の伝えるベンヤミンの世界。(全五冊)
〔赤四六三-六〕 **定価一一七七円**

……今月の重版再開……

イブン＝ハルドゥーン著/森本公誠訳
歴史序説(一)
定価一三八六円
〔青四八一-一〕

イブン＝ハルドゥーン著/森本公誠訳
歴史序説(二)
定価一三八六円
〔青四八一-二〕

定価は消費税 10% 込です　2021.6